KB107645

허상의 어릿광대

KYOZOU NO DOUKESHI by HIGASHINO Keigo

Copyright © 2015 HIGASHINO Keigo
All rights reserved.
Original Japanese edition published by Bungeishunju Ltd., Japan in 2015.
Korean translation rights in Korea reserved by JANE BOOKS, under the license
granted by HIGASHINO Keigo, Japan arranged with Bungeishunju Ltd., Japan
through ENTERS KOREA CO., LTD.

허상의 어릿광대

초판 1쇄 펴낸 날 2021년 12월 16일 6쇄 펴낸 날 2023년 1월 16일
지은이 히가시노 게이고 **옮긴이** 김난주 **펴낸이** 박설림 **펴낸곳** 도서출판 재인 **디자인** 오필민디자인
등록 2003. 7. 2. 제300-2003-119 **주소** 서울시 강남구 언주로 30길 13 대림아크로텔 1812호
전화 02-571-6858 **팩스** 02-571-6857

ISBN 978-89-90982-94-0 03830 Copyright © 재인, 2021 Printed in Korea.

책값은 뒤표지에 표시되어 있습니다. 잘못된 책은 바꿔 드립니다.

허상의 어릿광대

히가시노 게이고

김난주
옮김

재인

차례

1장

현혹하다

1

엄숙하다고 해야 할지 우스꽝스럽다고 해야 할지, 사토야마 나미는 금방 판단이 서지 않았다. 지금까지 자신의 감성을 믿는다면 수상하기 그지없다. 그러나 어두컴컴하고 길쭉한 방에서 벽을 등지고 서로 마주하듯 나란히 정좌한 남녀 열 명은 표정으로만 봐서는 자신들의 행위에 의문을 품은 사람이 한 명도 없는 것 같았다. 이 행위가 만일 나를 속이려는 연극이라면 대단한 결속력이라고 나미는 생각했다. 더 나아가 하나같이 상당한 연기력까지 갖췄다는 얘기다.

오싹, 등에 한기를 느꼈다. 분위기가 어두워서만은 아니고, 창문이 활짝 열려 있는 탓도 있었다. 벚꽃이 지는 계절이라고 해도 오늘은 공기가 싸늘하다. 그런데 이 방에서 '송념(送念)'을 할 때는 늘 이렇게 창문을 열어 놓는다고 한다. 영혼과 마음의 더러움을 내몰기 위해서라나.

자, 하고 입을 연 사람은 상좌 한가운데 앉아 있는 남자다. 이름은 렌자키 시코. 물론 본명이 아니다. 팸플릿에는 어느 밤 머리맡에 성인이 나타나 이름을 내려 주었다고 되어 있다.

"이렇게 모이시라고 해서 죄송합니다. 반드시 확인해야 할 일이 있어서 말이지요."

렌자키의 목소리와 말투는 온화했다. 프로필에 따르면 나이는 쉰다섯. 깡마른 몸에 삭발을 했다. 하얀 승복이 그의 트레이드마크라고 한다.

렌자키의 눈길이 맨 끝자리에 있는 나미에게 향했다.

"『주간 트라이』에서 왔다고 하셨죠? 죄송합니다. 수행하는 신자의 모습을 소개할 생각이었는데 그만 일이 이렇게 되고 말았습니다."

아니에요, 하며 그녀가 얼굴 앞에서 손사래를 쳤다.

"이쪽이 훨씬 참고가 될 것 같은데요. 취재를 허락해 주셔서 감사합니다."

고개를 끄덕이는 렌자키의 미간에 주름이 잡혀 있었다.

"실은 외부 사람들에게 이런 모습을 보이고 싶지 않습니다. 교단의 수치니까요. 하지만 좋은 면만 보여서는 우리의 본모습을 알릴 수 없겠죠. 사람은 누구나 잘못을 저지릅니다. 그건 어쩔 수 없는 일이에요. 중요한 건 잘못을 회개하고 마음을 정화하는 것입니다. 우리 교단에 자정 작용이 있다는 점을 오늘 알아주셨으면 합니다."

나미는 고개를 깊이 숙였다. 옆에 있던 사진 기자 다나카도 덩달아 고개를 숙였다.

예상외로 일이 재미있게 전개되는 듯해서 내심 신이 났다. 아무래도 무슨 문제가 발생한 듯하다.

렌자키가 등을 쭉 폈다. 표정도 한결 엄숙해졌다.

"오늘 이렇게 모이시라고 한 것은 중대한 문제점이 발견되었기 때문입니다. 저는 우리 '구아이회'가 똘똘 뭉쳐 있다고 믿었습니다. 모두가 한 방향을 바라보며 같은 것을 추구한다고 생각했죠. 그런데 아쉽게도 그렇지 않았습니다. 이 중 한 명이 구아이회의 보호를 받으면서 마음속으로는 우리를 배반했어요."

그때까지 긴장감으로 팽팽했던 분위기가 일순 무너졌다. 몇몇은 자세를 고쳐 앉았다.

"이것은 몹시 안타까운 일입니다."

렌자키가 말을 이었다.

"우리 목표는 마음의 정화입니다. 병이나 인간관계로 고통받는 사람들 중 다수가 자신의 마음에 그 원인이 있습니다. 살아오는 동안 갖가지 더러움이 축적된 결과 재앙이 일어나는 것이죠. 그래서 그 더러움을 씻어 내고 행복해지자는 것이 우리 교단의 이념입니다. 그런데 아직도 마음의 정화를 이루지 못한 사람이 간부 중에 있다는 사실은 우리 교단이 아직 미숙하고 더 나아가 저 자신이 미숙하다는 뜻입니다."

"대사, 절대 그렇지 않습니다."

렌자키와 가장 가까운 곳에 앉은 초로의 남자가 말했다. 이 모임에서는 모두가 렌자키를 대사라고 부른다.

"설령 그렇게 괘씸한 자가 있다 해도 그건 그자가 타락한 것이지 결코 대사 때문은……."

"아닙니다. 제가 미숙한 탓이지요. 그러니 제가 해야 할 일은 그자를 구원하는 것입니다. 지금부터 그 구원하는 일을 하려고 합니다."

"그 말씀은, 범인을 아신다는 뜻인가요?"

제자의 물음에 렌자키는 입가에 희미한 미소를 머금었다.

"범인이라는 표현은 쓰지 맙시다. 우리는 가족이에요. 그자는 그저 마음을 충분히 정화하지 못했을 뿐입니다. 그러니 불쌍한 사람이지요."

렌자키는 나란히 앉아 있는 사람들의 중간쯤으로 시선을 향했다.

"제5부장, 제 앞으로 나오세요."

지목된 사람은 안경을 낀 뚱뚱한 남자였다. 나이는 마흔이 조금 넘었을까. 그는 뺨이 굳어지며 눈을 연거푸 깜빡였다.

"저…… 말입니까?"

"그렇습니다. 당신입니다."

"왜 저를……."

"그 이유를 지금부터 알려 드리겠습니다. 일단 앞으로."

제5부장이라는 남자가 당혹감과 불안감이 뒤섞인 얼굴로 주뼛주뼛 일어섰다. 그리고 렌자키 앞으로 나가 정좌했다.

'구아이회'에는 열 명의 간부가 있고, 그들이 렌자키 휘하에서 모임을 운영해 나간다고 들었다. 지금 여기 있는 사람들이 바로 그 열 명이다. 모두들 놀란 표정으로 제5부장을 바라보았다. 그가 지명되리라고는 아무도 예상하지 못한 듯했다.

제5부장, 하고 렌자키가 운을 떼었다. 그 표정은 온화하고, 목소리도 부드러웠다.

"이곳은 혼을 정화하는 곳입니다. 정화라 함은 모든 일을 고백하는 것이기도 해요. 숨기는 일이 있다면 부디 솔직하게 털어놓으세요. 당신 안에 있는 검은 것들을 토해 내세요."

그러자 제5부장이 초조한 기색으로 고개를 저었다.

"어찌 그런 말씀을……. 숨기는 일 따위는 없습니다. 제가 대사를 배신했다는 말씀인가요? 터무니없군요. 절대로 그런 일이 없습니다. 저는 결백합니다."

"과연 그럴까요? 이 렌자키 시코의 눈에는 훤히 보이는데 말이죠. 아니면, 혹시 제 영혼이 더럽다는 말인가요?"

"아니요, 그런 말은……. 아마 뭔가 착오가 있는 듯합니다."

"그래요? 그렇다면 다시 한 번 당신의 마음에 묻겠습니다."

렌자키는 심호흡을 하고 나서 명상하듯 눈을 감았다. 그리고 양팔을 천천히 들어 제5부장 쪽으로 손바닥을 향했다.

뭘 하려는 거지, 하고 나미가 의아해하는 순간 제5부장이 "으악!" 소리를 지르며 정좌했던 자세를 무너뜨리고 부리나케 뒤로 물러났다.

렌자키가 양손을 무릎에 내려놓았다.

"어떻습니까, 영혼의 오염된 부분이 빠져나가는 것을 느꼈습니까?"

제5부장은 바닥을 손으로 짚은 채 자신의 몸을 내려다보았다. 그 얼굴에는 공포와 놀라움의 기색이 가득했다.

어떻습니까, 하고 렌자키가 재차 물었다.

제5부장은 부들부들 떨며 고개를 가로저었다.

"분명히 느끼긴 했지만, 저는 아닙니다. 저는 대사를 배신하지 않았습니다."

그러자 렌자키는 조금 전과 똑같은 포즈를 취했다. 몇 초 후, 제5부장이 비명을 지르며 다다미 위를 뒹굴었다.

"아직도 나쁜 영혼이 남아 있는 것 같군요."

렌자키가 팔을 내리며 말했다.

"어쩌다 당신 같은 사람이 제5부장이 되었는지 의아하군요. 대체 언제 나쁜 마음이 스며든 겁니까?"

"그렇지 않습니다. 오해예요. 믿어 주세요."

제5부장이 숨을 깔딱거리며 말한다. 얼굴은 공포로 일그러져 있었다.

연기력 한번 대단하네, 하고 나미는 냉소적으로 상황을 지켜보고 있었다. 아마도 이건 렌자키에게 초자연적인 능력이 있다는 걸 선전하려는 퍼포먼스겠지. 주간지에서 취재하러 온다니까 부랴부랴 준비했을 거야. 제5부장의 박진감 넘치는 연기는 인정하지만, 이런 짓거리를 사실 그대로 기사화했다가는 독자에게 바보 취급을 당할 것이다. 아니, 그러기 전에 편집장에게 호통을 듣겠지.

그건 그렇고, 이 사람들은 이 사기극을 어떻게 마무리할 작정일까. 아무리 남의 일이지만 나미는 그 점이 걱정스러웠다. 제5부장이 죄를 자백하지 않으면 렌자키의 역부족을 인정하는 셈이고, 자백하면 제5부장을 추방하거나 강등해야 할 것이다. 아니면 혹시 이 남자는 애당초 제5부장이 아니라 오늘을 위해 어딘가에서 데려온 외부인일까.

그렇다면 납득이 간다고 나미는 생각했다. 아마도 이 남자는 배우일 것이다. 프로가 아니라면 이런 연기는 불가능하다.

다른 사람들은 어떨까 하고 주위로 시선을 돌렸다. 다들 놀라고 겁에 질린 표정으로 제5부장과 렌자키를 번갈아 바라보고 있었다. 그들의 표정에 거짓은 없어 보였다. 그렇다면 모두가 배우라는 말인가. 설마 싶긴 하지만 그럴 가능성도 염두에 두는 편이 좋을 듯했다.

"이제 마지막 기회입니다."

렌자키가 말했다.

"죄를 인정합니까?"

그러나 제5부장은 등을 구부린 채 대답을 하지 않았다.

렌자키가 살래살래 고개를 젓더니 눈을 감았다. 그리고 양
팔을 뚱뚱한 제자에게로 향했다.

크악! 짐승 같은 소리를 지르며 제5부장이 펄쩍 뛰어올랐
다. 그리고 그대로 창문을 향해 돌진했다. 나미 옆에서 사진
기자 다나카가 정신없이 셔터를 눌렀다.

누구도 막을 틈이 없었다. 제5부장은 일말의 주저도 없이
창밖으로 뛰어내렸다. 지상 5층이었다.

2

구사나기는 마미야의 설명만으로는 상황을 이해할 수 없
었다. 이리저리 질문한 끝에 겨우 내용을 파악했지만, 그래도
여전히 알 수 없는 점이 있었다.

"계장님, 이걸 사건이라고 할 수 있을까요?"

구사나기의 질문에 마미야가 의자에 앉은 채로 몸을 한껏
젖혔다.

"사건은 사건이지, 사람이 죽었으니까."

"그건 그런데, 우리가……, 그러니까 경시청 수사 1과에서 담당할 만한 사건이냐 이 말이죠."

"내용이 사실이라면 당연히 우리가 담당해야 할 사건이지. 사람이 죽은 데다, 자신이 죽였다고 자수한 사람까지 있으니 말이야. 5층 건물에서 떨어뜨렸다더군."

"기합으로…… 말입니까?"

"기합이 아니라 염, 이라고 하나 봐. 염력, 할 때 염 말이야."

구사나기는 오른쪽 관자놀이를 손가락으로 꾹 눌렀다. 슬 그머니 두통이 몰려왔다.

"그거, 진담으로 하시는 말씀입니까?"

"물론 진담이지."

구사나기는 천장을 올려다보며 절레절레 고개를 저었다.

마미야가 주위를 둘러보더니 구사나기 쪽으로 몸을 기울 였다.

"걱정 마. 과장도 이사관도 수사본부를 설치할 생각은 없 어 보이니까. 관할 서에서 현장 검증을 실시했지만 미심쩍은 점이 전혀 없었다니까 우리가 동원되지는 않을 거야."

"그런데 왜 저더러 관할 서에 가 보라시는 겁니까?"

"관할 서에서 하도 우는소리를 해서 그래. 이렇게 이상한 사 건은 처음이래. 피의자를 자처하는 인물이 자진 출두했는데, 취조를 어떻게 해야 좋을지 모르겠다는 거야. 경시청 수사 1과에 이런 종류의 사건에 익숙한 형사가 있다던데 좀 도와주면 안 되겠느냐고 과장한테 요청이 왔어."

"아니, 잠깐만요. 그 형사가 접니까?"

"자네 말고 또 누가 있어? 우쓰미는 아직 햇병아리잖아."

구사나기가 고개를 푹 꺾었다. 온몸의 힘이 모두 빠져나가는 느낌이었다.

마미야가 자리에서 일어나 구사나기의 어깨에 손을 얹었다.

"뭘 그리 실망하나? 믿어 주는 데가 있다는 건 대단한 일이야. 틀림없이 환영받을 테니, 자네의 능력을 관할 서 놈들에게 보여 주고 와."

대답할 기력도 없었지만 구사나기는 네, 하고 맥 빠진 목소리를 내었다.

종교 법인 '구아이회'의 신자 하나가 건물에서 뛰어내렸다고 경시청으로 신고가 들어온 것은 오늘 오전 10시가 조금 지났을 때였다. 그 신자는 병원으로 이송되었지만 얼마 지나지 않아 사망했다. 사인은 뇌 좌상. 5층 창문에서 주차장 아스팔트 바닥으로 떨어졌으니 애초에 살아날 가능성이 희박했다.

곧장 현장으로 달려간 관할 서 수사원들은 상황 설명을 듣기 위해 사건 당시 그 자리에 있던 관계자들을 불러 모았다. 그런데 맨 먼저 입을 연 교조 렌자키 시코가 뜻밖의 말을 했다. 자신이 신자를 추락시켰다는 것이었다. 그것도 염력을 사용했다고 주장했다. 도쿄 서쪽 변두리의 작은 경찰서가 우왕좌왕하게 된 것은 당연했다.

마미야가 건넨 자료에 따르면 '구아이회'는 신흥 종교 단체로, 발족한 지 5년이 채 지나지 않았지만 신자 수가 급속히 늘고 있었다. 그 원동력은 교조 렌자키 시코의 특수한 능력이었다. 그는 원래 물리 치료사였는데, 삼십 대 중반부터 기공 연구에 몰두해 마흔이 넘고부터는 외기공 진료를 하게 되었다. 그 효과가 입소문을 타고 널리 퍼져 전국에서 환자가 모여들기 시작했다. 하지만 그 무렵에는 아직 종교 활동이라 할 만한 일을 하지 않았다. 그러던 것이 '구아이회'를 설립하고 나서는 교조를 자처하며 급격히 종교 색을 띠어 갔다. 활동 범위도 서적 출판과 강연 등으로 다양해졌고, 덩달아 신자도 늘어났다.

이런 종류의 단체에는 탈퇴한 신자가 자신이 속았다고 주장하고 나서는 일이 반드시 있기 마련인데 '구아이회'는 여태까지 이렇다 할 문제를 일으킨 적이 없는 듯했다. 지역 주민과 다툼이 일어난 사례도 없었다. 이번 사건이 교단으로서는 처음 있는 불상사인 셈이다.

마미야의 말대로 관할 서에서는 구사나기를 크게 반겼다.

"이야, 어서 오게. 이런 사건은 처음이라 말이지. 살인인지 자살인지, 아니면 사고인지조차 알 수 없어서 애를 먹던 참이야. 이제 전문가가 왔으니 안심일세."

얼굴이 너부죽한 형사과장이 반색했다.

"딱히 전문가라고 할 수는 없습니다. 물리학자에게 연줄이 닿을 뿐이죠."

"아냐, 아냐. 그게 중요한 거야. 우리 수사원들에게 공부도 시킬 겸 말이지."

형사과장은 크하하, 호쾌하게 웃더니 부하들에게 "그럼 뒷일을 부탁하네."라고 말하고는 그대로 사라졌다. 사건에 관여하는 걸 아예 피하는 눈치였다.

사람 좋게 생긴 작달막한 사내가 이 사건의 실질적인 책임자였다. 이름은 후지오카. 그가 구사나기를 향해 "잘 부탁드립니다." 하며 정중히 고개를 숙였다.

"뭐, 제가 할 수 있는 일이래 봤자 별것 없을 겁니다."

구사나기가 대뜸 못을 박았다.

"그래서, 자진 출두했다는 사람은 지금 어디 있습니까?"

"취조실에 있습니다. 곧바로 만나 보시겠습니까?"

"네, 일단 만나 보죠."

취조실에 들어서자 하얀 승복을 입은 남자가 오도카니 앉아 있었다. 삭발한 머리에 피부가 가무스레하고, 몸집이 다부지며 턱이 뾰족하다. 아닌 게 아니라 수행을 거듭한 승려의 분위기가 있다.

구사나기가 맞은편에 앉자 남자는 그때껏 감고 있던 눈을 뜨고 천천히 고개를 숙여 인사했다.

"경시청 수사 1과의 구사나기입니다. 당신을 뭐라고 부르면 되겠습니까?"

후지오카에게 건네받은 자료에 따르면 본명은 이시모토 가즈오, 직업은 '구아이회 교조'였다.

"렌자키라고 부르시면 됩니다. 예전 이름은 버렸으니까요."

남자가 차분한 말투로 대답했다.

"그럼 렌자키 씨, 당신이 한 일을 가능한 한 자세히 말씀해 주세요. 그러니까, 간부 회의 중에 사건이 일어났다고요?"

"그렇습니다. 꼭 확인하고 싶은 일이 있어서 임시 간부 회의를 열었지요."

확인하고 싶은 일이라는 건 교단의 자산에 관한 것이었다. 내부 조사를 한 결과 거액의 돈이 사용처가 불분명한 채 사라졌기 때문이다. 경리 담당자인 제5부장 나카가미 마사카즈가 의심스러워 그에게서 진실을 듣고자 했다. 그 방법은 렌자키가 나카가미의 마음에 염을 보내 양심에 호소하는 것이었다. 마음이 정화되면 절대 거짓말을 할 수 없다는 것이 렌자키의 주장이었다.

"그런데 제 배려가 부족했습니다. 진실을 빨리 끌어내고 싶은 마음이 앞서다 보니 그를 지나치게 몰아붙이고 말았습니다. 결국 그가 마음의 고통을 견디지 못하고 그만……. 그를 죽인 사람은 접니다. 저는 살인자예요. 그래서 이렇게 자수하기로 한 겁니다."

렌자키는 고뇌에 찬 표정을 짓더니 구사나기를 똑바로 바라보았다.

구사나기는 팔짱을 끼고 눈앞에 있는 자료를 내려다보았다. 렌자키가 한 말은 마미야에게 들은 내용과 거의 비슷했다. 본인의 입으로 들었는데도 여전히 신빙성이 느껴지지 않았다.

"염을 보냈다고 하셨죠? 피해자의 마음에 염을 보냈다고요. 구체적으로 어떻게 하는 겁니까?"

"말하자면……, 마음속으로 간절히 비는 겁니다. 당시에는 제5부장의 마음이 정화되기를 빌었습니다."

"어떤 식으로요?"

"어떤 식이라……, 제 경우는 이렇게 양손을 상대의 가슴 쪽으로 향한 채 눈을 감습니다."

렌자키가 자세를 취해 보이고 나서 이내 손을 내렸다.

구사나기는 또다시 가벼운 두통을 느꼈지만 얼굴에 티가 나지 않도록 주의했다.

"전에도 비슷한 일을 한 적이 있습니까? 그러니까, 거짓말을 하는 사람의 마음에 염을 보내 진실을 고백하게 한 적이 있느냐는 말입니다."

렌자키가 크게 고개를 끄덕했다.

"물론입니다. 아니, 그런 적이 있는 정도가 아니라 매일 그렇게 하고 있습니다. 번민에 시달리는 사람들이 전국에서 저를 찾아오거든요. 그런 분들의 마음에 염을 보내서 마음을 정화하고 번민을 사라지게 하는 것이 저의 책무입니다."

"그렇군요. 그럼 그 의식을 행하다가……."

"의식이 아니라 송념이라고 불러 주셨으면 합니다. 염을 보낸다는 뜻입니다."

렌자키가 송구스러운 듯이 말했다.

"송념……이란 말이죠. 네, 그럼 그 송념을 할 때, 이번과 같은 일이 일어난 적이 있습니까?"

렌자키가 고개를 저었다.

"감격에 겨워 그 자리에서 소리를 지르거나 흐느끼는 분은 때때로 있었지만, 이번 같은 일은 처음입니다. 평소에는 상대의 마음을 구제하겠다는 일념으로 염을 보냈는데, 그때는 제5부장의 부정을 밝혀내고야 말겠다는 사사로운 감정이 섞여서 그만 과도하게 염을 보냈는지도 모르겠습니다. 어찌 됐든 유족이나 관계자분들께는 정말 면목이 없습니다."

과연 진심으로 하는 말인지 구사나기는 판단이 서지 않았다. 염을 보내 사람의 마음을 움직이다니, 그게 가능한 일일까. 그러나 사건이 일어난 것만은 사실이었다.

"부탁을 하나 해도 되겠습니까?"

구사나기가 물었다.

"제게 그 송념이라는 것을 한번 해 보세요."

그 말에 렌자키가 눈을 번쩍 떴다.

"여기서 말입니까?"

"네. 안 되겠습니까?"

잠시 침묵하던 렌자키가 입가에 미소를 머금었다.

"알겠습니다. 그럼 해 보죠."

"저는 무엇을 하면 되나요?"

"아무것도 하실 필요 없습니다. 그저 몸을 편안히 하세요."

그가 시키는 대로 하자 렌자키는 조금 전에 해 보였던 것처럼 구사나기 쪽으로 손바닥을 향한 채 눈을 감았다. 그 상태가 잠시 계속되었다. 구사나기의 감각으로는 10초 정도 되는 것 같았다.

이윽고 렌자키가 눈을 떴다.

"어떻습니까?"

구사나기는 고개를 갸웃거렸다.

"별다른 느낌이 없는데요."

"그럴 겁니다. 염을 보내고서 알았습니다. 당신은 제게 구원을 바라지 않아요. 다만 저를 시험할 뿐이죠. 그런 사람에게는 염이 통하지 않습니다. 당신은 강한 사람입니다."

그러고서 렌자키는 빙긋이 웃었다.

3

"그 일은 물리학과 관계가 전혀 없는 것 같은데."

유가와는 의자 팔걸이에 턱을 괸 채 흥미가 일지 않는다는 듯이 말하고는 책상 위에 놓인 머그잔을 집어 들었다.

"역시 그렇게 보는군."

구사나기도 인스턴트커피를 홀짝거렸다.

그는 데이토 대학 물리학과 제13연구실에 와 있었다. 물론 '구아이회' 사건에 관해 물리학자 친구의 의견을 듣기 위해서였다.

"그건 명백히 심리학의 영역이야. 암시 또는 플라세보 효과에 가깝지. 자세히는 모르겠지만 어쩌면 최면술과도 관련이 있을지 몰라."

"감식반에서도 그렇게 말하더군. 하지만 그 친구들도 정확히는 알지 못하는 눈치였어."

일부 종교 활동에서는 소위 마인드 컨트롤이라는 것을 사용하기도 한다. 그로 인해 신자가 정상적인 판단력을 잃고 충동적으로 자학 행위를 하는 일도 종종 있었다. 이번 사건도 그런 경우가 아니겠냐고 구사나기와 친분이 있는 감식반원은 말했다.

"믿는 자는 구원을 받을지니…… 종교란 본디 그런 것이기는 하지. 그건 그렇고, 그 교조는 어떻게 되는 거야, 살인범으로 체포되나?"

유가와의 물음에 구사나기가 고개를 저으며 잔을 내려놓았다.

"무슨 수로 체포하겠어, 상대방에게 손가락 하나 대지 않았는걸. 그가 한 일이라고는 양손을 상대방에게 향한 채 눈을 감은 것뿐이야. 그걸로는 살인죄를 적용하기는커녕 구류할 근거조차 없단 말이지. 결국 그대로 돌려보내고 말았어."

"목격자라고 해 봐야 신자들뿐이잖아. 정말로 손가락 하나 대지 않았을까? 교조를 지키자고 다들 입을 맞춘 거 아니야?"

"그럴 가능성도 있을 것 같아서 현장에 간 김에 사건 당시 그 자리에 있던 간부들도 만나 봤어."

'구아이회' 본부는 마을 어귀인 언덕에 있었다. 후지오카의 안내에 따라 부지 내로 들어선 구사나기는 우선 건물 디자인에 눈이 휘둥그레졌다. 네모난 5층 건물의 외벽이 좌선하고 있는 렌자키의 일러스트로 가득 차 있었다. 그의 얼굴은 실물보다 상당히 미화된 모습이었다.

건물은 1층이 도량이고 2층부터 4층까지는 간부 신자들의 거처, 5층 일부는 렌자키가 거주하는 곳이었다. 그리고 5층 나머지 부분은 렌자키가 염을 보내는 공간으로, '정화의 방'이라고 불렸다. 사건은 바로 이 '정화의 방'에서 발생했다.

안쪽 자리가 50센티미터 정도 높여져 있다는 것 외에는 이렇다 할 특징이 없는 네모난 방이었다. 가구나 가재도구는 일절 놓여 있지 않았다. 또한 장식이라고는 안쪽 벽에 걸려 있는, 눈의 결정처럼 생긴 마크가 유일했다. '구아이의 별'이라고 불리는 마크는 건물 내 곳곳에서 볼 수 있었는데, 렌자키의 수호신 같은 것이라고 한다.

구사나기를 안내한 사람은 마지마라는 초로의 남자였다. '제1부장'이라는 직함으로 보아 렌자키의 수제자인 듯하다.

"대사가 금방 석방되어 안심입니다. 자수하겠다고 하셨을 때 저희는 말렸습니다. 대사가 염을 보낸 결과라고는 하나, 제5부장이 창에서 뛰어내린 것은 마음의 고통에서 해방되기 위해서였지요. 다시 말해서 스스로 선택한 길이니 자살이라는 말입니다. 하지만 대사는 수긍하지 않았습니다. 분노한 나머지 힘을 통제하지 못했으니 자신이 죽인 것과 다름없다는 거예요. 정말이지 훌륭한 분입니다. 만일 대사가 이대로 감옥에라도 가면 어쩌나 걱정했는데, 경찰에서 이성적인 판단을 내려 주어 진심으로 감사드립니다."

마지마가 공손하게 머리를 숙이자 구사나기는 마음이 몹시 불편했다. 사람을 놀리는 거 아닌가 하는 생각마저 들었다.

마지마를 포함해서 사건 발생 당시 방에 함께 있었던 간부 9명을 모두 만나 보았지만, 그들의 진술에 모순점이나 미심쩍은 부분은 없었다. 피해자가 날뛰던 모습에 관해서는 각자의 표현이 조금씩 달랐지만, 그 점은 오히려 자연스럽다고 볼 수 있었다.

사건에 대해서는 그들도 놀란 눈치였다.

"대사의 힘이 대단하다는 건 익히 알고 있었지만, 그 정도일 줄은 몰랐어요."

제6부장이라는 중년 여자가 두려워하는 듯한 표정으로 말했다.

"저도 때로 염을 받지만 고통스러운 적은 한 번도 없었습니다. 뭔가 매우 따스한 것에 감싸이는 느낌이 들 뿐이었죠. 하지만 그때는 대사의 모습이 평소와 확연히 달랐어요. 표정도 험악하고, 염을 보내는 자세에도 힘이 많이 들어간 것처럼 보였죠. 제5부장이 창에서 뛰어내린 후에는 '아뿔싸, 큰 실수를 저지르고 말았구나.' 하고 후회하면서……."

"그 자리에서 자수하겠다고 하던가요?"

"네. 그런데 제1부장과 제2부장이 일단 사모님과 의논하자면서 대사를 옆방으로 모셔 갔어요. 경찰이 도착할 때까지 네

분이서 상의했나 본데, 대사의 의지가 워낙 확고하니 결국 자수하게 된 거죠."

구사나기는 렌자키의 아내도 만났다. 몸집이 자그마한 여자로, 이름이 사요코라고 했다. 생김새가 반듯하고, 온순하며 수수한 인상이다. 그녀도 신자이긴 하지만, 렌자키의 가족은 간부가 될 수 없다는 규칙이 있다고 했다.

"이런 일이 벌어져 면목이 없습니다. 저는 어려운 내용은 잘 모르지만, 대사가 자수하겠다고 결정한 이상 받아들일 수밖에 없다고 여겼습니다. 돌아와서 안심입니다."

부인이 알아듣기 힘들 만큼 조그만 소리로 말하면서 버릇처럼 몇 번이나 고개를 꾸벅거렸다.

구사나기의 얘기가 끝나자 유가와는 짐짓 하품하는 시늉을 했다.

"그 증언을 그대로 믿는 거야? 그런 식이면 자네들에게 잡힐 범인이 하나도 없겠군."

"얘기를 끝까지 들어 봐. 사건 현장에는 신자가 아닌 사람도 있었어. 그들에게도 얘기를 들어 봤단 말이야."

"신자가 아닌 사람이 있었어?"

"그래. 주간지 취재 기자랑 사진 기자. 우연히 취재하러 와 있었던 모양이야."

기자는 『주간 트라이』의 사토야마 나미라고 했다. 나이는 서른 전후. 보이시한 헤어스타일에 화장기가 없는 여자였다.

"원래는 '구아이회'의 사기성을 취재할 계획이었어요."

긴자에 있는 카페에서 사토야마 나미는 재미난 장난이라도 꾸미고 있는 듯한 표정으로 말했다.

"우리 잡지사 편집부로 익명의 투서가 날아들었거든요. 최근 들어 신자가 급격히 늘어나는 '구아이회'라는 종교 단체를 아느냐고요. 자신의 가족이 줄줄이 신자가 되어 재산을 갖다 바치는 바람에 결국 가정이 붕괴되고 말았다는 거예요. 수소문해 보니까 아닌 게 아니라 수상쩍은 얘기가 들리더라고요. 강압적인 방법으로 회원을 모집한다느니, 노인이 거의 전 재산을 헌금이라는 명목으로 빼앗겼다느니, 뭔지 모를 항아리를 엄청난 가격에 팔았다느니 하고 말이죠. 하지만 그런 일이라면, 이렇게 말하면 어떨지 모르겠지만, 어느 종교 단체에나 흔히 있는 일이잖아요. 크건 작건 말이죠. 굳이 기사로 다룰 만한 내용은 아니라고 생각했어요."

그런 그녀의 생각이 바뀐 것은 신자들을 인터뷰하면서였다고 한다.

"열 명 넘게 취재했는데, 렌자키 시코를 무조건 신뢰하는 거예요. 신자니까 당연하다면 당연하겠지만, 맹신을 넘어서 확신하고 있었어요. 대사의 힘은 진짜니까 당신도 반드시 염을 받아 봐라, 하고 하나같이 간곡히 권하더군요. 대체 어떻게 하면 이 정도로 사람의 마음을 사로잡을 수 있을까 신기하기도 하고 그래서 교조를 직접 만나 취재해 보기로 했죠."

사토야마 나미에 따르면 처음에는 취재를 거절당했다고 한다. 송념의 자리에는 신자만이 참석할 수 있다는 것이 이유였다. 그런데 얼마 후, '구아이회' 쪽에서 먼저, 신자들이 수행하는 모습이라면 취재하러 와도 좋다고 연락을 했다. 렌자키가 염을 보내는 장면을 볼 수 없다면 별 의미가 없다고 생각했지만, 일단 들여다보기나 하자 싶어서 사진 기자와 함께 찾아갔다. 그런데 도량에는 신자가 거의 없었다. 간부에게 물어보니 '정화의 방'에서 임시 간부 회의가 열리고 있어 수행이 중지되었다는 것이었다.

여기까지 와서 빈손으로 돌아갈 수는 없다 싶어, 그렇다면 그 회의에 동석하게 해 달라고 부탁했다. 간부는 일단 난색을 표했지만, 렌자키의 허락이 떨어졌는지 잠시 후 사토야마 일행을 '정화의 방'으로 안내했다. 그렇게 해서 예의 사건을 목격하게 되었다는 것이었다.

사토야마 나미에는 한층 진지해진 눈빛으로 얘기를 계속했다.

"그거 말이죠, 진짜였어요. 처음에는 우리를 의식한 퍼포먼스인 줄 알았죠. 제5부장이 괴로워하며 몸을 뒤틀 때만 해도 참 박진감 넘치는 연기라며 태평하게 바라보고 있었어요. 그런데……."

그녀가 고개를 저었다.

"진짜더라고요. 렌자키 시코가 손가락 하나 대지 않았는데, 제5부장이 비명을 지르면서 날뛰기 시작했어요. 제 두 눈으로 똑똑히 봤으니까 확실해요. 렌자키 시코는 단 위에 앉은채 엉덩이조차 들지 않았어요. 그러니 제5부장을 창에서 떠밀기란 불가능한 일이죠."

헤어지면서 사토야마 나미는 이번 사건을 최신호에서 상세히 다룰 예정이니 기대해 달라고 사뭇 흥분된 어조로 말했다.

"사진 기자에게도 얘기를 들어 봤지만 대체로 내용이 일치하더군. 그때 찍은 사진도 봤는데, 취재 기자의 말이 거짓이나 과장은 아닌 것 같았어."

구사나기가 빈 머그잔을 들여다보며 이야기를 마무리했다.

유가와는 싱크대 앞에 서서 두 잔째 인스턴트커피를 타고있었다. 그가 스푼으로 커피를 저으며 뒤를 돌아봤다.

"지금 들은 얘기로만 봐서는 의문의 여지가 없어. 뛰어내리라고 강요했다면 모를까, 그저 공금 횡령을 추궁했을 뿐이라면 입건은 무리일 거야. 이번 사건은 내가 끼어들 필요가없을 것 같은데."

"역시 그런가. 물리학의 문제가 아니란 말이지? 나도 그렇게 생각하긴 했어."

구사나기는 방해해서 미안하다며 자리에서 일어섰다.

"다만, 그 교조인가 뭔가 하는 사람 말이야, 운이 좋긴 했어."

"무슨 뜻이지?"

"그렇잖아. 방금 우리도 말했다시피, 그 자리에 신자들만 있었다면 경찰이 그 얘기를 믿었겠어? 사실은 누군가 밀어서 떨어뜨린 게 아닐까 하고 의심하는 게 보통이지. 그랬다면 그 교단에 대한 평판에도 흠집이 났을 거야. 자칫 억울하게 체포되었을지도 모르고."

"그 생각은 나도 했어. 타이밍이 너무나 절묘하더란 말이지. 어쩌면 그 주간지 취재 기자나 사진 기자도 한통속이 아닐까 하고 생각했을 정도니까."

"그런데 그렇지 않았다는 말이군."

구사나기가 고개를 끄덕했다.

"취재 기자도 사진 기자도 이번 취재 전까지는 '구아이회'와 아무런 관련이 없었어. 이해관계도 없고 말이야. 공범일 가능성은 제로라고 할 수 있어."

"그렇다면,"

유가와가 머그잔을 손에 쥔 채 의자에 앉았다.

"나는 물론이고 자네도 나설 자리가 아니겠군."

"아무래도 그런 것 같아."

가볍게 손을 들어 보인 후 구사나기는 출입문으로 향했다.

같은 방인데도 한가운데 앉아 있으려니 기분이 영 달랐다. 혼자라는 사실도 영향을 미쳤을지 모른다. 그때는 간부 열 명이 양쪽 벽을 등지고 마주 앉아 있었다.

사토야마 나미는 '구아이회' 본부를 다시 찾았다. 목적은 물론 취재를 보충하는 것이다.

이번 건으로 그녀는 편집장에게 크게 칭찬을 들었다. 어제 발매된 『주간 트라이』에 '손대지 않고 사람을 움직이는 신흥 종교 교조의 경악할 파워!'라는 제목으로 그녀의 기사가 대대적으로 실린 것이다. 원래는 '손대지 않고 사람을 추락사'였지만 교정하는 동안 제목을 바꾼 이유는 이 소재를 앞으로도 조금 더 다루고 싶었기 때문이다. 되도록 '구아이회'의 심기를 건드리지 않으려는 것이었다.

무슨 소리가 나는가 싶더니 앞쪽에 있는 미닫이문이 열렸다. 그리고 지난번과 마찬가지로 하얀 승복을 입은 렌자키 시코가 들어왔다. 그 얼굴에 온화한 미소가 어려 있었다.

렌자키는 상단 뒷벽에 걸린 '구아이의 별'에 예를 갖춘 뒤 나미를 향해 책상다리를 하고 앉았다.

"주간지 기사는 잘 읽었습니다. 기자께서 직접 쓰셨다면서요."

나미가 자기도 모르게 어깨를 으쓱했다.

"혹시 거슬리시는 내용이라도……?"

아닙니다, 하며 렌자키가 고개를 저었다.

"어쩌면 그렇게 글을 잘 쓰시는지, 감탄했습니다. 현장감이 넘치더군요. 다만, 앞으로는 제 예전 이름을 거론하지 마셨으면 합니다. 그리고 경력에 관해서도 저희 구아이회 팸플릿에 적혀 있는 내용 외에는 기재하지 마시고요."

"아, 죄송합니다. 앞으로는 주의하겠습니다."

나미는 거듭 고개를 숙였다.

"주간지는 판매가 좀 됩니까?"

"네, 덕분에 아주 잘 팔리고 있어요."

"그렇군요. 저희 쪽에도 문의가 꽤 들어오나 봅니다. 거참, 아이러니하지 않습니까? 포교 활동 덕분이 아니라 교조의 실수 때문에 교단의 이름이 널리 알려지다니 말입니다."

렌자키는 허탈한 표정으로 시선을 떨구었다.

"그걸 교조님의 실수라고 할 수 있을까요? 잘못을 저지른 사람은 나카가미 마사카즈, 그러니까 제5부장일 텐데요."

그러자 렌자키가 아니죠, 아닙니다, 하며 고개를 저었다.

"그자가 잘못을 저지른 건 사실이지만, 그렇다고 해서 죽여도 되는 것은 아니죠. 물론 죽일 의도는 없었지만, 저 자신의 힘을 고려해 적당히 해야 했습니다. 그런데 화가 나서 그러지 못했으니 저는 교조로서 실격입니다. 이 모임을 이끌어 갈 자격이 없어요. 당장 해산해야 마땅합니다."

나미가 놀라서 눈을 부릅떴다.

"해산한다고요?"

"생각은 그런데, 제자들이 울며불며 말리더군요. 아직 자신들의 마음을 정화하지 못했으니 저의 염이 필요하다고 하는데는 반박할 말이 없었어요. 경찰에 출두해도 결국 돌려보내고, 대체 어찌해야 좋을지……."

렌자키는 한숨을 푹 내쉬었다.

그를 보고 있자니, 큰 힘을 가진 자의 고뇌가 느껴졌다. 나미는 그 힘이 어떤 것인지 알고 싶었다.

저, 하고 조심스럽게 말을 꺼냈다.

"오늘은 부탁이 있어서 찾아왔습니다. 교조님의 그 힘을 제게 보여 주실 수 있을까요?"

그러자 렌자키가 의아하다는 듯이 미간을 찌푸렸다.

"그건 지난번에 보시지 않았습니까. 그래서 그 기사를 쓰신 거고요."

"그저 보기만 하는 것이 아니라 제 몸으로 느끼고 싶어서요. 아, 몸이 아니라 마음으로 느끼는 건지도 모르겠지만요."

렌자키가 쓴웃음을 지었다.

"형사도 그런 말을 하더군요, 그 힘을 자신에게 보여 달라고요."

"그래서, 보여 주셨나요?"

렌자키는 고개를 저었다.

"그토록 신성한 행위를 취조실 같은 곳에서 할 수는 없지요. 게다가 상대는 단지 재미 삼아 그런 말을 했을 뿐이고요. 거절하기도 뭐해서 시늉만 해 보였습니다. 형사가 아무것도 느껴지지 않는다면서 불만스러워하더군요."

"저는 재미 삼아 말씀드리는 게 아닙니다. 그 힘을 느끼고 싶다는 순수한 마음이에요. 결과적으로 저 자신도 뭔가 변할지 모르죠. 부탁드립니다."

나미가 두 손을 모으며 고개를 숙였다.

렌자키가 후, 하고 길게 숨을 토했다.

"고개를 드세요."

고개를 든 나미에게 그가 온화하게 미소를 지어 보였다.

"알겠습니다. 당신은 그 형사와 다른 것 같군요. 그렇다면 조금만 해 보겠습니다. 뒤쪽에 있는 창문을 열어 주시겠습니까."

나미가 네, 하고 대답한 후 자리에서 일어섰다. 창문을 열고 거리를 내려다보았다. 서늘한 바람이 창으로 들어왔다.

그녀는 제자리로 돌아와 앉았다.

"그대로 등을 살짝 펴세요. 하지만 몸 전체의 힘은 가능한 한 빼야 합니다."

나미가 시키는 대로 하자 렌자키는 진지한 표정으로 양손을 그녀 쪽으로 향한 뒤 눈을 감았다. 그런데 몇 초 뒤 그가 다시 눈을 뜨고 입가에 미소를 떠올렸다.

"번뇌가 많으신가 봅니다. 거짓과 비밀도 상당히 많이 품었고요."

"아……, 다 알아내셨군요."

"하지만 그건 어쩔 수 없는 일입니다. 공기 정화기는 깨끗한 공기를 공급하지만 대신 내부에 있는 필터가 점점 더러워지잖아요. 그와 마찬가지로 인간은 살아가는 동안 마음의 필터에 더러움이 쌓입니다. 그걸 조금씩 깨끗이 하는 것이 우리 교단의 목표입니다."

그러고서 렌자키는 다시 진지한 표정을 지으며 "조금 전의 자세로 돌아가세요."라고 말했다.

나미는 등을 곧게 펴고 어깨에서 힘을 뺐다. 렌자키가 조금 전에 했던 것처럼 양손을 그녀 쪽으로 향한 뒤 눈을 감았다.

그렇게 몇 초가 지났을 때 나미는 불현듯 무언가 따스한 것에 감싸인 듯한 감각을 느꼈다. 놀란 그녀가 살짝 비명을 지르며 자세를 흐트러뜨리자 렌자키도 눈을 뜨고 양손을 내렸다.

"뭔가 느끼신 것 같군요."

나미는 연거푸 고개를 끄덕였다. 순간적으로 목소리가 나오지 않았다.

"느, 느꼈어요. 분명히 느꼈습니다. 뭐랄까, 몸이 조금 따뜻해지면서……."

렌자키가 고개를 끄덕였다.

"염을 느낀 겁니다. 당신의 마음은 비록 아주 조금이긴 하지만 정화되었습니다."

다음 순간, 형언하기 힘든 감동의 물결이 밀려왔다. 나미의 눈에서 눈물이 흘러내렸다.

"고맙습니다."

그녀는 깊이깊이 고개를 숙였다.

5

마미야가 주간지를 읽어 보고 싶다고 해서 주간지를 들고 그의 자리로 갔다. 어제 발매된 『주간 트라이』이다. 마미야는 돋보기를 낀 후 기사를 읽기 시작했다. 하지만 이내 흥, 콧방귀를 뀌며 주간지를 책상에 내려놓았다.

"렌자키 시코를 꽤나 치켜세웠군. 마치 초능력자라도 된다는 듯이 말이야."

"이 소재를 당분간 우려먹을 속셈인 거죠."

구사나기가 말했다.

"맨 끝부분에 한동안 이 교단에서 눈을 떼지 못할 것 같다고 쓰여 있어요. 조만간 제2탄이 나올 겁니다."

"쳇, 나오든지 말든지. 그건 그런데 말이지,"

마미야가 기사에 게재된 사진을 가리켰다.

"용케 사진을 찍었단 말이야. 이 사진으로 봐서는 아무도 피해자에게 손을 대지 않은 게 확실하잖아. 스스로 창에서 뛰어내렸다고 볼 수밖에 없겠어."

"그러게 말입니다."

마미야의 말대로였다. 사진에서 나카가미 마사카즈는 무언가에서 벗어나려는 듯이 고개를 돌린 채 양손으로는 몸을 보호하려는 듯한 자세를 취하며 창문으로 향하고 있었다. 사진 기자 다나카에게 진술을 들을 때도 봤던 사진이다.

"관할 서에서 사건을 자살로 처리하기로 했다던데."

"그렇습니다. 횡령한 사실이 들통나자 당황해서 충동적으로 뛰어내렸다고 결론지을 모양입니다."

"그래? 자네로서는 다행이겠는걸. 귀찮은 일에 휘말리지 않아도 되니 말이야."

"그렇기는 합니다만……."

구사나기는 주간지를 집어 들고 손으로 둘둘 말았다.

"왜 그래, 뭐, 마음에 걸리는 일이라도 있어?"

"그런 건 아닌데……, 계장님, 인터넷 가끔 들여다보세요?"

그 물음에 마미야가 얼굴을 찌푸렸다.

"아니, 안 봐. 도무지 성격에 맞질 않아."

"그렇군요. 실은 어제부터 '구아이회'에 관한 검색 건수가 급격히 늘어나고 있어요. 주간지 기사를 계기로 세간의 주목을 받게 된 모양입니다."

마미야가 자리에 앉은 채로 구사나기를 힐끔 올려다보았다.

"혹시 주간지도 한통속이라는 얘긴가? 아니면 교단이 선전을 목적으로 사건을 일으켰다는 거야? 일부러 신자를 자살하게끔 해서 말이야."

"그런 건 아닙니다만……."

그러자 마미야가 손을 휘휘 저었다.

"자네에게 그쪽에 가 보라고 한 사람은 나지만 본의는 아니었어. 그러니 쓸데없는 생각 말고 당장 그 귀찮은 사건에서 손을 떼게. 알겠나?"

알겠습니다, 하고 구사나기는 자기 자리로 돌아왔다. 그런데 자리에 앉으려는 참에 그의 휴대 전화 벨이 울렸다. 발신자는 '구아이회' 사건의 관할 서 형사인 후지오카였다. 지난번 만났을 때 그와 전화번호를 주고받았다.

후지오카는 예의 사건에 관해 긴히 할 얘기가 있는데 만날 수 있겠느냐고 물었다. 저녁때 만나기로 약속하고 전화를 끊었다.

약속 장소는 도라노몬에 있는 선술집이었다. 별실이 있어

밀담을 나누기에 적당했다.

감색 양복 차림의 후지오카가 먼저 와 있었다.

"이렇게 오시라고 해서 죄송합니다."

생맥주와 안주 몇 가지를 주문한 다음 후지오카가 고개를 숙이며 말했다.

"아닙니다. 그건 괜찮은데, 긴히 할 얘기라는 게 뭡니까?"

그러자 후지오카는 네, 하며 구사나기 쪽으로 몸을 기울였다.

"실은 밀고가 있었습니다."

"밀고요?"

"네. 과거에 '구아이회' 신자였다는 남자한테 전화가 걸려왔어요. 그 사람 말에 따르면 교단의 돈을 착복한 사람은 나카가미가 아니라 다른 간부들이라는 거예요. 물론 경리 담당이었던 나카가미가 그 사실을 몰랐을 리 없으니 얼마간 떡고물이야 얻어먹었겠지만, 어디까지나 그는 이용당했을 뿐이고 주범은 따로 있다더군요."

"그게 누구랍니까?"

후지오카는 목소리를 한층 낮추어 "제1부장과 제2부장이랍니다."라고 대답했다.

"제1부장이라면, 마지마라는 사람 아닙니까? 제2부장은……."

"모리야라는 남자입니다. 모리야 하지메요."

"그런데 밀고자는 어떻게 그 사실을 알았답니까?"

"나카가미 본인에게 들었대요. 나카가미가 마지마나 모리야에게 불만이 많았는지, 그 두 사람을 거드는 일이 어리석게 느껴진다는 말을 흘리고 다녔답니다."

"그랬으면 그런 사실을 렌자키 교조에게 털어놓으면 되지 않았을까요?"

"문제는 바로 그 점입니다. 렌자키가 두 사람의 행위를 알고 있었나 봐요. 알고도 모르는 척했다는 게 밀고자의 주장입니다. 마지마와 모리야, 두 사람은 '구아이회' 발족 당시부터 렌자키의 제자였는데, 실은 그 두 사람이 기공사였던 렌자키를 부추겨 교단을 설립하도록 만든 배후 세력이라는 소문이 있어요. 그래서 렌자키도 그들에게는 강경한 태도를 취할 수 없었다는 거죠. 그리고 그런 내막을 아는 나카가미는 렌자키에게 대놓고 말하기가 어려웠던 거고요. 그래서 '구아이회'를 탈퇴할 생각까지 하고 있었답니다."

"탈퇴를요? 교단에서 나와서 어쩔 셈이었을까요?"

"다른 종교 단체로 옮겨 타는 거죠."

"다른 종교 단체라면……?"

구사나기가 그렇게 묻는데 종업원이 생맥주를 들고 왔다. 건배할 분위기도 아니고 해서 둘은 묵묵히 술잔을 기울였다.

"구사나기 씨, 혹시 '수호의 광명'이라는 단체를 아십니까?"

"네, 들어 본 적은 있어요."

"10년 넘게 활동해 온 종교 단체인데, 그쪽도 좀 수상한 곳이 기는 하지만 나름으로 신자를 모집해 왔어요. 그런데 '구아이 회'와 활동 범위가 겹치는 부분도 있고, 또 최근 몇 년간은 서로 신자를   빼앗고 빼앗기는 상태였답니다. 나카가미는 아마도 '구아이회'를 나와서 그쪽으로 들어갈 심산이었나 봅니다."

후지오카의 말에 구사나기가 고개를 절레절레 저었다.

"아무리 지조가 없기로서니, 소위 신자라는 사람이⋯⋯."

"그들에게 종교는 비즈니스예요. 돈을 벌 수만 있다면 종교를 갈아타는 일쯤 아무것도 아니죠. 밀고자 말로는 나카가미와 '수호의 광명' 간에 이미 얘기가 끝나서 나카가미가 '구아이회'를 나오려는 단계였답니다. 게다가 나카가미를 따르는 신자 몇 명을 선물 격으로 데려가기로 했다나요."

"그렇군요. 뭐, 있을 법한 얘기죠."

그때 주문한 음식이 나와 또 대화가 잠시 중단되었다.

"『주간 트라이』에 실린 기사는 보셨습니까?"

종업원이 물러간 후 후지오카가 물었다.

"네, 봤습니다. 증언한 내용 그대로더군요."

"그런데 이상하다는 생각이 들지 않던가요? 기사에 따르면 렌자키는 횡령에 관해 한마디도 언급하지 않았다고 하던데요. 다만 배신에 관해 나카가미를 꾸짖었을 뿐이고요."

"그러고 보니 좀 이상하긴 하군요."

"렌자키가 말한 배신이란 횡령이 아니라 '수호의 광명' 쪽으로 돌아서는 것을 말하는 거였어요. 그와 같은 배신은 용서할 수 없다는 걸 다른 간부와 신자들에게 보여 주기 위해서, 말하자면 본보기로 그런 일을 벌인 게 아닐까요? 하지만 나카가미가 '수호의 광명'에 가려고 했다는 사실이 알려지면 교단의 이미지가 실추될 테니 나카가미에게 횡령죄를 덮어씌운 거죠. 어떻습니까, 제 추리가?"

구사나기는 젓가락으로 음식을 집으며 고개를 끄덕였다.

"나쁘지 않군요."

"그렇죠?"

후지오카가 기쁜 표정을 지었다.

"역시 나카가미는 자살한 게 아니에요."

"하지만 설령 그렇다 해도 경찰로서는 어쩔 도리가 없어요. 애초에 그 사건을 살인 사건이라고 보기에는 무리가 있습니다. 손가락 하나 대지 않았으니 말이죠."

"바로 그 점 때문에 의논을 드리고 싶어서 이렇게 다시 뵙자고 한 겁니다. 구사나기 씨는 이런 종류의 사건에 강하시잖아요. 뭔가 좋은 아이디어가 없을까요?"

"전에도 말씀드렸지만 제가 강한 게 아닙니다. 잘 아는 물리학자에게 운을 떼 봤지만, 상대도 해 주지 않더군요. 물리학의 문제가 아니라면서요."

"그렇군요……."

후지오카가 어깨를 축 늘어뜨렸다.

"하지만 도무지 납득이 안 가서 말이죠."

그건 나도 마찬가지라고 말하고 싶은 걸 구사나기는 간신히 참았다. 깨끗이 손을 떼라던 마미야의 말이 떠올랐던 것이다.

6

오늘 다섯 번째 상담자는 예순이 넘은 남자였다. 신청서에는 자영업자라고 적혀 있었다. 명품을 걸친 건 아니지만 차림새가 그런대로 괜찮았다. 모은 돈이 꽤 있을 거라고 마지마는 짐작했다.

남자를 '정화의 방'으로 안내했다. 창은 열려 있는 상태고, 방 한가운데에 방석이 놓여 있었다.

"여기서 정좌하고 기다리십시오. 잠시 후에 대사가 오실 겁니다."

마지마의 말에 남자는 긴장한 표정으로 방석에 앉았다. 마지마도 그대로 벽을 등지고 정좌했다.

이윽고 앞쪽에 있는 출입문이 열리더니 '구아이회'의 교조 렌자키 시코가 들어왔다. 남자는 깊이 고개를 숙였다.

"얼굴을 드시지요."

렌자키가 상좌에 앉고 나서 말했다.

"번민이 상당히 깊어 보이는군요."

네, 하고 남자가 대답했다.

"도무지 어째야 좋을지 모르겠습니다. 남들의 권유로 주식에 손을 대기도 하고 장사도 해 보았지만 제대로 된 게 하나도 없어요. 이런 식으로 가다가는 얼마 남지 않은 퇴직금마저 몽땅 날릴 판이어서 답답한 나머지 이렇게 상담을 청하러 왔습니다."

옆에서 듣고 있던 마지마는 득의의 미소를 지었다. 주식 투자나 장사에는 실패했지만, 퇴직금은 아직 남아 있는 모양이었다.

"알겠습니다. 그럼 잠시 봐 드리죠."

그러고서 렌자키는 눈을 감더니 양쪽 손바닥을 남자에게로 향했다. 하지만 그는 얼마 지나지 않아 눈을 뜨며 화들짝 놀라는 표정을 지었다.

"이런, 이거 안 되겠는데요."

그 목소리가 자못 심각했다.

뭐가요? 하고 남자가 물었다. 얼굴에 불안한 기색이 역력했다.

"젊은 시절에는 두루두루 좋은 일도 있었던 것 같은데."

렌자키가 말했다.

"하, 글쎄요. 그렇다고 해야 할지……."

남자가 고개를 갸웃했다.

"꽤나 고달팠던 것 같은데요."

"고달프기만 했던 건 아니겠죠. 얼마간 좋은 일도 있었을 겁니다. 그런데 잊은 거죠. 안 그렇습니까? 나쁜 일만 있었다면 지금까지 살아 있지도 않았을 거예요."

"아아, 그야 뭐, 조금은 있었지만……."

"바로 그 점입니다. 당신은 당신 자신만 부당하게 고생한다고 생각하지만, 실은 그렇지 않습니다. 절대로요. 실은 주위 사람들에게 도움을 받는다거나 하는 좋은 일도 있었을 거예요. 그런데 현재의 괴로운 상황 탓으로 그렇게 느껴지지 않는 겁니다. 그런 상태를 우리는 마음에 더러움이 쌓였다고 말합니다. 그리고 바로 그 더러움 때문에 지금의 사태가 벌어진 것입니다. 먼저 그 더러움을 제거해야만 합니다."

옆에서 듣고 있던 마지마는 렌자키의 여전한 말솜씨에 속으로 혀를 내둘렀다. 얼마간 좋은 일도 있었을 거라고 찔러봐서 만일 상대가 대뜸 수긍할 경우에는 그런 탓에 방심한 나머지 마음에 더러움이 쌓였다고 할 것이다. 어떤 대답이 돌아오든 태연히 자신의 페이스로 끌어들인다. 그다지 내세울 것 없는 렌자키지만 그 화술에만은 늘 감탄해 마지않는다.

"마음의 더러움을 제거하려면 어떻게 해야 합니까?"

남자가 물었다. 여기까지 오면 이미 걸려든 것이나 다름없다.

"일단 염을 조금만 보내 보겠습니다. 몸을 편히 하세요."

그러고서 렌자키는 지난번에 했던 것처럼 송념하는 자세를 취했다.

남자가 금방 "아아." 하고 조그맣게 소리를 내었다. 그리고 신기하다는 듯이 자신의 몸을 내려다보았다.

"어떠십니까?"

렌자키가 물었다.

"그게, 저, 방금 잠깐 몸이 따뜻해진 것 같은 기분이 들었습니다."

"그럴 겁니다. 마음의 더러움이 아주 조금이나마 정화된 거예요. 이걸 계속하다 보면 반드시 옛날처럼 좋은 일들이 일어날 겁니다."

남자가 눈을 빛내며 다다미에 이마가 닿을 만큼 머리를 조아렸다.

한 건 했네, 하고 마지마는 마음속으로 중얼거렸다. 입회금과 수행료를 합해 120만 엔. 이 남자에게는 좀 더 우려낼 수 있을 듯하다. '구아이의 별' 무늬가 새겨진 50만 엔짜리 항아리도 권해 봐야겠다고 생각했다.

허공에서 잔 두 개가 마주쳤다.

싱글 몰트 위스키를 단숨에 들이켜고 나서 마지마는 뜨거운 숨을 토했다. 마주 앉은 모리야도 만족스러운 듯한 표정이다.

두 사람은 4층 거실에 있었다. 때로는 호스티스 대신으로 여신도 몇 명을 불러들이기도 하지만 오늘 밤은 단둘이다.

"야 참, 아무리 그래도 그렇지, 이렇게 쉽게 풀릴 줄이야……."

테이블에 놓여 있는 목록에 시선을 주며 마지마가 말했다.

"요 며칠간 쉰 명 넘게 입회했어. 입회금만 5천만 엔이라니까. 웃음이 멈춰지지 않는다는 말은 이런 경우를 두고 하는 말인가 봐."

모리야는 자신의 잔에 위스키를 콸콸 따랐다.

"저도 깜짝 놀랐어요. 나카가미가 죽었을 때는 솔직히 말해서 이렇게 끝나나 보다 싶었거든요. 그런데 막상 뚜껑을 열고 보니 끝나기는커녕 전부 렌자키가 말한 대로 됐어요."

"정말 대단한 친구야."

마지마가 감탄스럽다는 듯이 말했다.

"나는 머릿속이 하얘지던데 그 친구는 오히려 반색하는 거야. 이렇게 효과적인 선전은 없을 거라면서 말이지. 그 친구를 적으로 돌리면 안 된다는 걸 새삼 깨달았어."

"게다가 자수까지 했잖아요. 물론 그 상황에서 교조가 자수하면 매스컴이 들끓을 거야 불 보듯이 뻔하죠. 하지만 그게 '구아이회'의 이미지에 득이 될지 실이 될지는 알 수 없잖아요. 죄를 추궁당하지는 않는다 해도 사람이 죽은 건 불길한 일이니까요. 그런데 그런 식으로 배짱 두둑하게 나오니 말릴 수가 없더라고요."

"말리지 않는 게 정답이었어."

마지마가 잔을 치켜들었다.

"교조의 실력이 사실이라는 걸 온 세상에 알렸으니 말이야. 게다가 걸리적거리던 나카가미도 해치웠고 우리 교단의 지명도까지 높아졌으니 일거양득인 셈이지. 이게 다 『주간 트라이』 기자들 덕분이야."

기사가 나간 후로 다른 매스컴들에서도 취재 요청이 쇄도했다. 그중 몇몇 기자에게는 실제로 렌자키의 마법을 체험시켰다. 하나같이 놀라고 흥분한 채 돌아갔다. 그들이 쓴 기사가 전국에 '구아이회' 붐을 일으키고 있다.

"그리고 보니 그 주간지 기자라는 여자가 요즘 매일 오는 것 같던데요."

모리야의 말에 마지마가 고개를 끄덕거렸다.

"아주 열렬한 신자가 되었나 봐. 다음 호에서는 교조님의 실력에 관해 좀 더 자세히 다루겠다는 거야."

그 말에 모리야가 몸을 흔들며 웃었다.

"그거 정말 잘됐군요. 그 여자, 몸매가 상당히 괜찮던데, 어떠세요?"

그러자 마지마가 얼굴을 찡그리며 손사래를 쳤다.

"난 그런 근육질은 별로야. 마음에 들면 자네나 어떻게 해보든지."

"그래요? 그럼 그 말씀에 따르겠습니다."

그보다, 하고 마지마가 목소리를 낮췄다.

"나카가미 건은 마무리가 잘될까?"

"그 점은 걱정 마세요. 후지오카라는 형사가 여기저기 냄새를 맡고 돌아다니는 모양이지만 결정적인 증거는 전혀 못잡더군요. 자살로 처리될 겁니다."

"그렇다면 안심이군. 이제야 두 다리 뻗고 자겠네. 이제 문제는 '수호의 광명'인데. 나카가미를 빼 가려고 하다니, 우리를 뭘로 보고……."

"그쪽이 요 몇 년 새에 신자가 눈에 띄게 줄었거든요. 수단 방법을 가릴 처지가 아닐 겁니다. 하지만 염려하실 것 없습니다. 이번 사건으로 대세가 우리 쪽으로 완전히 기울었으니까요. 신자를 빼앗기기는커녕 모조리 빼앗을 기회예요."

"그건 나도 같은 생각이긴 한데, 그놈들을 어떻게 처리하지? 나카가미를 따라 '수호의 광명'으로 옮겨 가려고 했던 자들 말이야."

"그냥 내버려 둬도 되지 않을까요? 렌자키 시코의 실력을 새삼 깨닫고 다들 옮길 마음이 달아났다고 하니까요."

"염탐꾼이 그렇게 보고하던가?"

"네, 뭐……."

마지마는 잔 속의 얼음을 흔들어 카랑카랑 소리를 내며 빙긋이 웃었다.

"그렇다면 다행이군. 신자들도 참 어리석단 말이야. 자신들 속에 어쩌면 우리 끄나풀이 있을 거라는 생각을 왜 하지 못할까?"

"그래서 신자가 된 겁니다. 그 간단한 속임수에 홀랑 넘어갈 정도니까요."

모리야가 누런 이를 드러내며 웃었다.

7

누나 유리에게서 전화가 걸려 왔을 때 구사나기는 커피숍에서 『주간 트라이』 최신호를 읽고 있었다. '구아이회'에 관한 기사 제2탄이 실려 있었던 것이다. 이번에도 사토야마 나미가 기사를 썼다.

"어째야 좋을지 모르겠어."

유리가 대뜸 말했다.

"뭘 말이야? 미사 때문에?"

미사는 이제 갓 고등학생이 된 누나의 외동딸이다.

"그게 아니라 할머니 일이야."

"할머니라니, 누구 할머니 말이야?"

"우리 집 할머니지 누구겠어. 같이 살잖아."

아아. 구사나기는 그제야 납득했다.

"그럼 할머니가 아니라 시어머니라고 해야지."

"상관없어. 우리 집에서는 그렇게 불러. 그게 중요한 게 아니라, 너한테 상담을 청하려고."

"상담? 고부간의 문제라면 나는 사양하겠어."

"그런 일로 너한테 상담을 청할 바에야 차라리 옆집 고양이한테 얘기하지. 그게 아니라, 할머니가 이상한 데 빠져서 고민이야."

"이상한 데라니?"

"'구아이회'라고, 너, 들어 봤어?"

구사나기는 자신의 손에 들려 있는 주간지를 내려다보았다.

"응, 알아. 요즘 여러 가지로 화제에 오르는 것 같던데."

자신이 그와 관련된 사건을 담당하고 있다는 말은 하지 않았다.

"누나 시어머니가 그 종교에 빠졌단 말이야?"

"그런 것 같아. 아는 사람이 권유해서 견학하러 갔다가 완전히 빠져들었나 봐. 입회하겠다고 고집을 부리잖아. 그뿐만 아니라 나랑 네 매형까지 입회하라는 거야. 우리한테 둘째가 생기지 않는 것도 마음에 더러움이 쌓여서 그렇다나."

"누나, 둘째를 원해?"

"아니야, 이제 와서 둘째는 무슨. 그런데 있잖아, 너 알아? '구아이회' 입회금이 자그마치 백만 엔이야. 할머니가 돈을 어떻게 쓰건, 그거야 당신 자유지만, 속임수일 게 뻔하잖아."

흠, 하고 구사나기는 한숨을 쉬었다.

"그럴지도 모르지. 그래서, 나더러 어쩌라는 거야, 설마 할 머니를 설득하라는 말은 아니겠지?"

"설득해 주면 물론 고맙겠지만 그러기는 힘들겠지. 그보다 네 친구의 지혜를 좀 빌렸으면 하는데……."

"내 친구 누구?"

"유가와 군 말이야. 배드민턴부에 있었던 친구. 그 사람이 라면 '구아이회'의 사기성을 증명해 보일 수 있지 않을까?"

유리는 구사나기가 여러 번 유가와의 도움으로 사건을 해 결했다는 사실을 알고 있었다.

"그건 무리야. 실은 얼마 전에 그 친구랑 그 비슷한 얘기를 나눈 적이 있는데, 전혀 관심을 보이지 않더라고."

"그러지 말고 한번 얘기해 봐. 부탁이야."

"흠, 그럼 다음에 만나면 얘기해 볼게."

"그렇게 느긋한 소리 하지 말고, 전화 끊자마자 당장 연락해 봐. 알았지? 알았다고 말해."

"거참, 시끄럽네. 알았어."

"부탁이야, 꼭."

귀가 따가울 정도로 떠들어 댄 후 유리는 일방적으로 전화를 끊었다.

구사나기는 한숨을 내쉰 후 유가와의 휴대 전화 번호를 눌렀다. 강의 중일 수도 있겠다고 생각했는데 금방 전화를 받았다.

"구사나기? 이번엔 또 무슨 용건이야?"

"미안하지만 좀 골치 아픈 얘기야."

구사나기는 유리에게 부탁받은 얘기를 늘어놓았다. 웃어 넘길 줄 알았는데 유가와의 반응이 예상 밖이었다.

"실은 지난번에 자네한테 얘기를 들은 후로 내내 마음이 찜찜했어. 우리 연구실에서도 '구아이회'가 화제에 오르더니 학생들끼리도 갑론을박을 벌였거든. 그들을 지도하는 입장에서 무시할 수가 없더군. 그래서 지난주와 이번 주 『주간 트라이』를 열심히 읽고 있던 참이야."

"뭐 좀 알아냈어?"

"아니, 솔직히 아직은 잘 모르겠어. 다만 조금 더 자세히 알고 싶다는 생각은 들더군. 기사로 봐서는 체험자들이 예외 없이 렌자키의 힘을 느낀 것 같아. 느낀 내용도 대개 비슷하고 말이야. 그런 걸 우리 용어로는 재현성이 높다고 해. 재현성이 높은 현상은 반드시 과학적으로 설명할 수 있고."

"알았어. 그럼 내가 도울 일이 있을까?"

"우선 이 기사를 쓴 주간지 기자를 만나게 해 줬으면 좋겠어. 기사를 보니 그녀도 렌자키 시코의 힘을 체험한 모양이던데, 그때 일을 듣고 싶어."

유가와가 그답지 않게 자발적으로 나서려고 했다. 구사나기는 한번 알아보겠다고 하고 전화를 끊었다.

그로부터 이틀 후, 구사나기는 사토야마 나미와 함께 데이토 대학 정문을 들어섰다. 사진 기자 다나카도 함께였다.

"행운이에요. 실은 저도 렌자키 대사의 힘을 과학적으로 설명해 줄 분을 찾고 있었거든요. 그런데 그런 분을 어디서 찾아야 할지 난감하던 참에 구사나기 씨의 연락을 받았어요."

명함을 건네는 유가와에게 사토야마 나미가 눈을 반짝이며 말했다.

"다행이군요. 누추하지만 일단 앉으시죠. 커피라도 가져오겠습니다."

"아니에요, 저희는 괜찮습니다. 그보다, 어서 얘기를 듣고 싶어요."

사토야마 나미가 필기도구와 녹음기를 꺼냈다. 유가와는 난처한 표정으로 구사나기를 바라보며 한숨을 쉬었다.

"미리 말씀드리지만, 아직은 렌자키 씨의 힘에 관해 어떻게 설명해야 할지 잘 모르겠습니다. 바로 그래서 사토야마 씨를 만나고 싶다고 한 거고요. 자세한 얘기를 듣고 싶어서 말입니다."

"그 얘기라면 이미 기사에 썼는데요."

"기사는 읽었습니다. 하지만 비유적인 표현이 많아서 참고하기에는 무리가 있더군요. 조금 더 객관적인 사실을 알고 싶습니다."

그의 말을 이해하지 못했는지 사토야마 나미가 고개를 갸웃했다.

유가와는 칠판 앞에 서서 분필로 가로로 길쭉한 사각형을 그렸다.

"우선 방의 크기 말인데요, 아무것도 없는 방이라고 하셨죠? 가로세로의 길이가 얼마나 되던가요?"

상좌와 천장의 높이, 벽의 색깔, 사건 발생 당시 자리의 배치 등을 유가와는 세세히 물었다. 사토야마 나미가 기억을 더듬어 가며 대답했다. 때로는 사진 기자 다나카가 옆에서 보충 설명을 했다.

유가와가 눈에 띄게 반응한 지점은 렌자키 시코가 염을 보낼 때 뒤쪽에 있는 창문을 열도록 한다는 부분이었다.

"창문을 연다고요, 무엇 때문이죠?"

"마음과 영혼의 더러움을 배출하기 위해서래요."

사토야마 나미가 망설임 없이 대답했다.

"대사에게서 염을 받으면 그런 더러움이 몸에서 빠져나가 거든요. 하지만 그걸 실내에 가둬 두면 금방 다시 돌아온대 요. 그래서 창문을 열어 둔답니다."

"더러움이라……."

유가와는 납득이 가지 않는다는 표정으로 칠판을 바라보 았다.

"실제로 마음이 개운해져요. 염을 받을 때마다 자신이 변 해 간다고 느끼는걸요."

사토야마 나미가 정색하며 주장했다.

"사토야마 씨,"

구사나기가 말했다.

"염을 한 번만 받은 게 아닙니까?"

그러자 그녀가 구사나기 쪽으로 고개를 돌리며 보란 듯이 턱을 쳐들었다.

"교단을 세상에 정확히 알린 데 대한 사례라면서 대사가 저를 특별 회원으로 인정해 줬습니다. 그래서 입회금을 면제 받고 신자가 되었죠."

"아……."

구사나기와 유가와가 서로 얼굴을 마주 보았다.

"기사에 따르면 무언가 따스한 것에 감싸인 듯한 느낌이었다고 했던데요."

유가와가 말했다.

"맞아요. 아주 잠깐이었지만, 체온이 확 올라가는 느낌을 받았어요."

"바닥에 히터라도 묻어 놓은 건가……."

구사나기가 떠오르는 대로 말했다. 그러자 사토야마 나미가 그를 노려보았다.

"그런 속임수가 아니에요."

"그래, 히터 때문은 아닐 거야."

유가와가 차분한 표정으로 말했다.

"그렇죠?"

사토야마 나미가 웃는 표정으로 되돌아왔다.

"신자들은 기공의 단계가 높아져서 그렇다고 하던데요."

"기공이라면, 중국의 건강법 말이죠?"

"네. 대사가 전에는 병을 치료하는 기공사였어요. 그런데 그 힘이 향상되어 지금과 같이 되었다고 생각해요."

구사나기가 유가와를 바라보았다.

"기공으로 그런 일이 가능해?"

"숙련된 기공사는 손을 향하기만 해도 그 부분이 따뜻해진다는 얘기를 들은 적이 있어. 일설에 따르면 손바닥에서 원적외선이 방출된다고도 하고. 과학적으로 증명된 사실인지 어떤지는 모르겠지만 말이야."

"대사는 그보다 훨씬 높은 수준에 도달했을 거라고 봐요."

"원적외선이라……."

유가와가 떨떠름한 표정을 지었다.

"하지만 그걸로는 사람을 창문 밖으로 떨어뜨릴 수 없어."

"뭔가에 쫓기는 듯한 느낌이었어요."

사진 기자 다나카가 불쑥 말했다. 모두의 시선이 그에게 집중되었다.

"쫓기는 느낌이요?"

유가와가 물었다.

"아니……, 그때 나카가미는 스스로 뛰어내렸다기보다 뭔가에 쫓기다가 충동적으로 창밖으로 뛰쳐나간 느낌이었어요. 불이 났을 때 창에서 뛰어내리는 사람들이 있잖아요, 그런 느낌이었죠."

유가와는 "불이라……." 하고 중얼거리며 팔짱을 끼고는 생각에 잠긴 채 한동안 움직이지 않았다.

저, 하고 사토야마 나미가 입을 열었을 때였다. 유가와가 갑자기 팔짱을 풀더니 구사나기를 바라보았다.

"자네가 취조실에서 렌자키 씨에게 염을 받았을 때는 아무런 느낌이 없었다고 했지?"

"응, 구원을 바라지 않는 사람에게는 염이 통하지 않는다고 설명하더군."

"아니에요, 그건 사실이 아닙니다."

사토야마 나미가 말했다.

"대사에게 그 일에 관해 들었어요. 염을 보내는 시늉만 했을 뿐이라고 하시더군요. 그런 신성한 행위를 취조실 같은 곳에서 할 수는 없었다는 거예요."

"다시 말해서 그 의식은 이 방에서가 아니면 하지 않는다는 말이군요."

유가와가 칠판에 그린 평면도를 가리키며 말했다.

"네. '정화의 방'에서만 하는 거죠."

유가와가 "그렇군요." 하고 고개를 끄덕였다.

"역시 이 문제는 과학적 측면에서 접근할 필요가 있을 것 같군요. 『주간 트라이』취재의 일환으로 제가 조사에 참여해도 되겠습니까?"

"어머, 그거야말로 제가 바라는 바예요."

"좋습니다."

유가와가 딱, 하고 손가락을 튕겼다.

"계측 기기와 조사 요원은 제가 투입하겠습니다. 손이 비는 학생들을 얼마든지 확보할 수 있으니까요."

유가와의 표정에 생기가 돌았다. 그런데 그때 사토야마 나미가 "아니, 저, 그건…… 곤란해요." 하며 양손을 내저었다.

"곤란하다니, 뭐가요?"

"과학적으로 조사하는 것 말이에요. 우리 편집부에서도 그런 얘기가 나와서 교단에 부탁한 적이 있는데, 곤란하다고 했어요."

"왜죠?"

"그런 식으로 설명할 수 있는 일이 아니라는 거예요. 대사의 염은 상담자의 마음에 작용하는 거라서, 사람의 마음을 과학으로 읽을 수 없는 것처럼 그 힘 역시 측정할 수 있는 것이 아니므로 측정하려는 것 자체가 무의미하대요. 게다가 외부인들이 들락거리면 제대로 송념이 되지 않는다고 했어요. 아까 제가 과학적으로 설명해 줄 사람을 찾는다고 말한 이유도 직접적인 조사가 불가능하기 때문이에요."

그녀의 말에 유가와가 난감한 표정을 짓더니 의자에 앉으며 다시 생각에 잠겼다.

8

나미의 손바닥이 땀으로 흥건했다. 이런 짓을 해도 괜찮을까 싶어 불안하면서도 뜻하지 않은 전개에 가슴이 뛰었다.

그녀는 '구아이회' 본부에 와 있었다. 그런데 오늘은 혼자가 아니었다. 그녀 옆에 유가와가 있다.

"소문은 들었지만, 위세가 대단한 것 같군요. 가구도 장식품도 죄다 최고급품이에요."

유가와가 실내를 둘러보며 태평스럽게 말했다.

벽에는 커다란 그림이 걸려 있고 선반에는 값비싼 골동품들이 늘어서 있다. 대리석 테이블에 가죽 소파. 나미도 처음이 응접실에 들어왔을 때는 상당히 놀랐다.

"전부 선물 받은 것들이래요. 신자들이 대사 덕분에 구원을 얻었다며 답례로 가져왔다고 들었어요."

"소파나 테이블도요?"

"가구야 그렇지 않겠죠."

유가와가 자리에서 일어나 골동품이 놓인 선반으로 다가가더니 대뜸 하나를 집어 들고 유심히 들여다봤다. 떨어뜨려 깨어지기라도 할까 봐 나미는 마음이 조마조마했다.

그때 문이 열리고 제1부장인 마지마가 들어왔다.

"아이고, 이거 기다리시게 해서 죄송합니다."

나미에게 웃음을 지어 보인 후 그는 경계심이 어린 눈빛으로 유가와를 바라봤다.

유가와가 나미 곁으로 되돌아왔다.

"마지마 씨, 소개할게요. 저희 잡지 편집장님이에요. 편집장님, 이쪽은 '구아이회' 제1부장이신 마지마 씨입니다."

유가와가 "요코다입니다." 하며 명함을 건넸다. 실제로 편집장에게 받아 온 명함이긴 하지만 그 사용처를 편집장에게는 정확히 알려 주지 않았다. 자초지종을 들으면 노발대발할지도 모른다.

"저희 사토야마 씨가 신세를 많이 졌다고 들었습니다. 덕분에 이번 호도 매진입니다. 다시 한 번 감사드립니다."

유가와가 천연덕스럽게 말했다. 대단한 연기다.

마지마가 눈을 가늘게 뜨고 웃었다.

"저희가 특별히 해 드린 일은 없습니다. 사토야마 씨도 다른 신자들과 마찬가지로 대할 뿐이죠. 교단에 관해 정확히 알려 주셔서 저희야말로 감사드립니다."

"그렇게 말씀하시니 편집장으로서 기쁘기 짝이 없습니다. 고맙습니다."

유가와가 공손히 고개를 숙였다.

"저, 그런데……,"

마지마가 나미와 유가와를 번갈아 봤다.

"그저 감사 인사를 하러 오신 건가요?"

"아, 아닙니다."

나미가 대답했다.

"편집장님을 모셔 온 건 개인적인 사정 때문입니다."

"어떤 사정이죠?"

"제가 설명하겠습니다."

유가와가 나섰다.

"실은 요즘 컨디션이 영 좋지 않아서 고민이에요. 몸이 무겁고, 머리도 띵하고요. 게다가 식욕 부진에 불면증까지 있지 뭡니까. 그런데 의사에게 진찰을 받아 봤더니 딱히 나쁜 곳이 없다는 거예요. 사토야마 씨에게 그 얘기를 했더니 대사를 한번 만나 보라고 권하더군요."

아하, 하고 마지마가 고개를 끄덕였다.

"대사의 염을 받고 싶다는 말씀이로군요?"

"안 되겠습니까?"

유가와가 물었다. 마지마는 고개를 가로저었다.

"그럴 리 있겠습니까. 저희는 그 어떤 분이라도 받아들일 준비가 되어 있습니다. 하물며 사토야마 씨의 상사시라는데 모른 척할 수야 없지요. 잠시 기다리십시오. 대사의 의향을 여쭤보고 오겠습니다."

마지마가 응접실을 나갔다. 나미는 그가 돌아올 때까지 말없이 기다렸다. 되도록 불필요한 말을 하지 말라고 유가와에게 미리 주의를 들었기 때문이었다. 유가와는 그 이유를 설명하지 않았지만, 아마도 도청기가 설치되어 있을 가능성을 우려한 듯했다.

과연 어떤 일이 벌어질까. 데이토 대학에서 주고받았던 말이 나미의 뇌리에 되살아났다. 과학적인 조사를 교단이 허락하지 않는다고 말하자 유가와는 자신이 그럴듯한 이유를 붙여 피험자가 되어 보면 어떻겠냐고 제안했다. 하지만 설사 그럴듯한 이유가 있다 해도 물리학자가 체험하겠다고 나서면 교단 측에서 달가워하지 않을 게 뻔했다. 그러자 유가와는 놀랍게도 자신이 『주간 트라이』 편집장 행세를 하겠다고 했다.

망설인 끝에 그녀는 결국 유가와의 제안을 받아들이기로 했다. 렌자키를 속이는 건 마음이 아팠지만, '염'의 정체를 유가와가 밝혀 주었으면 하는 마음이 더 강했다. 순수한 신자가 되기는 틀렸다고 나미는 생각했다. 기자로서의 호기심이 한층 강했다.

하지만 유가와가 어떻게 할 작정인지는 알지 못했다. 그는 오늘 조그만 서류 가방 하나를 들고 왔을 뿐이다. 안에 무엇이 들었는지는 묻지 않았다.

잠시 후 마지마가 돌아왔다.

"대사에게 말씀드렸더니 그런 일이라면 당장이라도 만나겠다고 하시는군요. 다행입니다."

"후의에 감사드립니다."

유가와가 자리에서 일어서서 고개를 숙였다.

마지마의 안내로 두 사람은 엘리베이터를 타고 5층으로 올라갔다. '정화의 방'은 카펫이 깔린 복도 맨 끝에 있다.

"여기서 기다리세요."

마지마가 미닫이문을 열고 그렇게 말하더니 유가와의 가방으로 손을 뻗었다.

"짐은 저희가 맡아 드리겠습니다."

나미가 움찔 놀라며 유가와를 바라보았다.

"아니요, 괜찮습니다. 제가 들고 있겠습니다."

유가와의 말에 마지마는 고개를 저었다. 미소를 띠고 있지만 눈빛이 날카로웠다.

"'정화의 방'에는 불필요한 물건을 들이지 않습니다. 그게 규칙이니 모쪼록 양해해 주세요."

"절대로 안 됩니까?"

유가와가 눈을 껌벅이며 물었다. 마지마는 "네, 부탁드립니다."라고 대답하고는 고개를 살짝 숙였다.

말없이 뭔가를 생각하던 유가와가 가방을 열고 안에서 얇은 대학 노트를 꺼냈다.

"그럼 이것만 허락해 주세요. 대사의 말씀을 메모하고 싶어서 그럽니다."

마지마가 잠시 망설이는 듯한 기색을 내비치다가 고개를 끄덕였다.

"그렇게 하시죠."

가방을 맡긴 후 두 사람은 실내로 들어섰다. 한가운데에 방석이 놓여 있는 것 외에는 아무것도 없는 간소한 방이었다. 창문은 이미 열려 있었다.

"저게 '구아이의 별'인가요?"

유가와가 상좌 뒤 벽에 걸려 있는 마크를 보면서 물었다.

맞아요, 하고 나미가 대답했다.

"디자인이 깔끔하군요. 조그맣게 글자가 쓰여 있는데, 뭐라고 쓰여 있는지 좀 봐 주겠어요?"

"제가 말인가요?"

"그래요."

유가와가 재촉하는 눈빛으로 나미를 바라보았다.

그녀는 주저하면서 단 위로 올라갔다. 높이는 몇십 센티미터에 불과하지만 단 위에 올라서고 보니 의외로 천장과 가까워져 키가 큰 유가와마저 내려다보였다. 나미는 렌자키가 늘이런 식으로 신자를 내려다보나 보다고 생각했다.

'구아이의 별'은 거울을 별 모양으로 잘라 낸 것이었다. 그런데 글자는 쓰여 있지 않고 나미의 얼굴만 거울에 비칠 뿐이었다.

"아무것도 쓰여 있지 않은데요."

그녀의 말에 유가와는 "그래요? 그럼 됐어요."라고 반응할 뿐이었다.

뭐야, 하고 생각하면서 나미는 단에서 내려왔다. 그때 밖에서 발소리가 들려왔다. 나미는 서둘러 벽 앞에 놓인 방석에 앉았다. 그리고 유가와를 바라보며 방석을 가리켰다. 유가와도 방석 위에 정좌하고 앉았다.

앞쪽 문이 열리고 승복 차림의 렌자키가 들어왔다. 그는 나미에게 묵례한 후 유가와를 바라보며 단 위로 올라갔다. 그리고 평소처럼 '구아이의 별'에 예를 갖춘 뒤 단 한가운데에 가부좌를 틀고 앉았다.

이때 나미는 단 앞쪽에 대학 노트가 세워져 있는 것을 알아차렸다. 렌자키가 앉아 있는 자리 바로 밑이었다. 당연히 렌자키에게는 보이지 않을 터였다.

자, 하고 렌자키가 입을 열었다.

"마지마 씨에게 얘기를 들었습니다. 몸이 좋지 않아서 고민이시라고요?"

"네, 이만저만 힘든 게 아닙니다."

유가와가 대답했다.

"손을 써 주시면 고맙겠습니다."

흠, 하고 고개를 끄덕인 후 눈을 감은 렌자키가 양손을 앞으로 쑥 내밀더니 화들짝 놀란 듯이 몸을 움찔했다.

"허, 큰일이로군요."

그가 눈을 뜨고 말했다.

"마음에 더러움이 잔뜩 쌓였어요. 실례일지 모르나, 살아오는 동안 어지간히 많은 일을 겪으셨나 봅니다."

"마음에 더러움이……."

유가와가 가슴께를 손으로 쓱쓱 문질렀다.

"부끄러워할 일은 아닙니다. 순수한 마음으로 살아간다는 게 쉽지 않죠. 다만, 마음의 더러움을 방치하면 위험합니다. 그것이 결국 육체를 좀먹으니까요. 걱정거리가 많으면 속이 쓰리고 아픈 것이나 같은 이치입니다. 그래도 오늘 이렇게 오셨으니 다행이에요. 조금만 늦었어도 손을 쓰지 못할 뻔했습니다."

"그 정도로 안 좋은가요?"

유가와의 눈이 휘둥그레졌다.

"너무 걱정하실 필요는 없습니다. 제가 마음의 더러움을 없애 드리겠습니다. 하지만 시간이 좀 걸릴지도 모르겠군요. 오랜 세월에 걸쳐 더러움이 쌓인 터라서요. 저, 입회하겠다는 뜻은 확고합니까?"

"그건 아직요. 일단 체험하고 나서 결정할 생각입니다."

"그래요?"

렌자키가 입가에 미소를 머금었다.

"의심하고 계시는군요."

"아니, 그런 건 절대 아닙니다."

"괜찮습니다. 다들 그러지요. 자, 그럼 어깨에서 힘을 빼고 자세를 편안히 하세요. 이제 염을 보내겠습니다. 그래도 되겠지요?"

유가와가 등을 펴는 모습을 보며 렌자키는 다시 눈을 감았다. 그리고 유가와를 향해 양손을 뻗었다. 나미는 그 사건 이후로 다른 사람이 염을 받는 모습을 처음 봤다.

유가와의 안색에 변화가 있었다. 느낀 거야, 하고 나미는 확신했다.

렌자키가 손을 내리고 눈을 떴다.

"어떻습니까?"

유가와가 고개를 갸웃했다.

"글쎄요, 뭔가 느낀 것 같기는 하지만, 제 착각일지도 모르겠습니다."

"그래요? 그럼 다시 한 번 해 보죠."

렌자키가 똑같은 동작을 되풀이했다. 그러자 유가와의 몸이 뒤로 밀려나는 것처럼 움직였다.

"어떠세요?"

이번에는 틀림없이 느꼈겠지, 라고 하듯이 렌자키가 빙그레 웃었다. 그러나 유가와는 이번에도 고개를 갸웃했다.

"잘 모르겠어요. 제가 원래 암시에 쉽게 걸려들지 않습니다."

"암시라니요?"

"전에 최면술을 취재할 때도 저만 전혀 최면에 걸리지 않아 폐를 끼쳤던 적이 있습니다."

렌자키의 얼굴에서 웃음기가 사라졌다. 그가 못마땅하다는 듯이 유가와를 노려봤다.

"요코다 씨라고 하셨죠? 뭔가 오해를 하신 듯하군요. 이건 암시나 최면술 같은 것이 아닙니다. 그보다 좀 더 직접적으로 힘을 보낸달까요."

"그래요? 그럼 내가 둔감한가……."

"좋습니다. 그럼 이번에는 염을 조금 더 강하게 보내 보죠. 틀림없이 느끼실 겁니다."

렌자키가 심각한 표정으로 양손을 내밀었다. 그러나 이번에는 눈을 감지 않은 채 유가와를 바라보았다.

다음 순간, 으악, 하고 소리를 지르며 유가와가 뒤로 나동그라졌다. 허겁지겁 몸을 일으키는 그의 얼굴이 굳어져 있었다.

"이번에는 아무래도 뭔가 느낀 모양이군요."

렌자키가 의기양양하게 말했다.

유가와는 두세 번 고개를 끄덕였다.

"느꼈습니다, 확실히요."

"그것이 염의 힘입니다. 이번 송념으로 요코다 씨의 마음에 쌓인 더러움이 꽤 많이 제거되었을 거예요. 어떻습니까, 몸 상태가 다소 좋아지지 않았나요?"

"그러고 보니 그런 것 같기도 하군요."

"그럴 겁니다. 이 과정을 되풀이하면 반드시 건강해집니다. 당장 입회해서 계속 다니실 것을 권합니다."

"네, 생각해 보겠습니다."

"그러십시오. 자, 그럼."

렌자키가 자리에서 일어나 방을 나갔다.

"괜찮으세요?"

나미가 유가와에게 물었다.

유가와는 고개를 끄덕이면서 단상으로 다가가 세워 놓았던 노트를 집어 들었다. 그리고 그걸 펼쳐 보며 만족스럽게 미소 지었다.

9

구사나기를 비롯한 경시청 수사관들이 후지오카와 함께 '구아이회' 본부를 압수 수색한 것은 오전 9시경이었다. 도량에는 일반 신자도 있었는데 그들은 당혹스러워할 뿐 저항하지 않았다.

강력하게 반발한 쪽은 간부들로, 그들은 수사관이 위층으로 올라가지 못하도록 엘리베이터를 정지시켰다. 또한 제1부장인 마지마 다케오와 제2부장인 모리야 하지메는 자신들이 거처하는 4층의 계단으로 통하는 문을 봉쇄하려고 했다.

아슬아슬하게 문틈을 비집고 들어간 구사나기 일행은 당초 예정대로 5층까지 뛰어 올라가, 미리 준비해 둔 평면도를 보며 '정화의 방'과 그 옆방으로 밀고 들어갔다.

옆방에는 렌자키 시코, 본명 이시모토 가즈오와 아내인 사요코가 함께 있었다. 그들을 방에서 내보낸 후 벽에 붙어 있는 책장을 조사하던 구사나기 일행은 눈에 쉽게 띄지 않는 곳에서 금속 장식을 발견했고, 그걸 조작하자 책장이 옆으로 미끄러져 움직였다.

그 안쪽에 숨겨져 있던 것은 서랍장 정도 크기의 장치였다. 그 장치에서 몇 가닥의 전선이 나와 있었고, 그 전선은 바닥에 놓여 있는 다른 기계와 연결되어 있었다. 기계에는 사방 30센티미터 길이의 네모난 패널이 벽 쪽으로 붙어 있었다.

그 친구 예상대로군, 하고 구사나기는 생각했다.

장치를 옥외에서 실험해 보기로 했다. 유가와와 감식반이 함께 여러 가지를 측정하며 안전성을 확인했다. 구사나기를 비롯한 수사관들은 조금 떨어진 곳에서 그 광경을 바라보고 있었다.

잠시 후 유가와가 구사나기에게 다가왔다.

"자, 그럼 시작해 볼까."

"왜 하필 나야?"

"자네가 보고서를 써야 하잖아. 그러니까 직접 체험해 보는 게 좋지 않겠어? 자, 어서 준비해."

유가와가 바닥에 놓여 있는 방석을 가리켰다. 다른 수사관과 감식반원들은 싱글거리며 그 모습을 바라보았다.

구사나기가 못마땅한 표정으로 신발을 벗고 방석에 앉았다. 그러자 유가와가 그에게 다가와 랩에 감싸인 엽서만 한 종이를 건넸다.

"이걸 셔츠 가슴 주머니에 넣어."

구사나기는 유가와가 시키는 대로 한 후 등을 곧게 폈다.

"이걸로 준비가 끝인가?"

"응. 각오는 했겠지?"

"살살 하라고. 첫 경험이잖아."

그러고서 구사나기는 2미터 정도 앞에 놓여 있는 네모난 패널을 바라보았다. 며칠 전 교단에서 압수한 기계다. 유가와 말에 따르면 안테나의 일종이라고 한다. 그 기계와 전선으로 연결된 장치는 전원이었다.

"별일 없을 거야. 자, 우선 보통의 송념 모드야."

간다, 하며 유가와가 전원 스위치를 켰다.

구사나기의 입에서 오, 하는 소리가 저절로 흘러나왔다. 순간적으로 몸이 따뜻해졌기 때문이다.

"어때?"

유가와가 물었다. 구사나기는 고개를 끄덕였다.

"확실히 느꼈어. 신자들이 말한 대로야."

"그럼 본게임으로 들어가자고. 이번에는 좀 괴로울지도 몰라."

"겁주지 마. 난생처음 보는 기계 앞에서……."

거기까지 말하고서 구사나기는 으악, 비명을 질렀다. 앞쪽에서 열기가 확 밀려오는가 싶더니 몸이 델 듯이 뜨거워졌기 때문이다. 참을 수 없었던 그는 그만 뒤로 나동그라지고 말았다. 그런데도 열기는 그를 계속 쫓아왔다. 구사나기는 허둥지둥 뒤쪽으로 달아났다.

그리고 다음 순간, 더는 열기가 느껴지지 않는다는 것을 깨달았다. 그는 자신의 몸을 살펴보았다. 화상을 입은 곳은 없었다. 여우에게 홀린 기분이 이런 거로구나 싶었다.

"와, 불길에 휩싸인 느낌이었어."

"출력을 높이면 더 뜨거운 맛을 볼 수 있을 텐데."

"끔찍한 소리 집어치워."

"와, 정말 그 정돕니까?"

그렇게 물은 사람은 후지오카였다.

"혹시 엄살을 부리신 거 아니에요?"

"엄살이라니요. 그렇게 의심스러우면 후지오카 씨가 직접 경험해 보시든지요"

"아니요, 저는 사양하겠습니다. 유가와 교수님, 다시 한 번 장치에 관해 설명해 주세요. 전자레인지와 똑같은 원리란 말씀이죠?"

유가와가 고개를 끄덕였다.

"마이크로파를 이용한 겁니다. 주파수가 높은 전자파를 쏘아 인체의 수분을 자극하는 거죠. 그 결과 물 분자가 격렬히 움직이면 몸이 열기를 느끼게 됩니다."

"그렇게 해도 몸에는 문제가 안 생기나요?"

"이 장치는 그 영향을 받는 범위가 피부 밑 수십 미크론 (1,000분의 1밀리미터)에 불과합니다. 뜨겁다고 느낄 뿐 상처는 남지 않죠. 출력이나 시간을 조절하면 열기를 느끼는 방식에 변화를 줄 수도 있습니다. 미국에서는 이 원리를 응용해 인체에 상해를 입히지 않는 폭동 진압 장치를 개발하기도 했어요. 액티브 디나이얼 시스템이 그것입니다."

"그걸 이용해 신흥 종교의 교조 자리에 올랐군요. 그럼 나카가미가 창문에서 뛰어내린 이유 역시 이 기계 때문이라고 봐도 되겠습니까?"

"물론입니다. 앞에서 불길이 자신을 덮치는 듯한 느낌에 반사적으로 뒤쪽으로 도망친 거예요. 방금 구사나기가 그랬던 것처럼 말이죠. 사진 기자가 불이 났을 때 창에서 뛰어내리는 사람들 얘기를 한 것이 결정적인 힌트였습니다. 송넘을 할 때마다 창문을 여는 이유는 창유리에 마이크로파가 닿는 것을 막으려는 것입니다. 만에 하나 유리 표면에 물방울이 맺혀 있거나 하면 열이 발생해 유리가 깨질 우려가 있거든요."

"그렇군요. 이제야 의문이 모두 풀렸습니다. 고맙습니다, 유가와 교수님. 서로 돌아가서 상부에 보고하겠습니다."

"형사과장님께 안부 전해 주세요."

"알겠습니다."

후지오카가 부하들을 데리고 물러가자 구사나기도 자리에서 일어섰다.

"잠깐만. 아까 그 종이 좀 보여 줘."

유가와의 말에 구사나기가 셔츠 가슴 주머니에서 랩에 감싸인 종이를 꺼냈다. 그 표면을 본 구사나기가 "아니, 이건……." 하고 중얼거렸다. 하얗던 종이가 새까맣게 변해 있었다.

"그때 그 종이와 똑같군."

구사나기가 말했다.

사토야마 나미와 함께 '구아이회' 본부를 방문했던 유가와는 돌아와서 구사나기에게 종이를 한 장 보여 주었다. A4 용지로, 한쪽 면이 새까맸다.

감열지야, 라고 유가와가 설명했다. 열이 닿으면 검게 변하는 종이란다. 유가와는 그것을 물에 적셔 랩으로 감싼 다음 대학 노트 사이에 끼워 렌자키가 앉는 단상 밑에 세워두었다고 한다. 교주의 트릭이 마이크로파를 이용한 것임을 간파한 그는 사토야마 나미의 증언 등을 토대로 '정화의 방'에 장치가 숨겨져 있으리라고 추측했던 것이다. 마이크로파가 닿으면 감열지의 표면이 검게 변할 터였다.

노트를 가져다 놓을 때는 사토야마 나미를 '구아이의 별' 앞에 세웠다고 한다. '구아이의 별'이 거울로 만들어진 것을 본 유가와는 그것이 매직미러이며, 안쪽에서 자신들을 감시하고 있다는 사실을 눈치챘던 것이다.

이상의 정보를 구사나기가 마미야에게 보고한 결과 이번의 대대적인 수색이 이루어졌다. 수사관들이 다짜고짜 '정화의 방' 옆방으로 들어간 이유는 이미 장치의 위치가 판명되었기 때문이었다.

10

실험이 있고 일주일 후, 구사나기가 유가와의 연구실을 찾았다. 재차 감사 인사를 하려는 것이었다.

"자네 덕분에 윗사람들이 싱글벙글이야. 고맙네."

구사나기가 작업대에 선물을 내려놓으며 말했다. 이번에는 좀 무리해서 돔 페리뇽이다.

"관할 서에서도 기뻐하더군. 다음에 또 골치 아픈 사건이 생기면 구사나기 씨랑 의논해야겠다느니 하면서 말이야. 수수께끼를 푼 사람은 내가 아니라고 몇 번이나 말했는데도 당최 못 알아들어."

"뭐, 어때. 그냥 내버려 둬. 그건 그렇고, 살인죄로 기소하기는 힘들지 않을까? 마이크로파를 쏘았다고 해서 상대가 반드시 뛰어내리라는 법은 없잖아."

구사나기가 콧등을 찡그리며 고개를 끄덕였다.

"자네 말대로야. 아쉽지만, 나카가미 건으로는 상해 치사가 고작일 거야. 하지만 놈들의 죄는 그뿐이 아니라네. 명백히 사기죄에 해당하거든. 그래서 수사 2과 녀석들이 아주 신났어. 우리 1과 덕분에 말이야."

"수많은 사람의 마음을 현혹하여 사기를 쳤으니 의당 벌을 받아야지. '구아이회' 간부 전원이 마이크로파를 사용한 사실을 알고 있었나?"

"아니야. 지금까지 조사한 바로는 제1부장인 마지마와 제2부장인 모리야만 알고 있었던 것 같아. 제3부장 이하는 뭔가 트릭이 있지 않을까 의심한 정도일 뿐 자세한 내용은 전혀 모르는 듯했어. 개중에는 여전히 렌자키의 능력을 신뢰하는 자도 있고 말이지."

"그럼 그자들은 무죄일 수도 있겠군. 주모자는 누구야, 역시 교조인가?"

구사나기가 고개를 저었다.

"그 사람은 수족일 뿐이야. 이용당했다고 할까. 주모자는 교조의 아내 사요코였어. 애초에 그 여자가 원흉이야."

그 말에 유가와가 눈을 동그랗게 떴다.

"교조의 아내가?"

구사나기가 입술을 일그러뜨리며 고개를 끄덕였다.

"응. 혼인 신고는 하지 않았지만 말이야. 이만저만 나쁜 여자가 아니야. 그 여자만 만나지 않았더라도 교조가 그렇게 되지는 않았을 거야."

구사나기는 취조실에서 사요코와 마주했을 때를 떠올렸다. 처음 봤을 때와는 인상이 전혀 달랐다. 눈에서 감정이라고는 찾아볼 수 없고, 입가에는 싸늘한 미소만 감돌았다. 수수해 보였던 얼굴은 화려하기 이를 데 없는 모습으로 변해 있었다. 옷차림도 매우 세련되어, 마치 번데기가 허물을 벗고 나비로 변신한 모양새였다.

그녀의 진술 내용과 마지마와 모리야에게 들은 얘기를 종합한 결과 '구아이회'의 실태가 낱낱이 드러났다.

사요코는 전에 다른 남자와 결혼한 적이 있었다. 작은 공장을 운영하는 남자로, 특히 마이크로파 가열 기술에 일가견이 있는 인물이었다.

그러나 사요코는 그를 사랑해서가 아니라 재산을 노리고 결혼했을 뿐이다. 실제로 결혼 당시에는 공장의 경영 상태가 좋았다.

그런데 장기화한 불황의 여파로 상황이 서서히 나빠졌고, 가사에 시달리며 돈도 마음대로 쓰지 못하는 생활에 염증을 느낀 사요코는 마침내 집을 뛰쳐나오고 말았다.

그 후 물장사를 하며 살아가던 그녀는 어느 날 남편이 병으로 사망했다는 소식을 듣고 집으로 돌아갔다. 이혼이 성립되지 않았으므로 생명 보험금을 받을 수 있을 거라고 생각했기 때문이다. 유산이 어느 정도 남아 있지 않을까 하는 기대감도 있었다.

하지만 그녀가 집을 나간 사이에 공장은 상황이 더욱 악화되어 있었다. 땅도 건물도 모두 남에게 넘어가고, 남아 있는 것이라고는 몇 푼 안 되는 현금과 남편이 마지막까지 연구했던 뭔지 모를 기계뿐이었다.

실망한 사요코는 도박판에서 알게 된 마지마를 불러들였다. 마지마는 도산한 공장에서 나오는 산업용 기기를 동남아시아 등지에 팔아넘기는 방법을 알고 있었다. 남편이 남기고 간 기묘한 기계를 팔아 조금이나마 돈을 건지자는 것이 사요코의 속셈이었다.

하지만 사요코의 남편이 남긴 취급 설명서를 읽어 본 마지마는 "이건 팔릴 만한 물건이 아니야."라며 고개를 저었다. 왜냐고 묻자 산업 기기가 아니기 때문이라고 했다.

"공작용 기계도 아니고 계측 기기도 아니야. 굳이 말하자면 건강 기구랄까."

마지마에 따르면, 그 기계를 사용해 마이크로파를 쬐면 혈액 순환이 좋아진다는 것이었다. 시험해 보니 아닌 게 아니라 몸이 따뜻해졌다. 사요코의 죽은 남편은 마이크로파를 혈류 장애 등을 치료하는 데 이용할 수 있다고 보고 특허를 신청하려고 했던 듯했다.

하지만 남아 있는 기록으로 보건대 의학적으로 검증된 일은 아니었다. 오히려 일반적으로는 마이크로파 등의 전자파가 몸에 좋지 않다고 여겨지고 있었다.

그렇다면 이 기계로 한밑천 잡을 방법이 없을까 하는 쪽으로 얘기가 흘러갔다. 암 따위 질병의 새로운 치료법이라고 소개하면 전국에서 환자가 모여들지 않을까.

하지만 자칫하면 거짓말이 금세 탄로나고 말 것이다. 기계를 숨겨 놓는 편이 낫겠다는 판단이 섰다. 벽면의 소재를 잘 선택하면 옆방에서도 마이크로파를 보낼 수 있다. 아무런 장치가 없는데 몸이 따뜻해진다면 누구라도 놀랄 것이 분명하다. 초능력 덕분이라고 선전하면 어떨까.

그래서 새로 끌어들인 사람이 역시 도박 멤버로 알게 된 모리야였다. 모리야는 신비주의를 내세워 돈을 번 경험이 있었다. 종교 법인을 설립하는 루트도 훤히 꿰고 있었다. 셋은 사요코를 중심으로 면밀히 계획을 세웠고 마침내 종교 단체를 세웠다. 문제는 누가 교조 역을 맡느냐였다. 자신들이 직접 나설 수는 없었다. 그랬다가 자칫 일이 잘못되는 경우 책임을 면하기 어려웠다.

그때 알게 된 사람이 이시모토 가즈오다. 그는 기공사 간판을 내걸고 병을 치료하고 있었다. 효험이 좋다는 평판이 있는 반면 치료 효과가 전혀 없다는 소문도 많았다.

바로 이 남자야, 처음 이시모토를 봤을 때 사요코는 그렇게 생각했다. 생김새도 나쁘지 않은 데다 지성미마저 살짝 풍겼다. 퍼포먼스가 뛰어나고, 무엇보다 스스로에게 도취하는 능력이 탁월했다. 사요코는 기공 따위를 믿지 않았지만 이시모토는 자신의 힘을 믿었다. 그에게는 환자를 속이려는 생각이 없었다. 따라서 말에 설득력이 있고 상대방에게 믿음을 주었다.

사요코는 이시모토에게 접근했고, 독신인 데다 여자를 만나는 일이 별로 없고 순진했던 이시모토는 그녀의 유혹에 쉽사리 걸려들었다. 얼마 안 가서 그는 사요코에게 푹 빠져들었다.

적당한 틈을 보아 사요코는 이시모토에게 교단 설립에 관해 얘기를 꺼냈다. 처음에는 주저하는 기색을 보이던 이시모토도 사요코가 "교조가 될 만한 사람은 당신밖에 없어요."라고 치켜세우자 결국 승낙했다. 사요코는 그를 마지마와 모리야에게 소개했다.

이렇게 해서 신흥 교단 '구아이회'를 발족했다. 구아이라는 이름에 별다른 의미는 없다. 괴로울 고(苦)와 사랑 애(愛) 자를 붙여 소리 나는 대로 쓴 것에 불과했다. 교조는 이시모토였지만 교단을 조직하는 일은 사요코가 도맡았다. '마음의 더러움'이라는 개념도, '송념'이라는 말도 모두 그녀가 만들어 냈다. 이시모토에게 렌자키 시코라는 이름을 붙인 것도 그녀의 아이디어였다. 교조의 이름에서 카리스마가 느껴져야 한다고 생각했다. 사실 렌자키는 사요코의 본래 성으로, 전남편과 별거할 때부터 다시 그 성을 사용해 왔다. 그래서 마지마나 모리야는 여전히 그녀를 렌자키로 불렀다.

그들은 변두리에 있는 조그만 단독 주택을 빌려 활동을 시작했다. 마이크로파 장치의 위력은 기대 이상이었다. 잠깐만 작동해 보이면 누구나 이시모토, 즉 렌자키 시코의 초능력을 믿었다.

사람을 사서 송념의 효과를 소문내자 얼마 지나지 않아 실제로 송념 덕분에 건강해졌다는 사람이 나타났다. 이른바 플라세보 효과다. 그 이후로는 모든 일이 순조롭게 흘러갔다.

부적이나 항아리 등 관련 상품을 제작해서 집회장에 진열하자 비싼 가격에도 날개 돋친 듯이 팔려 나갔다. 대필 작가를 고용해 렌자키 시코의 이름으로 출간한 책 다섯 권은 하나같이 베스트셀러가 되었다.

조그만 단독 주택이던 교단 본부는 불과 2년 만에 5층짜리 건물로 탈바꿈했다. 그즈음에는 간부의 수도 늘었다. 단, 새로 영입된 간부들에게는 마이크로파 장치의 비밀을 알려 주지 않았다. 비밀을 공유하는 사람은 적을수록 좋다는 것이 사요코의 주장이었다.

그런데 순조롭게 신자를 늘려 가던 교단이 최근 들어 정체기를 맞았다. 입소문만으로 사람을 모으기에는 한계가 있었던 것이다. 뭔가 돌파구가 필요했다.

그러던 차에 신자들 사이에 이상한 소문이 나돌기 시작했다. 몇몇 간부가 교단의 자산을 횡령하고 있다는 것이다. 그 몇몇 간부란 마지마와 모리야를 가리키는 것이 분명했다.

마지마와 모리야는 끄나풀을 동원해 소문의 진원지를 탐색했다. 놀랍게도 소문은 금고지기 나카가미 마사카즈가 퍼뜨린 것이었다. 게다가 나카가미는 다른 신도들과 함께 라이벌 교단인 '수호의 광명'으로 옮겨 가기로 결심을 굳힌 상태였다.

분노한 사요코는 실로 대담한 계획을 꾸몄다. 나카가미에게 렌자키 시코의 능력을 보여 줌으로써 배신은 용서받을 수 없다는 걸 뼈저리게 느끼게 해 주겠다는 것이었다. 평소 송넘을 할 때는 마이크로파의 출력을 극도로 낮추지만, 출력을 최대로 높일 경우 마치 화염에 휩싸인 것처럼 온몸이 뜨거워진다는 사실을 그녀는 알고 있었다.

그러나 나카가미를 죽일 작정은 아니었다, 그가 뛰어내릴 줄은 꿈에도 몰랐다는 것이 사요코와 마지마 등의 주장이었다.

"그들의 주장이 부자연스럽기는 하지만, 그 주장을 뒤집기도 어려워."

구사나기가 말했다.

"자네 말처럼 살해 방법으로 확실한 수단은 아니니까. 실제로 어떤 일이 벌어질지 알 수가 없단 말이지. 마이크로파라는 것이 조사 범위가 넓지 않아서 옆으로 피하기만 하면 열기조차 느끼지 못하잖아."

"그렇긴 하지."

유가와가 고개를 끄덕였다.

"다만, 송넘의 정체가 마이크로파라는 사실을 모르는 사람은 침착하게 대응하기 어렵다고 봐."

"단순한 위협은 아니었을 거야. 애초에 살의가 있었던 거지. 최소한 죽어도 상관없다는 생각은 있었을 거야. 그 여자를 만나면 자네도 그런 확신이 들걸. 게다가 살인마저 교단을 선전하는 데 이용하려고 했다는 점에서 보통 무서운 여자가 아니야. 본인은 우연이라고 주장하지만, 『주간 트라이』 기자들을 동석시킨 것도 분명히 계산적인 행동이었을 거야."

"그 여자가 직접 기계를 조작했나?"

"응. 옆방에 숨어서, 자네가 간파했듯이 매직미러 뒤에서 '정화의 방' 상황을 살피면서 기계를 조작했나 봐."

"흐음, 지금까지 들은 바로는 단순한 배후 인물로 만족할 만한 여자가 아닌 것 같은데."

"본인은 스스로를 배후 인물이라고 여기지 않았어. 프로듀서라고 여겼지."

그 말을 하면서 구사나기는 새삼 사요코의 얼굴을 머릿속에 떠올렸다.

재미있었어요, 희대의 악녀는 얄미울 정도로 태연스럽게 말했다.

"의심을 품던 사람들도 스위치 하나로 달라졌으니까요. 그들은 쉽게 신자가 되었죠. 그리고 제 생각대로 움직였어요. 부탁하지 않아도 돈을 갖다 바치는가 하면 고마워하기까지 하고요. 새삼 인간이란 한없이 단순한 존재라는 생각이 들었죠."

비장함 따위는 눈곱만큼도 없었다. 살인으로 기소되지는 않으리라고 짐작했기 때문일 것이다. 나카가미를 죽였을 때도 게임을 하는 감각이 아니었을까.

사요코는 심지어 사기죄조차 인정하지 않았다. 마이크로파를 사용한 것은 단순한 연출일 뿐이라고 주장했다.

"교회에서 오르간을 연주하거나 성가를 합창하는 것과 마찬가지예요. 신자들의 기분을 고양하기 위한 연출이란 말이죠. 그게 어째서 나쁜가요?"

죄의식이 전혀 느껴지지 않는 얼굴로 구사나기에게 따져 물었다.

"뻔뻔스럽기 이를 데 없는 여자로군. 그래, 교조는 어떻던가? 하루아침에 사기꾼으로 전락한 형국인데 말이야."

유가와가 물었다.

"어떤 의미에서는 그 사람이 최대의 피해자일지도 몰라."

구사나기는 그렇게 말했다.

취조실로 불려 온 이시모토에게 자신이 사기단의 일원이라는 자각은 없어 보였다. 뿐만 아니라 마이크로파를 사용한 트릭조차 제대로 알지 못하는 듯했다.

"보조 장치라고 들었습니다. 제 힘을 최대한으로 끌어내기 위한 기계라고요. 실제로 그 기계를 사용하면서부터 사람을 여럿 구제할 수 있었습니다. 나 자신조차 혼자서 기공을 할 때와는 비교도 되지 않을 만큼 정신적으로 진화했다는 느낌이었고요. 부디 사요코에게 전해 주십시오. 이제 기계 같은 건 사용하지 않아도 괜찮으니 둘이서 처음부터 다시 시작하자고요. 내가 그렇게 말하더라고 전해 주세요."

짐짓 시치미를 떼는 것이 아닌가 하는 의심이 들었으나, 찬찬히 얘기를 들어 보고 나서 수사관들은 그렇지 않다는 결론을 내렸다.

"그자는 믿고 있었어. 자신의 힘으로 신자들을 구원해 왔다고 말이야. 그래서 사건이 발생했을 때 자수할 의사를 밝혔던 모양이야. 자신이 죽였다고 믿었으니까. 그런데 사요코 일당은 그의 그런 믿음을 이용하기로 했지. 교조가 자수하면 선전 효과가 한층 높아질 거라고 생각한 거야. 어차피 유죄 판결이 내려지지는 않을 거라고 예상했으니까. 간수 말로는 이시모토가 구치소에 있는 내내 명상을 하더래. 그 모습이 연기로 보이지는 않았다는군."

구사나기의 얘기를 듣고 난 유가와는 침통한 표정을 지으며 손가락으로 안경을 밀어 올렸다.

"교단에 속아 넘어간 사람이 신자들뿐만이 아니었다는 얘기군. 그 이상으로 교조가 속은 거야."

"그런 셈이지. 아 참, 그런데……,"

구사나기가 주머니에서 봉투를 꺼냈다.

"누나가 전해 주라더군. 시어머니가 교단에 속아 넘어가지 않도록 해 줘서 고맙다면서 말이야."

"이러실 것까지 없는데. 안에 든 게 뭐야?"

"무슨 입장권이라고 하는 것 같던데⋯⋯."

유가와가 봉투를 열었다. 티켓과 함께 메모가 들어 있었다. 안경을 낀 채 그 메모를 읽던 유가와가 눈을 동그랗게 떴다.

"왜 그래?"

구사나기가 물었다. 유가와는 티켓 앞면을 구사나기 쪽으로 돌렸다.

"전국 점 페스티벌이래."

"점?"

"메모에 '이번 일은 참으로 고마웠습니다. 무척 잘 맞힌다고 하니 애인과 함께 가 보세요.'라고 되어 있어."

"어유, 답답하긴⋯⋯. 미안해. 그냥 버리게."

"버리긴 왜 버려? 잘 맞힌다잖아. 이거 흥미진진한걸. 고맙다고 전해 줘."

유가와는 티켓을 흰 가운 주머니에 집어넣었다.

2장

투시하다

1

"한잔하러 갈까?"

그 말에, 무표정한 얼굴로 차를 마시고 있던 유가와의 눈이 살짝 빛난 듯이 보였다.

"좋은 가게를 발견했거든."

구사나기가 잔을 기울이는 시늉을 했다.

"아니지, 재미있는 가게라고 해야 할까. 자네를 꼭 한번 데려갔으면 하는데 말이지."

"어떤 가겐데?"

"가 보면 알아. 기대해도 좋아. 미인이 득실득실하거든."

유가와가 눈썹을 찡긋했다.

"뭐, 정 그렇다면 어쩔 수 없지."

"오늘은 내가 대접할게. 평소에 수사에 협조해 주었으니 사양 마."

그럼 갈까, 하면서 구사나기가 엉덩이를 들었다.

'하프'라는 이름의 그 가게는 긴자에 있는 비까번쩍한 건물 7층에 있었다. 엘리베이터에서 내리자마자 입구가 나타났다. 위아래로 검은 옷을 입은 남자가 얼른 다가와 인사하는 걸 보니 구사나기의 얼굴을 기억하는 듯했다.

"코트는 보관해 드리겠습니다."

남자가 말했다.

구사나기는 베이지색 트렌치코트를, 유가와는 고급스러워 보이는 검은색 가죽 코트를 맡겼다.

가게는 테이블석이 서른 개도 넘는 커다란 상자 모양으로, 자리가 70퍼센트 정도 차 있었다. 구사나기와 유가와는 구석에 있는 테이블로 안내되었다.

자리에 앉자마자 레이카라는 이름의 여종업원이 다가왔다. 키가 크고 야위었지만 가슴은 컸다. 그 가슴골을 강조하는 롱드레스가 잘 어울린다.

"오셨어요?"

그녀가 고개를 숙여 인사한 후 구사나기 옆에 앉았다.

"이 녀석은 내 대학 시절 친구야. 하지만 아직 이름은 소개하지 않겠어."

구사나기가 레이카에게 말하고 나서 시선을 유가와에게로 향했다.

"자네도 이름을 밝히지 마."

그러자 유가와가 의아한 듯한 표정을 지었다.

"왜 그러는데?"

"곧 알게 될 거야. 그 아가씨, 와 있지?"

구사나기가 물었다. 레이카가 빙그레 미소를 짓는다.

"아이 짱 말씀이죠? 왔죠. 부를까요?"

"그래, 부탁할게."

레이카가 검은 옷 남자를 부르더니 귀엣말을 했다. 유가와
는 의심의 눈초리로 그들을 바라보았다.

"자네, 초능력을 믿지 않는다고 했지?"

구사나기가 물었다.

"믿지 않는다기보다, 믿을 만한 증거가 없다는 얘기야."

"거참, 답답한 소리도 하네. 그래서 말인데, 자네에게 소개
해 줄 사람이 있어."

잠시 후 기모노 차림의 자그마한 여자가 다가왔다. 얼굴이
작아, 안 그래도 시원스런 눈매가 한층 커 보인다. 안녕하세
요, 하고 그녀가 인사했다.

"오오, 아이 짱, 어서 와. 이 친구 옆에 좀 앉아 봐."

구사나기의 말에 그녀가 유가와 옆에 앉았다.

"처음 뵙겠습니다. 아이라고 합니다."

유가와가 당황한 표정으로 구사나기에게 눈길을 돌렸다.

"자네에게 소개해 주겠다던 사람이야. 아이 짱, 그거 한번
부탁해."

구사나기의 말에 아이가 네, 하고는 유가와를 향해 앉았다.

"혹시 명함 있으세요?"

"명함? 그야 물론 있지."

유가와가 양복 안주머니에 손을 집어넣었다.

"아직 꺼내지는 마세요."

아이가 손을 내밀어 유가와를 제지하고 자신의 무릎 위에 놓인 천 주머니를 열었다. 그리고 광택이 있는 조그만 검정 봉투를 꺼내 유가와 앞에 놓았다.

"명함을 제가 보지 못하도록 이 속에 넣어 주시겠어요?"

"여기에?"

유가와가 봉투를 집어 들었다.

"네. 넣고 나서 말씀해 주세요."

그리고 그녀는 유가와에게서 고개를 돌리더니 손바닥으로 눈을 가렸다.

유가와가 영문을 모르겠다는 듯이 구사나기를 바라보았다.

"일단 그녀가 하라는 대로 해 봐."

유가와는 어리둥절한 표정으로 명함을 봉투에 넣었다.

"넣었어요."

아이가 유가와 쪽으로 고개를 돌렸다.

"그럼 그걸 제게 주세요."

유가와에게 봉투를 받은 아이는 이번에는 맞은편에 앉아 있던 레이카를 보며 말했다.

"레이카 씨, 그 멋진 가슴을 잠깐 빌려주시겠어요?"

"얼마든지. 이 정도라도 괜찮다면 말이야."

레이카가 가슴을 한껏 내밀었다.

실례할게요, 하고 아이가 레이카의 가슴골에 봉투를 밀어넣었다.

"대체 뭘 하려는 거지?"

유가와가 불만스러운 듯이 묻는다.

"자, 자, 이제 곧 알게 돼."

구사나기가 그를 달랬다.

아이가 다시 천 주머니를 열고 안에서 염주를 꺼내 양손에 꿰고 합장했다.

"그럼 시작하겠습니다. 여러분, 레이카 씨의 가슴을 주목하세요."

유가와의 눈이 갈피를 못 잡고 방황했다. 그 모습에 구사나기가 참지 못하고 웃음을 터뜨렸다.

"멋진 가슴을 당당하게 볼 수 있는 기회잖아. 사양하지 말고 봐. 나도 볼 거니까."

"아이참, 구사나기 씨 시선이 너무 뜨거운데요."

레이카가 웃으면서 말한다.

그때 아이가 자, 그럼, 하며 고개를 들었다.

"봤어요."

"보다니, 뭘?"

유가와가 물었다.

그러나 아이는 대답하는 대신 레이카의 가슴골에서 봉투를 꺼내 유가와에게 내밀었다.

"명함을 꺼내서 원래 있던 자리에 도로 넣으세요."

그녀가 다시 고개를 반대쪽으로 돌리고 손으로 눈을 가렸다.

유가와는 어깨를 한 번 으쓱하고 나서 그녀가 시키는 대로 했다.

"넣었어요."

그러자 아이가 휙 돌아앉으며 웃는 얼굴로 유가와에게 말했다.

"처음 뵙겠습니다, 유가와 씨."

그 순간 물리학자가 눈을 번쩍 떴다. 입까지 헤벌어지는 모습을 보고 구사나기가 테이블을 두드렸다.

"잘했어! 대단한걸. 유가와가 당황해서 어쩔 줄을 모르잖아. 자, 건배!"

그가 물을 섞은 위스키 잔을 높이 쳐들었다.

그러나 유가와는 잔에 손을 대려 하지 않았다.

"어떻게 알았지?"

아이는 의미심장하게 웃으며 "글쎄요." 하고 고개를 갸웃거렸다.

"어떻게 알았느냐니, 그런 걸 생각해 내는 게 자네 일 아닌가? 분명히 말해 두지만 나는 공범이 아니야. 자네 이름이나 오늘 밤에 자네를 데리고 올 거라는 사실을 이 가게 사람들에게 말한 적이 없어."

구사나기의 도발에도 유가와는 미간을 찡그릴 뿐 대답을 하지 않았다. 그리고 무슨 생각을 했는지 레이카의 가슴께로 시선을 옮겼다.

"여기에는 아무 트릭도 없어요."

레이카가 두 손으로 가슴을 가렸다.

"아, 실례."

유가와가 당황해하며 눈길을 돌렸다. 그가 이토록 낭패스러워하는 모습을 구사나기는 일찍이 본 적이 없었다.

"실은 저, 투시도 할 수 있지만 사람의 과거도 볼 수 있어요."

아이가 말했다.

"과거를?"

유가와의 얼굴이 점점 더 불안한 듯이 어두워진다.

"어떤 식으로?"

이를테면, 하고 아이가 유가와의 어깨에 손을 올린 다음 눈을 감았다.

"오늘 여기 오실 때는 코트를 입고 계셨어요. 검은색 가죽……, 이탈리아제인가요?"

눈을 뜬 그녀가 어때요, 하고 묻기라도 하는 것처럼 미소를 지어 보였다.

"아아, 역시 대단해."

옆에서 구사나기가 감탄한 듯 말했다.

유가와는 거의 침통에 가까운 표정으로 생각에 잠기더니 이윽고 뭔가 깨달았다는 듯이 턱을 쳐들었다.

"그렇군, 코트야."

그가 웃옷 앞섶을 열어 안쪽을 가리켰다.

"내 코트 안쪽에 이름이 수놓여 있어. 이 테이블로 오기 전에 그걸 봤을 거야."

"딩동댕!"

아이가 집게손가락을 살랑살랑 흔들면서 외쳤다.

"정답입니다."

유가와는 후, 숨을 내쉬더니 그제야 잔을 집어 들었다.

"그런 거였군. 보기 좋게 속았어."

"트릭이 단순해서 죄송해요."

아이가 고개를 까딱했다.

"아니야, 트릭이란 단순할수록 속이기 쉬운 법이지. 원리를 듣고 '뭐야, 겨우 그런 거였어?'라고 할 정도로 말이야. 그리고 그건 과학의 세계에서도 마찬가지야. 복잡해 보이는 문제일수록 그 구조는 단순한 경우가 많아. 실은 사람의 굳어진 두뇌 때문에 문제가 더 복잡해진 경우가 과거에도 여러 차례 있었지."

예를 들면, 하고 늘 그렇듯 유가와의 과학 강의가 시작되었다. 투시의 수수께끼가 해결되니 마음의 여유가 생긴 듯했다. 그런 친구의 모습을 보며 구사나기는 득의의 미소를 지었다. 데려오길 잘했구나 싶었다.

두 사람은 한 시간 정도 술을 마신 후 자리를 마무리했다.

"정말 얻어먹어도 되는 거야?"라고 묻는 유가와를 손으로 제지하며 구사나기는 계산을 치렀다.

레이카와 아이가 출입구까지 두 사람을 배웅했다. 그녀들은 검은 옷 남자에게서 코트를 받아 들고 뒤에서 두 사람에게 입혀 주려고 했다.

"아니, 괜찮아요. 내가 입을게."

유가와가 아이에게서 가죽 코트를 받아 들어 어깨에 걸쳤다.

그때 아이가 한 걸음 앞으로 나서더니 "유가와 씨께 질문을 하나 해도 될까요?"라고 물었다.

"그래, 해 봐요."

"성함을 마나부, 라고 읽나요, 가쿠가 아니라?"

"그래요. 아니, 그런데……."

유가와가 화들짝 놀란 표정을 지으며 코트의 앞섶을 들췄다. 그 안쪽에는 '유가와'라는 성만 수놓여 있었다.

물리학자의 얼굴에서 핏기가 싹 가시는 것이 느껴졌다. 가게에 있는 동안 유가와 마나부라는 이름을 통째로 입 밖에 낸 적이 없었기 때문일 것이다.

"호오, 아이 짱 대단한걸. 자네의 그런 표정은 처음 보는군."

구사나기가 감탄한 듯이 말했다.

아이는 장난스럽게 웃으며 "그럼 또 뵈어요, 데이토 대학 유가와 부교수님." 하고 고개를 숙였다. 물론 그녀에게 신분을 밝힌 적도 없었다.

유가와는 뒤통수라도 한 대 얻어맞은 듯한 표정으로 한동안 서 있었다.

2

구사나기가 아이모토 미카와 재회한 것은 유가와를 긴자에 있는 클럽 '하프'에 데려간 지 넉 달 정도 지난 후였다. 그런데 처음에는 그녀라는 것을 알아차리지 못했다. 그날 이후로 '하프'에 가지 않은 탓도 있지만, 그보다는 그녀의 모습이 너무 참혹하게 변해 있었기 때문이다.

시신은 아라강 기슭의 수풀 속에서 발견되었다. 위로 수도 고속도로 중앙 환상선이 지나가는, 오기오 다리에서 가까운 곳이다. 발견한 사람은 아침 조깅을 하던 전직 회사원이었다.

검은 원피스에 회색 재킷 차림, 하나로 모아 올린 헤어스타일과 화려한 화장으로 보아 호스티스가 아닐까 하고 구사나기는 짐작했다. 화려하게 매니큐어를 칠한 손톱도 보통의 회사원에게는 허용될 것 같지 않았다. 게다가 손목시계는 카르티에.

핸드백이나 지갑같이 신원을 짐작할 만한 소지품은 없었다. 범인이 가져갔다고 보는 게 타당했다.

사인은 명백한 타살이었다. 목을 조른 흔적이 남아 있었다. 그것도 끈 같은 것을 사용하지 않고 직접 손으로 조른 듯했다.

부검을 의뢰하기 전에 감식반이 사진을 몇 장 찍었다. 그중에는 얼굴을 클로즈업한 사진도 있었다. 구사나기가 시신의 신원을 알아차린 것은 관할 서에서 그 사진을 들여다봤을 때였다.

"호스티스라고? 자네 단골 가게인가?"

마미야가 구사나기의 얼굴과 사진을 번갈아 보며 물었다.

"단골이라고 할 정도는 아니지만 몇 번 가기는 했습니다. '하프'라는 클럽이에요. 그곳에서 일하는 아이라는 아가씨인 것 같습니다."

"밤놀이가 도움이 되는 일이 다 있군. 좋아, 확인해 봐."

"알겠습니다."

구사나기는 레이카의 휴대 전화 번호를 눌렀다. 아직 자고 있으려니 했는데 전화가 연결되었다. 이제까지 한 번도 전화를 건 적이 없었기에 레이카는 뜻밖이라고 여기는 듯했다.

아이의 연락처를 가르쳐 달라고 하자 "네에?" 하고 얼빠진 소리를 냈다.

"아이 짱이 마음에 드셨어요? 전혀 몰랐네."

"그게 아니라, 일 때문이야."

구사나기는 자신의 직업을 지방 공무원이라고만 밝혔었다. '하프'에서 내민 명함에도 그렇게 쓰여 있었다. 그래서 경찰 수사라고 설명하자 레이카는 "거짓말!"이라고 외쳤다.

"다음에 오시면 경찰수첩을 보여 주세요. 아셨죠?"

"기회가 닿으면 그렇게 하지. 그보다, 아이 짱의 연락처가 필요해. 그리고 주소도 알고 싶은데……."

"휴대 전화 번호라면 알아요. 주소는 매니저가 알고 있을 텐데, 매니저 전화번호를 알려 드릴까요?"

"그러면 좋겠어."

레이카는 두 사람의 전화번호를 알려 준 후 "그런데 왜요? 혹시 아이 짱한테 무슨 일이 있어요?"라고 물었다. 마침내 사태의 심각성을 깨달은 듯했다.

"아이 짱, 어젯밤에 출근했나?"

"네, 나왔어요."

"자네랑 한 테이블에 앉은 적도 있어?"

"그럼요. 같이 나가서 한잔 더 하기도 했는걸요."

그렇군, 하고 구사나기가 대답했다.

"그럼 나중에 봐. 아마 '하프'에도 찾아가게 될 거야."

"아, 그래요? 그럼 기다릴게요."

레이카가 순간 명랑한 목소리로 대답했다.

"영업용 목소리를 낼 필요는 없어. 마시러 가는 건 아닐 테니까."

그렇게 말하고 구사나기는 전화를 끊었다.

그로부터 몇 시간 후, 구사나기는 '하프'의 카운터 자리에 앉아 있었다. 문을 연 직후라서인지 손님이 아직 한 팀도 없었다.

"도무지 짐작이 가지 않아요. 어제도 평소처럼 활기가 넘쳤는데……."

검은 안경을 낀 매니저가 연거푸 눈을 깜박거리며 말했다. 아직 사건이 전혀 믿기지 않는 듯했다.

사체의 주인공이 아이, 즉 아이모토 미카라는 것은 이미 확인된 사실이었다. 휴대 전화가 연결되지 않고 집도 비어 있는 상태라서 그녀의 물건 몇 곳에서 지문을 채취해 확인한 결과 본인이 틀림없다고 판명되었다.

"사귀는 남자가 있었습니까?"

구사나기가 물었다.

아니요, 하고 매니저는 고개를 저었다.

"없었을 거예요. 그런 말을 들은 적이 없습니다."

"고민거리가 있다든지, 손님이 치근거린다는 말을 들은 적은요?"

"없습니다. 그런 일이 있었다면 제게 말했을 거예요."

매니저 말에 따르면 아이가 '하프'에 온 것은 3년 전 일로, 그 전에는 롯폰기에서 일했다고 한다. 호감을 보이는 손님이 몇 있긴 했지만 깊은 관계로 발전했다는 소문은 없었고, 다른 호스티스들과도 원만하게 지냈다고 한다.

그때 구사나기에게 퍼뜩 떠오르는 생각이 있었다.

"그녀가 재미있는 퍼포먼스를 하곤 했잖아요, 투시 마술 말이에요. 그걸 그녀가 생각해 냈습니까?"

매니저가 고개를 끄덕였다.

"네. 처음 왔을 때부터 간혹 선보이곤 했어요. 그걸 재밌어하는 손님이 많아서 가게 입장에서도 반겼는데……"

"다른 마술도 할 줄 알았나요?"

"글쎄요, 그건 저도 잘……. 저희 가게에서는 투시만 했어요. 다른 마술을 하는 건 본 적이 없습니다."

"그게 어떤 트릭을 사용한 마술인지는 물론 알고 계시겠죠?"

"제가 말입니까? 아니요, 아니요."

매니저는 손을 휘휘 내저었다.

"모릅니다. 몇 번이나 가르쳐 달라고 했지만, 장사에 긴요한 도구라면서 끝내 가르쳐 주지 않았어요. 아마 아는 사람이 아무도 없을 겁니다. 그런데 그 마술이 사건과 관련이 있습니까?"

아니요, 하고 이번에는 구사나기가 손을 내저었다.

"그저 궁금해서 여쭤본 겁니다."

"그렇군요. 아닌 게 아니라 신기하긴 했어요. 며칠 전에는 새로운 기법을 선보이기도 했는데……."

"새로운 기법이라니요?"

"지금까지는 늘 명함을 투시했잖아요. 그런데 그날은 손님의 가방 속을 투시했어요. 내용물을 연달아 맞히니까 손님이 몹시 놀라워하다가 급기야는 불쾌해하더군요."

그럴 만도 했겠다고 구사나기는 생각했다. 대체 무슨 트릭을 사용한 것일까. 더는 본인에게 물어볼 수도 없으니 안타깝기 짝이 없는 일이다.

그는 레이카의 얘기도 들어 보기로 했다. 그녀는 처음부터 눈이 벌겠다. 아이의 일을 듣고 운 모양이었다.

"악몽을 꾸는 것 같아요."라고 그녀는 말했다.

"어제도 의욕이 가득하고 활기가 넘쳤는데. 처음 방문한 손님이 없어서 마술을 선보일 기회는 없었지만, 평소처럼 명랑하게 말도 하고……. 정말 믿기지 않아요."

"나가서 한잔 더 했다고 했지?"

"네, 단골손님 두 분이랑요. 밤늦게까지 여는 고기구이 집이 있어서 거기로 갔어요."

고기구이 집에서도 별일 없이 시종일관 화기애애하게 식사를 했고, 새벽 3시 반쯤 그곳을 나온 후 방향이 같은 손님이 그녀를 택시로 집까지 바래다줬다고 한다.

"'하프'에서 그녀와 가장 친했던 사람이 누구지? 역시 레이카 씨인가?"

"그럴 거예요."

레이카가 다소 자신 없는 투로 대답했다. 사건에 관해 아무런 짐작이 가지 않는다는 데 대해 스스로 답답한 것인지도 모른다.

아이의 남자관계를 묻자 최근에는 만나는 사람이 없었던 것 같다고 대답했다.

"다만, 고등학교 동창생과는 가끔 만나는 듯했어요."

"동창생? 남자인가?"

"네. 하지만 아이 짱 말로는 애인이 아니라 친구일 뿐이라던데요."

"그 사람 이름을 알아?"

"죄송해요. 거기까지는……."

레이카가 미안하다는 듯이 대답했다.

구사나기는 그녀에게도 투시 마술의 트릭을 아느냐고 물어보았다.

"모르죠. 아이 짱이 그것만큼은 아무에게도 가르쳐 주지 않았으니까요."

그녀도 매니저와 똑같은 말을 했다.

"최근에는 가방 속을 투시하기도 했다던데?"

"맞아요. 니시하타 씨와 있었던 날에요. 저도 옆에서 보면서 깜짝 놀랐어요."

"니시하타 씨?"

"저희 가게 손님이죠. 그날 아이 짱과 함께 영화를 보고 식사까지 한 후에 저희 가게로 오셨어요."

"영화에 식사라, 데이트에 가깝군. 그 사람과 아이 짱은 무슨 관계지?"

구사나기의 질문에 레이카는 슬그머니 쓴웃음을 지으며 고개를 저었다.

"아무 관계도 아니었을 거예요. 아이 짱이 영화를 같이 보러 가자고 조른 것 같아요. 하지만 아이 짱이 특별히 니시하타 씨를 좋아했다든가 그런 건 아니고, 영화를 같이 보러 간다면 누구라도 상관없었을 거예요. 다른 손님에게도 종종 조르곤 했으니까요. 최근 들어 영화에 푹 빠졌다고 했어요."

"영화라……."

"좋은 친구이긴 했지만, 무슨 생각을 하는지 짐작하기 힘든 구석도 있었어요. 구사나기 씨도 잘 아시겠지만요."

"뭐, 그런 면이 있었지."

"어쩌면 그녀에게 정말로 불가사의한 능력이 있었는지도 몰라요. 어떻게 생각하세요?"

글쎄, 하고 구사나기는 고개를 갸웃거릴 수밖에 없었다.

긴자에서 경찰서로 돌아오니 "마침 잘 왔네." 하고 마미야가 반색했다.

"피해자 부모가 방금 도착했어. 응접실에서 기다리고 있으니까 가서 얘기 좀 나눠 봐."

"알겠습니다."

"아 참, 그 고급 클럽 쪽은 어떻게 됐어? 뭐 좀 건졌나?"

"아니요, 이렇다 할 건······."

구사나기가 고개를 저었다.

"호스티스였다니까 남자관계로 얽힌 일이 한두 가지쯤은 있을 법도 한데."

"그런 말씀을 그렇게 큰 소리로 하시면 직업 차별로 고소당합니다. 그보다, 저쪽은 어떻게 됐습니까, 단서가 좀 나왔나요?"

마미야는 대번에 떨떠름한 표정을 지었다.

"아직 범인이 남긴 물건도 목격자도 못 찾았어. 감식반 쪽에서도 별다른 정보는 올라오지 않았고."

그러고서 한숨을 내쉬며 자료를 구사나기 쪽으로 던졌다. 첨부된 사진에 피해자의 발이 찍혀 있었다.

"이게 뭡니까?"

"발가락 사이에 담배 가루가 끼여 있었던 모양이야. 딱히 이상한 일도 아니지. 술집이니 담배를 피우는 손님이 많았을 거 아니야. 본인이 피웠을지도 모르고. 피우던 담배에서 가루가 떨어져 발가락 사이에 끼였다 해도 이상할 게 없지. 크기가 고작 몇 밀리미터 정도이니 걸어 다닐 때도 느끼지 못했을 거야."

마미야의 얘기도 틀린 말은 아니었다. 그러나 구사나기는 그렇겠죠, 하고 쉽게 동의할 수 없었다. 뭔가가 마음에 걸렸다.

이윽고 그 이유를 깨달은 구사나기는 고개를 들고 상사를 물끄러미 바라봤다.

"왜 그래?"

마미야가 물었다.

"그녀가 기모노를 입고 있었던 것 아닐까요?"

"기모노를?"

"'하프'에서는 드레스가 아니라 기모노를 입은 적이 많았어요. 잠깐만요. 확인해 보겠습니다."

구사나기는 휴대 전화로 '하프'에 전화를 걸어 레이카를 바꿔 달라고 했다. 어젯밤 아이모토 미카가 무슨 옷을 입고 있었느냐고 묻자 역시 기모노 차림이었다는 대답이 돌아왔다. 그리고 가게를 나서기 전에 탈의실에서 옷을 갈아입었다는 것이다.

전화를 끊은 뒤 통화 내용을 마미야에게 전했다. 하지만 마미야는 그게 어쨌다는 거냐는 표정이었다.

"기모노를 입었다면 발이 옷자락에 가려져 있었을 겁니다. 게다가 버선을 신었을 테니 담배 가루가 발가락 사이에 끼어들기는 힘들지 않았을까요?"

오오, 하며 마미야의 입이 동그랗게 벌어졌다.

"그럼 언제 끼였을까?"

"나가서 한잔 더 했다니 그때 그랬을지도 모르죠. 하지만 만일 그렇지 않다면……."

구사나기가 집게손가락을 세웠다.

"피해자는 목이 졸려 죽었습니다. 아마도 저항했겠죠. 그렇다면 발버둥질하다가 신발이 벗겨졌을 가능성이 높습니다. 그때 현장에 떨어져 있던 담배 가루가 발가락 사이에 끼어든 것 아닐까요?"

"그럼 범인이 사체를 유기할 때 신발을 다시 신겼다는 얘기야?"

"아무래도 억지스러운 가설인가요?"

"아니야, 가능성이 있어. 감식반에 부탁해서 무슨 담배인지

부터 알아봐야겠군."

"그 담배를 피운 자가 범인이라는 보장은 없습니다. 흔한 상 표라면 단서가 되지도 않을 테고요."

지나친 기대는 금물이다. 일단 방어막을 친 후 구사나기는 응접실로 향했다.

응접실에서 그를 기다리던 사람은 갈색 양복을 입은 예순 살가량의 깡마른 남자와 하얀 블라우스 위에 보라색 카디건 을 걸친 여자였다. 동석한 관할 서 형사가 아이모토 미카의 부모님이라고 그들을 소개했을 때 구사나기는 조금 당혹스 러웠다. 아버지 쪽은 어떨지 몰라도 엄마가 너무 젊었기 때문 이다. 고작해야 마흔이나 됐을까. 게다가 세련되었고 미인이 기도 했다.

아버지 이름은 아이모토 가쓰시게. 과일 가게를 운영한다 고 했다. 얼굴이 가무잡잡한 그는 구사나기가 애도의 말을 채 마치기도 전에 "대체 어떻게 된 일입니까?"라고 물었다.

"아직 밝혀진 건 없습니다."

구사나기가 등을 곧게 펴며 대답했다.

"이제 막 수사가 시작된 참입니다. 확실한 건 따님이 누군 가에게 살해당했다는 사실뿐입니다. 그래서 두 분께도 여러 가지로 묻고 싶은 게 있는데요, 혹시 최근에 미카 씨와 얘기 를 나누신 적이 있습니까?"

아이모토 부부는 겸연쩍다는 듯 서로의 얼굴을 마주 보았다.

"연락이 별로 없었던 모양이군요?"

구사나기가 두 사람을 번갈아 보았다.

가쓰시게가 머뭇거리며 입을 열었다.

"간혹, 그래 봐야 1년에 한두 번이지만, 제가 먼저 전화를 했습니다. 어떻게 지내느냐, 집에는 언제 올 거냐, 뭐, 그런 걸 물었죠. 마지막 통화는 지난해 말이었을 겁니다."

그렇다면 반년도 더 전이다. 이번 사건과 관련된 얘기는 오 갔을 것 같지 않았다.

"나가노현 나가노시에 사신다고요. 미카 씨가 고향에 내려 간 건 언제입니까?"

가쓰시게는 고개를 저으며 "고등학교를 졸업한 후로는 한 번도 오지 않았습니다."라고 맥없이 대답했다.

그의 말에 따르면 미카는 고향에서 고등학교를 졸업한 후 연예계 일을 하고 싶다며 도쿄로 올라갔고 그 후로 고향에 내 려온 적이 없다는 것이다. 돈을 보낼 필요도 없다고 해서 실 제로 여태까지 한 푼도 보내지 않았다고 한다.

죽기 전까지 긴자에 있는 클럽에서 일했고 그러기 전에는 롯폰기의 카바레에서 일한 것 같다는 구사나기의 말에 가쓰 시게는 "역시, 그랬군요."라며 한숨을 길게 내쉬었다.

그의 아내 에리코도 충격을 받았는지 고개를 푹 숙였다.

"부인께서도 따님이 술집에서 일한다는 사실을 모르셨습니까?"

구사나기가 확인차 물었다.

"저는…… 미카가 집을 떠난 후에는 한 번도 얘기를 나눈 적이 없어요."

에리코가 고개를 숙인 채 대답했다.

"한 번도요?"

"아, 그게……."

가쓰시게가 두 사람의 대화에 끼어들었다.

"에리코는 제 후처예요. 미카의 친엄마가 아닙니다."

"아, 그렇군요."

"미처 설명을 드리지 못해서 죄송합니다."

아닙니다, 하고 구사나기는 손사래를 쳤다. 그리고 어째 젊더라니, 하며 납득했다.

미카가 도쿄에서 어떻게 생활했는지 두 사람은 거의 모르는 듯했다. 당연한 얘기지만 사건에 관해 짐작이 가는 바도 전혀 없다고 했다. 도리어 가쓰시게는 미카가 이상한 남자에게 속은 게 아니냐고 구사나기에게 물었다.

"미카 씨가 고등학교 동창 중에 친하게 지내는 사람이 있었던 것 같은데, 혹시 누군지 아십니까? 남자라던데요."

"글쎄요……."

가쓰시게가 입을 연 채 고개를 저었다. 바로 그때 에리코가 고개를 들었다.

"아마 후지사와 군일 거예요."

목소리는 작았지만 또렷한 말투였다.

"후지사와 씨요? 혹시 연락처를 아십니까?"

"집 전화번호라면 알 수 있을 거예요. 미카와 한 동아리에서 활동한 친구거든요. 동아리 명부가 집에 있을 거예요."

"그럼 찾는 대로 연락을 주시겠습니까?"

"그렇게 할게요."

부탁드립니다, 라고 말하며 구사나기는 이 여자가 비록 후처지만 미카 아버지보다 도움이 될지 모르겠다고 생각했다.

3

사체 발견 다음 날, 구사나기는 수사관 몇 명과 함께 재차 아이모토 미카의 집을 조사하기로 했다. 그녀의 인간관계를 밝히는 것이 주목적이었다.

방 하나에 부엌과 거실이 딸린 미카의 집은 그런 구조의 집 치고는 꽤 넓었고, 벽을 따라 죽 놓인 행어에 옷이 빽빽이 걸려 있었다. 액세서리와 가방도 엄청나게 많았다. 벽장 속 선반 대부분이 그런 물건들로 꽉 차 있었다.

하지만 공부도 게을리하지 않았던 듯, 조그만 책꽂이에 제목만으로는 내용을 짐작할 수 없는 책들이 꽂혀 있었다.

"이봐, 우쓰미."

구사나기가 후배 여자 형사를 불렀다.

"자네, 콜드 리딩이 뭔지 알아?"

"콜드…… 뭐라고요?"

우쓰미가 되물으며 다가왔다.

이거 말이야, 하며 구사나기는 책꽂이를 가리켰다. '콜드 리딩 비법'이라는 제목의 책이 꽂혀 있었다.

"아아, 그 말, 어디선가 들은 적이 있는 것 같아요."

우쓰미 가오루가 미간에 주름을 세우며 말했다.

"그거, 마술에서 쓰이는 트릭의 하나일걸요."

"트릭이라고? 정말이야?"

구사나기가 눈을 크게 떴다.

"아니, 최면술이었나……."

"어느 쪽이야? 잘 생각해 봐."

"아무튼 그런 종류의 신비한 기술을 일컬을 거예요."

"그래? 알았어. 그럼 일단 책을 가져가지."

구사나기는 그 책을 옆에 놓인 종이 상자에 담았다.

"저도 물어볼 게 있는데요. 이거, 뭐 같아요?"

우쓰미 가오루가 사진을 한 장 내밀었다.

온통 까맣다고 표현해도 틀리지 않을 듯한 사진이었다. 그런데 희미하게 글자 같은 것이 보였다. 글자가 쓰인 종이를 어둠 속에서 촬영한 건가.

"첫 글자는 '언'이군. 그다음은 '제'로 보이는데. 그다음은 잘 모르겠어. 이건 '나'이고 이건 '고'인가……. 뭐야, 이거. 어디서 찾았어?"

"침대 머리맡 선반에 있었어요. 중요한 물건이 아닐까 싶은데요."

"이게 말이야?"

"어떻게 할까요?"

구사나기는 잠시 생각하다가 "신경이 쓰이면 일단 가져가 봐."라고 대답했다.

"살해당했다고? 그 여자가?"

인스턴트커피가 담긴 머그컵을 손에 들고 있던 유가와가 동작을 멈추었다.

"어쩌다가……."

혼자 중얼거리듯이 말하며 그는 컵을 책상에 내려놓았다.

"동기는 아직 모르겠어. 범인도 오리무중이고."

구사나기는 시신이 발견되었을 때의 정황을 간간이 커피

를 마시며 설명했다.

그는 지금 데이토 대학 물리학과 제13연구실에 와 있었다. 탐문 수사차 나왔다가 들렀다.

"2차로 고기구이 집에 함께 갔던 손님들에게도 얘기를 들었는데, 아이모토 미카, 그러니까 아이 짱을 아파트 앞에서 내려 줬다는 말은 사실인 것 같아. 택시 회사 영수증이 남아 있어서 운전사에게도 확인해 봤는데 분명히 거기서 내렸다는 거야."

"그 후에 무슨 일이 있었느냐, 그게 문제로군."

"그녀가 사는 아파트 주변은 길이 좁아서 사람의 통행이 드물어. 늦은 밤에는 더더욱 그렇고. 택시가 떠난 후 아파트로 들어서는 틈을 노려 습격하거나 납치당했다고 보는 편이 타당할 거야. 사체가 발견된 장소까지는 직선거리로 5킬로미터 정도이니 범인은 틀림없이 자동차를 이용했을 거고."

"그렇군. 문제는 면식범이냐 아니냐 하는 건데……."

"나는 면식범이라고 봐."

구사나기가 딱 잘라 말했다. 유가와의 한쪽 눈썹이 꿈틀했다.

"근거는?"

"피해자가 성폭력을 당한 흔적이 없어. 즉 폭행이 목적은 아니라는 거지."

"핸드백이 없어졌다고 했잖아?"

"하지만 단순한 강도도 아니야. 그녀가 2백만 엔도 넘는 카르티에 손목시계를 그대로 차고 있었거든. 금품을 노린 범행이라면 그걸 가만 놔둘 리 없지. 반대로 무차별 살인이 목적이라면 핸드백을 가져갈 이유가 없고."

유가와가 고개를 끄덕이고는 "그야 그렇지." 하며 머그컵으로 손을 뻗었다.

"범인은 노상에 차를 세운 채 그녀가 돌아오기를 기다렸을 거야. 그것도 몇 시간이나 말이지. 그렇다면 목격자가 있을 법도 한데……."

"없나?"

그러자 구사나기가 얼굴을 찡그렸다.

"응. 시간이 시간인 만큼. 다들 잠들었을 시간이잖아."

유가와가 어깨를 으쓱하며 "고기구이 집을 나선 시각이 새벽 3시 반쯤이라고 했지? 하긴 무리도 아니지."라고 말했다.

"면식범이라면 역시 '하프'의 손님을 의심할 수밖에. 그녀를 바래다준 적이 있는 손님이라면 그녀의 아파트 위치를 알고 있을 거 아닌가. 그래서 단골들을 중심으로 조사 중인데, 도무지 성과가 있어야 말이지. 애초에 아이 짱이 인기가 별로였나 보더라고."

"그래? 그런 특기가 있는데도?"

유가와가 의외라는 듯이 눈을 동그랗게 떴다.

"아니, 그런 의미에서는 인기가 있었지. 분위기를 띄운다는 점에서는 말이야. 하지만 여자로서는 인기가 별로였나 봐. 아니, 한마디로 인기가 없었어. 그녀에게 홀딱 반한 손님은 거의 없었던 것 같아."

흐음, 하고 유가와가 콧김을 내뿜었다.

"소녀 같은 여자라고는 생각했는데."

"바로 그 점이야. 예쁘기는 하지만 동안에다가 가냘프기까지 해서 마치 인형 같았던 거지. 재미있는 사실은, 동료 호스티스들은 그녀를 귀여운 얼굴이라며 좋아했다는 거야. 여자들이 선호하는 비주얼이라나. 하지만 남자는 다르지. 남자는 좀 더 평범하면서 야한 얼굴을 좋아하잖아."

"그건 자네 취향 아니야?"

"나는 취향이 무난한 사람이야. 하여간 그녀는 여성적인 매력으로 손님을 끌기가 어려웠어. 그러니까 그런 특기를 개발했겠지. 그 일도 쉽지는 않았겠지만 말이야. 그녀 주변을 아무리 조사해 봐도 남자 얘기는 전혀 들을 수 없었어. 그러니 범인이 손님 중에 있을 거라고 자신할 수 없게 된 거야."

"호스티스와 손님 사이에 남녀 관계만 있는 건 아니잖아. 금전적으로 문제를 일으키는 경우도 많다고 들었는데."

"그렇긴 하지. 이를테면 손님이 남긴 외상을 담당 호스티스가 대신 떠맡는다든지 말이야. 하지만 그건 인기 있는 호스티스의 경우고 그녀는 그렇지 않았어. 그리고 그런 일이 아니라도 그녀가 돈 문제를 일으킨 적은 없었나 봐. 아무튼 누구에게 물어봐도 평판이 좋더군. 명랑하고 활달하고 호기심이 왕성한 데다 화제도 풍부하고 사람들을 즐겁게 해 주는 걸 좋아했다는 거야. 나쁘게 말하는 사람이 없었는데, 살해당했다는 이유로 그녀를 동정해서 그러는 것만은 아닌 듯했어."

"아닌 게 아니라 유쾌한 여자였어."

유가와가 기억을 떠올리는 듯 아련한 눈빛으로 말했다.

"그 투시 마술을 한 번 더 보고 싶었는데."

"아니, 아직도 그 마술의 트릭을 알아내지 못했단 말이야?"

그 말에 유가와가 얼굴을 찡그렸다.

"페이크에 말려든 게 실수였어."

"페이크라니?"

"그녀가 코트 얘기를 비치기에 코트 안쪽에 수놓인 이름을 봤을 거라고 추리했어. 그녀가 그걸 인정하니까 일단은 내 머릿속에서도 그렇게 결론을 내리고 더는 궁금해하지 않았지. '하프'를 나올 때 그 추리가 틀렸다는 게 밝혀졌지만 그땐 이미 퍼포먼스의 세세한 부분이 기억에서 사라진 후였어."

"하나같이들 그 수법에 말려들지. 나 역시 그랬고."

구사나기의 말에 유가와가 못마땅하다는 듯이 입술을 여덟팔자로 늘어뜨렸다. 너 같은 문과 바보와 똑같이 여기는 거냐고 항의하고 싶은 건지도 몰랐다.

"그 후 코트 주머니까지 샅샅이 뒤져 봤지만 내 이름을 알 릴 만한 물건은 없었어. 그럼에도 그녀는 내 이름뿐 아니라 직업까지 알아맞혔잖아. 그러니 명함을 훔쳐봤다고 생각할 수밖에. 그녀가 정말 마술이라도 터득한 걸까?"

"지금까지의 수사에서는 그런 사실이 드러나지 않았어. 다만 그녀의 집에서 흥미로운 책을 발견하기는 했지. 어쩌면 그게 투시 트릭이었을지도 몰라."

순간 유가와의 안경 렌즈가 번쩍했다.

"무슨 책인데?"

그게 말이지, 하면서 구사나기가 수첩을 펼쳤다.

"『콜드 리딩 비법』이라는 책이야. 읽어 보지는 않았지만, 콜드 리딩이라는 게 상대의 마음을 읽는 방법이라던데."

"콜드 리딩과는 무관할 텐데."

"어째서?"

"자네는 방금 상대의 마음을 읽는 방법이라고 말했지만, 실제로 그런 방법은 존재하지 않아. 정확히 말하자면 콜드 리딩이란 상대의 마음을 읽는 척하며 대화를 이끄는 화술이야. 점쟁이들이 흔히 사용하는 수법이지. 예를 들어 상대에게 불쑥 '당신은 지금 인간관계로 고민하고 있군요.'라고 내뱉었다고 가정해 봐. 인간의 고민은 대부분 인간관계에서 비롯되기 마련인데, 그 말을 들은 상대는 마음을 읽혔다고 생각할 거야. 계속해서 누구에게나 해당하는 애매한 질문들을 던지면서 상대의 반응을 관찰하고 정보를 얻는 거야. 그리고 그 정보에 기초해서 질문을 좀 더 구체화하지. 그러면 상대는 마침내 모든 걸 투시당하는 기분이 들게 돼. 그런 게 바로 콜드 리딩이야."

구사나기는 막힘없이 설명하는 유가와의 얼굴을 멀뚱멀뚱 바라보았다. 어떻게 이런 잡학까지 머릿속에 넣고 있는 건지 신기하기만 했다.

"그럼 투시와는 관계가 없다는 말이야?"

"응, 없어."

유가와가 딱 잘라 말했다.

"콜드 리딩으로 상대의 생각을 유추할 수는 있어도 이름을 맞힐 수는 없어. 게다가 그때 나는 그녀와 몇 마디 나누지도 않았고."

그건 사실이었다. 구사나기는 고개를 끄덕일 수밖에 없었다.

"아이 짱의 트릭은 그런 식으로 심리의 맹점을 파고드는 종류가 아닐 거야. 그런데 자료가 너무 부족해. 힌트가 좀 더 있었으면 좋겠는데……. 예를 들어, 그녀가 투시할 수 있는 것이 과연 명함뿐이었을까?"

유가와가 혼잣말처럼 중얼거렸다.

"아니야. 명함뿐 아니라 가방도 투시했다는 것 같아."

"가방도?"

구사나기는 아이모토 미카가 손님의 가방 속 내용물을 투시한 적이 있다는 얘기를 했다.

"어떤 가방이었는데? 종이 백?"

"자네가 궁금해할 줄 알고 그 손님을 만났을 때 가방 사진을 찍어 왔어."

구사나기가 휴대 전화기를 내밀었다.

손님 이름은 니시하타 다쿠지. 인쇄 회사에서 경리부장으로 일한다고 했다. 나이는 오십 대 후반. 얼굴이 큰 탓에 어깨가 좁아 보였다. 나이에 걸맞게 배가 불룩 나왔고, 살짝 벗어진 머리, 곱슬곱슬한 앞머리가 이마에 들러붙어 있었다.

구사나기가 아이모토 미카와 함께 영화를 본 일에 관해 묻자 니시하타는 당황하는 모습을 보였다.

"몇 번 집에 바래다준 적은 있지만 어딜 함께 간 것은 그때뿐입니다. 그 전에 가게에서 둘이 영화 얘기를 신나게 나누다가 한번 같이 영화를 보러 가자는 얘기가 나왔거든요. 확인해봐도 좋습니다. 그녀와 저 사이에는 아무 일도 없었어요. 솔직히 저는 그때도 그다지 내키지 않았습니다. 술기운에 약속하고 말았지만, 식사 전에 영화를 보려면 회사에서 일찍 빠져나와야 하니까요."

사건에 관해서도 짐작 가는 바가 없고, 사건 당일 밤에는 집에 혼자 있었다고 한다. 무엇보다 그는 차가 없었다.

"다시 한 번 말씀드리지만, 밖에서 만난 것은 그때가 처음이자 마지막이에요. 그녀가 개인적으로 뭘 의논한 적도 없고요. 저는 그녀의 본명조차 모릅니다."

강경한 말투에서 사건에 관여하고 싶지 않다는 의지가 배어 나왔다.

구사나기는 그에게 끝으로 아이모토 미카가 가방을 투시한 일에 관해 물었다.

"깜짝 놀랐어요. 늘 그렇듯이 염주를 들고 와서 이런 식으로 양손을 합장하고 눈을 감더니 가방 속에 있는 내용물을 하나하나 맞혔어요. 휴대용 티슈, 수첩, 안경집 등등을요. 뭔가 트릭을 썼겠지만 무슨 트릭인지는 알아차리지 못했습니다."

니시하타가 보여 준 것은 평범한 서류 가방이었다. 갈색 가죽 제품으로, 위쪽에 지퍼가 달려 있었다.

"이 가방을 투시하려면 X선 장치가 있어야 해. 공항 보안 검색대에서 사용하는 거 있잖아."

유가와가 휴대 전화 화면을 들여다보며 말했다.

"그런 게 '하프'에 있을까?"

"있을 리 없지."

"틈날 때 생각 좀 해 봐. 사건과 관계가 있을지 어떨지는 모르겠지만 말이야."

구사나기는 휴대 전화를 도로 집어넣고 빈 머그컵을 작업 대에 올려놓았다.

"방해해서 미안하네. 미술에 관해 뭔가 알아내면 연락할게."

4

후지사와 도모히사는 가메이도에 있는 대형 쇼핑몰의 페트 숍에서 일하고 있었다. 같은 층에 케이크 가게를 겸한 카페가 있어 구사나기는 그곳에서 후지사와의 얘기를 듣기로 했다. 그의 연락처는 아이모토 에리코가 알려 주었다.

후지사와는 소년다운 순박함이 남아 있는 젊은이로, 큰 키에 몸매가 호리호리하고 어깨가 다소 처진 모습이었다. 요즘 젊은이답지 않게 머리가 새까맸다.

그는 사건을 알고 있었다. 동창생들이 연락을 주고받는 SNS가 그 일로 시끄러웠던 듯했다.

"믿기지 않아요. 지난주까지 메시지를 주고받았거든요. 제가 여자 친구 일로 상담을 청했더니 답을 해 주었어요. 참 좋은 친구였는데. 대체 어떤 놈이 그런 몹쓸 짓을……."

그가 입술을 깨물었다.

"동아리 활동을 함께 했다던데, 무슨 종목이었습니까?"

구사나기의 물음에 후지사와는 엷은 미소를 지으며 고개를 가로저었다.

"스포츠가 아니라 생물 동아리였어요."

"생물…… 아아, 그렇군요. 그래서 페트 숍에……."

후지사와가 겸연쩍은 얼굴로 머리를 긁적거렸다.

"원래는 수의사가 되고 싶었거든요. 그런데 수의과 대학에 떨어지는 바람에 수의사와 전혀 상관없는 경영대로 진학했어요. 학생 때부터 지금 다니는 페트 숍에서 아르바이트를 하다가 대학 졸업 후 그대로 눌러앉았어요. 분명하게 말하자면 정식 직원도 아닙니다."

"그럴 정도로 동물을 좋아하시는군요."

"어차피 어딜 가나 월급이 쥐꼬리만 할 테고, 그럴 거면 개나 고양이와 함께 있는 편이 즐거울 것 같아서요."

말에 체념의 분위기가 배어 있었다. 구직 활동을 하다가 실패했을지도 모른다.

"아이모토 씨도 동물을 좋아했나요?"

"네. 그런데 그 친구는 남다른 면이 있었어요. 개나 고양이도 좋아하긴 했지만 다른 동물에 관심이 더 많았죠."

"어떤 동물에요?"

"하늘다람쥐요. 하늘다람쥐에 관해 자세히 알고 싶어서 생물 동아리에 들어왔다고 했어요."

"하늘다람쥐……."

어떤 동물인지 얼른 떠오르지 않았다.

"다람쥐처럼 귀엽게 생겼으면서 나무에서 나무로 날아다니는 동물이에요. 미카 말이, 어렸을 때 우연히 창고에 들어온 하늘다람쥐를 한동안 키웠다고 하더군요. 그래서인지 동아리에서 우리 현에 사는 동식물의 생태를 조사해 보자는 얘기가 나왔을 때도 자신은 하늘다람쥐 외에는 관심이 없다고 했어요. 그녀가 유일한 여학생이라서 아무도 토를 달지 못했죠."

거기까지 말하고 후지사와는 크게 한숨을 내쉬더니 손가락 끝으로 눈가를 훔쳤다. 옛날 일을 떠올리자 새삼스레 슬픔이 밀려오는 모양이었다.

"도쿄로 올라온 후에도 둘이 자주 만났습니까?"

"자주라고 할 수 있을지 모르겠지만, 두세 달에 한 번 정도는 만났어요. 미카가 페트 숍으로 놀러 왔죠. 강아지나 새끼 고양이들을 구경하면서 서로 근황을 주고받곤 했어요."

"같이 식사하거나 술을 마신 적은요?"

"단둘이 말인가요?"

"그래요."

그러자 후지사와는 입 끝을 살짝 비틀며 웃었다.

"옛날부터 오해를 자주 받았는데, 저랑 미카가 그렇고 그런 관계였던 적은 한 번도 없어요. 그야말로 친구일 뿐이었죠. 조금 전에도 말씀드렸지만 저는 사귀는 여자도 있고요. 그래도 미카와 있으면 옛날로 돌아간 것처럼 즐거웠던 건 사실이에요. 겉모습은 화려해졌을지 몰라도 성격은 조금도 변하지 않았어요. 늘 즐겁고 명랑하고, 장난을 좋아하고요. 제가 도쿄 생활에 적응하지 못하고 힘들어할 때도 그녀가 늘 격려해 줬어요. 괜찮아질 거야, 도쿄는 여러 지방에서 올라온 사람들이 살아가는 곳이니까 우리도 분명 잘해 나갈 수 있을 거야, 하고 말이죠."

좋은 격려의 말이라고 구사나기는 생각했다. 아이모토 미카는 자기 자신도 그렇게 격려하며 살았을 것이다.

"아이모토 씨에게 사귀는 사람은……?"

"아마 없었을 겁니다. 그런 상대가 생겼다면 제게 말했을 거예요."

구사나기는 고개를 끄덕이며 수첩을 볼펜 끝으로 톡톡 두드렸다. 메모할 만한 얘기가 나오지 않는군.

그때 후지사와가 저, 하며 말을 꺼냈다.

"미카 부모님이 도쿄에 오셨나요?"

"부모님이요? 아아, 네. 시신이 발견된 날 밤에요."

"그렇군요……."

후지사와는 뭔가 하고 싶은 말이 있는 눈치였다.

"그런데 왜요?"

"아니, 그게……."

후지사와가 눈썹 옆 부분을 긁적긁적했다.

"미카는 고등학교를 졸업한 후로 집에 간 적이 한 번도 없어요."

"그랬다고 하더군요. 부모님께 들었어요."

"왜 그랬을 거라고 생각하세요?"

"글쎄요, 술집에서 일한다는 걸 알리고 싶지 않아서 그러지 않았을까요?"

후지사와가 고개를 저었다.

"아니에요. 그 친구, 부모님과 사이가 좋지 않았어요. 고등학교 졸업 전부터요. 애당초 도쿄에 올라오게 된 것도 연예인이 되고 싶어서가 아니라 단지 부모님 곁을 떠나고 싶어서였죠."

그의 강한 어조에 구사나기는 흥미가 일었다.

"좀 더 자세히 말해 주겠어요?"

"미카가 초등학생 때 미카 엄마가 교통사고로 돌아가셨어요. 엄마를 무척 좋아했는지, 미카는 엄마가 떠 준 털장갑을 그 후로 내내 소중히 간직했죠. 손이 커져서 맞지 않는데도 늘 주머니에 넣고 다닐 정도로요. 그리고 아버지 걱정도 많이 해서, 자신이 엄마 역할을 대신해야 한다는 말도 자주 했어요. 식사 같은 것도 빠짐없이 준비했던 모양이에요. 동아리 활동 때문에 귀가가 늦어지면 저녁 걱정을 하곤 했거든요."

"아주 야무진 사람이었군요."

커피잔으로 손을 뻗으며 그렇게 말했지만 구사나기는 후지사와와의 얘기가 어디로 향할지 도무지 짐작할 수 없었다.

"미카는 계속 아버지와 둘이서 살아갈 거라고 믿었나 봐요. 어쩌면 자신은 결혼을 안 할지도 모른다고 얘기했거든요. 그런데 그 아버지가 다른 데 정신이 팔린 거예요. 미카가 고2에 올라가기 직전에요."

"정신이 팔리다니요?"

"여자를 좋아하게 된 거죠. 그 일을 두고 미카는 아버지가 다 늙어서 여자에게 정신이 팔렸다면서 어처구니없어했어요."

"그 상대 여자가……."

"지금 엄마예요. 전에 호스티스였다고 하더군요."

구사나기는 자신도 모르게 몸을 뒤로 젖혔다.

"그래요?"

어쩐지 세련됐더라니, 하고 생각했다.

"아버지가 밤마다 외출했다가 술에 취해 돌아오는 걸 보고 수상하게 여겼대요. 그런데 어느 날 아버지가 소개하고 싶은 사람이 있다면서 그 여자를 데려왔답니다. 게다가 그 자리에서 재혼하겠다는 말을 꺼내서 충격이 컸던 모양이에요."

그 상황을 상상해 보며 구사나기는 그랬겠지, 하고 생각했다.

"그래서 부모님과 사이가 틀어졌군요?"

아니요, 하고 후지사와는 고개를 기울이며 입술을 핥았다.

"처음에는 그 정도는 아니었던 것 같아요. 자신은 재혼에 반대하지만, 아버지 인생이니 어쩔 수 없다고 말한 적이 있거든요. 물론 되도록 얼굴을 마주치지 않으려고 한다는 말도 하긴 했어요. 그런데 같이 살기 시작한 지 얼마 지나지 않아 결정적인 일이 벌어졌어요."

"무슨 일인데요?"

"그분, 그러니까 아버지의 새 부인이 실수로 털장갑을 버렸나 봐요. 미카 엄마의 유품인 그 털장갑을요."

아아, 하며 구사나기의 입이 벌어졌다.

"그런 일이 있었군요."

"새엄마는 무심코 버렸다고 말했지만 미카는 믿지 않았어요. 일부러 버린 게 틀림없다며 울고불고했죠. 자신이 새엄마를 따르지 않으니까 심술을 부린 거라면서요. 그때부터 미카의 반역이 시작됐어요."

"반역이라니요?"

"새엄마와 말을 한마디도 하지 않은 거예요. 밤이 늦도록 집에 들어가지 않는 일도 많았고, 밥을 차려 줘도 한사코 먹지 않겠다고 버티고요. 한번은 아버지가 먹으라고 고함을 치자 미카가 음식을 몽땅 변기에 쏟아 버렸다고 하더군요."

"그렇게까지……. 대단했군요."

"그 얘기를 듣고 여자란 참 무서운 존재라고 생각했어요. 하지만 그 친구로서는 돌아가신 엄마의 추억을 그만큼 소중히 여긴 거겠죠."

"그래서 집을 나왔나요?"

그런 사정이 있다면 고향에 안 갈 만도 하다고 구사나기는 납득했다.

"네. 그런데 새엄마와의 일은 집을 떠나면서 모두 정리했다고 하더군요."

"정리하다니, 그게 무슨 뜻이죠?"

"이건 최근에야 비로소 들은 얘기인데요……."

그러고서 후지사와가 들려준 이야기는 다음과 같은 내용이었다.

상경을 하루 앞두고 아이모토 미카는 자신의 방에 있는 물건을 모조리 정리했다. 편지 같은 것들은 마당에 모닥불을 피워 놓고 남김없이 태워 버렸다. 그리고 그 자리로 계모 에리코를 불렀다. 의아해하는 에리코에게 미카는 종이와 사인펜, 검은 주머니를 내밀었다.

"나에 대한 마음을 이 종이에 솔직하게 쓰세요. 거짓말이나 과장은 하지 말고요. 어차피 나는 읽지 않을 거니까요. 써서 이 주머니에 넣으세요."

그리고 미카는 계모에게 다른 주머니를 하나 더 보여 주었다.

"나도 당신에 대한 마음을 종이에 써서 여기 넣었어요. 주머니를 서로 교환한 다음, 내용물을 보지 말고 둘이 동시에 이 모닥불에 던져 넣는 거예요. 그걸로 다 끝내요. 모두 다 잊자고요. 어때요?"

에리코는 고개를 끄덕이며 알았다고 대답했다. 그리고 미카에게 등을 보인 채 돌아서서 종이에 뭔가를 적은 다음 검은 주머니에 넣었다.

두 사람은 주머니를 교환한 후 불길에 던져 넣었다. 주머니는 순식간에 타올랐다.

"이제 다 끝났어요, 그럼 잘 지내요, 그렇게 말하고 계모와 헤어졌다고 했어요. 어쩐지 오싹하지 않나요?"

후지사와가 아련한 눈빛으로 말했다.

"그러네요."

"미카에게 뭐라고 썼느냐고 물었더니 '영감탱이랑 둘이 죽어 버려라' 그렇게 썼다고 하더군요."

구사나기는 길게 한숨을 내쉬었다. 할 말이 떠오르지 않았다.

"미카가 지금 이대로는 집에 돌아갈 수 없다고 했어요. 도저히 돌아갈 엄두가 나지 않는다고요. 아마 부모와 영영 결별할 작정이었을 거예요."

"결별이라고요……."

구사나기는 아이모토 부부의 얼굴을 떠올렸다. 그들의 비탄에 젖은 표정이 단지 딸이 죽음을 당했기 때문만은 아니었던 것이다. 그들로서는 딸을 잃는 일이 두 번째였을지도 모른다. 처음에는 그녀의 마음을, 그리고 이번에는 모든 것을 잃었다.

5

아이모토 미카의 발가락 사이에 끼여 있던 담배 가루의 상표가 밝혀진 것은 사건으로부터 닷새째 되는 날이었다. 이렇다 할 단서가 나오지 않아 수사본부 내에 초조함이 감돌기 시작할 무렵이었다.

"이게 터널의 출구로 이어지면 좋겠는데 말이야."

마미야가 감식반에서 보내온 보고서를 건네며 말했다.

그 보고서에는 외국 담배 브랜드의 이름이 적혀 있었다. 골초인 구사나기조차 익숙지 않은 브랜드다. 어쩌면 그것이 행운일지도 모른다는 기대감에 가슴이 살짝 부풀었다.

저녁 8시가 조금 넘어 '하프'에 찾아갔다. 매니저와 레이카가 구사나기를 맞이했다.

"맥주라도 한잔하시겠어요? 저희가 대접할게요."

레이카가 권했지만 구사나기는 정중히 거절했다. 근무 중이기도 하거니와, 지금 술을 얻어 마셨다가는 다음에 그 몇

배로 갚아야 할지도 몰랐다.

"그날 밤 함께 2차를 갔던 손님 중 아이 짱을 집까지 바래다준 손님은 담배를 피우지 않아요. 그리고 다른 한 분은 마일드세븐을 피우고요."

구사나기는 일단 안도했다. 손님 둘 중 하나가 예의 담배를 피운다면 아이모토 미카의 발가락 사이에 끼여 있던 담배 가루는 그 손님의 것이므로 사건과 무관하기 때문이다.

잠시 후 매니저가 손님들 가운데 문제의 담배를 피우는 사람들의 목록을 출력해서 가져왔다.

"우리 가게에서는 손님이 담배를 청할 때 그 담배 이름을 기록해 둡니다. 다음에 오셨을 때 원하는 담배 이름을 묻지 않아도 되고, 또 어떤 담배를 얼마나 준비해 두어야 할지 참고할 수 있으니까요. 구사나기 형사님은 말보로 라이트 멘톨을 피우시죠?"

"호오, 역시 일류 클럽이군요."

목록에는 여덟 개의 이름이 있었다. 회사원일 경우에는 회사 이름도 쓰여 있었다. 그중 한 명의 이름에 눈길이 갔다. 누마타 마사오라는 이름이다.

"이 사람, 여기 자주 옵니까?"

"누마타 씨 말씀인가요? 그렇죠, 접대차 자주 오시는 편입니다. 그런데 지난 두세 달은 얼굴을 뵙지 못한 것 같아요."

구사나기는 레이카에게 아이모토 미카가 누마타를 상대한 적이 있는지 물었다.

글쎄요, 하며 그녀가 고개를 갸웃했다.

"아마 없을 거예요. 누마타 씨는 다른 마담의 손님이거든요."

"그렇군."

이 클럽은 몇 명의 고용 마담이 호스티스들을 나누어 관리한다. 레이카를 담당하는 마담은 현재 병으로 요양 중이라고 했다.

목록을 복사해 가지고 구사나기는 클럽을 나왔다.

누마타 마사오는 경계심이 가득한 얼굴로 카페에 나타났다. 경시청 수사 1과 형사의 전화를 받고 불려 나왔으니 당연한 일인지도 모른다. 그는 네모진 얼굴에 체격이 좋고 양복이 잘 어울리는 사람이었다.

'하프'에서 일하는 호스티스 아이 짱을 아느냐고 묻자 누마타는 뜻밖이라는 듯이 눈썹을 찡그렸다.

"그 사건 때문입니까? 수사 1과라고 하기에 살인 사건일 거라고 짐작은 했습니다만."

"경시청의 시스템을 속속들이 아시는군요."

"요즘 그 정도는 아이들도 다 압니다. 그보다, 저는 모르는 이름입니다. 다른 호스티스에게서 자기네 가게 종업원이 살해낭한 것 같다는 메시지를 받고 비로소 사건을 알았습니다."

그러고서 누마타는 양복 안주머니에서 담뱃갑을 꺼냈다. 예의 담배다.

"그 클럽에는 자주 가십니까?"

누마타가 담배에 불을 붙이고 연기를 내뿜더니 어깨를 으쓱했다.

"자주 간다고 할 정도는 아니에요. 거래처 사람들을 접대할 때 가는 정도죠. 전임자가 무슨 이유인지 그 클럽을 마음에 들어 해서 저도 덩달아 이용하게 되었습니다. 딱히 점찍은 여자가 있는 건 아니고요."

"맨 마지막에 가신 게 언제죠?"

"글쎄요, 언제였나……. 한 석 달 된 것 같군요. 가게에 물어보시면 알 수 있을 텐데요."

이야기 도중에도 누마타는 몇 번이나 담배를 입으로 가져갔다. 구사나기보다 더 심한 골초인 듯했다.

구사나기가 담배를 꺼냈다.

"저도 좀 피워도 되겠습니까?"

누마타가 허를 찔린 듯한 표정을 짓더니 이내 누그러뜨리고 "아, 네, 물론이죠."라고 대답했다.

구사나기는 일회용 라이터로 담배에 불을 붙였다.

"아, 살 것 같네요. 요즘은 취조실에서도 좀처럼 피우기 힘들거든요."

"경찰서도 그런가요? 저희 회사는 말도 못합니다. 흡연자
는 완전히 천덕꾸러기예요."

누마타의 말투가 조금 친근해졌다.

"그런데 흔치 않은 담배를 피우시는군요."

구사나기가 누마타의 담배를 바라보며 말했다.

"이거 말인가요? 전에 아는 사람이 한 보루를 줘서 피워 본
후로 이것만 피웁니다. 니코틴이나 타르 함량은 높지 않은데
맛이 깊어요. 이제 이것 외에는 피우지 않습니다."

"언제부터 그 담배를 피우셨죠?"

"그러니까, 한 5년 됐을 겁니다."

"운전 중에도 피우시나요?"

"네. 하지만 제 차 안에서는 피우지 않습니다. 아내와 아이
들이 하도 잔소리를 해서요. 차에 냄새가 밴다고 말이죠. 대
체 누구 돈으로 산 차냐고 항변하고 싶지만 숫자에서 밀리니
백기를 들 수밖에 없습니다."

누마타가 씁쓸하게 웃었다.

"업무상으로 운전하는 일도 있습니까?"

"네. 하지만 거래처를 돌 때는 영업용 차량을 이용합니다.
물론 젊은 직원에게 운전을 맡길 때가 많지만요."

"그럴 때는 차 안에서 담배를 피웁니까?"

"네, 거리낌 없이 피웁니다. 그래서 영업부장이 타고 나면 금세 티가 난다고 난리들이에요. 하긴 재떨이가 가득 차 있으니 그럴 만도 하죠."

그다지 죄책감을 느끼지 않는 듯, 누마타는 히죽히죽 웃었다. 하지만 불쑥 무슨 생각이 떠올랐는지 다시 진지한 표정으로 돌아왔다.

"저, 형사님, 제게 뭐가 궁금하신 겁니까?"

"그 영업용 차량을 다른 분들도 이용하겠죠?"

"물론이죠. 회사 차니까요. 그런데 그건 왜요?"

구사나기는 재떨이에 담배를 비벼 껐다.

"그 회사에 니시하타라는 분이 계시죠? 니시하타 다쿠지 씨요."

"니시하타라면…… 경리부장 말입니까?"

"그렇습니다. 그분도 '하프'를 종종 드나드는 것 같던데, 알고 계셨습니까?"

"니시하타 씨가요? 아아, 그러고 보니 한 번 마주친 적이 있습니다. 아니, 이 사람도 이런 곳에서 숨을 돌리는구나, 하고 생각했죠. 그런데 그 사람, 거기 자주 드나드나 보죠? 의외네요."

"그런 타입이 아닌가요?"

"네, 제가 아는 한은요. 고지식하고 융통성 없기로 유명한 사람이거든요."

그리고 누마타는 주위를 둘러본 후 몸을 구사나기 쪽으로 기울이더니 "왜요, 그 사람이 무슨 잘못을 저질렀나요?"라고 나지막한 소리로 물었다.

"아니요, 딱히 그런 건 아닙니다. 그 가게에 드나드는 손님을 전부 조사하는 중이라서요."

자신도 조사받는 중이라는 걸 깨달았는지 누마타는 원래의 떨떠름한 표정으로 돌아갔다.

"아무튼 저는 그 사건에 대해 아무것도 모릅니다. 그 호스티스도 모르고요. 아무 관계도 없습니다."

"그렇군요. 잘 알겠습니다."

구사나기는 계산서를 집어 들었다.

누마타가 사건과 관계가 없다는 건 애초부터 알고 있었다. 그런데도 굳이 그를 만나러 온 이유는 그가 니시하타 다쿠지와 같은 회사에 다니기 때문이었다.

6

사건이 발생한 지 열흘째 되는 날 오후, 니시하타 다쿠지가 체포되었다. 그의 회사 소유 영업용 차량 조수석에서 아이모토 미카의 것으로 추정되는 머리핀과 머리카락이 발견된 점, 그리고 그 영업용 차량을 주차하는 주차장의 방범 카메라에 니시하타로 보이는 인물이 찍힌 것이 결정적 단서였다. 이 두 가지 물증을 들이대며 추궁하자 그는 순순히 범행을 인정했다.

그가 진술한 내용을 요약하면 다음과 같다.

니시하타 다쿠지가 회사 돈을 착복하기 시작한 것은 약 5년 전이었다. 도박도 전혀 하지 않고 사치스러운 생활과도 거리가 멀었던 그가 어떤 일을 계기로 상품 선물 거래라는 덫에 걸리고 말았던 것이다.

어떤 일이란 아내의 죽음이었다. 원래 심장이 약하긴 했지만, 거의 아무런 전조도 없이 어느 날 갑자기 쓰러지더니 그대로 숨을 거뒀다.

자식도 없었던 니시하타에게 고독의 나날이 시작됐다. 앞일을 생각하면 그저 불안할 뿐이었고, 용모에 자신이 없어 재혼에도 적극적이지 못했다.

그러던 어느 날 전화 한 통이 걸려 왔다. 선물 거래 회사였다. 상대 남자는 일단 만나서 얘기하자며 그를 끈질기게 물고 늘어졌다.

결국 퇴근길에 그 남자를 만나게 되었다. 그게 화근이었다. 남자는 니시하타가 예상했던 것 이상으로 그에게 달라붙어 좀처럼 물러서지 않았다. 게다가 그의 입에서 나오는 얘기는 나름 매력적이고 설득력이 있었다. 듣다 보니 잘하면 돈을 벌수 있을 것 같은데 조금만 손을 대 볼까 하는 생각이 들었다. 그 순간 남자가 결정타를 날렸다.

"실례지만 현재 독신이시죠? 쉰이 넘어 새로운 상대를 찾기란 쉽지 않습니다. 그런데 돈이 있으면 얘기가 달라지죠. 요즘 여자들은 젊은데 가난한 남자보다 나이가 다소 있더라도 돈이 많은 남자를 좋아하는 경우가 많습니다. 그러니 니시하타 씨, 한번 도전해 보세요."

그 말에 마음이 움직였다. 한번 생각해 보겠다고 말하고 헤어졌지만, 이미 상대의 술수에 말려들었다고 할 수 있었다. 남자를 세 번째 만났을 때 니시하타는 3백만 엔의 자금으로 선물 거래에 뛰어들게 되었다.

그 3백만 엔이 사라지기까지는 불과 반년도 걸리지 않았다. 돈을 되찾으려면 자금을 더 투자해야 한다는 꼬드김에 넘어간 그는 돈을 끌어모으기 시작했다. 그리고 선물 거래를 시작한 지 1년이 넘은 시점에는 급기야 회사 돈에 손을 대고야 말았다.

공교롭게도 그 무렵에 다른 선물 거래 회사로부터도 전화가 걸려 왔다. 여러 회사에 나누어 투자하는 편이 위험이 적다는 그럴듯한 설명에 또다시 넘어갔다. 그러나 결과는 완전히 반대였다. 눈덩이처럼 불어난 손실액이 마침내 수천만 엔에 이르렀다.

자력으로는 도저히 그 구멍을 메울 수 없었다. 그래서는 안 된다는 걸 알지만 회사 돈을 유용하는 것밖에는 다른 도리가 없었다. 다행히 경리 담당자는 두 명뿐이었고, 그것도 나머지 한 명은 부하 직원이었다. 회사 인감 관리를 비롯한 실질적인 경리 업무를 니시하타가 도맡아 한다고 해도 과언이 아니었다. 은행 잔고 증명과 결산 서류를 위조하기만 하면 횡령이 발각될 염려는 없었다.

그런 일을 몇 년에 걸쳐 되풀이했다. 착복한 금액이 수억 엔도 넘었을 것이다. 정상적인 감각을 잃은 니시하타는 마침내 회사 돈을 끌어다 쓰는 일에 주저함도 없고 죄의식도 느끼지 않게 되었다. 심지어 경계심마저 잃었다.

어느 날 오전, 누구보다 일찍 출근한 니시하타는 '늘 하던 대로' 수표를 위조했다. 자신이 인감을 관리했으므로 5분도 채 안 되어 작업이 끝났다. 그는 위조 수표를 봉투에 담아 자기 가방에 넣었다. 설마 누군가 가방 속을 훔쳐보리라고는 꿈에도 생각지 못했다. 회사 내에서는 그 누구도 그의 부정행위를 눈치채지 못하고 있었다.

오후 3시가 되자 그는 조퇴를 신청한 뒤 가방을 들고 회사를 나왔다. '하프'의 호스티스 아이와 유라쿠초에서 만나기로 되어 있었다. 위조 수표를 지녔다는 긴장감 따위는 없었다.

늘 있는 일일 뿐이다.

아이에게 별다른 감정이 있었던 것은 아니다. 다만 '하프'
에 대해서라면 얘기가 달랐다.

영업부 등 다른 부서에서 들어오는 접대비 영수증을 볼 때
마다 늘 궁금했다. 긴자의 클럽이란 대체 어떤 곳일까. '하프'
라는 가게에 가면 어떤 멋진 일이 벌어질까. 분명히 뭔가 있
을 것이다. 그렇지 않다면 이렇게 많은 금액을 청구할 리 있
겠는가.

니시하타와는 도무지 인연이 닿지 않는 장소였다. 제 돈으
로는 도저히 갈 수 없는 곳이었다.

그러나 이제는 상황이 다르다. 돈이라면 얼마든지 있다. 필
요한 만큼 회사 계좌에서 인출하면 된다.

오랫동안 지녀 온 호기심을 충족시키고 싶다는 충동이 일
었다. 하지만 제 발로 찾아갈 용기는 없었다.

그런 그의 등을 밀어주는 일이 생겼다.

니시하타가 자주 가는 치과의 의사가 '하프'의 단골이었던
것이다. 치료 중에 잡담을 하다가 우연히 그 사실을 알게 되었
다. 니시하타가 관심을 보이자 의사는 "그럼 한번 가 보세요.
내가 소개했다고 말씀하시고요."라고 스스럼없이 권했다.

어느 날 밤, 현금을 두둑이 챙겨 긴자로 향했다. 치과 의사
가 소개해 준 곳이 다른 술집이었다면 주눅이 들었을지도 모

른다. 하지만 경리 업무를 보는 동안 이름이 익숙해진 곳이라서 적극적으로 나설 수 있었다.

'하프'에서 니시하타는 환대를 받았다. 시종일관 기분 좋게 술을 마셨다. 여자들과의 대화가 즐거웠고, 자신이 몇 단계 수준 높은 사람이 된 듯한 착각이 들었다. 그래서 이런 곳을 찾는구나 하고 납득할 수 있었다.

그가 '하프'의 단골이 되는 데는 시간이 얼마 걸리지 않았다. 집에 들어가 봐야 기다리는 사람도 없는 데다 자신의 앞날이나 자신이 저지른 부정행위를 생각하면 마음이 우울했다. '하프'에서 보내는 시간은 그런 생각들을 잊게 해 주었다.

다만 특정한 여자에게 연애 감정을 품지는 않았다. 그는 이곳이 일종의 가상공간이라는 사실을 이해했다. 거짓 세계이기 때문에 별 볼일 없는 자신이 이토록 기분 좋게 즐길 수 있다는 것을 알았다.

아이와 영화를 보기로 약속한 데에도 별다른 이유는 없었다. 또 다른 즐거움을 찾고 싶을 뿐이었다. 물론 젊은 여자가 영화를 같이 보자고 하니 싫지는 않았다.

둘이 영화관에 들어가 나란히 앉았다. 가방을 둘 곳이 없어 두리번거리는 그에게 아이는 "제 옆 자리가 비었으니 이쪽에 두세요."라고 말했다. 니시하타는 망설임 없이 그녀의 말에 따랐다.

영화는 딱히 좋지도 나쁘지도 않았다. 불이 켜지자 니시하타는 아이에게서 가방을 받아 들고 자리에서 일어섰다.

둘은 일식집에서 식사를 한 후 곧장 '하프'로 갔다. 입구에서 가방을 맡기려는 그를 아이가 제지하며 좀 이따가 맡기라고 했다. 의아했지만 시키는 대로 했다.

자리에 앉은 지 얼마 되지 않아 아이가 투시 마술을 시작했다.

전에 명함을 투시당해 놀란 적이 있었다. 그러나 이번에 받은 충격은 그 이상이었다. 그녀가 가방 속에 든 내용물을 잇달아 맞힌 것이다. 택배 전표가 있다는 것은 니시하타도 몰랐던 사실이다.

이윽고 아이는 그가 두려워할 만한 말을 했다. 봉투가 보여요, 라고. 그리고 "뭔지는 모르겠지만 굉장히 위험한 냄새가 나네요."라며 의미심장하게 웃었다.

심장이 쿵쿵 뛰고 식은땀이 흘렀다. 봉투에는 다름 아닌 위조 수표가 들어 있었다.

니시하타는 애써 평정을 가장하며 봉투 속도 보이느냐고 물어보았다. 그러자 아이는 글쎄요, 라며 고개를 갸웃했다. 그런데 다른 호스티스가 자리를 뜨고 둘이 남게 되자 아이가 그의 귀에 대고 속삭였다.

"저런 건 좀 곤란하죠. 남에게 보이지 않도록 조심하세요."

소스라치게 놀라며 아이의 얼굴을 바라보았다. 그녀는 뭔가 꿍꿍이가 있는 듯한 표정으로 말을 이었다.

"제가 보았으니 다행이에요. 걱정 마세요, 아무에게도 말하지 않을 테니까."

니시하타는 자신의 얼굴에 경련이 이는 것을 느꼈다.

"얼마가 필요해?"

그녀가 쿡쿡 웃었다.

"글쎄요, 얼마를 부를까……. 생각해 볼게요. 이거 어쩐지 재미있어지는데요?"

천진난만하게 말하는 아이의 얼굴을 보자 살의가 솟구쳤다. 이 여자가 위조 수표를 알아본 것이다. 그런 사실을 회사 사람에게 알리면 자신은 파멸이다.

아이가 다른 자리로 옮겨 간 후에도 니시하타는 그녀가 신경이 쓰여서 견딜 수 없었다. 곁눈질을 하다가 그녀와 종종 시선이 마주치기도 했다. 그럴 때마다 그녀는 기분 나쁜 미소를 지었다.

그냥 둘 수 없다고 생각했다. 아이가 돈을 요구할지 어떨지는 모르겠지만, 설령 돈을 준다 해도 영원히 입을 다물 거라는 보장이 없었다. 돈이 궁해지면 또다시 협박해 올 터였다.

가게를 나오는데 아이가 그를 배웅했다. 그녀의 눈이 분명 뭔가를 말하고 있었다. 그녀를 등지고 돌아설 때 니시하타는 이미 결심이 서 있었다. 죽이는 수밖에 없다.

그리고 그날 밤 실천에 옮겼다.

밤이 깊어지자 회사 옆 주차장에서 영업용 차량을 몰래 꺼냈다. 보조키가 번호판 뒤에 붙어 있다는 건 알고 있었다. 차를 몰고 아이의 아파트로 향했다. 좁은 길에 면해 있는 낡은 아파트다. 한밤중에는 차도 사람도 거의 지나다니지 않는다.

아파트 입구에서 10미터 정도 떨어진 길가에 차를 세우고 그녀가 돌아오기를 기다렸다. 시곗바늘이 새벽 1시 반을 조금 지나 있었다. 가게가 끝나는 시각은 새벽 1시. 손님과 2차를 가거나 호스티스들끼리 어딘가에 들를 가능성도 있으니 몇 시에 돌아올지는 알 수 없었다. 그저 기다리는 수밖에 없다고 생각했다. 다른 방법이 없지 않은가.

적막한 길이지만 이따금 택시가 멈춰 섰다. 그럴 때마다 숨을 삼키며 지켜봤지만 내리는 사람은 아이가 아니었다.

새벽 2시가 지나고 3시가 지나도 아이는 돌아오지 않았다. 니시하타는 초조해졌다. 혹시 오늘은 가게에 안 나가고 집에서 이미 잠든 것 아닐까 싶기도 했다. 그럴 가능성도 없지는 않았다. 미리 가게로 전화를 걸어 그녀가 출근했는지 확인해두었어야 했다. 지금에야 그걸 알아차린 자신에게 화가 났다.

그런데 4시가 되기 직전에 택시 한 대가 아파트 앞에 멈춰 섰다. 뒤쪽 문이 열리고 내린 사람은 바로 아이였다. 그녀는 짧은 원피스 위에 재킷을 걸치고 있었다.

손님이 데려다줬는지 그녀가 길 한편에 서서 택시를 향해 손을 흔들었다. 택시가 사라질 때까지 내내 그러고 있었다.

배웅을 마친 아이가 아파트 현관을 향해 돌아서자 니시하타는 차 밖으로 나왔다. 그리고 얼른 뛰어가며 그녀를 불렀다.

"아이 짱."

그녀가 놀란 듯이 걸음을 멈추고 뒤를 돌아보았다. 안 그래도 커다란 눈이 더욱 커져 있었다.

"아니, 니시하타 씨……, 여긴 웬일이에요?"

"아이 짱을 기다리고 있었어, 중요한 얘기가 있어서. 그 봉투 말인데……."

아아, 하고 아이가 알겠다는 듯이 고개를 끄덕였다.

"중요한 일이죠. 하지만 안심하세요, 아무에게도 말하지 않았으니까."

"고마워. 그래서 말인데, 아이 짱과 의논을 좀 하고 싶어."

"저랑요? 그래서 일부러 기다리신 거예요?"

"그래야 할 것 같아서. 아이 짱도 나랑 거래할 생각이잖아."

그러자 아이가 니시하타를 물끄러미 쳐다보며 고개를 끄덕였다.

"그래요, 그럴 만한 일이죠."

"그러니까 얘기를 나누자고. 차를 가져왔으니까 가까운 패밀리 레스토랑에라도 가지."

아이는 의심하는 기색이라고는 조금도 없이 냉큼 조수석에 올라탔다. 니시하타에게는 사람을 죽일 만한 배짱이 없다고 판단했는지도 모른다. 그게 사실이라면 니시하타 입장에서는 "뭘 모르는군." 하고 말할 법도 하다. 사람이 살인을 저지르는 이유는 달리 선택지가 없기 때문이다. 배짱이 있고 없고는 중요치 않다.

범행 장소는 이미 정해 놓은 터였다. 아라강에 면한 도로 한 구석이다. 그가 사이드 브레이크를 당기자 아이가 의아한 듯한 표정을 지었다. 그리고 왜 이런 곳에서 차를 세우느냐고 묻고 싶어 하는 것 같았지만, 니시하타는 그럴 만한 틈을 주지 않았다. 안전띠를 푸는 것과 동시에 그녀를 덮쳤다. 그리고 운전대를 잡기 전에 미리 가죽 장갑을 끼었던 손으로 그녀의 가는 목을 졸랐다.

몸집이 작은 아이는 저항하는 힘도 약했다. 그녀가 움직임을 멈추기까지는 그리 긴 시간이 필요치 않았다.

차 안에서 벗겨진 하이힐을 도로 신긴 다음 시신을 근처 풀숲에 숨겼다. 강도의 소행으로 보이도록 핸드백은 조금 떨어진 곳으로 이동해 강에 던져 버렸다.

범행을 마치고 회사를 향해 차를 몰았지만 안도의 감정은 들지 않았다. 살인범으로 체포되는 것이 두려워서는 아니었다. 그 일에 대해서는 어떻게든 되겠지, 하고 낙관했다.

니시하타의 머릿속을 가득 메운 것은 오로지 회사 장부에 존재하는 거대한 구멍뿐이었다.

몇 명을 죽여도 그 구멍은 메워지지 않겠지. 그런 생각을 하며 핸들을 쥐었다.

7

실내를 둘러보고 유가와는 한숨을 푹 쉬었다.

"마치 정리에는 전혀 소질이 없는 사람의 방을 구경하는 기분이야. 통일성도 맥락도 찾아보기 힘들군."

구사나기로서는 반박할 말이 없었다. 그의 말대로였다. 아이모토 미카의 방에서 참고 자료로 수집해 온 것들을 닥치는 대로 회의 책상 위에 늘어놓았을 뿐이었다. 일련의 화장 도구 옆에 콜드 리딩에 관한 책이 놓여 있지만 별다른 의미는 없다. 상자에서 꺼낸 순서대로 놓아둔 것이다.

"선입견도 안 생기고 좋지 뭘 그래."

구사나기는 민망해서 그렇게 내뱉었다.

"그래서, 이 물건들을 놓고 추리하라는 건가, 투시의 수수께끼를?"

"무리한 부탁이란 건 알지만 다른 방법이 없어서 그래."

유가와는 다시 한 번 한숨을 쉬고 콜드 리딩 책을 집어 들었다.

"마술사들은 만나 봤어?"

"몇 명 만나 봤지. 그런데 다들 비슷한 말을 하더군. 투시 트릭에는 여러 종류가 있는데, 실제로 연기를 보지 않고는 어느 걸 사용하는지 알 수 없대."

"흠, 그럴 수도 있겠군."

"관계자 중에서 아이 짱의 마술을 본 사람은 자네뿐이야. 그러니까 자네에게 부탁하는 수밖에 없어."

"내가 무슨 관계자야? 사건과는 무관한데."

"나와 관계가 있는 사람이라는 뜻이야."

구사나기의 대답에 유가와는 어이없다는 듯이 어깨를 으쓱했다.

두 사람은 수사본부가 설치된 경찰서의 회의실에 있었다. 니시하타 다쿠지가 범행을 자백함으로써 아이모토 미카 살해 사건은 결말을 향해 가고 있었다. 하지만 살해 동기와 관련해서 아직 해결하지 못한 문제가 하나 있었다. 다름 아니라 아이모토 미카가 무슨 수로 니시하타의 가방 속을 투시했느냐 하는 것이었다. 그 점에 관해서는 니시하타도 모르겠다고 말했다.

전전긍긍하던 마미야는 구사나기를 불러 "갈릴레오 선생

의 지혜를 빌려 봐." 하고 지시했다.

"응? 이 사진은 뭐지?"

유가와가 이번에는 사진을 한 장 집어 들었다.

"알 수 없는 글자 같은 것이 찍혀 있는데."

그것은 우쓰미 가오루가 발견한 사진이었다. 그녀에 따르면 사진을 침대 머리맡 선반에 고이 모셔 둔 듯한 느낌이었다고 했다. 구사나기는 유가와에게 그 얘기를 한 후 "그런데 이게 무슨 사진인지 도무지 모르겠단 말이지." 하고 덧붙였다.

"뭔지도 모르면서 가져왔단 말이야?"

"모르니까 가져왔지."

구사나기의 대답에 유가와는 아랫입술을 불쑥 내밀며 사진을 원래의 자리에 되돌려 놓았다.

"범인이 가방을 내내 들고 있지는 않았을 거 아니야. 영화를 보는 동안 아이 짱이 그 속을 들여다봤을 가능성은 없을까?"

"그랬다면 자신이 몰랐을 리 없다는 게 니시하타의 주장이야. 게다가 깜깜한 영화관 안에서 들여다본다고 한들 보이기나 하겠어?"

"하긴 그래."

유가와가 구사나기의 말에 선뜻 동의했다. 다음으로 그가 집어 든 것은 파일 한 권이었다.

"이건 뭐지?"

"손님 목록이야. 이름과 연락처를 기재해 놓았더군."

그런데 파일을 펼쳐 보던 유가와가 갑자기 눈을 동그랗게 떴다.

"놀라운걸. 내 이름도 있어. 학교 전화번호까지 완벽하게 명함에 적힌 그대로야."

"지난번 갔을 때 투시한 거겠지."

그 말에 유가와가 고개를 절레절레 저었다.

"믿기지 않는군."

"그러니까 어서 수수께끼를 풀어 보란 말이야."

"그러잖아도 고민하고 있어. 그런데 이거 목록이 엄청나군. 아이 짱이 일을 아주 열심히 했던 모양이야."

유가와가 파일을 내려놓으며 말했다.

"호스티스에게 고객 정보는 목숨줄이야. 가게를 옮기거나 할 때 믿을 건 그것뿐이니까."

"그래서 말인데, 그녀는 대체 왜 호스티스가 되었을까? 아니, 물론 그 직업을 깎아내릴 생각은 없지만 말이야."

"연예계를 동경하던 여성의 종착점인 경우가 종종 있잖아. 거기에 그녀의 경우는 아버지 마음을 상하게 하려는 의도도 있었는지 몰라."

"아버지를 왜?"

"내가 아직 얘기 안 했나?"

구사나기는 아이모토 미카와 그 부모 사이의 불화에 관해 후지사와 도모히사에게 들은 바를 유가와에게 전했다.

"아버지가 술집 여자를 후처로 들였다는 거야. 그러니 자신이 물장사를 한다 해도 아버지로서는 할 말이 없다, 그런 의미가 깔려 있지 않았을까 싶어."

"흠, 이해가 안 가는 건 아닌데, 그렇다면 왜 호스티스로 일한다는 말을 하지 않았을까?"

"말을 안 했다기보다 서로 연락이 없었으니 말할 기회가 없었던 거겠지."

하지만 유가와는 석연치 않다는 듯한 표정으로 천천히 걸으며 아이모토 미카의 유품을 바라보았다.

한참을 그러던 그가 불쑥 걸음을 멈추더니 『동물 의학 백과』라는 책을 집어 들었다.

"이 책은 뭐지? 애완동물이라도 길렀나?"

"아니야. 그 책은 아마 고등학생 시절에 봤을 거야. 생물 동아리에서 활동했다거든. 하늘다람쥐를 좋아했나 봐. 생태를 열심히 조사했다더군."

"하늘다람쥐? 하늘을 난다는 그 다람쥐 말이야?"

"그럼 하늘다람쥐가 또 있겠어?"

유가와는 구사나기의 농담에 대꾸하지 않고 고개를 숙인 채 다시 걸음을 옮겼다. 그리고 혼자서 뭔가 중얼거렸다.

이윽고 걸음을 멈춘 그가 느닷없이 키득키득 웃기 시작했다.

"뭐야, 왜 그래? 뭐가 우스워?"

구사나기가 물었다.

"아니야, 미안해. 하지만 기뻐해도 되겠어. 아무래도 수수께끼가 풀린 것 같아."

"정말이야? 무슨 트릭인지 알아냈어?"

구사나기가 유가와에게 얼굴을 바짝 들이댔다.

"뭐가 그리 급해. 말해 봐야 자네는 모를 거야. 백문이 불여일견이지."

물리학자가 손가락 끝으로 안경을 밀어 올리며 말했다.

8

구사나기가 운전하는 스카이라인이 유가와가 기다리고 있는 데이토 대학을 향해 달리고 있었다. 그의 실험을 보러 가는 길이었다. 조수석에는 아이모토 에리코가 앉아 있다. 유가와가 그녀가 입회하기를 희망했던 것이다. 그 이유까지는 듣지 못했다.

에리코는 긴장한 눈치가 확연했다.

"미카 씨와 관련해서 알려 드리고 싶은 일이 있습니다."

그 말에 도쿄로 오기는 했지만, 왜 친아버지가 아니라 자신을 불렀는지 의아해하고 있을 터였다.

마침내 두 사람은 데이토 대학에 도착했다. 주차장에 차를 세운 다음 구사나기는 에리코와 함께 물리학과 제13연구실로 향했다.

"이렇게 큰 대학 캠퍼스를 걷기는 처음이에요."

에리코가 흥미롭다는 듯이 사방을 두리번거렸다.

"멋진 학교네요. 축제도 재미있겠죠?"

"그야 뭐, 엄청 요란하죠."

다음 순간 에리코는 걸음을 멈추고 한숨을 내쉬더니 회한에 찬 표정으로 먼 곳을 바라보았다.

"미카도 사실은 대학에 가고 싶었을 거예요. 하지만 대학에 가게 되면 아버지에게 의지해야 하잖아요. 그게 싫어서 대학에 가고 싶다는 말을 꺼내지 않았을 거예요."

"얘기를 나눠 볼 수는 없었나요?"

"그때는 그러기가 힘들었어요. 그래도 어떻게든 얘기를 해 봤어야 하는 건데……. 충돌하는 게 두려웠어요. 그게 모든 문제의 발단이라고 생각해요."

그리고 에리코는 눈을 내리뜨며 고개를 살래살래 저었다.

"이제 와서 그런 말을 해 봐야 무슨 소용이 있겠어요."

"미카 씨의 돌아가신 어머니가 떠 준 털장갑을 버리셨다고 하던데요."

그 말에 에리코가 괴로운 듯 얼굴을 찡그렸다.

"그건 정말 큰 실수였어요. 아무리 사과해도 용서하지 않더군요. 지금도 그때 일을 떠올리면 가슴이 아파요."

"미카 씨는 새엄마가 고의로 그랬다고 생각한 것 같던데요."

"그랬을 거예요. 그럴 만도 하죠. 제 잘못이에요. 용서할 때까지 기다리는 수밖에 없다고 생각했어요."

그녀의 말에 구사나기는 가슴이 뜨끈해지는 걸 느꼈다. 입에 발린 말로는 들리지 않았다.

연구실에 도착하니 유가와가 흰 가운 차림으로 기다리고 있었다. 구사나기의 착각인지는 몰라도 실내가 평소보다 깨끗해 보였다. 여자 손님이 온다니 그 나름으로 신경을 썼을 것이다.

두리번거리고 있는데 뜻밖에도 레이카가 연구실로 들어섰다.

"와, 연구실이라는 게 이렇게 생겼구나!"

그녀가 복잡한 계기들이 놓인 선반으로 다가가며 감탄스럽다는 듯이 말한다. 오늘은 티셔츠와 청바지 차림에 화장도 옅어서 학생처럼 보였다.

"레이카 씨는 어쩐 일로?"

구사나기가 물었다.

"내가 불렀어. 아이 짱의 투시 마술을 여러 번 목격한 사람이잖아. 증인으로는 최적이지."

유가와의 설명에 구사나기도 그렇겠군, 하고 납득했다.

"구사나기 씨, 요즘은 계속 놀라운 일만 벌어지네요. 아이짱이 살해된 것도 그렇지만, 범인이 그 사람일 줄은 꿈에도 몰랐거든요. 우리 가게는 어떻게 되는 걸까요. 필시 주간지 같은 데서 기사를 쓸 텐데 말이죠. 정말 걱정이에요."

레이카가 얼굴을 찡그렸다.

"다른 가게로 옮기는 게 낫지 않겠어?"

"그게 그렇게 간단한 일이 아니에요. 그리고 이래 봬도 저, 의리 있는 여자거든요. 가게 이미지를 회복하는 데 힘쓸 거예요. 구사나기 씨도 시간 나면 놀러 오세요."

"그래, 여유가 좀 생기면 가도록 하지."

그리고 구사나기는 유가와와 레이카에게 에리코를 소개했다. 그녀가 아이모토 미카의 어머니라고 밝히자 레이카는 다소 놀라는 눈치였다. 에리코가 너무 젊어서일 것이다. 그걸 알아챈 에리코가 먼저 "계모예요." 하고 덧붙였다.

"제13연구실에 오신 걸 환영합니다. 커피라도 드릴까요?"

유가와가 여자들에게 물었다.

"아니에요, 저는 괜찮아요."

에리코가 사양했다.

"저도 됐어요."

레이카 역시 그렇게 말했다.

"그보다 투시의 트릭을 어서 알고 싶은데요."

"나도 마찬가지야. 커피는 나중에 하지."

구사나기도 동조했다.

"알았어. 그럼 곧바로 시작하지. 우선 두 사람은 그쪽 의자에 앉아."

유가와가 지시한 대로 구사나기와 레이카는 작업대 앞에 있는 의자 두 개에 나란히 앉았다.

"에리코 씨는 뒤에서 그 사람들을 보고 계세요."

그녀가 두 사람 뒤에 선 것을 확인한 후 유가와는 "내가 부탁한 거 가져왔어?"라고 구사나기에게 물었다.

"명함 말이지? 그럼, 가져왔지."

"좋아. 그럼 나는 뒤돌아서 있을 테니 그걸 여기 넣게."

유가와가 흰 가운 주머니에서 광택이 나는 검정 봉투를 꺼냈다. 구사나기도 본 적이 있는 봉투였다.

"아이 짱이 사용하던 봉투와 비슷하군."

하지만 유가와는 그 말에 빙긋 웃기만 할 뿐 아무 대꾸도 없이 구사나기에게 등을 돌리고 섰다.

구사나기는 안주머니에서 명함을 한 장 꺼내 검정 봉투에 집어넣었다.

"넣었어."

유가와가 구사나기 쪽으로 다시 돌아섰다. 그리고 손을 내밀자 구사나기는 그에게 봉투를 건넸다.

"그날 밤 아이 짱이 레이카 씨 가슴에 이걸 밀어 넣었죠?"

봉투를 손에 든 채 유가와가 레이카에게 물었다.

"하지만 내가 그러기는 뭐하니 미안하지만 레이카 씨가 손수 넣어 주세요."

"저는 상관없지만, 교수님께서 신경이 쓰이신다면 그렇게 하죠, 뭐."

레이카가 싱긋 웃으며 봉투를 받아 들더니 셔츠의 가슴께로 밀어 넣었다.

"자, 그날 밤 아이 짱은 그다음에 어떻게 했지?"

유가와가 구사나기에게 물었다.

구사나기가 잠시 생각해 보고서 대답했다.

"염주를 꺼냈지."

"그래요, 염주를 사용하며 투시를 시도했어요."

레이카가 맞장구쳤다.

"맞아, 그랬지."

유가와는 그렇게 말한 후 옆에 놓여 있던 편의점 비닐봉지를 들고 작업대 건너편에 가서 앉았다.

"오늘은 염주 대신 이걸 사용하도록 하지."

그가 봉지에서 꺼낸 것은 금속제 체인이었다.

"뭐야, 그게?"

"학생한테 빌렸어. 자전거 도난 방지용 체인이야. 염주를 구하기가 힘들어서 말이지. 자, 그럼 그날 밤과 똑같이 해 볼까."

유가와가 손에 체인을 감고 합장했다.

"구사나기, 레이카 씨의 가슴께를 눈여겨봐."

"뭐? 곤란하게 왜 그래?"

그 말에 유가와가 풋, 웃음을 터뜨리더니 체인을 작업대에 내려놓았다. 그리고 구사나기를 똑바로 바라보았다.

"자네 부서의 마미야 계장 말이야, 이름이 신타로인가?"

구사나기는 숨을 헉, 들이쉬었다. 그리고 자신도 모르게 레이카의 가슴 쪽으로 눈길을 돌렸다.

그녀가 검정 봉투를 셔츠 속에서 빼내어 그 속에 든 명함을 꺼냈다. 그리고 잠시 명함을 물끄러미 바라보다가 작업대에 올려놓았다. 거기에는 '마미야 신타로'라는 글자가 인쇄되어 있었다.

"어떻게 한 거지?"

유가와가 오른손 손등을 위로 향한 채 천천히 팔을 뻗더니 손을 뒤집어 손바닥을 펼쳐 보였다. 거기에는 일회용 라이터 정도 크기의 검은 상자가 놓여 있었다. 무슨 장치 같아 보였다.

"초소형 적외선 카메라와 적외선램프를 연결한 장치야. 스위치를 켜면 램프에서 적외선이 나오면서 촬영이 시작되지. 야간 방범 카메라와 똑같은 원리야."

"적외선……."

"아, 들어 본 적이 있어요!"

레이카가 외쳤다.

"적외선 카메라로 촬영하면 수영복 속도 훤히 들여다보인다면서요. 해수욕장 같은 데서 몰래 촬영하는 사람이 나오곤 했잖아요."

"잘 아는군. 맞아요. 태양광에는 적외선이 포함되어 있어서, 조건에 따라 사물을 투과하는 경우가 있지. 그래서 최근에는 수영복에 적외선이 투과하지 못하는 소재를 사용하기도 한다더군."

"그 말씀을 들으니 안심이……, 아니지!"

레이카가 다급히 자기 가슴에 손을 댔다.

"혹시 이런 옷도 투과하나요?"

유가와가 쓴웃음을 지으며 고개를 저었다.

"방금도 말했지만 조건에 따라 달라요. 수영복이 투과되는 이유는 태양광이라는 강렬한 광원이 있기 때문이고, 실내에서는 일반적으로 불가능한 일이지. 그리고 설사 실외라도 수영복처럼 몸에 밀착되는 옷을 입은 경우가 아니라면 안심해도 돼요."

"그렇다면 다행이에요."

"그래서, 그걸 어떻게 사용한 거지?"

구사나기가 카메라를 손으로 가리켰다.

유가와는 의미심장한 미소를 지으며 검정 봉투를 집어 들었다.

"비밀은 이 봉투에 있어. 이건 검은 셀로판지나 비닐로 만든 것처럼 보이지만 실은 적외선 촬영용 필터야. 적외선은 투과하지만 가시광선은 통과하지 못하지. 그러니까……."

유가와가 명함을 봉투에 넣었다.

"이 속에 명함을 넣어 두면 전혀 보이지 않아. 우리 눈은 가시광선에만 반응하니까 말이야. 그런데 이렇게 적외선을 비추면……."

그는 조금 전의 검은색 장치로 다가가 스위치를 켰다.

"여전히 아무것도 안 보이는데?"

구사나기가 검정 봉투를 바라보며 말했다.

"거참, 몇 번을 말해야 알겠어? 인간의 눈은 가시광선에만 반응한다고 했잖아. 하지만 카메라 센서는 다르지. 특히 적외선 카메라는 말이야."

유가와가 장치를 내려놓고 비닐봉지를 끌어당겼다. 그 속에서 나온 것은 손바닥만 한 크기의 액정 모니터였다. 그는 그걸 구사나기 앞에 놓았다.

그 순간 레이카가 와, 소리를 질렀다. 반대로 구사나기는 입을 다물었다.

액정 화면에 비친 명함은 틀림없는 마미야 것이었다. 조금 어둡긴 하지만, 인쇄되어 있는 글자는 똑똑히 판독할 수 있었다.

"그 카메라로 촬영한 영상이 이거야?"

구사나기가 물었다.

"그래. 이 카메라에는 적외선 촬영 기능 외에 영상 데이터를 무선으로 보내는 기능도 있어. 아마도 아이 짱은 손님에게 받은 검정 봉투를 레이카 씨에게 넘기면서 손바닥 안에 숨긴 카메라로 촬영했을 거야."

"하지만 모니터를 어떻게 보지? 그럴 틈이 없었을 텐데."

"그래서 염주가 필요했던 거야. 지난번 일을 떠올려 봐. 그녀가 무릎에 놓인 헝겊 주머니에서 염주를 꺼냈잖아. 그 헝겊 주머니에 모니터가 들어 있었겠지. 염주를 꺼내는 척하면서 영상을 확인한 거야."

구사나기가 나지막이 신음하며 옆에 있는 레이카를 보았다.

"듣고 보니 그럴듯하군."

"그러게요."

그녀도 고개를 끄덕였다.

"그 마술을 여러 번 봤는데, 언제나 무릎 위에 헝겊 주머니나 조그만 가방이 있었어요. 거기서 염주를 꺼냈고요."

구사나기가 후, 숨을 내쉬었다.

"그런 방법이었군. 그런데 그 기계를 어떻게 손에 넣었을까?"

"그렇게 특수한 물건이 아니야. 인터넷에서 얼마든지 구할 수 있는 기기에 손을 조금만 대면 되거든. 그 방법도 인터넷으로 찾을 수 있어."

"그렇군. 참 용케도 알아냈어."

"자네 얘기가 힌트였지. 아이 짱이 고등학생 때 생물 동아리에서 하늘다람쥐의 생태를 열심히 조사했다고 했잖아. 그 말을 듣고 퍼뜩 떠오르는 게 있었어. 하늘다람쥐가 야행성이거든. 그러니까 생태를 관찰하려면 적외선 카메라의 도움을 받아야 하지. 그녀가 오래전부터 그런 기술에 익숙하지 않았을까 싶더군."

"아하. 그럼 니시하타의 가방 속은 어떻게 알아맞혔지? 그건 그저 평범한 가방이잖아. 그러니까 투시는 불가능할 것 같은데."

"맞는 말이야. 하지만 투시할 필요가 없었지. 가방 속을 확인하면 되니까."

"무슨 수로? 니시하타는 아이 짱이 가방 속을 볼 기회가 없었다고 하던데."

유가와가 의자 등받이에 기대며 팔짱을 끼었다.

"둘이서 영화를 봤잖아. 그동안 가방은 어디에 있었지?"

"영화관 안은 캄캄했다니까."

거기까지 말했을 때 구사나기의 머리를 스치는 것이 있었다.

"그렇군! 적외선 카메라로……."

"이제야 알아차린 모양이군. 영화를 보는 도중에 슬쩍 가방을 열어서 카메라로 그 속을 촬영하면 되잖아. 얼굴은 앞쪽을 향한 채 카메라를 쥔 손만 가방 속에 넣어서 찍는 거지. 별로 힘든 일은 아니었을 거야. 그리고 영화관에서 나온 후 여유 있게 모니터를 확인한 거야."

"그런 트릭이었군."

"그녀가 영화를 같이 보자고 했던 손님이 한둘이 아니라던데요?"

유가와가 레이카를 보며 물었다.

"네. 어떤 영화든지 괜찮다고 하면서요."

"아마 가방 투시 마술을 새로운 특기로 삼으려 했던 것이 아닐까 싶어. 명함 투시는 처음 오는 손님이 아니면 사용할 수 없으니까 말이야."

그 말에 레이카의 표정이 어두워졌다.

"아이 짱이 일에 참 열심이었어요. 자기를 보러 오는 손님이 많지 않다는 걸 알고 있었으니까요."

역시 힘든 직업이군, 하고 구사나기는 새삼 생각했다.

"아니, 잠깐. 그렇다면 아이 짱은 가방에 든 봉투는 봤지만 그 속에 뭐가 들었는지는……."

"아마 보지 못했을 거야."

유가와가 자르듯이 말했다.

"하지만 그녀는 니시하타에게 봉투에서 위험한 냄새가 난다느니 누가 보지 않도록 조심하라느니 하는 말을 했어. 그건 어떻게 된 일이지?"

유가와가 집게손가락을 세웠다.

"그게 바로 콜드 리딩이야."

"콜드……, 그 말이 여기서 등장하는군."

"그녀는 봉투 속에 뭐가 들었는지 몰랐어. 그런데 상대가 과민 반응을 보이자 분명 뭔가 사정이 있을 거라고 짐작했지. 그래서 듣기에 따라 여러 가지로 해석될 수 있는 애매한 질문을 계속 던져서 그 사정이 뭔지 알아내려고 했던 거야. 지금껏 공부해 온 콜드 리딩 기술을 살려서 말이야."

"그래서 니시하타는 그녀가 봉투 속을 봤다고 믿었고?"

유가와가 안타까운 표정으로 고개를 끄덕했다.

"말하자면 지나치게 잘 먹힌 거지."

구사나기는 고개를 절레절레 흔들었다.

"저런, 아이 짱이 괜한 일을 벌인 셈이군."

"아이 짱은 그런 사람이었어요."

레이카가 말했다.

"서비스 정신이 투철한 데다 장난치는 걸 좋아했죠. 그리고 입버릇처럼 말했어요. 손님을 더욱 즐겁게 해 주고 싶고,

어떻게 하면 손님이 기뻐하는지 알고 싶다고요. 그래서 손님의 마음속을 들여다보고 싶다고 했어요."

말하다가 감정이 북받쳤는지 그녀는 핸드백에서 손수건을 꺼내 눈가를 눌렀다.

유가와가 시선을 구사나기 뒤쪽으로 향했다.

"그녀가 호스티스 일을 그토록 열심히 한 데는 에리코 씨의 영향이 클 겁니다."

에리코가 숨을 헉 들이쉬었다.

"그게 무슨 말씀이죠?"

"역시 아버지 마음을 상하게 하려는 의도였다는 건가?"

에리코와 구사나기가 잇달아 물었다.

"그런 말이 아니야."

유가와는 눈을 에리코에게서 떼지 않은 채 대답했다.

"그녀가 도쿄로 올라오기 전날 검은 주머니 속에 서로의 속마음을 적은 종이를 넣어서 불에 태웠다면서요?"

에리코가 빠르게 눈을 깜박거렸다.

"어떻게 그걸……?"

"후지사와 씨에게 들었습니다. 후지사와 도모히사 씨요."

구사나기가 대신 대답했다.

아아, 하고 에리코가 고개를 끄덕였다.

"맞아요, 그런 일이 있었어요."

"그때 에리코 씨가 종이에 쓴 문장이 '언제까지나 기다릴 게요', 아니었습니까?"

유가와의 물음에 에리코가 눈을 번쩍 뜨며 양손으로 입을 막았다.

"아니, 어떻게……."

"저 친구 말이 맞습니까?"

그녀가 고개를 두어 번 끄덕거렸다. 말이 나오지 않는 듯했다.

유가와가 어렴풋이 미소를 지었다.

"명함 트릭과 마찬가지야. 그때 태운 검은 주머니 역시 적외선 투과용 필터였던 거지. 그걸 불 속에 던져 넣으면 어떻게 될까? 불꽃에서도 적외선이 나오니까 카메라로 찍으면 속에 있는 글자가 찍히겠지. 일반 카메라로도 어느 정도는 적외선이 촬영되니까."

그리고 그는 에리코를 향해 물었다.

"검은 주머니를 태우는 동안 그녀가 휴대 전화 카메라로 사진을 찍지 않았나요?"

"그건 모르겠어요. 그때 저는 불길에만 정신이 팔려 있어서……."

그러자 유가와가 흰 가운 주머니에서 사진을 한 장 꺼내어 구사나기 앞에 놓았다.

"이 사진은 아마 그때 찍은 사진을 출력한 걸 거야. 이걸로는 판독하기 어렵지만, 액정 화면에서라면 글자를 읽을 수 있었을 거야."

그 사진은 아이모토 미카의 방에서 나온 사진으로 이상한 글자가 찍혀 있었다.

"컴퓨터로 해상도를 높여서 글자들을 판독해 봤어. 그 결과 '언제까지나 기다릴게요'라고 쓰여 있다는 걸 알았지. 당연히 미카 씨도 이 글을 읽었을 거야."

"그녀가……, 그래, 그런 거였군."

구사나기가 그제야 깨달은 듯한 표정을 지었다.

"내가 하고 싶은 말이 뭔지 알아챈 모양이군."

구사나기는 크게 고개를 끄덕이고 나서 에리코 쪽으로 몸을 틀었다.

"미카 씨는 도쿄로 올라오기 전에 에리코 씨의 속마음을 알고 싶었던 겁니다. 그래서 그런 트릭을 사용한 거예요. 보나마나 자신에게 좋지 않은 말을 쓸 거라고 생각하면서 말이죠. 그런데 나중에 에리코 씨가 쓴 글을 보고 놀랐겠죠. 그렇게 심한 짓을 했는데도 나를 미워하지 않다니, 하고요. 동시에 부끄러웠을 겁니다. 자신이 너무나 속이 좁은 사람이라는 생각 때문에요. 후지사와 씨가 그러더군요. 미카 씨가 지금 이대로는 집에 돌아갈 수 없다고 말했다고요. 후지사와 씨는 그 말을 미카 씨가 부모와 영영 결별하기로 결심했다는 뜻으로 해석했습니다. 저 역시 그럴지도 모른다고 생각했어요. 그런데 아니었습니다. 그녀가 고향으로 돌아갈 수 없었던 이유는 부모를 만나고 싶지 않아서가 아니라 아마도 에리코 씨를 마주할 용기가 없어서였을 겁니다. 좀 더 자신을 연마해 당당하게 새엄마를 마주할 수 있을 때까지는 돌아가지 않겠다고 마음먹었던 거예요. 그 증거가 바로 이 사진입니다. 에리코 씨의 메시지가 그녀에게는 보물이었던 거죠. 유가와의 말이 맞을 겁니다. 그녀가 호스티스 일을 한 것은 분명 당신을 거울삼으려 했기 때문일 거예요."

에리코가 떨리는 손을 사진으로 뻗었다.

"그때 제가 쓴 글을 미카가 봤단 말이죠……."

"그렇습니다. 그녀는 에리코 씨의 진심을 알고 있었어요."

에리코가 사진을 들여다보며 한 손으로 자신의 입을 막았다.

"그랬다면, 역시, 좀 더 일찍 얘기를 나눌 것을……."

그녀가 고개를 푹 꺾었다.

유가와는 "따뜻한 커피라도 끓여야겠군." 하고 자리에서 일어났다.

에리코의 등이 파르르 떨리는가 싶더니 입을 틀어막은 그녀의 손가락 사이로 오열이 새어 나왔다.

3장

들리다

1

컴퓨터 앞에 앉은 지 5분도 채 지나지 않아서 또 이명이 시작되었다. 와키자카 무쓰미는 양쪽 팔꿈치를 책상에 올려놓고 모니터를 보는 척하면서 이명이 사라지기를 지그시 기다렸다. 화면에 엑셀 프로그램을 이용한 그래프가 나타나 있지만 그녀의 눈은 아무것도 보고 있지 않았다. 본다 한들 아무 생각도 할 수 없을 것이다. 그럴 정도로 불쾌한 이명이었다.

머릿속에서 날벌레가 윙윙거리는 것 같다고나 할까. 낮고 웅얼거리는 듯한 소리가 불규칙한 리듬으로 강약을 반복하고 있다.

처음에는 이명인 줄 몰랐다. 어딘가에서 실제로 나는 소리가 귀에 들리는 줄 알았다. 그래서 처음 그 소리를 들었을 때는 옆에 있던 나가쿠라 이치에에게 "뭐지, 이 소리?" 하고 물었다.

그런데 이치에가 영문을 모르겠다는 듯한 표정으로 눈을 깜박거리며 "무슨 소리?" 하고 되묻는 것이었다.

"이 소리 말이야. 윙윙거리는 소리, 안 들려?"

무쓰미가 천장을 가리키며 물었다. 위에서 들린다고 생각했기 때문이다.

이치에는 잠깐 귀를 기울여 듣더니 "환기구 돌아가는 소리 말이야?"라고 되물었다.

"아니, 아니, 이 낮은 소리. 아니, 너한테는 안 들려?"

이치에가 당황한 표정으로 고개를 저었다.

"나는 안 들리는데……."

뭐? 하며 눈썹을 찡그리는 찰나 소리가 홀연히 사라졌다.

"아, 이제 안 들린다."

그러자 이치에가 피식 웃었다.

"착각 아니야? 난 아무 소리도 못 들었어."

무쓰미는 고개를 갸웃했다.

"그런가……."

"주말에 너무 놀아서 피곤한가 보다."

"그럴 리가. 돈도 없는데 무슨……. 그런데 뭐였을까, 방금 그 소리?"

"글쎄."

이치에는 관심 없다는 태도다.

무쓰미는 눈을 감고 귀에 온 신경을 집중했다. 하지만 조금 전 그 소리는 들리지 않았다. 그녀는 한숨을 내쉬고 다시 일에 집중하기로 했다. 이치에 말대로 자신의 착각인지도 모른다. 실제로 그날은 다시 들리지 않았다.

그런데 이튿날 낮에 회사 근처에 있는 옥외 테라스 카페에서 동료 셋과 점심을 먹는데 또 그 소리가 들려왔다.

"어, 또 들린다. 있잖아, 들리지, 이상한 소리? 무슨 소리일까?"

동료들에게 물어보았다. 그들 중 한 명은 나가쿠라 이치에다.

"어제 들었다는 소리?"

이치에가 수상쩍다는 듯이 되묻는다.

"그래." 하고 무쓰미는 고개를 끄덕였다.

이치에가 다른 두 명에게 "들려?" 하고 묻자 그들은 어리둥절한 표정으로 "뭐가?" 하고 반문했다.

"이상한 소리 말이야. 뭔가 낮게 붕붕거리는 것 같은 소리."

무쓰미가 열심히 설명했지만 세 사람은 당황스럽다는 듯이 서로를 마주 볼 뿐이었다.

"정말 안 들려?"

무쓰미의 물음에 셋은 입을 모아 "안 들리는데."라고 대답했다. 표정으로 보아 거짓말을 하는 것 같지는 않다.

"이상하네……."

그렇게 말하는데 이번에도 언제 그랬냐는 듯이 소리가 사라졌다.

"어, 사라졌다!"

"그거, 혹시 이명 아니니?"

이치에가 걱정스러운 듯이 물었다.

"스트레스 탓인지도 몰라. 더 심해지기 전에 이비인후과에 가 봐."

그 말에 무쓰미는 마음이 불안해졌다.

"정말 안 들렸어?"

세 사람이 일제히 고개를 끄덕였다.

무쓰미가 회사 근처에 있는 이비인후과를 찾은 것은 그로부터 일주일 후였다. 그사이에 이명이 사라진 것은 아니다. 실은 거의 매일 들렸다. 대개는 직장에서 일할 때였지만 역에서 전철을 기다릴 때도 들린 적이 있다. 지속되는 시간은 언제나 2, 3분 정도. 하루에 여러 차례 들리는 것은 아니었다. 그래서 일에 지장은 없었지만, 인터넷을 검색해 보니 이명을 방치하면 위험하다고 해서 병원에 가기로 결심한 것이다.

그런데 진찰 결과 특별한 이상은 없다고 했다.

"정신적인 원인이 아닐까 싶습니다. 너무 심각하게 생각하지 말고 아, 또 들리는구나, 하는 식으로 받아들이면 조만간 안 들릴 겁니다."

늙수그레한 의사가 별문제 아니라는 듯이 가볍게 말했다.

그러나 그 후로도 이명은 낫지 않았다. 심해지지도 않았지만 하루에 한 번은 반드시, 라고 해도 좋을 정도로 들렸다. 휴일에 집에 있을 때는 들리지 않아서 역시 정신적인 이유일까 하는 생각도 들었다.

늘 그랬듯이 오늘도 이명은 홀연히 사라졌다. 마치 스위치를 끈 것처럼. 옆 자리의 나가쿠라 이치에가 마침 자리를 비워서 다행이었다. 최근에는 그녀에게 이명이 들린다고 얘기하지 않는다. 이치에는 무쓰미가 여전히 이명 때문에 괴로워하는 줄을 꿈에도 모를 것이다.

다시 일에 집중한 지 얼마 안 되어 이치에가 돌아왔다. 그런데 표정이 몹시 어두웠다. 그녀가 자리에 앉자마자 "부장님 얘기, 들었어?"라고 속삭이듯이 물었다.

"부장님이라면, 하야미 부장님?"

"물론이지."

이치에가 고개를 끄덕인다.

무쓰미는 창가에 있는 부장 자리로 고개를 돌렸다. 평소 같으면 희끗희끗한 머리를 깔끔하게 손질한 하야미 부장이 그 자리에 있을 테지만 오늘은 보이지 않았다.

"부장님이 왜?"

그러자 이치에는 눈동자에 호기심이 가득 어린 얼굴을 무쓰미에게 바짝 들이댔다.

"부장님, 오늘 아침에 돌아가셨대. 아파트 베란다에서 투신했다나 봐."

다음 날, 경시청 수사관이 무쓰미의 회사로 찾아왔다. 하야미와 관련이 깊은 사람들을 한 명 한 명 불러 이야기를 듣는 모양이었지만 무쓰미는 자신이 불려 갈 거라고는 생각지 못했다. 업무상으로 상사지, 개인적인 대화를 나눠 본 적이 거의 없었기 때문이다.

그런데 예상과 달리 무쓰미에게도 호출이 떨어졌다. 접객실로 가 보니 형사 둘이 기다리고 있었다. 그중 한쪽이 여자인 점은 다소 의외였다.

질문은 주로 구사나기라는 남자 형사가 했다. 사람 좋아 보이는 얼굴로 별 대수롭지 않은 얘기를 하다가 느닷없이 예상 밖의 질문을 하는 식이었다. 그중에서도 가장 당황스러웠던 질문은 "하야미 씨의 여자관계에 대해서 어떻게 생각하십니까?"라는 것이었다.

무쓰미가 선뜻 대답하지 못하자 구사나기는 "이미 다 들었습니다." 하며 웃는 얼굴을 했다.

"석 달쯤 전에 그 얘기로 회사가 상당히 떠들썩했다면서요? 특히 와키자카 씨가 소식통이었다고 하던데요."

"소식통이라니, 무슨 그런……."

무쓰미는 손사래를 쳤다.

"상대 여자 쪽 부서에 친구가 있어서 이런저런 얘기를 들었을 뿐이에요."

"상대 여자 쪽 부서요?"

"아니, 그러니까 그게……."

"어느 부서죠?"

구사나기가 사람을 꿰뚫어 보는 듯한 눈초리로 무쓰미를 바라봤다. 다 알면서 무쓰미의 확답을 듣고 싶어 하는 것이다.

무쓰미는 한숨 섞인 말투로 "홍보부예요." 하고 대답했다.

"홍보부에서 무슨 일이 있었습니까?"

그 말에 무쓰미는 구사나기를 노려보았다.

"알면서 뭘 물으세요?"

그러나 경시청 형사는 여사원의 빈정거림 따위에는 꿈쩍도 하지 않았다.

"저희 쪽에서 자칫 경솔하게 말했다가는 유도 신문으로 책임을 추궁당할 수 있습니다. 귀찮으시겠지만 대답해 주세요."

무쓰미는 또 한숨을 쉬었다. 아무래도 속속들이 털어놓는 수밖에 없을 듯했다.

석 달 전, 여사원 한 명이 자살했다. 자택의 방을 테이프로 밀폐하고 연탄을 피웠다. 홍보부 소속인 서른한 살 여자였다.

자살임이 명백했지만 유서가 없고 동기노 불명확했다. 하지만 그녀가 불륜을 저질렀고 그 상대가 영업부장 하야미 다쓰로라는 건 홍보부 여사원이라면 누구나 아는 사실이었다.

"부인과 헤어지겠다고 해서 3년이나 사귀었대. 그런데 말

짱 거짓말이었던 거지. 결국은 버려졌는데, 그 이유가 글쎄 다른 여자가 생겨서라는 거야. 말이 되니? 죽고 싶을 만도 해. 얼마나 비참했겠어. 보란 듯이 죽겠다는 마음도 있었을 거야."

친구의 얘기를 무쓰미는 주로 영업부 내의 여자 동료들에게 전했다. 그 일이 이번 수사 과정에서 형사 귀에 들어가는 바람에 '소식통'으로 점찍혔을 것이다.

"아하, 그렇게 된 일이로군요."

구사나기가 알겠다는 듯이 고개를 끄덕였다.

"그 후일담은 없습니까?"

"후일담이라면……."

"사내 불륜으로 여자 쪽이 자살했다, 그걸로 끝이난 말이죠. 온갖 소문이 무성하지 않았을까 싶은데요."

무쓰미는 고개를 저었다.

"그런 건 없었어요. 남녀 사이의 일이라는 게 결국 당사자들만 알 수 있는 거잖아요. 이러니저러니 하고 말들은 했지만, 증거가 없는 이상 추측에 불과한 일이죠. 최근에는 화제로 삼는 사람이 거의 없었어요."

무쓰미의 말에 구사나기는 다소 실망한 기색으로 고개를 끄덕이고 나서 "이번 사건에 관해서는 어떻습니까?"라고 물었다.

"하야미 씨가 사망한 사건 말입니다. 뭔가 짐작되는 일이 있나요?"

무쓰미는 "글쎄요……." 하며 고개를 갸웃거리다가 "전혀 없어요."라고 대답했다. 괜히 어설픈 말을 했다가 나중에 책임져야 하는 사태가 벌어지면 골치 아프다.

그러자 구사나기는 그때껏 펼쳐 놓았던 수첩을 덮더니 옆에서 메모하고 있던 여자 형사에게 그만 쓰라고 말한 뒤 다시 무쓰미를 바라보았다.

"그냥 별 뜻 없는 얘기라도 괜찮습니다. 이번 사건에 관한 생각을 떠오르는 대로 말씀해 주시면 좋겠습니다. 하야미 부장이 자살했다는 얘기를 들었을 때 무슨 생각이 들었습니까. 놀라셨나요?"

표정은 온화했지만 구사나기의 눈에는 진지함이 깃들어 있었다.

"그야 물론 놀랐죠."

"하야미 씨가 자살할 줄은 꿈에도 몰랐다는 뜻인가요?"

무쓰미는 잠시 틈을 두었다가 "뭐……, 그렇다고 할 수 있죠."라고 대꾸했다. 그러자 구사나기의 눈썹이 꿈틀했다.

"방금 무슨 말을 하려다 말았죠?"

"아니요, 아닌데요."

무쓰미는 고개를 저었다.

와키자카 씨, 하며 구사나기가 무쓰미 쪽으로 몸을 기울였다.

"와키자카 씨에게만 드리는 말씀인데요, 하야미 씨의 죽음에 몇 가지 의심 가는 점이 있습니다. 그래서 저희가 이렇게 수사하는 거고요. 아무리 사소한 것이라도 좋으니 마음에 걸리는 일이 있으면 말씀해 주세요."

형사의 말에 무쓰미는 저도 모르게 등을 곧게 폈다.

"뭔데요, 의심 가는 점이?"

"그건 말씀드릴 수 없습니다. 수사상의 비밀이니까요. 그리고 와키자카 씨는 모르는 편이 좋습니다. 성가신 일에 휘말리는 건 싫으시죠?"

성가신 일이라는 게 뭘까 생각하면서 무쓰미는 고개를 끄덕였다.

"염려는 하지 마십시오. 와키자카 씨에게 들은 얘기는 반드시 비밀에 부치겠습니다. 하야미 씨의 죽음에 관해 뭔가 아시는 게 있습니까?"

이번에도 무쓰미는 고개를 저었다.

"없어요. 그리고 제가 한 얘기를 비밀에 부칠 필요도 없습니다. 다들 생각이 비슷할 테니까요."

그 말에 구사나기가 미간을 찡그렸다.

"어떻게 비슷하다는 말씀이죠?"

무쓰미는 잠시 머뭇거리다가 "부장님이 자살했다는 얘기를 들었을 때 역시, 하고 생각했거든요."라고 대답했다.

"역시, 라고요……, 왜죠?"

"왜냐하면, 최근에 부장님 상태가 좀 이상했거든요. 행동거지가 수상했다고 할까요. 안색도 좋지 않고, 자꾸 움찔움찔하는 것 같았어요. 갑자기 멍해져서는 이쪽에서 하는 얘기를 전혀 못 듣는다고 과장님들이 투덜대곤 했고요. 자리에 앉아서 중얼중얼 혼잣말을 하질 않나, 아무튼 뭔가 이상하다고들 했어요."

"언제부터 그랬죠?"

"글쎄요, 한 달은 넘은 것 같은데요."

그러자 구사나기 형사가 생각에 잠기는 듯한 표정을 짓더니 말없이 고개를 몇 번 위아래로 끄덕였다. 질문은 그걸로 끝났다.

그 후 무쓰미는 인터넷을 통해 사건의 자세한 내용을 알게 되었다.

사건 당일 아침, 하야미 다쓰로는 회사에 간다고 말하고서 일단 자택인 아파트를 나섰다. 그 후 아이들은 학교에 가고 부인도 문화 센터에 가기 위해 집에서 나왔다. 아파트 부지 안에서 하야미의 시신이 발견된 것은 그로부터 약 한 시간이 지나서였다. 위치로 보아 자택 베란다에서 떨어졌을 가능성이 높아 보였다.

하지만 불분명한 점도 많았다. 회사에 간다며 집을 나간 사람이 왜 되돌아왔을까. 그사이에 어디서 뭘 했을까. 자살했다면 동기가 무엇인가.

이런 수수께끼들이 회사에서 한동안 화제의 중심에 있었다. 자살한 애인을 뒤따라간 것이 아니겠느냐는 말도 나돌았다. 그러나 일련의 소문은 억측에 불과할 뿐, 동기를 추측할 만한 확실한 근거는 무엇 하나 없었다.

사건 직후에는 거의 매일이다시피 형사들이 드나들었지만, 점차 그 빈도가 줄어들더니 마침내 전혀 모습을 보이지 않게 되었다. 그에 따라 회사 분위기도 이전으로 돌아갔다. 공식적인 발표는 없었지만 결국은 자살이었을 것이라고 다들 받아들였고, 굳이 이 사건을 화제로 삼는 일도 없어졌다.

와키자카 무쓰미도 사건이 일어난 지 한 달이 지날 무렵에는 자신이 형사에게 조사를 받았다는 사실조차 잊게 되었다.

다만.

그녀 자신의 고충은 해소될 기미를 보이지 않았다. 예의 날벌레가 윙윙거리는 듯한 이명은 매일같이 그녀의 신경을 건드렸다.

2

눈을 뜬 순간 구사나기는 '이런, 야단났네.' 하고 생각했다.

몸에 열이 나고 목구멍에서 이물감이 느껴졌다. 편도선이 부은 것이다. 감기에 걸렸을 때 나타나는 증상이었다.

침대에서 꾸물꾸물 기어 나와 세면실로 향했다. 평소 같으면 상비약을 먹고 상태를 지켜봤겠지만 지금은 그가 소속된 팀에 배정된 사건이 없으니 무리할 필요가 없었다. 자칫 감기가 오래가서 정작 출동해야 할 때 드러누워 있기라도 했다가는 윗사람에게 싫은 소리를 들을 뿐만 아니라 후배들에게도 폐가 될 것이다.

일찌감치 병원에 가는 게 좋겠지. 세면대 거울 앞에 서서 살짝 부은 자신의 얼굴을 응시하며 구사나기는 한숨을 내쉬었다.

병원은 환자들로 북적거렸다. 진료 신청서를 쓴 후 접수창구에 제출하는 데도 줄을 서야 했다. 이런 큰 병원에 오는 게 아니었다고 후회해 봤자 때는 이미 늦었다.

겨우 차례가 돌아와 진료 신청서를 제출하니 내과로 가라고 한다. 다행히 내과 대기실은 접수창구와 같은 1층에 있었다. 그러나 거기 앉아 있는 사람들을 보고 구사나기는 몸서리를 쳤다. 서른 명은 족히 될 듯했다. 자신의 차례가 돌아오기까지 시간이 얼마나 걸릴지 짐작도 되지 않아 이대로 돌아가 버릴까도 싶었다.

그가 그런 생각을 하며 멍하니 서 있는데 그의 곁에 앉아 있던 노부인이 옆으로 한 칸 이동하며 "앉아요." 하고 미소를 지어 보였다. 앉을 자리가 없어서 서 있는 거라고 짐작한 것이다. 사양하기도 뭐해서 고맙다고 인사하고 자리에 앉았다. 의자 바닥이 뜨뜻했다.

"이 병원은 늘 복잡해요."

노부인이 말을 건넸다. 늘, 이라고 하는 걸 보면 늘 오는 환자인 듯했다.

그런가요, 하고 구사나기는 대꾸했다.

노부인이 고개를 끄덕였다.

"한 명 한 명에게 시간을 많이 들이거든요. 하긴 그만큼 환자를 정성스럽게 돌본다는 뜻이니 인기가 많을 수밖에 없지만요. 환자를 물건 다루듯이 해서야 누가 가겠어요."

아무래도 꽤나 병원 마니아인 듯하다. 구사나기는 그렇군요, 하고 감탄스럽다는 듯이 중얼거렸다.

"댁은 어디가 안 좋아요?"

"아니요, 저는 그냥⋯⋯."

감기 때문에, 라고 말하려고 했을 때였다.

으아아아, 하는 남자의 고함이 뒤에서 들렸다. 돌아보니 남자 하나가 막대기 같은 것을 휘두르고 있고 그 바로 앞에 몸이 홀쭉한 노인이 쓰러져 있었다. 여자들이 비명을 질렀다.

구사나기는 자리에서 벌떡 일어나 그쪽으로 달려갔다. 다른 환자들은 멀찍이서 남자를 에워싼 채 바라보고 있다.

삼십 대 중반쯤일까. 큰 키에 몸이 탄탄해 보이고 생김새도 반듯해서 배우라고 해도 믿을 만했다. 그런데 눈에 광기가 서려 있다. 그리고 별로 덥지도 않은데 이마가 땀으로 번들거렸다.

남자가 손에 든 것은 지팡이였다. 지팡이를 거꾸로 들고 괴성을 지르며 다가오려는 사람들을 위협했다. 그러는 틈틈이 손잡이 부분으로 쓰러진 노인의 얼굴이나 몸을 때린다. 노인은 정신을 잃었는지 미동도 하지 않았다.

여자들이 계속해서 비명을 지르자 남자는 "시끄러워, 시끄럽다니까! 항상, 항상 중요한 순간에 방해만 하고 말이야. 조용히 해, 너희들. 확 죽여 버릴 거야!" 하고 악을 썼다.

그제야 경비원이 달려왔지만, 남자가 지팡이를 휘두르는 탓에 좀처럼 남자에게 다가가지 못했다.

구사나기는 재빨리 주위를 둘러보았다. 아까 그 노부인이 옆에 서 있었다. 그녀의 손에 양산이 들려 있다.

"그것 좀 빌릴 수 있을까요?"

양산을 가리키며 물었다. 노부인이 당황한 표정을 짓자 구사나기는 "걱정하지 마세요. 저는 경찰입니다."라고 설명했다. 그녀가 알아들었다는 듯이 고개를 끄덕였다.

양산을 든 구사나기는 사람들 사이를 헤치고 앞으로 나아갔다. 남자가 지팡이를 치켜든 채 경비원을 노려보고 있었다.

"위험하니까 가까이 오지 마세요."

중년의 경비원이 구사나기에게 말했다.

"괜찮아요. 경찰입니다."

그러고서 구사나기는 남자 쪽을 보았다.

"상해 현행범으로 체포합니다. 지팡이를 내려놓아요."

그러자 남자가 눈에 핏발을 세웠다.

"뭐야, 너도 한패야?"

"한패라니, 무슨 소리야?"

그 직후였다. 남자가 "난 죽을 수 없어!" 하고 외치며 지팡이를 한껏 휘둘렀다.

그 지팡이가 머리에 닿으려는 찰나, 구사나기는 들고 있던 양산으로 재빨리 남자의 손목을 내리쳤다. 양산에 손목을 맞은 남자가 지팡이를 떨어뜨렸다. 그와 동시에 구사나기는 양산을 내던지고 남자를 향해 돌진했다. 검도는 초단이지만 유도는 3단인 그가 남자를 제압하기까지는 10초도 채 걸리지 않았다.

"경찰에 연락하세요."

남자를 짓누른 채 구사나기가 경비원에게 말했다.

양산을 빌려준 노부인이 주먹을 불끈 들어 올리는 모습이 눈에 들어오자 구사나기는 저도 모르게 웃음이 흘러나왔다. 그녀에게 화답하려고 한 손을 들었을 때였다.

옆구리에 가벼운 충격이 느껴졌다. 뭔가가 닿은 듯한 감촉
이었다.

뭐지, 하며 구사나기가 자신의 옆구리를 내려다보았다.

묵직한 통증이 느껴진 것과 거의 동시에 셔츠가 벌겋게 물
들기 시작했다.

3

"만화를 볼 여유가 있는 걸 보니 걱정할 필요는 없겠군."

병실로 들어서며 유가와가 말했다.

"자네가 어쩐 일이야?"

구사나기가 물었다.

유가와는 질문에 대답하지 않은 채 손에 든 하얀 비닐봉지
에서 머스크멜론을 꺼내며 두리번거렸다.

"이거 문병 선물이야. 어디다 두면 되지?"

"덜렁 그렇게 들고 왔어?"

구사나기가 눈을 동그랗게 떴다.

"보통은 상자나 바구니 같은 데 담아 오지 않나?"

"상자나 바구니가 있어야 해?"

"아니, 꼭 그런 건 아니지만……, 뭐, 됐어. 고마워."

더 따져 봐야 무슨 소용일까 싶었다.

"거기 선반 위에 놔둬. 누나가 처리할 거야."

유가와는 멜론을 내려놓은 후 재킷을 벗고 침대 옆에 놓인 의자에 앉았다.

"자네 누나 말로는 칼에 찔렸다던데?"

구사나기가 읽고 있던 만화를 머리맡에 놓고 친구를 올려다보았다.

"우리 누나랑 자주 연락을 주고받나?"

"주고받는 게 아니라 누나가 일방적으로 연락하는 거야. 자네가 휴대 전화 번호를 가르쳐 줬다던데?"

"자네한테 직접 하고 싶은 얘기가 있다기에. 용건이 뭔지는 안 가르쳐 주더군."

그러자 유가와가 조그맣게 한숨을 내쉬었다.

"선을 보라는 거야."

"선을?"

"여자를 소개하겠다나. 아무리 거절해도 포기할 줄을 몰라."

유가와의 난처한 표정을 보자 구사나기는 터져 나오는 웃음을 참을 수가 없었다. 아하하, 웃고는 이내 얼굴을 찡그렸다. 옆구리에 통증이 밀려왔기 때문이다.

"괜찮아?"

유가와가 담담한 말투로 물었다. 크게 걱정되지는 않는 모양이었다.

"괜찮아. 흠, 누나가 자네에게 그랬단 말이지……."

"오늘도 그 일로 전화가 걸려 왔는데, 그때 자네가 칼에 찔렸다는 얘기를 들었어. 생명에는 지장이 없으니 걱정하지 말라고 하더라고."

"그랬군."

"언제 찔린 거야?"

"어제. 사건 현장이 이 병원 1층이었어. 곧바로 응급실로 옮겨져서 그대로 입원했으니 갈아입을 옷이 있어야지. 그래서 누나에게 연락한 거야."

"달리 부탁할 사람이 없어?"

"있으면 누나를 부르겠나?"

그러자 유가와가 어리둥절한 표정을 지으며 눈을 깜박였다.

"거참, 이상하네. 자네 누나는 왜 자기 동생의 결혼 상대는 찾지 않는 거야?"

"나도 몰라. 중매를 서는 입장에서는 월급이 쥐꼬리만 한 형사보다 대학교 엘리트 부교수가 말을 꺼내기 좋은가 보지, 뭐."

"월급이 쥐꼬리만 한지 어떤지는 모르겠지만 위험 부담이 큰 직업이라는 건 이번 일로 증명된 셈이군."

유가와가 구사나기의 옆구리 쪽으로 눈길을 돌렸다.

"이런 재난을 당했으니 말이야."

그 말에 구사나기가 얼굴을 찡그리고 코 옆을 긁적거렸다.

"자업자득이지. 방심은 금물인데 말이야. 나이프가 있을 줄 누가 알았겠어."

"어떤 나이프였지? 전투용?"

"소형 아미 나이프였어. 캠프 같은 데 가서 사용하는 거. 전투용 나이프였으면 이 정도 상처에 그치지 않았을 거야."

"그자가 왜 그런 걸 갖고 있었을까?"

"이런저런 사정이 있었나 봐. 범인이 건실한 사람이더라고. 그런데 스트레스가 폭발해서 저도 모르게 폭력을 휘둘렀다는 거야. 자세한 사정은 지금부터 들을 예정이야."

"지금부터?"

유가와가 묻는데 노크 소리가 들렸다.

구사나기가 "들어오세요." 하고 대답하자 문이 열리면서 얼굴이 가무잡잡한 남자가 병실로 들어섰다. 키는 별로 크지 않은데 어깨가 튼실해서 덩치가 있어 보였다. 남자가 유가와를 보더니 흠칫 놀라는 표정을 짓는다. 손님이 있을 줄 몰랐다는 뜻일 것이다.

"대학 때 친구야. 이름은 유가와."

구사나기가 유가와를 가리키며 남자에게 말했다.

"데이토 대학 물리학 교수인데, 수사에도 협력한 적이 몇 번 있지. 오늘은 문병을 왔을 뿐이지만 말이야."

남자가 납득했다는 표정으로 유가와를 바라보았다.

"그 얘기는 저도 들은 적이 있습니다. 그렇군요, 선생님이 바로……"

구사나기가 이번에는 유가와에게 "이번 사건을 맡은 기타하라 형사야." 하고 그를 소개했다.

"좀 더 설명하자면 경찰학교 동기이기도 하고."

유가와의 눈이 살짝 커졌다. 그는 오늘 안경을 끼고 오지 않았다.

"어째 자네가 말을 함부로 한다 했어. 나를 대할 때처럼 말이야."

"저는 관할 서에서 나왔고 이 친구는 경시청 소속이니 함부로 해도 어쩔 수 없지요."

기타하라의 자조적인 말에 구사나기가 미간을 찌푸렸다.

"뭐야. 자네도 그런 삐딱한 소리를 할 줄 알아?"

구사나기의 말에 기타하라가 당황한 표정을 지으며 손을 내저었다.

"미안, 미안. 농담이야."

"경찰학교 시절부터 이 친구가 나보다 성적이 월등히 좋았어. 맨 먼저 본청에 입성할 사람은 기타하라 신지라고 모두가 믿었지. 그런데 나 같은 놈이 수사 1과에 있는데도 위에서 아직 이 친구를 등용하지 않는단 말이야. 훌륭하신 나리들이 눈이 삐었는지 보물이 썩고 있는 것도 모르나 봐."

"그만해."

기타하라가 말했다.

"그보다, 사건과 관련해서 확인하고 싶은 내용이 있어. 다친 사람을 괴롭히고 싶지는 않은데, 지금 여기서 몇 가지만 물어봐도 괜찮을까?"

"그럼, 물론이지."

기타하라가 양복 안주머니에서 수첩을 꺼냈다. 하지만 그는 질문을 시작하려다 말고 옆쪽을 힐끔 보더니 "가능하면 단둘이 얘기했으면 좋겠는데."라고 구사나기에게 말했다. 그러자 유가와가 "나는 이만 자리를 뜨는 게 좋겠군." 하며 자리에서 일어섰다.

"그러지 않아도 돼."

구사나기가 기타하라에게 말했다.

"이 친구는 가족이나 다름없어. 우리가 주고받은 얘기를 떠벌리고 다닐 사람도 아니고."

하지만 기타하라는 떨떠름한 표정으로 고개를 저었다.

"아니야, 이번에는 역시 원칙대로 하는 게 좋겠어."

"그래, 그렇게 해."

유가와가 벗어 놓았던 재킷을 집어 들었다.

"그럼 다음에 봐. 누나에게도 안부 전해 드리고."

"알았어. 미안하네."

유가와가 나간 후 구사나기는 기타하라에게 "여전하군." 하고 말했다.

"고지식하고 융통성이 없다고 말하고 싶겠지."

"그럴 정도는 아니지만……."

"내가 보기에는 자네가 좀 이상해. 유가와 교수가 지금까지 얼마나 협조를 했는지는 모르겠지만 일반인은 일반인이야. 수사 내용을 함부로 듣게 할 수는 없단 말이지."

구사나기는 말없이 쓴웃음을 지었다. 저 친구는 그냥 일반인이 아니라고 말해 본들 이 남자가 납득할 리 없었다.

"피의자 신문은 잘 진행되고 있어?"

화제를 바꾸기로 했다.

"뭐, 그럭저럭."

기타하라가 조금 전까지 유가와가 앉아 있던 의자에 걸터앉으며 대답했다.

"어제는 흥분 상태더니 오늘은 상당히 안정됐어. 질문에 성실하게 대답하고, 말투도 공손하더라고. 지금 보면 벌레 하나 못 죽일 사람 같아."

"평범한 회사원이라고 했지?"

"사무기기 회사에 다니는 샐러리맨이야. 전과는커녕 교통위반 사실조차 없더군. 그가 난동을 피웠다는 것도 믿기지 않을 정도인데 하물며 사람을 찌르다니⋯⋯."

"하지만 내가 찔린 건 사실인걸."

"나도 알아. 당사자도 인정했고."

피의자 이름은 가야마 유키히로. 서른두 살의 독신으로, 어제는 정신과에서 진료를 받기 위해 병원을 찾았고, 진료 신청서를 내려고 줄을 섰다가 뒤에 있는 노인과 등을 밀었느니 안밀었느니 옥신각신하던 끝에 상대의 지팡이를 빼앗아 머리를 내리쳤다⋯⋯, 지금까지 들은 바로는 그랬다.

"그런데 그 진술 내용에 여러 가지로 모순이 있단 말이야. 피해자 노인 얘기로는 실랑이 같은 건 벌인 적이 없고 그 남자가 느닷없이 화를 내면서 덤벼들었다는 거야. 주위에 있던 사람들에게 얘기를 들어 봐도 노인 말이 옳은 것 같고."

"그럼 피의자가 거짓말을 했다는 건가?"

기타하라는 천천히 고개를 끄덕했다.

"그 점에 관해 추궁하자 오늘은 또 전혀 다른 얘기를 하는 거야."

"뭐라고 했는데?"

그게 말이지, 하며 기타하라가 어깨를 으쓱했다.

"환청 때문이래."

"환청?"

구사나기가 미간에 주름을 세웠다.

"들릴 턱이 없는 소리나 음성이 들리는 증상이지. 지난 한 달간 내내 환청에 시달렸다나 봐. 이 병원에 온 이유도 그것 때문에 정신과 진료를 받으려는 거였대."

"구체적으로 무슨 소리가 들린다는 거야?"

"가야마 말로는 사람 목소리라더군. 그것도 매우 낮은 남자 목소리래. 마치 저주하는 느낌으로 '죽어 버려!'라든가 '언젠가는 죽일 거야!', 그렇게 속삭인다는 거야. 거의 매일, 전혀 예상치 못한 순간에 말이야."

얘기를 듣던 구사나기가 얼굴을 찡그렸다.

"그 말이 사실이라면 견디기 힘들겠군. 게다가 거의 매일 들린다면 정신이 이상해지는 것도 당연해."

"그렇지?"

기타하라가 수첩을 펼쳤다.

"그래서 확인하고 싶은데 말이지, 어제 자네 얘기로는 가야마가 지팡이를 손에 들고 난동을 피우면서 항상 중요한 순간에 방해만 한다고 소리쳤다던데……."

"맞아, 그랬어."

"너도 한패냐, 난 죽을 수 없다, 그런 말도 했다고 했지?"

"틀림없어. 나 말고도 들은 사람이 있을 거야."

기타하라가 수첩을 덮고 고개를 끄덕였다.

"몇 사람이 증언을 했어. 각자 표현은 미묘하게 달라도 기본

적으로는 같은 내용이었지. 이상한 말을 하네, 하고 다들 생각했던 모양이야. 가야마 말로는 진료 신청서를 내려고 줄을 서 있는데 또 그 소리가 들렸다더군. 오늘이야말로 죽이겠다, 죽어 버려라, 라고 말이지. 회사 밖에서는 처음 들었던 터라 평소보다 더 당황하고 혼란스러웠대. 그리고 무심코 뒤를 돌아봤는데 뒤에 있던 노인이 지팡이를 고쳐 쥐더라는 거야. 그가 지팡이로 자신을 때리려고 하는 줄 알고 까딱하면 죽겠다 싶어서 정신없이 방어하려고 한 것까지는 기억하는데 그 후의 일은 생각이 나지 않는다고 했어. 정신을 차렸을 때는 이미 제압당해 있었다는 게 본인의 주장이야."

"그러니까 나를 찌른 기억도 없다는 거야?"

"그건 희미하나마 기억에 있는 모양이야. 빨리 도망치지 않으면 살해당할지 모른다는 생각에 무조건 찔렀다더군."

"나이프는 왜 가지고 있었대?"

"호신용이래."

기타하라가 곧바로 대답했다.

"환청이라는 걸 알면서도 언젠가 누군가에게 살해당할지 모른다는 생각에 사로잡혀서 외출할 때마다 주머니에 나이프를 챙겨 넣고 다니게 되었다는 거야. 나이프는 등산이 취미라서 그 전부터 갖고 있었고. 아끼는 나이프를 그런 일에 사용한 것도 굉장히 후회하고 있어."

"고작 그걸 후회하는 거야? 아끼는 나이프를 사용했다고?"

구사나기가 콧잔등을 찡그리며 입술을 비죽 내밀었다.

"이상의 내용으로 미루어, 환청 때문이었다는 가야마의 진술에 상당히 설득력이 있다고 보고 있어. 하지만 실제로 그 남자와 대치했던 자네 의견도 들어야겠지. 의문점이 있으면 말해 봐."

잠시 생각에 잠겼던 구사나기가 고개를 가로저었다.

"아니, 딱히 없어. 그 남자는 확실히 정신 상태가 정상이 아니었어. 정신 감정이 필요할 것 같아."

"그래, 그래야겠지. 아마 간이 감정으로도 충분할 거야. 거짓말을 하는지 아닌지는 조금만 조사해 봐도 금방 알 수 있거든."

"직장 동료들 얘기도 들어 봐야겠지."

그 말에 기타하라가 고개를 끄덕이고 나서 손목시계를 들여다보았다.

"이제부터 오테마치에 가 볼 거야. '펜맥스'라는 회사라더군."

"펜맥스라고?"

구사나기가 미간을 찡그렸다.

"왜, 아는 회사야?"

"두 달 전쯤 그 회사의 영업부장인 하야미라는 사람이 자살한 사건이 있었어. 잠시 수사를 담당했었지."

그랬군, 하며 별 관심 없는 듯이 대답하던 기타하라가 갑자기 뭔가 생각이 떠올랐다는 듯이 입을 열었다.

"그러고 보니 가야마도 영업부라고 했어."

"정말이야?"

"뭐, 우연이겠지. 부장이 자살하더니 그다음엔 부하 직원이 상해죄라니…… 현관에 소금이라도 뿌려야 하는 거 아닌가 몰라."

그리고 기타하라는 엉덩이를 들었다.

"피곤할 텐데 귀찮게 해서 미안해. 편히 쉬게."

"볼일이 있으면 언제든지 와도 좋아."

구사나기의 말에 가볍게 손을 들어 보이고서 기타하라는 병실을 나갔다.

옛 친구를 눈으로 배웅한 후 구사나기는 도로 침대에 누웠다.

"환청이라……"

왠지 마음에 걸렸지만 자신이 신경 쓸 일은 아니라고 생각했다. 지금 가장 급한 일은 한시라도 빨리 부상을 치료하는 것이다. 경시청 내에서는 이번 일을 명예 부상이라느니 하며 추켜올리나 본데 거기에 우쭐할 때가 아니었다. 부상을 핑계로 일을 제대로 하지 못하면 지체 없이 다른 부서로 쫓겨날 것이다.

그러나 눈을 감아도 갖가지 생각이 떠올라 좀처럼 잠을 이루기 힘들었다. 잠자기를 포기한 그는 눈을 뜨고서 침대 끄트

머리에 걸쳐 둔 겉옷으로 손을 뻗었다. 그리고 안주머니에서 수첩을 꺼내어 펼쳤다.

두 달 전, '펜맥스'의 영업부장 하야미 다쓰로가 자택인 아파트 베란다에서 떨어져 사망한 사건이 있었다. 한눈에도 자살 가능성이 높아 보였지만 경시청 수사 1과 수사관들이 불려 간 이유는 자살치고는 미심쩍은 점이 많아서였다.

하야미는 사건 당일 아침 7시 반에 집을 나섰다. 그 직후 아이들이 학교로 향했고, 오전 8시가 조금 지났을 무렵 부인이 외출했다. 오전 8시 40분경 다수의 주민이 요란한 소리를 들었고, 그 직후 아파트 부지에 피를 흘리며 쓰러져 있는 그를 경비원이 발견해 경찰에 신고했다. 오전 8시 50분, 관할 서 수사관이 도착해 사망을 확인. 시신에서 나온 면허증 등으로 7층에 사는 하야미 다쓰로라고 신원이 밝혀졌다.

위치상으로 보아 자택 베란다에서 떨어진 것으로 파악되었는데, 문제는 자살이냐 사고냐 아니면 타살이냐 하는 것이었다. 아파트 현관문은 잠겨 있었지만 체인은 걸려 있지 않았다. 가족 얘기로는 하야미가 평소에 습관적으로 체인을 걸지 않았다고 한다. 시신에는 신발이 신겨 있지 않았고, 그가 집을 나설 때 신었던 가죽 구두는 현관 바닥에 놓여 있었다.

얼마 후, 사건 당일 오전 8시경 자택 근처 공원에서 하야미로 추정되는 남자를 봤다는 목격 정보가 들어왔다. 목격자에 따르면 그는 딱히 눈에 띄는 행동은 하지 않았고 그저 멍하니 담배를 피우고 있었다고 한다.

이상의 사실로 보아 회사에 간다며 집을 나선 하야미는 공원에서 한 시간 정도 배회하다가 아내와 아이가 모두 집을 나갔을 무렵 다시 돌아왔다고 보는 것이 타당할 듯했다. 회사에 지각이나 결근을 할 것이라는 연락도 하지 않았다.

왜 회사에 가지 않았는지는 알 수 없지만, 자살로 보는 편이 타당한 상황이었다. 하지만 그러기에는 설명되지 않는 점이 딱 하나 있었다.

바로 벽에 묻은 혈흔이다.

거실 벽에 희미하게 피가 묻어 있었다. 바닥에서 170센티미터 정도 높이. 하야미의 키와 일치했다. 감정 결과 하야미의 것으로 밝혀졌다. 한편 시신의 이마에는 추락이 원인이라고 보기 힘든 찰과상이 있었다.

그렇다면 하야미는 왜 벽에 이마를 부딪쳤을까. 그것이 최대의 수수께끼였다. 타인에 의해서라면 자살설이 흔들린다.

그런 연유로 구사나기를 비롯한 수사 1과가 나서게 되었다.

하야미의 인간관계를 조사한 결과 흥미로운 사실이 밝혀졌다. 석 달 전쯤 자살한 여사원과 불륜 관계였던 것이다. 여사원은 하야미가 이혼 의사가 없다는 것을 알고 절망한 나머지 죽음을 선택한 듯했다. 또한 그녀가 죽기 직전에 하야미에게 전화를 걸었다는 사실도 밝혀졌다. 무슨 대화가 오갔는지 묻는 수사관의 질문에 하야미는 '지금까지의 일은 모두 강물에 띄워 보내자고 했다'라고 대답했지만, 그 말이 사실이라는 증거는 없었다. 오히려 수사관들은 여자가 전화를 건 뒤 자살을 암시하면서 자살을 막고 싶으면 부인과 이혼하라는 취지의 말을 하지 않았을까 하고 추측했다. 그러나 진상을 밝히기란 불가능에 가까웠다. 또한 설령 그 추측이 사실이라고 해도 하야미에게는 죄를 묻기 어려웠다.

하지만 죄를 물을 방법이 없다고 해도 그가 누구에게 원한을 사지 않았으리라는 보장 또한 없었다. 여사원의 유족이나 친구들이 하야미를 죽이고 싶어 한다고 해도 이상할 것은 없었다.

직장 사람들 얘기로는 하야미가 뭔가에 겁을 먹었던 것 같다고 했다. 어쩌면 여러 번 위험한 상황에 놓였었는지도 모른다. 다만 일각에서는 하야미가 신경 쇠약의 기미가 있어서 그가 자살했다는 소리를 들었을 때 '아아, 역시', 하고 생각했다는 의견도 꽤 있었다.

수사관들은 다방면으로 수사를 벌였지만 끝내 범인으로 추정되는 인물을 찾지 못했다. 하야미가 자살한 여사원의 유족에게 원한을 산 건 사실이지만, 그들은 처자가 있는 남자와 깊은 관계에 빠진 여사원 본인에게도 잘못이 있다고 여겼고,

따라서 해코지하려는 마음도 전혀 없어 보였다. 혹시나 싶어 유족의 알리바이를 확인해 봤지만 하나같이 거주지가 지방이었고 범행이 가능했을 만한 사람도 없었다.

얼마 후에는 아파트 방범 카메라에 찍힌 영상을 조사하던 팀이 사건 발생 전후에 아파트를 출입한 사람들의 신원을 모두 파악했다고 보고했다. 하지만 그중 하야미와 관련이 있어 보이는 사람은 단 한 명도 없었다.

거기에 감식반이 벽에 묻은 혈흔에 관한 추론을 제시했다. 세밀히 조사한 결과 혈흔을 사이에 두고 양옆으로 하야미의 손바닥 자국과 지문이 검출되었는데, 그것들이 부착된 정도로 보아 하야미는 타인에 의해 벽에 머리를 부딪힌 것이 아니라 스스로 머리를 들이박았을 가능성이 높다는 것이었다.

납득되지 않는 점도 있으나 그럼에도 자살로 보는 것이 타당하다고 수사진은 결론을 내렸다.

구사나기는 수첩에 적힌 글자 두 개를 응시했다. 수사를 진행하던 도중에 발견한 것이다. 신경이 쓰였지만, 그때는 그 글자가 사건과 어떤 관련이 있는지 도무지 짐작하기 어려웠다.

'영(靈)' 그리고 '성(聲)'이라는 두 글자.

구사나기는 머리맡에 놓여 있던 휴대 전화를 집어 들었다. 그리고 잠깐 망설이다가 우쓰미 가오루의 번호를 눌렀다.

4

병원을 나선 기타하라는 택시를 잡아타고 오테마치로 향했다. 가야마가 근무하는 '펜맥스'에 가는 길이었다. 그러나 그의 머릿속은 다른 생각으로 꽉 차 있었다.

구사나기와의 대화를 되새기며 기타하라는 자기혐오에 빠졌다. 굳이 입 밖에 낼 필요가 없는 반감을 드러내고 만 것이 후회스러웠다. 본청에 근무하는 사람에게 콤플렉스를 품은 자신이 용서되지 않았다.

구사나기와 한 부서에 근무한 적은 없지만, 경시청 수사 1과를 목표로 여기는 경쟁자로서 그를 늘 의식했다. 구사나기가 본청에 발탁되었다는 소식을 들었을 때는 눈앞이 아찔할 정도로 충격이었다. 자신이 앞서간다는 자신감이 있었기 때문이다.

구사나기는 영감들한테 인기가 있잖아, 동기들 중에는 그렇게 말하는 친구도 있었다. 기타하라로서도 그럴 거야, 하고 생각할 수밖에 없었다. 자신은 상사의 비위를 맞추는 데 영 서툴렀다. 구사나기와 다른 점이라면 그것뿐이다. 그 외에는 지지 않을 자신이 있었다.

그러나.

이유야 어떻든 한번 차이가 벌어지면 그걸로 끝이다. 지금 근무하는 곳에서는 아무리 분발해도 눈에 띄는 성과를 올릴 수 없다. 가령 관내에서 살인 사건이 일어나도 주역은 언제나 수사 1과 놈들 차지다. 활약할 기회가 관할 서에는 돌아오지 않는다.

참으로 아이러니하다고 생각했다. 병원에서 사람이 칼에 찔리는 사건이 발생했다기에 달려갔더니 범인이 이미 잡힌 데다, 옛 경쟁자였던 피해자는 본인이 직접 범인을 체포했다고 한다. 재수 좋은 놈은 비번일 때도 기회가 돌아오는 모양이다. 그리하여 기타하라에게 남은 일은 피의자의 정신 상태가 정상이 아니라는 것을 확인하는 일뿐이었다. 아마 이번 일도 실적으로 기록되지는 않을 것이다.

참 되는 일도 없지, 하고 자신도 모르게 중얼거렸다. 뭐라고요? 하고 택시 기사가 묻는다.

"아무것도 아니에요." 하고 통명스럽게 대답했다.

잠시 후 기타하라는 '펜맥스'에 도착했다. 맨 먼저 만나서 얘기를 듣기로 한 사람은 가야마의 직속 상사인 무라키 과장이다. 마흔이 조금 넘어 보이는, 표정이 온화한 남자였다.

"이거 정말 폐가 많습니다. 이런 일이 생길 줄은 꿈에도 몰랐어요. 저희도 이만저만 놀란 게 아닙니다."

접객실에서 얼굴을 마주하자 무라키는 고개를 깊이 숙였다.

일단 앉으시죠, 하고 기타하라가 먼저 권했다.

"어제는 평일이니까 당연히 근무를 하셨을 텐데, 가야마 용의자가 결근 신청서를 제출했습니까?"

첫 질문에 무라키는 이내 고개를 끄덕거렸다.

"그저께 제게 가져왔더군요. 요즘 들어 계속 몸이 좋지 않다면서 큰 병원에 가서 진찰을 받아 보겠다고 했습니다."

"몸이 어떻게 안 좋은지 구체적으로 말하지는 않았습니까?"

"본인은 말하지 않았지만, 그 친구의 상태는 저도 알고 있었어요. 그전부터 병원에 가 보는 게 어떻겠냐고 제 쪽에서 권했을 정도니까요."

기타하라는 뜻밖의 얘기에 새삼 상대의 얼굴을 바라보았다.

"무슨 일이 있었습니까?"

"음, 글쎄요. 그렇다고 하는 게 맞겠죠. 한두 번도 아니고, 저만 그렇게 말한 것도 아니니까요."

"대체 무슨 일이 있었는데요?"

"휴, 예를 들어 바로 얼마 전에도……."

무라키의 얘기는 일주일 전으로 거슬러 올라갔다.

그날 회의에서는 가야마가 새 프로젝트에 관해 보고하기로 되어 있었다. 그는 그 프로젝트의 리더이고, 임원과 부서장들도 참석하는 큰 회의였다.

중반까지는 순조로웠다. 앞에 설치된 모니터를 활용해 가며 가야마는 알기 쉽고 명료하게 설명했다. 경쾌한 데다 자못 자신감이 엿보였다.

그런데 중반이 지날 무렵 갑자기 이상이 생겼다. 가야마가 말을 더듬거리더니 급기야는 입을 다문 것이다. 기다리다 못한 무라키가 말을 건넸지만 가야마는 대꾸를 하지 않았다. 마치 아무 말도 안 들리는 듯했다. 눈에 핏발이 서고 이마에는 땀방울이 맺혔다.

왜 그래? 하고 다시 한 번 물었을 때였다.

"시끄러워! 시끄러워, 시끄러워, 시끄러워! 나가. 머리에서 나가란 말이야!"

보이지 않는 무언가를 떨쳐 내듯 가야마가 팔을 휘저으며 소리쳤다.

"무슨 일인지 전혀 알 수 없었습니다. 임원들도 있고 해서 일단 사태를 수습해야겠다는 생각에 후반은 다른 사람에게 설명을 맡겼습니다. 잠시 후에는 가야마도 평정을 되찾아서 회의 자체에는 지장이 없었지만, 그 친구는 회의가 끝날 때까지 기운을 못 차리고 말도 별로 하지 않았어요."

"그 일에 대해서 본인은 뭐라고 하던가요?"

"너무 긴장해서 공황 상태에 빠졌었다고 하더군요. 하지만 저는 납득이 가지 않았어요. 그보다 더 큰 회의에서 압박이 더 심한 프레젠테이션을 해도 당당했던 친구거든요. 그래서 동기들 중에서도 출세가 빠른 거라고들 말하기도 했고요."

"아, 출세가 빨랐습니까?"

"실적을 많이 쌓았거든요. 영업 성적으로도 부서 내에서 최상위였어요. 그날 일 하나로 윗사람들에게 인상이 상당히 나빠졌겠지만요."

기타하라는 다른 직원들에게도 얘기를 들어 보기로 했다. 그런데 거의 모두가 무라키와 비슷하게 진술했다. 가야마가 자리에서 일을 하다가 갑자기 혼잣말을 중얼거렸다느니, 얘기를 나누던 도중 상대의 말을 무시하고 영문을 알 수 없는 고함을 질렀다느니……, 가야마의 이상을 증명하는 일화는 한두 가지가 아니었다.

"결국 호랑이 탈을 쓴 여우가 아니었을까요."

가야마의 입사 동기인 고나카라는 남자 사원은 그렇게 말하기도 했다.

"자기 어필을 잘하거든요. 다른 직원과 똑같이 일해 놓고도 성과는 남들의 배를 올린 것처럼 보이는 데 명수였어요. 하지만 그런 눈속임이 마냥 통용될 리 없으니 남몰래 고민했을 겁니다. 예의 프로젝트에서 리더로 지명된 것에도 실은 엄청나게 스트레스를 받지 않았나 싶습니다."

기타하라는 고개를 끄덕였다. 경찰 내부에도 흔히 있는 일이었다. 어느 세계나 사정은 다 마찬가지라는 생각이 들었다.

경찰서로 돌아간 기타하라는 가야마를 한 번 더 취조하기로 했다. 회사에서 들은 얘기를 전하자 그는 온몸으로 낙담한 기색을 내비치며 고개를 떨구었다.

"역시 과장님뿐 아니라 주위 사람들도 눈치채고 있었군요, 제가 정상이 아니라는 걸 말이죠."

"환청 탓이었나요?"

기타하라의 물음에 가야마는 힘없이 고개를 끄덕였다.

"중요한 일이 있을 때마다 이상한 소리가 들렸어요. 죽어라, 또는 죽일 거야, 그런 소리가요. 프로젝트 회의 때는 평소보다 더 큰 소리가 계속해서 들렸어요. 그 탓에 할 말을 잃고 공황 상태에 빠진 거죠."

그런 소리가 들렸다면 당연히 혼란스러웠을 거라고 기타하라는 생각했다.

"환청에 관해 다른 사람과 의논한 적이 있나요?"

가야마가 천천히 고개를 저었다.

"아무에게도 말하지 못했어요. 환청이 들린다고 하면 중요한 일에서 제외될 것 같아서요."

역시 공명심이 강한 사람인 듯했다. 고나카라는 동료의 말이 떠올랐다.

"결국 견디다 못해 병원에 갔는데 그 병원에서 환청이 들리는 바람에 이성을 잃고 난동을 피웠다, 그런 말입니까?"

"그 전까지는 회사에 있을 때만 들렸는데 급기야 밖에서도 ...."

가야마가 머리를 감싸 쥐었다.

"정말 어처구니없는 짓을 하고 말았습니다."

절망하는 피의자를 보며 이것으로 사건 하나가 마무리됐군, 하고 기타하라는 생각했다. 평범한 회사원이 신경 쇠약에 걸려 충동적으로 난동을 부린 것으로 결론지으면 될 것이다. 아무도 이의를 제기하지 않을 터였다. 이제 남은 일은 조서를 작성하는 것뿐이다. 정신 감정 정도는 필요하겠지만, 기소할지 말지는 검찰이 결정할 일이고 자신과는 관계가 없다.

관할 서에서 마무리될 간단한 사건이라고 그는 생각했다.

그런데 그의 그런 생각은 다음 날 아침 뒤집히고 말았다. 형사과장에게 불려 간 기타하라는 그곳에서 젊은 여형사 하나를 마주하게 되었다. 야무진 생김새에 자세가 곧은 그녀는 사복 차림이었음에도 한눈에 경찰임을 알 수 있었다.

형사과장이 그녀를 소개했다. 경시청 수사 1과의 수사관 우쓰미 가오루. 구사나기와 같은 부서다.

"사건 수사에 자네의 협조를 구하고 싶다는군. 잠깐 얘기를 들어 봤는데, 복잡해서 뭐가 뭔지 잘 모르겠어. 뒷일은 자네한테 맡기겠네."

"제게 협조를요……?"

기타하라는 잠시 여형사의 얼굴을 바라보다가 "그럼 뭐, 얘기나 들어 보죠." 하며 사무실 한쪽 구석에 있는 간이 응접세트로 그녀를 안내했다. 그리고 또다시 여형사의 반듯한 얼굴을 바라보았다.

이런 풋내기가 수사 1과라니, 하는 불만이 스멀스멀 올라왔다. 물론 사정은 대충 짐작이 갔다. 몇 년 전에 있었던 '우먼 계획'으로 발탁되었을 것이다. 앞으로는 범죄 수사에 여성의 관점이 상당히 중요해질 것이므로 경찰 본부 내 모든 부서에 젊은 여자 수사관을 적극적으로 영입하라는 경찰청의 권고가 있었다. 그에 따라 경시청 수사 1과에서도 여성을 증원했다는 얘기를 들은 적이 있다.

관리들의 즉흥적인 아이디어 덕분에 고생이라고는 모르는 풋내기가 엘리트 코스를 탔는데 나는 이날 이때까지 허드렛일이나 하다니……. 못해 먹겠네, 하며 침이라도 뱉고 싶은 심정이었다.

"그래서, 어떻게 협조해 주면 되겠어요?"

기타하라가 다리를 꼬며 물었다.

"한마디로 말하자면 정보 교환이죠. 가야마 유키히로 사건을 담당하고 계시죠? 그 사건과 저희가 맡은 사건 사이에 관련이 있을 가능성이 있어요."

"네에?"

기타하라는 짐짓 입을 쩍 벌렸다.

"무슨 관련이 있다는 거죠? 가야마는 신경 쇠약으로 인해 난동을 피운 것뿐이에요. 다른 사건과 관련이 있을 리 없는데?"

"단순한 신경 쇠약이 아니라 환청 때문이죠."

우쓰미 가오루가 똑 부러지게 말했다.

기타하라는 자신의 넥타이를 만지작거리며 고개를 끄덕였다.

"……구사나기한테 들었습니까?"

"가야마가 다니는 회사에는 탐문 수사를 다녀오셨나요?"

"다녀왔죠. 관할 서 형사도 그 정도 일은 합니다."

"환청이라는 걸 입증할 자료를 확보하셨어요?"

기타하라는 심호흡을 한 번 한 다음 꼬았던 다리를 풀고 몸을 약간 앞으로 기울였다.

"대체 왜 이러는 거요? 신경 쇠약 때문이든 무엇 때문이든, 머리가 이상해진 회사원이 치료를 받으러 병원에 갔다가 충동적으로 난동을 피운 사건에 왜 수사 1과에서 관심을 갖는 거지? 건방 떨지 말고 대체 무슨 일인지 털어놔 보시지."

기타하라는 나름 으름장을 놓았다고 생각했지만 우쓰미 가오루는 눈 하나 깜짝하지 않고 옆에 놓아두었던 가방을 끌어당겨 수첩을 꺼냈다.

"건방 떨 생각은 없습니다. 그럼 일단 저희 쪽 사건에 관해 말씀드리죠. 사건은 지금으로부터 약 두 달 전에 발생했습니다. 사무기기 제조 회사인 '펜맥스'의 영업부장 하야미 다쓰로 씨가 자택인 아파트 베란다에서 떨어져 사망했어요. 자살일 가능성이 높았지만, 거실 벽에서 하야미 씨의 혈흔이 발견되어 타살 가능성을 염두에 두고 저희 팀에서 수사를 담당하게 되었습니다."

"그러고 보니 구사나기가 그런 말을 한 것 같기는 하군."

기타하라는 병실에서 주고받은 대화를 떠올렸다.

"하지만 그 사건은 자살로 종결되지 않았나? 구사나기에게 그렇게 들은 것 같은데."

"네, 말씀하신 대로 자살로 결론이 났죠. 그 결론 자체에는 변함이 없을 겁니다."

도대체 영문을 모르겠네, 하고 기타하라가 중얼거렸다.

"그쪽은 자살이고 이쪽은 머리가 이상한 회사원이 난동을 피운 일인데, 뭐가 어떻게 관련이 있다는 거요? 공통점이라고는 직장이 같다는 것뿐이잖아. 그 정도 우연은 별로 드문 일도 아니지."

그러자 우쓰미 가오루가 수첩을 내려다보며 페이지를 넘겼다.

"구사나기 선배가 하야미 다쓰로 씨가 사용하던 컴퓨터를 분석해 달라고 감식반에 의뢰한 결과, 하야미 씨가 단어 두 개를 집중적으로 검색했다는 사실을 알아냈어요."

"단어 두 개?"

우쓰미 가오루가 수첩의 펼친 면을 기타하라 쪽으로 돌려
놓았다. 거기에 글자 두 개가 쓰여 있었다.

"하나는 영(靈), 하나는 성(聲)입니다."

"뭐지, 이게?"

"구사나기 선배도 처음에는 몰랐답니다. 그런데 기타하라
씨에게 이번 사건 얘기를 듣고 문득 깨달았다고 했어요."

"뭘 말이야?"

"죽기 한 달 전쯤부터 하야미 다쓰로 씨의 상태가 이상했
다는 건 이미 여러 사람이 증언한 바 있어요. 무언가를 몹시
두려워하는 사람처럼 늘 움찔움찔했다고요. 타살로 가닥을
잡고 수사할 때는 하야미 씨가 누군가 자신을 노릴지도 모른
다고 여겼기 때문에 그러지 않았을까 생각했지만, 타살 가능
성을 배제하고 보니 그렇다면 그가 대체 뭘 그토록 두려워했
을까 하는 수수께끼가 남았어요."

"그런데 그 수수께끼가 풀렸다는 말인가?"

"아직은 추정하는 단계일 뿐이지만요."

우쓰미 가오루가 대답했다.

"구사나기 선배는 하야미 다쓰로 씨도 가야마 용의자와 마
찬가지로 환청을 들은 게 아니겠느냐고 했어요. 게다가 그 소
리가 마치 저세상에서 들려오는 것처럼 느껴졌을 거라고요.
그렇게 생각하면 '영'과 '성'이라는 글자로 뭔가를 조사하려

했다는 것도 설명이 되죠."

"저세상이라니?"

"모르셨겠지만, 하야미 씨가 죽기 석 달 전, 다른 부서 여사원이 자살한 사건이 있었어요. 하야미 씨는 그 여사원과 불륜 관계였고요. 하야미 씨의 죽음과 그 사건이 관련이 있다고 봅니다."

"다시 말해서 하야미라는 사람이 죽은 여자의 목소리를 들었을 거다?"

"네. 어디까지나 구사나기 선배의 추론이지만요."

맙소사, 하고 기타하라가 탄식을 했다.

"구사나기 그 친구가 엉뚱한 상상을 했군. 하지만 뭐, 있을 수 없는 일은 아니지. 자신이 버린 여자가 자살을 했다면 누군들 찜찜하지 않겠어. 몹쓸 짓을 했다는 자각이 있다면 헛소리가 들린다 해도 이상할 게 없겠지. 그래서, 그게 어쨌다는 거지?"

"가야마도 환청이 들린다고 했다잖습니까, 그게 범행 동기였다고요."

기타하라는 여형사에게서 눈을 떼지 않은 채 그대로 몸을 젖혀 의자 등받이에 기댔다.

"대체 하고 싶은 말이 뭐지?"

"한 직장에서 일하는 사람 둘이 똑같이 환청으로 괴로워했다, 이걸 우연으로 치부해도 괜찮을까요?"

기타하라가 풋, 웃음을 터뜨렸다.

"괜찮지 않으면, 달리 어떻게 생각하라는 거지? 환청도 독감처럼 다른 사람에게 전염된다는 말인가?"

"그럴지도 모르죠."

우쓰미 가오루가 무표정한 얼굴로 대답했다.

"아니면 다른 원인이 있을지도 모르고요."

"어이가 없군."

기타하라가 한심하다는 듯이 내뱉었다.

"구사나기 그 친구, 어떻게 된 거 아니야? 그런 엉뚱한 상상을 할 틈이 있으면 승진 시험이나 준비하라고 전해 줘."

"엉뚱한 상상이라고 생각하세요?"

"물론이지. 애당초 나는 정신 질환 같은 데는 관심이 없어. 가야마가 이상한 소리를 들은 건 사실이지만, 스트레스나 압박감 같은 게 원인이겠지. 우연이 아니라면 환경 때문이거나. 그 회사가 머리가 이상해질 정도로 스트레스를 주는 곳이란 말이지."

"두 달 전 구사나기 선배가 탐문 수사를 했을 때,"

우쓰미 가오루가 수첩을 들여다보며 말했다.

"하야미 씨가 일 때문에 괴로워하지는 않았을 거라고들 했답니다. 영업부장으로서 일이 순풍에 돛 단 듯이 풀렸다면서요."

"남들이 보기에는 그랬을지 모르지만 본인이 어떻게 느꼈는지는 아무도 알 수 없지. 설사 두 사람이 똑같이 환청을 들었고 그 원인이 같다고 한들, 그게 우리 일과 무슨 상관이 있다는 거지? 당신들이 맡은 사건은 단순 자살이고 우리가 맡은 사건이 상해 사건이라는 사실에는 변함이 없잖아. 안 그래?"

"그건 환청의 원인이 무엇이냐에 따라 달라지지 않을까요?"

"뭐라고? 무슨 뜻이야?"

기타하라의 물음에 우쓰미 가오루는 대답하지 않은 채 손목시계를 내려다보았다.

"저랑 어디 좀 같이 가지 않으시겠어요?"

"어딜 가자는 거야?"

우쓰미 가오루가 길게 찢어진 눈으로 기타하라를 똑바로 바라보았다.

"환청의 수수께끼를 풀어 줄지도 모르는 사람이 있는 곳이에요."

데이토 대학 정문을 통과하면서 기타하라는 이런 곳에 발을 들이는 일이 몇 년 만일까 하고 되짚어 보았다. 지금까지 담당한 사건 중에는 대학으로 탐문 수사를 올 만한 일이 거의 없었다. 굳이 꼽자면 부검을 의뢰해 놓은 법의학 교실을 방문한 정도랄까. 하지만 그런 경우라도 대학이라기보다 병원에 간다는 의식이 강했다. 하물며 범죄 수사와 전혀 무관한 물리학자에게 조언을 구한다는 발상을 기타하라의 머리로는 이해할 수 없었다.

구사나기가 유가와라는 학자의 도움으로 복잡한 사건을 몇 번인가 해결했다는 소문은 들어서 알고 있었다. 그러나 기타하라가 볼 때 그런 방식은 명백한 반칙이었다. 아무리 수사가 미궁에 빠졌다 해도 일반인에게 의지하다니, 형사로서의 자존심을 어디다 내팽개친 건지 정신 상태가 의심스러웠다.

그래서 우쓰미 가오루가 행선지를 밝혔을 때 일단은 거절하려고 했다. 또한 그는 가야마 사건이 이미 마무리되었다고 여기고 있었다.

그런데 마음이 바뀐 이유는 구사나기 쪽에서 어떤 방식으로 사건을 해결하는지 봐 두는 것도 나쁘지 않겠다는 생각이 들었기 때문이다. 우쓰미 가오루의 말로 미루어 그녀도 유가와와 상당히 친분이 있는 듯했다. 달리 급한 일이 있는 것도 아니고 해서 반쯤은 구경 삼아 가 볼까 하는 심정으로 그녀를 따라나섰다.

우쓰미 가오루는 그곳이 익숙한 듯, 거침없이 캠퍼스를 걸어갔다. 건물 안에 들어서자 약품 냄새인지 기름 냄새인지 모르겠지만 지금까지 맡아 본 적 없는 냄새가 풍겼다. 이런 일이 아니라면 기타하라로서는 평생 올 일이 없을 장소였다.

두 사람이 도착한 곳은 물리학과 제13연구실이었다.

우쓰미 가오루가 문을 노크하자 "들어오세요." 하는 대답이 들려왔다. 그녀를 뒤따라 기타하라도 방 안으로 발을 들여놓았다. 가운데에 커다란 작업대가 있고 작업대 위와 그 주변에는 건드릴 엄두조차 나지 않는 복잡한 기기들이 놓여 있었다.

안쪽 자리에 하얀 가운 차림의 남자가 등을 보인 채 앉아 있는 모습이 보였다. 그의 앞에 놓인 컴퓨터 모니터에는 기괴하다고밖에 표현할 길이 없는 도형이 표시되어 있다.

남자가 일어나 뒤를 돌아보았다. 어제 구사나기의 병실에서 마주쳤던 유가와다. 그때는 안경이 없었는데, 오늘은 테가 없는 안경을 끼고 있었다.

오랜만이야, 하고 유가와가 우쓰미 가오루에게 말을 건넸다.

"네, 그동안 잘 지내셨어요?. 바쁘실 텐데 죄송합니다."

"방금 구사나기한테 연락을 받았어. 자네들, 정말 막무가내야. 나는 과학 잡지 인터뷰 같은 것도 2주 전에 미리 말하지 않으면 허락하지 않는데 말이지."

그리고 그는 기타하라를 향해 고개를 까딱했다.

"어제는 반가웠습니다."

"아, 그때는 제가 실례를 범했습니다."

기타하라도 고개를 숙였다.

"사과하실 일은 아니죠. 수사할 때 관계없는 사람을 내보내는 건 당연한 일입니다. 하지만⋯⋯,"

유가와는 우쓰미 가오루에게 시선을 돌렸다.

"이번 사건에 내가 관여하게 될 줄은 꿈에도 몰랐어."

"아니, 아직 확실히 정해진 건 아닙니다."

기타하라가 말했다.

"교수님이 나서실 일은 아마 없지 않을까 하는 게 제 생각입니다만."

유가와가 안경 한가운데 부분을 손가락 끝으로 밀어 올리며 우쓰미 가오루를 바라보았다.

"그런가?"

"모르겠어요. 그래서 이렇게 의논을 드리러 왔습니다."

흠, 하며 유가와는 개운치 않은 표정으로 고개를 끄덕인 후 "우선 커피라도 한잔할까요? 비록 인스턴트입니다만." 하고 기타하라에게 물었다.

"괜찮습니다. 시간을 아끼죠."

그럴까요, 하며 유가와가 작업대 옆에 있는 의자에 앉았다.

"그럼 얘기를 들어 봅시다. 구사나기 말로는 환청에 관련된 일이라고 하던데요."

"맞아요. 이번 사건의 키워드는 환청입니다."

우쓰미 가오루는 우선 그렇게 전제해 두고 설명을 시작했다. 두 달 전에 일어난 자살 사건과 이번 일이 둘 다 환청과 관련이 있을 가능성이 높으며, 게다가 우연으로 보기 어렵다는 내용이었다. 간결하고 명료한 데다 세부적인 사항도 최소한의 정보는 전달하는 설명에 옆에서 듣고 있던 기타하라는 내심 혀를 내둘렀다. 수사 1과에 발탁된 만큼 머리는 확실히 좋은 것 같다고 생각했다. 물론 그것만으로 형사 노릇을 할 수 있는 건 아니지만.

"그렇군. 자못 흥미로운걸."

설명을 모두 들은 유가와가 말했다.

"하지만 환청이란 원래 정신적인 문제 아닌가. 물리학자가 나설 일이 아니라고 보는데?"

기타하라도 같은 생각이라 고개를 힘차게 끄덕거렸다. 그러자 우쓰미 가오루가 말했다.

"한 사람에게만 들렸다면 그렇겠죠. 그런데 한 직장에 다니던 두 사람이 비슷한 시기에 환청에 시달렸다면 정신적인 원인 외에 다른 이유, 즉 물리적인 뭔가가 작용했을 가능성도 생각해 볼 수 있지 않을까요?"

"예를 들면?"

"구사나기 선배는,"

우쓰미 가오루가 분홍빛 입술을 혀로 한 번 축인 다음 다시 입을 열었다.

"일전에 유가와 교수님에게 초지향성 스피커에 관해 얘기를 들은 적이 있다고 했어요. 극히 제한된 범위에 있는 사람들에게만 소리를 들려줄 수 있다고요."

유가와가 안경 속 눈을 가늘게 뜨고 흐뭇한 듯이 미소를 지었다.

"하이퍼소닉 사운드 시스템 말이군. 아니, 과학의 과 자도 모르는 친구가 그걸 기억하다니, 의외인걸. 다시 봐야겠어."

"대체 무슨 얘기입니까?"

두 사람의 얘기를 도무지 알아들을 수 없었던 기타하라가 물었다.

"일반적인 소리는 발생 지점에서 부채꼴로 퍼져 나가지만, 초음파의 경우는 퍼져 나가는 범위가 아주 좁은 데다 거의 직진입니다. 그걸 지향성이 높다고 표현하죠. 그런 이점을 활용한 장치가 하이퍼소닉 사운드 시스템입니다."

"흠."

기타하라는 희미하게 고개를 끄덕였지만 완전히 이해한 것은 아니었다.

요컨대, 하고 유가와가 말을 이었다.

"우쓰미 양이 말했듯이 그 스피커에서 흘러나오는 소리는 들리는 범위가 극히 제한되어 있어요. 그래서 사람이 여럿 있어도 그중 몇 사람에게만 들려줄 수 있습니다."

"그게 가능합니까?"

"네, 조건이 맞으면요."

그리고 유가와는 다시 우쓰미 가오루에게로 시선을 돌렸다.

"누군가 의도적으로 하야미와 가야마에게 환청을 들려주었으리라는 게 구사나기의 추론인가?"

"그럴 가능성이 있지 않을까 하는 거죠."

"허, 말도 안 되는 소리."

기타하라가 내뱉듯이 말했다.

"가당치도 않은 얘기야. 그런 일이 가능할 리 없잖아."

"왜 말이 안 된다고 단언하시죠?"

유가와가 반문했다. 그러자 기타하라가 과학자의 눈을 똑바로 바라보았다.

"그런 짓을 할 이유가 없지 않습니까. 남에게 환청을 들려준들 무슨 이득이 있겠어요. 가야마는 그렇다 치고, 두 달 전에 자살한 부장도 환청을 들었을 거라는 추리는 구사나기의 상상에 지나지 않습니다."

"우쓰미 양의 얘기로 봐서는 그 상상에 타당성이 있을 듯한데요."

그러자 기타하라가 얼굴 앞으로 손을 휘휘 내저었다.

"지나친 생각입니다. 수사라는 건 말이죠 교수님, 그렇게 하는 게 아닙니다. 문득 스치는 생각만으로 승부하려 들다니, 염치가 없군요."

"스치는 생각만으로 문제를 해결하려는 사람이 어디 있겠습니까. 현상을 분석하려면 모든 가능성을 염두에 둘 필요가 있습니다. 다시 말해서 누군가 아이디어를 제시하면 일단은 그 아이디어를 존중해야 합니다. 검증도 없이 그저 자신의 사고방식이나 감각과 맞지 않다는 이유로 남의 의견을 무시하는 것은 의욕 없는 게으름뱅이나 하는 짓이에요."

"게으름뱅이라고요?"

기타하라가 물리학자를 노려보았다.

"그렇습니다, 게으름뱅이죠. 남의 의견에 귀를 기울이며 자신의 행동이나 생각이 옳은지 그른지 늘 점검하는 것은 정신적으로나 육체적으로 부담이 큰 일이에요. 그에 비해 남의 의견을 무시하고 자신의 생각만 고집하는 건 편안한 일입니다. 편안함을 추구하는 사람은 게으름뱅이고요. 제 말이 틀렸습니까?"

기타하라가 입술을 깨물며 주먹을 움켜쥐었다. 유가와의 단정한 얼굴을 한 대 갈기고 싶은 충동이 그를 사로잡았다.

그때 우쓰미 가오루가 "저, 교수님." 하고 유가와를 불렀다.

"구사나기 선배의 추론이 옳은지 그른지 확인할 방법이 있나요?"

유가와는 고개를 끄덕였다.

"일단 당사자들에게 얘기를 들어 봤으면 좋겠어. 하지만 한

쪽은 이미 사망했으니 남은 한 사람에게 얘기를 들어 볼 수밖에 없겠지."

기타하라가 숨을 길게 들이쉬었다. 자기도 모르게 콧방울이 부풀었다.

"가야마와 얘기를 나눠 보고 싶다는 뜻인가요?"

"그렇습니다."

"어림없는 소리!"

기타하라가 유가와의 제안을 자르는 것처럼 내뱉었다.

"댁은 사건과 아무런 관계가 없는 일반인이에요. 학자일 뿐이란 말입니다. 그런 사람에게 피의자를 만나게 할 수는 없습니다."

"하지만 환청의 수수께끼를 풀려면……."

"그럴 필요 없어요."

기타하라가 일부러 우당탕거리며 자리에서 일어섰다.

"당신과 구사나기가 이제껏 어떤 성과를 이끌어 냈는지는 모르지만, 우리 쪽 사건에까지 끼어들 필요는 없지 않겠어요? 게다가 가야마 건은 이미 종결된 사건이에요. 어쭙잖게 나서지 않았으면 좋겠습니다."

그리고 기타하라는 우쓰미 가오루를 내려다보며 말했다.

"가서 구사나기에게 쓸데없이 나대지 말라고 전해."

"구사나기 선배는 절대 그럴 생각이……."

"시끄러워. 우릴 그냥 내버려 두란 말이야!"

그러고서 기타하라는 성큼성큼 연구실을 가로질러 문손잡이를 쥐었다.

"나가는 건 그쪽 마음이지만 이것만은 말해 두지요."

뒤에서 유가와의 목소리가 들렸다.

"난 구사나기의 부탁으로 이번 수사에 협조하기로 했을 뿐이지 사실은 이런 일에 관여하고 싶지 않아요. 댁이 수사를 종결하겠다면 나도 이 사건에서 손을 떼겠습니다. 사건의 진상이 밝혀지든 말든 나는 아무 상관이 없어요. 그걸 분명히 알고 결정하는 게 좋을 겁니다. 지금까지 자신이 해 온 방식을 고집할 것인지, 아니면 다른 사람의 의견에 귀를 기울이고 새로운 도전을 할 것인지 말이죠."

기타하라가 문손잡이를 잡은 채 뒤를 돌아보았다. 시선에 증오심이 담겨 있었다.

그러나 물리학자는 거기에 개의치 않고 안경을 고쳐 썼다.

"구사나기는 아마추어인 내 의견을 존중할뿐더러 후배 형사의 목소리에도 귀를 기울이지요. 댁도 그럴 수는 없습니까?"

기타하라는 어금니를 악물었다. 손잡이를 쥔 손이 분노로 부들부들 떨렸다.

면담 상대가 물리학자라는 말을 듣고 가야마는 당혹스러운 표정을 지었다. 그럴 만도 하다고 기타하라는 생각했다. 상황으로 볼 때 가야마가 이야기를 나눠야 할 상대는 심리학자나 정신과 의사일 터였다.

면담 장소는 경찰서 소회의실. 기타하라와 우쓰미 가오루가 동석했다. 상사들에게 알리기는 했지만 어디까지나 비공식 면담이다.

"음성이 어떤 식으로 들리던가요?"

유가와가 질문을 시작했다.

"남자의 낮은 목소리라고 하셨다는데, 얼마나 명료하게 들렸죠? 알아듣기 힘든 적은 없었습니까?"

"언제나 아주 명확히 들렸어요."

가야마가 대답했다.

"그래서 환청이 들리는 동안에는 다른 사람이 하는 얘기를 알아들을 수 없었죠. 주위가 아무리 소란스러워도 환청만은 똑똑히 들렸어요."

"귀마개를 해 보신 적은요?"

"있습니다. 하지만 효과가 없어서 곧 그만뒀어요."

"전혀 효과가 없던가요?"

"네."

"주로 회사에 있을 때 환청이 들렸다고 하던데, 지금도 여전
합니까?"

"아니요, 체포된 후로는 들은 적이 없습니다. 그나마 다행이
죠."

그 말을 하면서 가야마의 표정이 다소 편안해졌다. 어지간히
고생을 한 모양이다.

"환청이 들릴 때 주위에 사람이 있었습니까?"

"있을 때도 있고 없을 때도 있었어요. 환청이라는 걸 깨닫기
전까지는 소리가 들릴 때마다 주위를 둘러봤는데, 대개 아무
도 없었습니다."

"환청에 대해 누군가와 의논한 적은요?"

가야마가 씁쓸한 표정으로 고개를 저었다.

"없었습니다. 좀 더 빨리 병원에 갈 걸 그랬다고 생각합니다."

"환청으로 고생하는 사람이 또 있다는 소문을 들은 적이 있
습니까?"

그 질문에 가야마는 의외라는 듯이 눈을 깜박거렸다.

"그런 소문이 있어요?"

하지만 유가와는 무표정으로 일관했다.

"모르지요. 그래서 확인하는 겁니다. 소문을 들은 적이 있습
니까?"

"저는 듣지 못했습니다."

"그렇다면 환청의 원인이 뭐라고 생각하십니까?"

가야마는 심각한 표정으로 한동안 침묵에 빠졌다가 천천히 입을 열었다.

"결국은 제가 마음이 약한 탓이겠죠. 실적이 좋다는 이유로 거들먹거리다가 프로젝트의 리더가 되자 압박을 받은 게 사실입니다. 일을 제대로 해낼 수 있을지 늘 불안했어요. 저 스스로를 매우 강인한 사람이라고 생각했는데, 지금은 자만에 불과했다며 부끄럽게 여길 뿐입니다."

"그러니까 정신적인 면이 원인이라는 말씀인가요?"

"그것밖에 달리 뭐가 있겠습니까."

가야마가 고개를 숙였다.

면담이 끝나자 가야마는 구치소로 돌아가고 두 형사와 유가와는 소회의실에 남았다.

"어떠셨어요?"

우쓰미 가오루가 유가와에게 물었다.

물리학자는 심각한 표정으로 메모를 내려다보며 "구사나기의 가설은 틀렸어."라고 대답했다.

"구사나기 선배의 가설요?"

"초지향성 스피커, 즉 하이퍼소닉 사운드 시스템을 사용하지 않았을까 하는 가설 말이야. 흥미로운 아이디어이긴 하지만, 가야마의 진술로 볼 때 가능성이 없어 보여. 초음파에 실어 보낸다 해도 소리는 소리거든. 귀마개를 하면 들리지 않아야 해."

"그런데 가야마는 귀마개가 효과가 없었다고 했죠?"

유가와가 고개를 끄덕였다.

"솔직히 말하자면 처음부터 가능성이 낮다고 생각했어. 하이퍼소닉 사운드 시스템이 소형 경량화가 되려면 아직 멀었거든. 누구에게도 들키지 않고 사용하기는 힘들어."

"그럼 이것으로 결론이 났다고 봐도 되겠죠?"

기타하라가 두 사람의 대화에 끼어들었다.

"역시 환청은 가야마의 병 때문이고, 물리나 과학과는 관계가 없다고 말입니다."

그러자 유가와가 의아하다는 표정을 지으며 손가락 끝으로 안경을 밀어 올렸다.

"왜 그런 결론이 나오는지 모르겠군요. 가설 중 하나가 사라졌을 뿐인데……."

"그럼 뭔가 다른 방법이 있을 거란 말씀입니까?"

기타하라가 물었지만 유가와는 분명한 대답을 하지 않은 채 의미심장한 시선으로 기타하라와 우쓰미 가오루를 바라보았다.

"확인하고 싶은 일이 있는데……."

뭔데요, 하고 우쓰미 가오루가 물었다.

"가야마는 회의 도중에도 환청을 들은 적이 있다고 했어. 그 회의에 누가 참석했는지 조사해 줬으면 하네. 그리고 그 외에도 가야마가 환청을 들었을 때 누가 그 곁에 있었는지 가능한 한 알아봐 줘. 또 하나, 하야미와 같은 층에서 근무하는 사람들 중에 최근 들어 환청이 들리게 된 사람이 있는지도 확인해 봤으면 하네."

"환청을 들은 사람이 또 있을 거란 말입니까?"

기타하라가 물었다.

"환청이 인위적으로 일어난 일이라면 비슷한 종류의 피해자가 또 있을 수 있지요. 누구에게도 말하지 못하고 혼자서 고민하고 있을지도 모릅니다. 문제는 그런 사람을 무슨 수로 찾아내느냐는 건데……."

거기까지 말한 유가와가 기타하라의 얼굴을 빤히 쳐다보았다.

"천하의 프로 형사라도 역시 거기까지 알아내기는 어렵겠죠?"

물리학자의 말은 기타하라를 자극하려는 것임이 분명했다. 그 장단에 놀아나고 싶지는 않았지만, 그렇다고 회피한다는 말을 듣고 싶지도 않았다.

어떻게든 해 보겠습니다, 라고 기타하라는 대답했다.

6

컴퓨터 모니터를 들여다보고 있는데 앞에서 인기척이 났다. 올려다보니 과장인 무라키였다.

왜요, 과장님? 하고 와키자카 무쓰미가 물었다.

"형사가 또 왔다는군."

무라키가 양쪽 눈썹 끝을 여덟팔자로 늘어뜨렸다.

"무쓰미 씨에게도 얘기를 듣고 싶다는데."

"저한테요?"

무쓰미는 자신의 가슴께를 손으로 눌렀다.

"가야마 씨 일 때문인가요?"

"아마 그럴 거야."

"하지만 저는 가야마 씨와 특별히 친하지도 않았는데……."

"그래도 굳이 와키자카 씨를 지명한 데는 뭔가 이유가 있을 거야. 3번 접객실에서 기다리고 있다니까 어서 가 봐."

"알겠습니다."

내키지는 않았지만 무쓰미는 컴퓨터를 끄고 자리에서 일어났다. 출입구를 향해 걸어가는데 뒤에서 "무쓰미." 하고 부르는 소리가 들렸다. 돌아보니 옆 자리의 나가쿠라 이치에가 뛰어오고 있었다.

왜? 하고 무쓰미가 물었다.

이치에는 주위를 한 바퀴 둘러보고 나서 "경찰이 불러서 가는 거야?"라고 소곤거리듯 물었다.

"응. 그런데……?"

그러자 이치에가 미안한 듯한 표정으로 가슴 앞에서 두 손을 모았다.

"미안해. 내가 괜한 말을 했나 봐."

"괜한 말이라니?"

"조금 전에 나도 불려 갔다 왔거든. 그런데 묻는 말에 대답하다가 그만 네 얘기를 해 버렸어."

무쓰미가 의아하다는 듯이 이치에를 바라보았다.

"뭘 물었는데?"

"그건…… 형사를 만나 보면 알게 될 거야. 하지만 나쁜 말을 하려는 의도는 아니었어. 묻는 말에 대답했을 뿐이지."

대답이 모호했다. 무쓰미는 조바심이 났다.

"대체 뭔데 그래? 분명하게 말해 봐."

"곧 알게 된다니까."

이치에는 또 한 번 미안하다고 말하고는 돌아서서 자기 자리로 가 버렸다. 그 뒷모습을 바라보며 무쓰미는 뭐야, 하고 중얼거렸다. 똑바로 말해 줄 것도 아니면서 뭐 하러 말을 꺼낸담.

접객실에서 기다리고 있는 사람은 무쓰미도 본 적이 있는 남녀 형사 둘이었다. 남자 쪽은 가야마 유키히로 사건 때, 그리고 여자 쪽은 하야미 다쓰로가 자살했을 때 조사를 나왔던 형사다.

"바쁘실 텐데 죄송합니다."

기타하라라는 남자 형사가 입을 열었다.

"오늘은 가야마 용의자가 일으킨 상해 사건에 관해 직장 동료분들의 의견을 들으려고 왔습니다. 모쪼록 협조를 부탁드립니다."

태도가 정중해서 오히려 수상했다. 무쓰미는 자세를 바로 잡았다.

"무슨 얘기를 해 드리면 되죠?"

"지난번에 직원분들께 얘기를 들으니 가야마 용의자가 최근 들어 내내 정신적으로 불안정한 상태였다고 하던데요, 그 부분이 범행과 관련이 있을 가능성이 높습니다. 문제는 가야마 씨가 그렇게 된 원인이 어디에 있느냐 하는 겁니다. 만일 근무 환경에 문제가 있다면 그 점이 재판에도 영향을 미칠 수 있습니다."

형사가 무슨 말을 하는지 알 것 같았다.

"그래서요?"

무쓰미가 물었다.

"솔직한 의견을 듣고 싶습니다. 가야마 씨의 근무 환경이 어땠는지를요. 스트레스를 받기 쉬운 환경이었습니까?"

글쎄요, 하고 무쓰미는 고개를 갸우뚱했다.

"업무상으로는 그분과 서로 연관이 거의 없어서 잘 모릅니다. 프로젝트의 리더라서 힘들겠다는 생각을 한 적은 있지만요."

"그럼 다른 사람들은 어땠습니까?"

"무슨 말이죠?"

"가야마 씨처럼 스트레스로 인해 건강이 나빠졌다거나 정신적으로 쇠약해진 사람이 또 있습니까? 그런 일로 누가 의논해 왔다거나……."

"그런 적은,"

없다고 말하려던 무쓰미가 흠칫했다. 나가쿠라 이치에의 말이 무슨 뜻인지 깨달았기 때문이다.

그때 여형사가 와키자카 씨, 하고 온화한 음성으로 그녀를 불렀다.

"듣자 하니 이명으로 괴로워하신다던데요?"

역시 그거였어, 하고 무쓰미는 확신했다. 최근 들어 상태가 이상한 직원이 있느냐는 질문에 이치에가 무쓰미를 거론한 것이다.

"사실인가요?"

여형사가 거듭 물었다.

"별것 아니에요."

무쓰미는 딱 잘라 말했다. 가야마와 같은 취급을 당할 수는 없다.

"일시적인 증세였어요. 지금은 거의 나았고요."

그러자 기타하라가 의심이 가득한 눈길로 무쓰미를 바라보았다.

"정말입니까?"

"정말이고말고요. 제가 왜 거짓말을 하겠어요."

자신도 모르게 목소리가 높아졌다.

"이명 때문에 병원에 가신 적도 있습니까?"

기타하라가 또 물었다.

"가긴 했지만, 이상이 없다고 했어요."

"다시 말해서 이명의 원인을 알아내지 못하셨군요."

"그건 그렇지만……, 무슨 상관인가요, 이젠 다 나았는데."

대답하는 목소리가 그만 떨리고 말았다. 그녀를 바라보는 기타하라의 눈빛에 압도되었기 때문이다. 위압감이 있는 것은 아니었다. 다만 거짓말을 하는 상대의 극히 미세한 마음의 동요라도 가려내려는 냉철한 빛이 어려 있었다.

와키자카 씨, 하고 기타하라가 다시 그녀를 불렀다.

"더는 이명이 안 들린다는 말이 사실이라면 몰라도 만일 지금도 여전히 들린다면 솔직히 말씀해 주세요. 와키자카 씨는 알 수 없는, 와키자카 씨와 전혀 상관없는 일에 이명의 원인이 있을 가능성이 있습니다."

무쓰미는 헉, 숨을 삼켰다. 줄곧 끌어안고 지내던 고민의 급소를 찔린 기분이었다.

그러자 기타하라의 표정이 다소 부드러워졌다.

"사실은 이렇게 말하는 저 자신도 반신반의하고 있습니다."

"네?"

"다른 사람의 환청을 없애는 일이 과연 가능한가 하고요. 하지만 경우에 따라서는 가능하다더군요. 단, 그러기 위해서는 진실을 알아야 합니다. 어떻습니까, 와키자카 씨. 저희에게 한번 맡겨 보지 않겠습니까?"

마른 모래에 물이 스미듯 기타하라의 음성이 무쓰미의 가슴을 파고들었다. 이 사람들은 내 이명의 원인을 알고 있다. 게다가 그걸 없앨 수 있을지도 모른다고 한다.

"그래도 이명이 나았다고 단언하시겠습니까?"

기타하라가 다짐하듯이 물었다.

무쓰미는 길게 심호흡을 했다.

"정말 이명이 안 들리게 할 수 있을까요?"

다음 날 아침 출근한 무쓰미는 자기 자리로 가기 전에 접객실에 들렀다. 그렇게 하라고 형사들이 시켰기 때문이다. 접객실에는 어제의 여자 형사와 키가 큰 남자가 있었다. 기타하라는 오지 않은 듯했다.

키가 큰 남자는 티셔츠에 재킷 차림으로, 형사 같아 보이지는 않았다. 유가와라고 이름을 밝힌 그가 데이토 대학 물리학과 부교수라고 자신을 소개하자 무쓰미는 당혹스러웠다. 물리학자가 대체 뭘 하겠다는 것일까.

그가 담뱃갑 크기의 네모난 기계를 꺼냈다. 조그만 돌기 같은 것이 스위치인 듯했다. 기계에서 뻗어 나온 전선 끄트머리에는 50엔짜리 동전만 한 납작한 금속이 붙어 있었다.

"뒤에 붙은 종이를 떼어 낸 후 금속 조각을 귀 뒤에 붙이세요. 좌우 어느 쪽이든 괜찮습니다."

유가와의 말대로 오른쪽 귀 뒤에 그것을 붙였다.

"자, 이걸 오른손에 들어요."

유가와가 무쓰미에게 기계를 건넨 다음 조금 떨어진 곳에 놓여 있는 노트북 근처로 이동했다.

"스위치를 켜고 뭔가 말을 해 보세요."

무쓰미가 스위치를 켜고 "안녕하세요."라고 말하자 노트북 모니터를 들여다보던 유가와가 "그렇군." 하고 고개를 끄덕이더니 무쓰미 곁으로 돌아왔다.

"평소에는 스위치를 끄고 있어도 됩니다. 이명이 들리면 곧장 스위치를 켜고요."

"그러면 이명이 멈추나요?"

유가와가 "글쎄요……," 하며 고개를 갸웃했다.

"잘 모르겠습니다. 하지만 잘하면 내일부터 이명으로 고통받는 일이 없을지도 몰라요."

"무슨 말씀이죠? 자세히 설명해 주세요."

"그건 모든 것이 확실해진 후에요."

유가와가 시침이라도 떼듯이 말했다.

겉에서 보이지 않도록 기계를 옷 속에 숨긴 채 무쓰미는 접객실을 나와 자기 부서로 갔다. 이미 출근한 동료 몇 명의 모습이 보였다. 그중에는 나가쿠라 이치에도 있었다. 어제 무쓰미가 형사들을 만나고 돌아오자 그녀가 불안한 표정으로 "어땠어?" 하고 물었다. 무쓰미는 "뭐, 별일 없었어." 하고 대답했다. 이치에에게 섭섭한 마음도 있었지만, 입장을 바꾸어 보면 자신이라도 그랬을 거라는 생각이 들었다. 게다가 만일 이일로 이명이 사라진다면 어떤 의미에서는 그녀가 은인이라고 할 수도 있었다.

안녕, 하고 무쓰미는 이치에에게 인사를 건넸다. 이치에도 안녕, 하고 대답하며 반기는 듯한 표정을 지었다.

"왜, 좋은 일이라도 있어?"

이치에가 물었다.

"아니, 딱히 없는데. 왜?"

"왠지 기분이 좋아 보여서."

"어머, 그래?"

무쓰미는 고개를 갸웃거리면서 자리에 앉았다. 하지만 마음 한편으로 그럴지도 모른다고 생각했다. 평소에는 괴로워 견디기 힘들었던 이명을 오늘은 은근히 기다리고 있었다. 과연 어떤 일이 벌어질까 하는 호기심이 발동해서다.

평소와 다를 바 없는 아침이 시작되었다. 익숙한 얼굴들이 출근해서 각자의 자리에 앉는다. 벽 쪽에 놓인 복사기를 점검하는지, 업체 유니폼을 입은 남자 둘이 작업을 하고 있었다.

잠시 후 근무 시작을 알리는 벨이 울렸다. 무쓰미는 긴장감을 느끼며 매일 반복되는 첫 번째 동작을 했다. 즉 컴퓨터를 켠 것이다.

이명은 요즘도 거의 매일 계속되었다. 업무를 시작한 직후, 점심시간, 퇴근하는 도중. 대개는 그중 어느 때다. 이러다가 일에 지장이 생기는 건 아닐지 걱정됐지만, 아직까지는 문제가 없었다. 오늘은 과연 언제 이명이 들릴까.

무쓰미는 옷 속에 감춘 장치를 손으로 더듬어 확인했다. 잘 있다. 언제든지 스위치를 켤 수 있다. 하지만 스위치를 켜면 어떻게 되는 것일까. 그 학자는 무슨 생각을 하고 있을까. 이 장치는 대체 뭘까.

그런 생각을 하면서 업무를 시작하려 했을 때였다. 예의 날벌레가 윙윙거리는 듯한 소리가 머릿속에서 울리기 시작했다. 리듬이 불규칙하고 멜로디도 없다. 무쓰미의 사고를 파괴하려는 것인가 싶은 불쾌한 소리.

장치의 스위치를 켰다. 그러나 소리는 사라지지 않았다. 여전히 머릿속에서 날벌레가 날아다닌다. 무쓰미는 눈을 감고 이를 악물었다.

바로 그때였다. 소리가 홀연히 사라졌다. 동시에 주위에 있는 사람들이 내는 시끌벅적한 소리가 들려왔다. 거기에는 여자의 비명도 섞여 있었다.

무쓰미는 눈을 뜨고 주위를 둘러보았다. 그녀의 자리에서 10미터가량 뒤쪽에 복사기 업체 직원인 듯한 사람이 한 남자의 팔을 비틀고 있는 모습이 보였다.

대체 무슨 일이 일어난 건지 이해하기 힘들었다. 복사기 업체 유니폼을 입은 인물이 실은 기타하라 형사라는 사실을 알아챈 건 한참이 지나서였다.

7

취조실로 끌려온 고나카 유키히데는 마치 조그만 동물 같았다. 그러잖아도 어깨가 좁은 사람이 노파처럼 등을 웅그리고 앉아 있으니 몸이 한층 더 작아 보인다. 불안한 듯 이리저리

두리번거리는 눈에서는 당장이라도 눈물이 떨어질 듯하다.

형이 장치를 두고 갔어요. 고나카의 진술은 그렇게 시작되었다.

"그 이상한 기계 말인가요?"

기타하라의 질문에 고나카가 몸을 떨며 고개를 끄덕였다.

"그건 프로토타입, 그러니까 시제품이었어요. 형은 그보다 더 완성도가 높은 장치를 만들어서 반년쯤 전에 미국으로 가지고 갔고요. 그쪽 연구 기관과 공동 개발하기로 계약이 성사됐거든요."

"사용 방법을 알고 있었나?"

"네. 몇 번인가 실험 대상이 된 적이 있었어요. 그럴 때마다 굉장한 발명이라고 생각했어요. 그걸 사용하면 다른 사람을 내 마음대로 조종할 수 있지 않을까 싶었어요."

"그래서 형이 없는 틈을 타 옳다구나 하고 직장 사람들에게 시험한 건가?"

"……그렇습니다."

"그 첫 번째 대상이 하야미 다쓰로 씨였군. 왜 하필 그 사람이었지?"

그러자 고나카가 갑자기 차가운 표정을 지으며 흥, 콧소리를 냈다. 이어서 나온 대답은 기타하라로서는 생각지도 못한 것이었다.

"재미있을 것 같아서요."

"재미있다니, 그게 무슨 소리야?"

"그렇잖아요. 불륜 상대였던 여사원이 자살했는데 본인은 아무것도 모른다는 얼굴을 하고 있으니, 그런 놈에게 유령 목소리를 들려주면 어떤 반응을 보일지 궁금하지 않겠어요?"

고나카에 따르면 하야미에게 여자가 흐느끼는 소리를 들려주었다고 한다.

"비디오나 DVD에서 나오는 여자의 흐느끼는 소리를 모아 하야미의 뇌로 보냈어요. 볼만하더군요. 평소에는 그렇게 잘난 체하던 놈이 아주 벌벌 떠는 거예요. 멀리서 봐도 겁을 먹은 게 확연히 느껴졌습니다. 그가 여사원의 자살과 무관하지 않다고 확신했죠."

"그 여사원 대신 복수하고 싶었나?"

그 질문에 고나카가 처음으로 웃었다.

"복수라니, 가당치 않습니다. 죽은 여사원과는 잘 알지도 못하는 사이인걸요. 전 그저 하야미가 미웠을 뿐입니다. 사람의 실력을 정당하게 평가하지 않는 무능한 부장이니까요."

기타하라는 몸을 살짝 뒤로 젖히고서, 뜻밖의 말을 털어놓는 피의자를 바라보았다.

"하야미가 미웠다고?"

고나카가 핏발이 선 눈으로 기타하라를 마주 보았다.

"미웠어요. 당연하죠. 가야마가 맡은 프로젝트 말인데요, 그게 원래는 제가 제안한 겁니다. 그런데 하야미 부장이 아이디어를 가로챈 것도 모자라 자신이 마음에 들어 하는 부하 직원을 프로젝트 리더로 발탁했어요. 저에게는 뒤치다꺼리나 시키고요. 그런데 그냥 내버려 둘 수 있겠습니까. 그래서 보복했어요. 환청을 이용해서요. 하지만 분명히 말해 두겠는데, 저는 그 기계를 사내에서만 사용했어요. 회사 밖에서는 한 번도 사용하지 않았단 말입니다. 그러니까 그가 자살한 건 제 탓이 아닙니다."

"하지만 인공적으로 환청을 들려준 탓에 정신에 이상이 와서 실제로 환청이 들리게 되었고, 급기야 충동적으로 자살하기에 이르렀다는 견해가 유력해. 그래도 자신의 탓이 아니라고 주장할 셈인가?"

"그런 건……."

거기까지 말하고서 고나카는 불만스럽다는 듯이 고개를 숙였다.

"그런 건 잘 모르겠지만, 스스로 켕기는 데가 있으니까 그랬을 겁니다."

기타하라가 한숨을 쉰 뒤 입을 열었다.

"가야마에게 환청을 들려준 이유도 마찬가지인가? 요컨대 자신을 제치고 엘리트 코스에 올라탄 동료에게 질투를 느꼈느냔 말이지."

그 자식은, 하며 고나카가 고개를 들었다.

"단지 요령이 좋았을 뿐이에요. 대학도 제가 더 좋은 곳을 나왔고, 여태까지 쌓은 실적도 그에 못지않습니다. 아무리 생각해 봐도 제가 그 녀석보다 평가를 낮게 받을 이유가 없단 말입니다. 그런 부조리를 바로잡아야 한다고 생각했습니다."

"병원까지 쫓아가서 환청을 들려준 이유는?"

고나카는 살짝 붉은빛을 띤 입술을 일그러뜨리며 쓴웃음을 지었다.

"궁지에 몰아넣고 싶었습니다. 의사에게 진찰을 받기 직전에 환청을 들으면 평정을 잃을 것이 분명하니까요. 그런 상태로 진찰을 받으면 실제로 병이 있다고 진단이 내려질 거라고 생각했죠."

기타하라는 고개를 갸웃하고 고나카의 조그만 얼굴을 바라보았다.

"그런 식으로 경쟁자를 몰아붙이면 허망하지 않나? 스스로의 힘으로 이겨 보겠다는 생각은 하지 않았어?"

그러자 고나카는 토라진 어린아이 같은 표정을 지었다.

"실력을 정당하게 평가해 주지 않으니 다른 방법이 없잖아요."

기타하라는 머리를 벅벅 긁었다. 뭘 모르는군, 하고 생각했다. 이 녀석도 나랑 똑같다.

"있지, 내가 좋은 걸 가르쳐 주겠어."

기타하라가 말했다.

"가야마는 말이야, 여기 끌려온 후로 단 한마디도 변명을 하지 않았어. 다만 사과할 뿐이었지. 피해자에게는 물론이고 회사에도 폐를 끼쳤다고 반성하더군. 환청이 들린 것조차 자신의 마음이 약해서라면서 말이야. 만일 내가 당신네 회사 사장이라면 어느 쪽을 선택할지 망설일 필요도 없겠어."

고나카는 동그란 눈에 증오의 빛을 담으려고 했지만, 그러면 그럴수록 상심의 기색만 짙어졌다.

8

사진에 찍힌 물체는 그 옛날 카세트 라디오를 떠올리게 하는 네모난 은색 상자였다. 거기서 굵은 전선이 뻗어 나와 있고, 전선 끝에는 디지털 카메라와 비슷하게 생긴 기기가 붙어 있었다.

"사용법은 간단해. 음성 데이터를 본체의 내장 메모리에 넣고 볼륨을 조절한 후 조사기(照射器)를 대상 인물의 머리 부분에 맞추고 스위치를 켜는 거지. 그러면 상대에게 메모리에 담긴 음성이 들려."

유가와가 선 채로 말했다.

사진을 들여다보던 구사나기가 고개를 들었다.

"다른 사람에게는 들리지 않나?"

유가와가 고개를 끄덕였다.

"절대로 안 들려."

"사실이에요."

옆에 있던 우쓰미 가오루가 잘라 말했다.

"저도 실험에 참여했는데, 바로 옆에 있는데도 전혀 안 들렸어요. 반대로 저 자신이 표적일 때는 머릿속에서 울리는 것처럼 선명하게 들렸고요. 옆 사람에게 아무 소리도 안 들린다는 게 신기할 정도였습니다."

"여러모로 실험해 본 결과 최대 20미터까지 도달한다는 사실이 밝혀졌어. 범인 고나카는 본체를 가방에 넣어 발밑에 놓아두고 전선이 보이지 않도록 주의하면서 조사기를 표적 인물에게 향하도록 했을 거야."

"그런 짓을 했는데 아무에게도 들키지 않았단 말이야?"

"고나카가 일하는 사무실에서 재현 실험을 해 봤는데, 의외로 아무도 알아채지 못했어요."

우쓰미 가오루가 대답했다.

"사진을 보면 아시겠지만, 조사기가 작아서 얼핏 봐서는 디지털 카메라나 모바일 기기로 착각할 수 있어요. 자기 자리에 앉아서 그런 물건을 만지작거린들 누가 신경을 쓰겠어요, 요즘 같은 세상에."

구사나기가 고개를 살래살래 흔들더니 유가와를 올려다보았다.

"그래서, 어떻게 작동하는 거야? 조사기라던데, 구체적으로 뭘 조사한다는 거지?"

"한마디로 말하자면 전자파야. 소리는 대개 파동의 형태로 공기 중을 거쳐 사람의 고막에 전달되는데, 이 장치는 전자파를 이용해서 소리를 전달하도록 되어 있지."

"전자파로? 그게 가능하단 말이야?"

"전자파를 소리에 맞는 펄스 파형으로 조사하면 사람의 뇌와 상호 작용을 해서 조사된 사람에게 소리로 들리게 돼. 그걸 플레이 효과라고 하지. 우쓰미 씨가 방금 머릿속에서 울리는 것처럼 선명하게 들렸다고 표현했는데 사실은 비유가 아니라 실제로 머릿속에서 울리는 거야. 예전부터 알려진 현상이지만 실용화된 제품을 보는 건 나도 처음이었어. 게다가 놀라울 정도로 크기가 작더군. 범인의 형이 만들었다는데, 그 사람이 미국의 연구 기관에 스카우트된 것도 이해가 가."

구사나기는 한숨을 쉬며 사진을 내려놓았다.

"세상에는 우리가 모르는 일이 아직도 많군."

"그런 사실을 알게 된 것만으로도 수확이 아니겠어."

유가와가 사진을 집어 들어 재킷 안주머니에 넣었다.

"자네는 금세 눈치챘나?"

"귀마개를 해도 다를 바가 없었다는 가야마의 진술을 듣고 전자파일 가능성이 제일 높다고 생각했어. 그래서 우선 우쓰미 씨에게 가야마가 환청을 들었을 때의 상황을 철저하게 조사해 달라고 부탁했어. 가야마가 프로젝트 회의 도중 패닉에 빠졌다는 얘기가 좋은 참고가 되었지. 다행이었던 점은 참석자들의 좌석 배치가 기록으로 남아 있었다는 거야. 남들에게 의심받지 않고 기기를 조작하려면 맨 뒷자리에 앉을 필요가 있는데, 기록을 보니 고나카 유키히데가 맨 뒷줄에 혼자 앉아 있었더군. 그리고 또 하나, 자네가 칼에 찔렸을 당시의 영상이 병원 방범 카메라에 담겼는데 그걸 자세히 보니 고나카로 보이는 인물이 찍혀 있었어. 그것도 커다란 가방을 들고서 말이지. 우쓰미 씨에게 조사를 부탁한 결과 그날 고나카는 결근했더군. 만일 전자파를 이용해서 환청을 만들어 낸 거라면 그럴 만한 인물은 그뿐이라고 생각했어."

"역시 논리 정연하군."

"하지만 확신했던 건 아니야. 그런 사실을 입증하려면 피해자가 또 있어야 하는데, 달리 환청을 들은 사람이 없다면 두 손 들 판이었어."

"그래서 그 회사 사람들을 조사한 결과 이명을 호소하는 사람을 찾았단 말이군."

구사나기는 우쓰미 가오루에게 시선을 돌렸다.

"수고했어."

"저 혼자 한 게 아니에요. 기타하라 씨의 협조가 없었다면 어려웠을 겁니다."

구사나기는 고개를 끄덕이고 다시 유가와를 올려다보았다.

"그런데 아직 이해되지 않는 점이 있어. 그 여사원이 들었다는 이명의 정체 말인데, 신음하는 듯한 소리가 들렸을 뿐 하야미나 가야마 때처럼 사람 목소리가 들리지는 않았다고 증언했잖아. 그건 어쩐 일이지? 범인이 뭔가 실수라도 했나?"

"아니, 그렇지 않아. 그건 범인이 일부러 그런 거야."

"일부러 그랬다고?"

유가와가 옆에 놓아두었던 가방을 끌어당기더니 안에서 MP3 플레이어를 꺼냈다. 아래쪽에 미니 스피커가 장착된 것이다.

"와키자카 무쓰미 씨가 들은 소리는 이런 거였어."

유가와가 스위치를 켜자 스피커에서 기분 나쁜 저음이 흘러나왔다. 듣기만 해도 등골이 오싹해질 정도다. 구사나기는 얼굴을 찡그렸다.

"뭐야, 이건. 이런 소리로 괴롭힌 건가?"

"나도 처음에는 그런 줄 알았어. 하지만 여러 번 듣다 보니 일정한 패턴이 반복되고 있다는 걸 알겠더군. 그래서 파형을 분석해 봤더니 사람 목소리에 저주파 잡음이 덧씌워져 있었어. 잡음을 제거하고 주파수를 조금 조정하니 이런 소리가 되더군."

유가와가 MP3를 조작하자 스피커에서 남자 목소리가 흘러나왔다.

'당신은 고나카 유키히데를 사랑하고 있어, 당신은 고나카 유키히데를 사랑하고 있어⋯⋯.'

"이게 뭐야?"

구사나기가 저도 모르게 소리를 높였다.

유가와는 웃으며 스위치를 껐다.

"들은 대로야. 당신은 고나카 유키히데를 사랑하고 있어, 라고 반복하고 있지. 목소리의 주인공은 아마도 고나카 유키히데 본인일 테고."

"왜 이런 짓을⋯⋯."

"글쎄, 본인에게 물어보지 않고서는 알 수 없지. 어느 정도 추측은 할 수 있지만."

"그거라도 말해 봐."

"일종의 서블리미널 효과를 노린 게 아닐까 싶어. 언어를 저주파에 실어 들려줌으로써 상대의 잠재의식에 암시를 거는 거야."

아아, 하고 구사나기는 입을 쩍 벌렸다.

"고나카가 그 여사원을 좋아하고 있다는 말이군. 그래서 상대도 자신을 좋아하도록 하려고……. 비열하기 짝이 없는 놈일세."

"물론 비열한 짓이지. 동시에 어리석은 생각이기도 하고. 와키자카 씨 말로는 석 달 이상 이명에 시달렸지만 고나카는 안중에도 없었다고 하니까."

"이런 사실들을 기타하라에게 알려 줬어?"

네, 하고 우쓰미 가오루가 대답했다.

"여기 오기 전에 이 음원의 복사본을 기타하라 씨에게 전했어요."

"그랬군."

그 친구가 뭐라고 하더냐고 물으려는 참에 구사나기의 휴대 전화에서 메시지 수신음이 울렸다. 그는 잠깐 실례하겠다고 두 사람에게 양해를 구한 뒤 문자 메시지를 확인했다. 호랑이도 제 말 하면 온다더니, 기타하라에게서 온 메시지였다. '완료'라는 제목에 본문은 다음과 같았다.

'고나카가 와키자카 씨에게 한 짓을 인정했어. 그녀에게는 비밀로 해 달라더군. 이걸로 사건이 모두 마무리되었네. 뒷일은 내게 맡겨 달라고 물리학 교수와 미녀 형사에게 전하게. 자네가 출세한 이유를 알겠더군. 역시 운이 좋았을 뿐이야. 운이 좋으니까 좋은 사람들에게 둘러싸여 있는 거지. 그뿐이야. 앞으로도 나는 질투나 해야겠군.

　추신 : 한시 빨리 회복되길 비네.

　기타하라'

　구사나기는 자신도 모르게 히죽이고 나서 휴대 전화를 집어넣었다.

　"왜 그렇게 좋아하세요?"

　우쓰미 가오루가 물었다.

　"보나마나 긴자의 호스티스에게서 온 메시지일 거야."

　유가와가 이죽댔다.

　"지금 문병하러 가도 되느냐, 그런 얘기겠지, 뭐."

　"흥, 잘도 아네."

　"역시 그렇지? 표정만 봐도 알겠어. 방해하지 말고 이만 가지, 우쓰미 씨."

　"그래야겠죠. 그럼 구사나기 선배, 몸조리 잘하세요."

　"알았어. 퇴원하면 한잔 살게."

　두 사람은 일부러 더 우당탕거리면서 병실을 나갔다.

　구사나기는 윗몸을 일으켰다. 그리고 기타하라가 보낸 메시지를 떠올렸다. 좋은 사람들에게 둘러싸여 있다고?

모르는 소리. 저 둘을 제대로 다루기가 얼마나 힘든데.

그가 마음속으로 중얼거렸다.

4장

휘다

1

비가 추적추적 내리고 있다. 10월 들어서는 날씨가 영 신통치 않다. 이게 가을장마라는 건가, 하고 남자가 중얼거렸다.

목적지에 거의 다다랐을 때 휴대 전화가 울렸다. 남자는 쯧, 혀를 차고서 손으로 더듬거려 전화기를 찾아 쥐었다. 시선은 여전히 앞쪽을 향한 채 한 손으로 운전대를 잡고 전화를 받았다.

"네."

"아, 여보. 나야."

아내 목소리였다.

"무슨 일이야? 일하는 중인데."

신호가 빨강으로 바뀌었다. 남자가 브레이크를 밟았다.

"나도 아는데, 급한 일이라서 그래. 센다이 큰이모한테서 전화가 왔는데, 아무래도 문상을 와 줬으면 좋겠다는 거야. 그래서 나, 다녀오려고. 오늘 밤은 거기서 묵을 거야."

남자가 입술을 일그러뜨렸다.

"밥은 어떻게 하고?"

"당신이 좀 알아서 해. 시켜 먹든지."

"아이들 도시락은?"

신호가 초록으로 바뀌었다. 브레이크에서 발을 떼고 액셀을 밟는다.

"그건 걱정 안 해도 돼. 돈을 주면 자기들이 알아서 할 거야."

"알아서 하다니, 편의점 도시락 말이야?"

"그것도 괜찮고, 빵을 먹어도 되잖아. 알아서들 뭔가 사 먹을 거야."

아내가 귀찮다는 듯이 대답했다.

그러는 사이 목적지에 도착했다. 주차장을 가리키는 화살표가 눈에 들어온다. 남자는 속도를 줄이고 핸들을 꺾었다.

"언제까지 있을 건데?"

아내는 음, 하며 잠시 생각하다가 "내일 돌아올 예정이긴 하지만 어쩌면 하루 더 묵을지도 몰라. 장례식 뒷정리도 거들어야 하니까."라고 대답했다.

"그걸 꼭 당신이 해야 해?"

지하 주차장 입구가 보였다. 몇 번 온 적이 있어서 어떻게 생겼는지 안다.

그때 문득 떠오르는 것이 있었다. 사무실을 나설 때 상사가 뭔가 주의를 줬다. 뭐였더라.

"할머니한테 신세를 그렇게 졌는데 어떻게 모른 척해."

"그럼 할 수 없지. 알았어."

통화를 마친 남자는 휴대 전화기를 조수석으로 휙 던졌다.

여자는 참 태평해서 좋겠어, 하고 생각했다. 남자는 머릿속에 어떻게 하면 한 푼이라도 더 벌까 하는 생각뿐인데. 오늘만 해도 원래는 쉬는 날이었는데 동료가 병으로 쓰러지는 바람에 뜻하지 않게 자신이 불려 나왔다. 물론 거절할 수도 있었다. 그러나 특별 수당을 외면할 만큼 형편이 넉넉지 않다.

그건 그런데. 익숙하지 않은 차를 몰려니 영 불편하다. 남의 집에 와 있는 것마냥 거북하기 짝이 없다.

마침내 주차장 입구가 코앞으로 다가왔다. 어서 짐을 내려 놓고 담배 한 대 피워야지.

그러면서 입구를 지나려 했을 때였다.

충격과 동시에 남자의 몸이 앞으로 푹 고꾸라지면서 안전띠가 어깨를 파고들었다.

헉, 뭐야. 어떻게 된 일이지. 남자는 영문을 알 수 없었다.

다음 순간 뭔가 하얀 것이 쏟아져 내리는가 싶더니 순식간에 차 앞 유리창을 뒤덮었다.

상사가 주의를 줬던 일이 떠올랐다. 트럭의 높이에 관해서다. 주차장 입구에 붙어 있는 '높이 제한'이라고 쓰인 표지판이 머리에 떠오른 것은 그 직후의 일이었다.

이 정도 크기라면 기계식 주차장에 들어가기 어렵겠는걸. 구사나기가 은색 차체를 바라보며 생각했다. 유럽산 세단이다. 전체 길이가 5미터도 넘는 데다 차폭도 1미터 80센티미터 이상이다. 그렇다면 평면 주차 공간에 세울 수밖에 없는데, 안타깝게도 자리를 찾기가 쉽지 않다.

"그래서 특권층의 권력을 이용했다, 이건가."

구사나기가 팔짱을 끼며 말했다. 세단이 세워진 주차 공간 앞에 '관계 차량 외 주차 금지'라는 글자가 씌어 있었다.

"그런 식으로 말씀하시면 피해자가 너무 딱해요."

옆에서 후배 형사 우쓰미 가오루가 타이르듯이 말한다.

"스포츠 센터 측에서 여기를 사용하라고 한 것 같은데요."

"그야 그렇겠지만, 이 사람이 유명인이라서 그런 거 아니겠어? 상대가 일반 서민이었으면 그러지 않았을 거야."

"서민이라도 이 스포츠 센터 VIP 회원이라면 그렇게 했을 거예요."

"VIP 회원이 될 정도면 서민이라고 부르기 힘들지."

구사나기가 그렇게 내뱉는데 그의 휴대 전화가 울렸다. 상사 마미야의 전화였다.

"현장은 확인했어?"

"지금 우쓰미와 함께 돌아보고 있습니다. 스포츠 센터 관계자 얘기도 들어 봤고요."

"그래서, 어떻게 생각해?"

"그게……."

구사나기는 눈꼬리 옆을 긁적거렸다.

"아직은 뭐라고 말하기 힘듭니다. 단, 피해자가 이 장소에 차를 세운 게 우연은 아닌 것 같아요. 다시 말해서 그런 사실을 아는 사람의 계획적인 범행일 가능성이 있습니다."

"그래? 좋아. 자세한 내용은 나중에 듣기로 하고, 자네들은 서로 돌아와. 피해자의 남편이 곧 도착한다니까."

"피해자의 남편이라면……."

그러자 수화기 저편에서 마미야가 흥, 콧김을 내뿜었다.

"몰라서 물어? 도쿄 엔젤스의 야나기사와 투수잖아. 서두르게!"

그러고서 마미야는 전화를 끊었다.

우쓰미 가오루가 운전하는 차를 타고 두 사람은 관할 서로 향했다. 차 앞 유리창 너머에서 와이퍼가 좌우로 오락가락하고 있다. 오늘은 아침부터 비가 내렸다. 그러고 보니 피해자의 자동차도 젖어 있었다.

"이런 말을 하기는 좀 뭐하지만, 엔젤스가 플레이오프에 진출하지 못해서 다행인지도 모르겠어요. 만약 진출했다면 큰 혼란이 벌어졌을 거예요."

우쓰미 가오루가 말했다.

기나긴 프로 야구 시즌이 막바지를 향해 가고 있었다. 다음 주면 상위 팀들이 겨루는 플레이오프가 시작된다. 그러나 이번 시즌에 하위권을 맴돌던 도쿄 엔젤스는 이미 시즌이 끝난 것이나 다름없었다.

"선수들이 동요하긴 했겠지. 하지만 시즌 중에 동료가 가족을 잃는 일이 드문 건 아니잖아. 그런 일이 있을 때마다 경기에 영향을 받는다면 프로 선수 생활을 하기 힘들지 않겠어?"

"하지만 본인에게 일어난 일이라면 문제가 다르죠. 전부터 병이라도 있었다면 모르지만, 뜻밖에, 그것도 타살이라니 ……. 경기에 집중할 정신이 없었을 거예요."

"그야 그렇겠지. 다만 야나기사와 선수와는 관계없는 일이야. 아마 뛰지도 못했을걸."

"그래요?"

"마흔이 코앞이라 힘이 많이 빠졌거든. 올해도 후반에는 거의 2군 신세였잖아. 십중팔구 이번에 주전에서 탈락했다는 통보를 받았을 거야."

우쓰미 가오루가 한숨을 내쉬었다.

"그럴 때 부인이 이런 일을 당했으니……. 타이밍이 너무 나쁘네요."

"살인에 좋은 타이밍이란 없지."

구사나기가 고개를 주억거린다. 입안에서 씁쓸함이 느껴졌다.

스포츠 센터 주차장에 여자가 피를 흘리며 쓰러져 있다는 신고가 들어온 것은 오늘 오후 5시 30분경. 신고한 사람은 주차장 경비원이다.

119에도 신고가 들어가 구급대원이 달려왔다. 여자는 운전석 문 옆에 쓰러져 있었다. 원피스 위에 얇은 코트를 걸쳤는데, 그 코트의 등 쪽이 절반 가까이 피로 물들어 있었다.

구급대원이 여자의 사망을 확인했을 무렵 관할 서 경찰관이 도착했다.

둔기로 머리를 여러 차례 얻어맞은 흔적이 있고, 옆에 있던 차 아래쪽에 피 묻은 덤벨이 나뒹굴고 있었다고 한다. 피해자가 들었을 핸드백 등은 발견되지 않았다.

관할 서 수사관과 기동 수사대원이 초동 수사에 배정되었다. 한편으로 구사나기가 소속된 팀에도 동원 명령이 내려졌다. 시신은 이미 다른 곳으로 옮겨졌지만, 피해자의 것으로 추정되는 차량이 주차장에 남아 있어 감식반이 조사를 계속하고 있었다. 그 모습을 지켜보면서 스포츠 센터 관계자에게 얘기를 듣고 정보를 정리했다.

핸드백이 없어서 면허증 등은 찾지 못했지만, 자동차가 특별한 주차 공간에 세워져 있어 사체의 신원은 금세 밝혀졌다.

이름은 야나기사와 다에코. 이 스포츠 센터의 VIP 회원이었다. 이날 방문한 목적은 피부 관리를 받는 것으로, 사전에 예약되어 있었다. 그럴 경우 지하 주차장 특별 구역에 주차하게 한다는 것이 피부 관리실 담당자의 설명이다.

스포츠 센터 데이터베이스에 야나기사와 다에코의 개인 정보가 일부 들어 있었다. 그녀는 가족 회원이고, 남편이 프로 야구팀 도쿄 엔젤스의 야나기사와 다다마사 선수라는 사실도 그 정보에 의해 밝혀졌다.

잠시 후 구사나기와 우쓰미 가오루는 경찰서에 도착했다. 야나기사와 다다마사는 이미 와서 시신 확인을 마쳤다고 한다. 마미야가 별실에서 그에게 얘기를 듣고 있다기에 두 사람도 다른 수사관들과 함께 그 자리에 동석하기로 했다.

야나기사와는 몸집이 다부지긴 했지만 상상했던 것만큼 체구가 크지는 않았다. 양복을 차려입으면 회사원으로 보일 법하다. 생김새도 지적이었다.

"전혀 없습니다."

사건에 관해 짚이는 바가 있느냐는 마미야의 질문에 야나기사와는 핼쑥한 얼굴로 대답했다.

"오늘 오후 4시 반쯤 메시지를 보냈더군요. 피부 관리를 받으러 가는 길이라고요. 자주 있는 일이었습니다."

"그 피부 관리실 말인데요, 부인이 그곳에 다닌다는 사실을 아는 사람이 많습니까?"

글쎄요, 하면서 야나기사와가 고개를 갸웃했다.

"잘 모르겠습니다. 저는 아무한테도 말한 기억이 없지만 그 사람은 적어도 친구들한테는 말하지 않았을까 싶은데요."

"그럼 부인이 피부 관리실에서 기분 나쁜 일이 있었다거나 이상한 일을 겪었다고 말한 적은요?"

야나기사와는 대답하기도 귀찮다는 듯이 손을 휘휘 저었다.

"없어요. 들은 바 없습니다. 평소에 그 사람이 뭘 하며 지내는지도 자세히 모릅니다."

짜증스러워하는 목소리를 옆에서 들으면서, 그럴 거야, 하고 구사나기는 수긍했다. 프로 야구 선수는 생활의 대부분을 야구에 집중한다고 들었다. 그러지 않으면 살아남기 힘들다는 것이다. 집안일을 아내에게 일임해야 야구에 전념할 수 있으니 아내가 집에서 뭘 하며 지내는지 신경도 쓰지 않았을 것이다.

그러면, 하고 마미야가 옆에 놓아두었던 비닐봉지를 테이블에 올려놓았다. 그 속에는 유명 백화점 포장지에 싸인 네모난 물건이 들어 있었다.

"이건 본 기억이 있습니까?"

마미야가 물었다.

"뭡니까, 이게?"

"자동차 조수석에 있던 물건입니다. 백화점 쇼핑백에 담겨 있었어요."

야나기사와가 당혹스러운 표정으로 고개를 저었다.

"아니요, 처음 봅니다."

"누군가에게 선물하려고 한 게 아닐까 싶은데, 그런 얘기를 부인께 들은 적은요?"

"없습니다."

"그렇다면 속에 뭐가 들었는지도 전혀 모르시겠군요."

"물론입니다."

"그럼 당분간 저희가 보관해도 괜찮겠습니까? 경우에 따라서는 X선으로 내용물을 확인해야 할지도 모릅니다."

그러자 야나기사와는 별로 관심이 없다는 듯이 "그러시죠." 하고 무뚝뚝하게 대답했다. 아내의 갑작스러운 죽음에 자질구레한 일까지 신경 쓸 정신 상태가 아닌 것이다.

마미야가 그 뒤로도 몇 가지 질문을 했지만 야나기사와의 입에서 수사에 도움이 될 만한 대답은 나오지 않았다.

마미야는 구사나기에게 야나기사와를 집까지 바래다주라고 지시했다. 안면을 트게 하려는 의도일 터였다. 유족이 다루기 어려운 사람일 경우 마미야는 그들과의 연락을 구사나기에게 떠넘기는 일이 많았다.

구사나기는 우쓰미 가오루에게 운전을 맡기고 자신은 조수석에 앉았다.

차가 달리기 시작한 지 얼마 지나지 않아 야나기사와가 어딘가로 전화를 걸더니 소곤소곤 얘기를 나누었다. '빈소'라든가 '장례식' 등등의 단어가 귀에 들어왔다.

통화 도중 야나기사와가 저, 하고 말을 건넸다.

"시신을 언제쯤 돌려보내 주실 거죠?"

구사나기는 잠시 생각하다가 "일러야 내일 저녁 무렵일 겁니다. 부검을 해야 하니까요."라고 대답했다.

"……그렇군요."

야나기사와는 상대와 두세 마디 더 이야기를 나누고 전화를 끊었다. 후, 한숨을 내쉬는 소리가 들렸다.

10월인데 날씨가 몹시 후텁지근했다. 구사나기는 에어컨 스위치를 켰다. 그러자 잠시 후 야나기사와가 "죄송하지만 에어컨 좀 줄여 주실 수 있을까요?"라고 말했다. 그리고 "몸을 너무 차게 하면 안 되거든요."라고 덧붙였다.

구사나기가 화들짝 놀라며 다급히 에어컨을 껐다.

"죄송합니다, 제가 눈치가 없었군요. 투수는 어깨를 차게 하면 안 되는데 말이죠."

"아니…… 뭐, 이젠 그토록 애지중지할 어깨도 아닙니다만."

야나기사와가 시니컬한 말투로 말했다.

범인은 사건 발생 닷새 만에 체포되었다. 27세 남자로, 다니던 회사에서 며칠 전 해고당했다고 한다. 회사 비품을 멋대로 가져다가 인터넷에서 판매한 사실이 발각되었기 때문이다.

모 아이돌 그룹의 극성 팬이기도 한 그는 사건 다음 날 그 아이돌 그룹의 콘서트에 가기로 되어 있었다. 콘서트 현장에서 오리지널 기념상품이 발매될 예정이었고, 당연히 그것을 잔뜩 사고 싶었지만 돈이 별로 없었다.

어떻게 하면 돈을 마련할 수 있을까 궁리한 끝에 주차 중인 차량을 털기로 한 그는 전에 경비원으로 아르바이트를 한 적이 있는 고급 스포츠 센터 주차장을 떠올렸다. VIP용 주차 공간에 세워져 있는 자동차에는 비싼 물건이 들어 있을 가능성이 높았다. 그걸 훔쳐서 전당포에 잡히면 되겠다고 생각했다.

하지만 자동차 문을 딸 자신이 없었다. 간단해 보이기는 하나 실제로 해 본 적이 없었기 때문이다. 게다가 요즘 생산되는 자동차는 비정상적으로 문을 열면 경보음이 울리는 경우도 있었다.

그래서 그는 유리창을 깨뜨리기로 하고, 집에 있는 2킬로그램짜리 덤벨을 쇼핑백에 넣어 들고 나섰다.

방범 카메라에 찍히지 않도록 주의를 기울이며 주차장에

도착해 보니 VIP용 주차 공간에는 자동차가 두 대 세워져 있었다. 그러나 둘 다 고급 차는 아니었다. 어떻게 할까 고민하고 있는 차에 한 대가 더 들어왔다. 이번에는 틀림없는 고급 외제 차였다.

남자는 옆에 있던 차 뒤에 몸을 숨기고 외제 차가 후진해서 주차하는 모습을 지켜보았다. 차에 탄 사람은 여자 혼자였다. 차림새가 고급스럽다는 건 밖에서 보아도 알 수 있었다.

그때 문득 이런 생각이 머리를 스쳤다. 유리창을 깰 필요가 없지 않은가. 차에서 내리는 여자를 덮쳐서 기절시키면 그만이다. 지갑을 지녔을 테니 전당포에 갈 필요도 없다.

남자는 덤벨을 손에 들고 외제 차 뒤로 다가갔다.

이윽고 운전석 쪽 문이 열리더니 여자가 내렸다. 그리고 핸드백을 어깨에 메며 차 문을 닫는다.

다음 순간 남자는 여자의 뒷머리를 덤벨로 내려쳤다. 픽, 하고 돌이 서로 부딪치는 듯한 둔탁한 소리가 났다.

여자가 신음 소리를 내며 쓰러졌다. 얼굴을 찡그리고 있지만 정신을 잃은 것 같지는 않다. 그녀가 팔다리를 버둥거린다.

다시 한 번 덤벨을 휘둘렀다. 이번에는 머리가 깨어지며 피가 흘렀다. 그런데도 여자는 여전히 움직였다. 한 번 더 덤벨을 휘두르자 그제야 여자가 움직임을 멈췄다.

핸드백을 잡아챈 후 그 자리를 떴다. 덤벨을 어떻게 했는지는 기억에 없다. 장갑을 끼고 있었으니 지문은 남지 않았을 것이다.

집으로 돌아와 핸드백을 뒤졌다. 지갑에 10만 엔이 넘는 현금이 들어 있었다. 그 정도면 기념상품을 마음껏 살 수 있을 터였다.

수사진은 방범 카메라 영상에 주목했다. 주차장 내 몇 군데에 카메라가 설치되어 있었지만 남자의 모습은 찍혀 있지 않았다. 그 점이 오히려 부자연스러웠다. 범인이 카메라의 위치를 파악하고 있어 사각지대를 교묘히 이용한 것으로 추정할 수 있었다.

그런데 카메라 딱 한 대에만은 남자의 모습이 담겨 있었다. 그 카메라는 지난해에 새로 설치한 것이었다.

과거에 이 스포츠 센터에서 일하다가 그 카메라가 설치되기 전에 그만둔 자의 소행이 아닐까. 당연하게도 그런 추측이 나왔다.

방범 카메라에 찍힌 영상이 별로 선명하지는 않았지만, 수사진이 남자를 찾아내는 일은 어렵지 않았다.

4

공을 던진 순간, 아니 조금 더 엄밀하게 말하자면 손가락 끝에서 공이 떠나기 직전에 '아아, 이건 아닌데.' 하는 감이 왔다. 이래서는 힘을 제대로 전달할 수 없다고 느끼면서 팔을 뻗었다. 당연히 좋은 볼이 던져질 리 없다. 의도와는 거리가 먼 궤도를 그리며 하얀 공이 무네타의 미트 안으로 들어갔다. 기분 탓인지 소리까지 마음에 안 든다.

무네타는 아무 말 없이 공을 도로 던졌다. 그는 야나기사와가 개인적으로 고용한 트레이너로, 야구 이론에 빠삭하다. 함께한 지 5년이 넘다 보니 야나기사와를 누구보다 잘 안다. 굳이 말을 하지 않아도 서로의 기분쯤 훤히 꿰뚫는다.

"다섯 개 남았나?"

야나기사와가 물었다.

무네타는 말없이 고개만 까딱했다. 거기까지 하고 끝내는 편이 낫겠다고 판단한 것이다. 안되는 날은 아무리 던져 봐야 연습이 되지 않는다.

실내 연습장에는 야나기사와와 무네타뿐이었다. 젊은 선수들은 고치현에서 추계 캠프에 들어갔고 그 외의 선수들은 하나둘 체력 점검을 시작할 시기였다. 상위 팀 선수들은 플레이오프전을 치르고 있지만 리그 5위는 한발 앞서 시즌이 마무리된 것이다.

비록 전력 외 통보를 받은 몸이지만, 구단이 박정하게 굴지는 않았다. 현역으로 계속 뛸 생각이니 연습장을 사용하게 해 달라고 부탁하자 흔쾌히 승낙해 주었다.

지금 시점에서 야나기사와에게 손을 내밀어 줄 만한 구단은 없었다. 이대로 가면 은퇴하는 것밖에 다른 도리가 없다. 남은 기회는 단 하나, 합동 트라이아웃뿐이다. 전력 외로 밀려난 선수들이 실력을 보여 주는 그 자리에서 어느 구단인가의 눈에 들기를 기대하는 수밖에 없다.

그러나 트라이아웃까지는 시간이 많지 않았다. 첫 번째 트라이아웃은 다음 달 초에 있고, 두 번째는 다음 달 말이다. 그러니까 한 달 남짓한 기간에 컨디션을 최상으로 끌어올려야 한다는 얘기다.

그게 가능한 일인가. 자문해 보지만 그 대답은 이미 머리 한구석에 준비되어 있다. 불가능하다. 그리 간단한 일이 아니다. 지금 하고 있는 연습은 그저 자기 위안일 뿐이다.

야나기사와는 속구 투수는 아니었다. 제구력과 공의 배합, 날카로운 변화구로 승부하는 타입이다. 그런데 생명줄이나 다름없는 변화구가 이제는 말을 듣지 않는다. 머릿속에 그린 대로 공이 곡선을 그려 주지 않는 것이다. 원인이 무엇인지 자신도 알 수 없었다. 체력이 다한 모양이라고 생각할 수밖에 없었다.

　시야 한끝에 사람 그림자가 스쳤다. 의례적으로 얼굴을 비치는 낯익은 기자들은 이미 모두 돌아갔을 시간이다. 의아해하며 바라보니 경시청 형사 구사나기였다. 사건 후 야나기사와를 몇 번인가 찾아왔었다. 그는 다에코가 면식범에게 살해당했을 가능성을 염두에 두고 수사를 벌이는 듯했지만 그럴리 없다고 야나기사와는 생각했다. 다에코를 아는 사람이라면 그 어떤 이유에서든 그녀를 살해하거나 하지 않을 터였다.

　그리고 며칠 전, 마침내 범인이 체포되었다. 아니나 다를까, 단순히 금품을 노린 범행이라고 했다. 야나기사와는 몹시 후회스러웠다. 스포츠 센터의 VIP 회원만 아니었어도 그런 일은 일어나지 않았을 것이다.

　남은 공 다섯 개를 모두 던졌지만 만족스러운 공은 한 개도 없었다. 쓸쓸하게 웃으며 무네타에게 다가갔다.

　"지금 이런 공은 무네타 씨도 던지겠어."

　"컨디션이 저조해서 그래. 시즌 동안 피로가 누적된 데다 그런 일까지 일어나서 한동안 연습도 제대로 못 했잖아."

　'그런 일'이란 물론 사건을 말할 것이다.

　"그게 이거랑 무슨 상관이야."

　야나기사와는 어깨를 으쓱하고 나서 구사나기가 있는 쪽으로 걸음을 옮겼다.

형사는 벤치에 앉아 스포츠 전문지를 읽고 있었다. 무네타가 가져온 것이다. 이론가인 무네타는 독서를 많이 한다.

구사나기가 잡지를 내려놓고 자리에서 일어섰다.

"이거, 연습 중이신데 죄송합니다. 저희가 가져갔던 물건을 돌려드리러 왔습니다."

그러고서 그가 내민 것은 쇼핑백이었다. 그 속에는 포장지에 싸인 네모난 상자가 들어 있었다. 본 적이 있는 물건이다. 사건 직후에 경찰이 보여 주었다.

"이 물건에 관해 뭔가 좀 알아내셨나요?"

"돌아가신 부인의 지인들에게도 물어봤지만 아는 분이 없더군요. 몇몇 분이 남편에게 선물하려던 게 아니겠느냐고 말한 게 전부입니다."

"그럴 리 없습니다. 무슨 기념일도 아니고……. 내용물이 시계라고 하셨죠?"

"X선으로 조사해 본 결과 자명종으로 판명되었습니다."

"그럼 더더욱 이상하죠. 제게 뭐 하러 그런 걸 선물하겠습니까."

"그렇겠군요."

"뭐, 괜찮습니다. 조만간 알게 되겠죠."

야나기사와는 쇼핑백을 벤치에 내려놓았다.

그런데, 하면서 구사나기가 조금 전까지 읽고 있던 스포츠 전문지를 집어 들었다.

"이거, 야나기사와 씨 겁니까?"

야나기사와가 잡지 제목에 눈길을 주었다. 야구와는 무관한 스포츠 종목이 쓰여 있다. 구사나기가 의아해하는 것도 당연했다.

"아니요, 그건 무네타 씨 겁니다."

"무네타 씨요?"

그때 마침 무네타가 두 사람에게 다가왔다. 야나기사와가 구사나기에게 그를 소개했다.

"그 잡지가 왜……?"

"아니요, 신경이 좀 쓰여서요. 이건 배드민턴 전문지잖아요. 야구 관계자가 왜 이런 잡지를 읽는지 궁금했습니다."

그러자 무네타는 빙그레 웃더니 잠깐 실례하겠습니다, 하고 잡지를 받아 들었다. 그리고 페이지를 팔락팔락 넘기더니 어느 면을 펼쳐 구사나기에게 보여 주었다.

"흥미로운 기사가 있더군요. 야구에 응용할 수 있지 않을까 싶었습니다."

"역시 그랬군요. 저도 그런 게 아닐까 생각했습니다. 다른 기사들은 아무리 봐도 야구와 관계가 없으니까요."

야나기사와도 잡지를 들여다보았다. 오늘 낮에 무네타가 보여 준 기사였다. '유체 역학으로 본 셔틀콕의 연속 운동 연구'라는 제목으로, 무네타는 변화구 연구에 도움이 될지 모르겠다고 말했지만 야나기사와는 관심을 두지 않았다.

사실은, 하고 구사나기가 가슴을 살짝 펴며 말을 꺼냈다.

"이 기사를 쓴 데이토 대학 물리학 교수가 제 대학 동창입니다."

연습이 끝난 후 야나기사와는 택시를 타고 집으로 향했다. 사건 이후로는 차를 주차장에 세워 둔 채 타지 않는다.

헤어지기 전에 무네타가 했던 말이 귓가를 맴돌았다.

"속는 셈 치고 얘기나 한번 들어 보지 그래? 참고가 될지도 모르잖아."

하지만 야나기사와는 터무니없는 소리라며 일축했다. 물리학자인지 뭔지는 몰라도, 배드민턴에 관해 글을 쓴 사람에게 야구에 관해 의논하러 가자니, 가당키나 한 소리인가.

창밖으로 흐르는 밤 풍경을 바라보며 그는 후, 숨을 토했다. 역시 슬슬 물러날 때인가, 하고 마음속으로 중얼거린다. 이제는 저세상으로 간 다에코에게도 언젠가 물은 적이 있다.

"그만둘 때도 되지 않았어? 안 그래도 그럴 생각이었잖아."

전력 외 통보를 받았다고 말한 날 밤에 그녀는 선뜻 그렇게 대답했다.

"내년이면 서른아홉이야. 아무리 애써 봐야 더는 무리가 아닐까? 올해 성적이 2승 3패야. 후반에는 마운드에 서지도 못했고. 다른 구단에서 거둬 준다 한들 제대로 기용해 줄지 어떨지도 알 수 없잖아. 끝내 1년을 허송세월하느니, 깨끗이 그만두고 다른 길을 찾는 게 낫지. 결혼할 때 그러기로 약속도 했잖아."

그건 사실이었다. 결혼 전에 다에코가 내건 조건은 현역에 매달리지 않는다는 것이었다.

"사람마다 가치관이 다르겠지. 너덜너덜해질 때까지 도전을 계속하는 것도 가치가 있을지 모르지만 나는 공감이 안 가. 그렇게 매달리다 보면 여러 사람에게 부담을 주고 누를 끼치게 될 거야. 그걸 본인이 눈치채지 못하겠어? 그런데도 고집을 부리는 건 이러니저러니 해도 결국 어리광이라고 봐. 그리고 자신에게는 야구밖에 없다는 사람들이 있는데, 그것 역시 이상해. 야구로 먹고살 수 있는 기간은 기껏해야 마흔까지잖아. 겨우 인생의 절반을 산 건데, 남은 인생은 어쩔 셈이냐고 묻고 싶어."

반박할 말이 없었다. 틀린 말이 아니라고 생각했다. 그래서 약속했다.

"알았어, 나는 현역에 매달리지 않을게."

따라서 전력 외 통보를 받았다고 알리면서도 그는 다에코에게 이렇게 말했다.

"앞으로 뭘 하면 좋을까. 그동안은 야구밖에 몰랐으니 처음부터 다시 시작해야겠지."

"초조해할 것 없어. 우리 느긋하게 마음먹자. 잠시 쉬고 나서 천천히 생각해도 돼."

다에코는 밝은 목소리로 그렇게 격려해 주었다.

그때부터 고민의 나날이 시작되었다. 정말 이대로 야구를 그만둬도 좋을까. 하지만 그녀와 약속한 게 있는데⋯⋯.

이제 와서 돌이켜 보니 그런 고민은 대수롭지 않은 것이었다. 그래 봤자 스포츠, 그래 봤자 직업에 관한 고민 아닌가. 어떻게든 해결되는 일이었다.

다에코의 죽음은 야나기사와에게서 모든 것을 앗아 갔다. 고민마저 사라져 버렸다. 이제는 그가 야구를 계속한대도 반대할 사람이 없다. 하지만 그게 다 무슨 소용인가.

올 시즌에는 줄곧 중간 계투에 나섰다. 시즌 전반에야 이기고 있는 시합에서 던질 기회가 많았지만, 팀의 성적이 저조해 상위로 진출할 가능성이 희박해지자 구단 수뇌부는 젊은 선수를 육성하는 데 비중을 두기 시작했다. 야나기사와가 출전할 수 있는 경우는 큰 점수 차로 승부의 향방이 결정되었을 때뿐이었다. 그쯤 되면 관중은 드문드문 앉아 있고 그나마도 진지하게 경기를 관람하지 않았다.

하지만 그런 가운데서도 상대 타자를 보기 좋게 제압하면 더없이 기뻤다. 또한 납득할 만한 결과를 냈을 때는 저녁 반주가 다다랐다. 하지만 그건 다에코가 있었기 때문이다.

만에 하나 어느 구단에서 받아 준다 한들 패전 처리를 하고 귀가한 밤에 누구에게 자랑을 늘어놓을 것인가.

5

품격 있는 건물을 올려다보며 야나기사와는 목을 움츠렸다.

"문턱이 높다는 게 이런 느낌인가 보군. 설마 내가 데이토 대학 문을 들어서게 될 줄이야."

그 말에 무네타가 슬며시 웃음 지었다.

"입학시험을 보러 온 것도 아닌데 긴장할 필요 없잖아."

"성격 탓이야. 이런 데는 딱 질색이야."

내키지는 않았지만, 무네타의 간곡한 권유로 물리학자의 얘기를 한번 들어나 보기로 했다. 상대에게는 구사나기 형사가 연락해 두었다고 했다.

두 사람의 목적지는 물리학과 제13연구실이었다. 그곳에서 기다리고 있던 유가와 부교수는 흰 가운 차림에 키가 큰 남자였다. 나이는 야나기사와보다 조금 위일까. 체구가 탄탄한 그의 모습은 야나기사와가 상상했던 학자의 이미지와는 상당히 거리가 있었다.

"구사나기에게 얘기는 대충 들었습니다. 제 논문을 읽고 변화구 연구에 응용할 수 있지 않을까 생각하셨다고요?"

유가와가 금속 안경테의 가운데 부분을 살짝 밀어 올리며 말했다.

"어려울까요?"

무네타가 되물었다.

유가와는 노트북을 연 뒤 화면을 두 사람 쪽으로 돌려놓았다.

"이론적으로는 가능하다고 봅니다. 제 연구에서는 특수 센서를 장착한 셔틀콕으로 플레이하는 선수들의 모습을 디지털 영상으로 담은 뒤 선수들의 움직임을 화상으로 해석해서 셔틀콕을 어떻게 때리면 어떻게 변화하는지 분석했죠."

반으로 나눈 화면의 왼쪽에는 선수의 움직임이, 오른쪽에는 셔틀콕의 움직임이 각각 컴퓨터 그래픽으로 재현되고 있었다.

"배드민턴에도 변화구라는 게 있습니까?"

야나기사와가 의문을 표시했다.

"네, 있습니다. 아니, 모두 다 변화구입니다."

유가와는 책상 밑에서 실제 셔틀콕을 꺼냈다.

"셔틀콕은 이처럼 새의 깃털을 원뿔 모양으로 빙 돌려 붙여서 만듭니다. 그런데 라켓에 맞는 순간에는 공기의 저항을 받아 깃털이 이런 식으로 오므라들어요. 그리고 속도가 떨어져서 바람이 힘을 덜 받게 되면 다시 펴지죠. 그러면 순간적으로 공기 저항이 커지면서 속도가 급격히 떨어집니다. 똑바로 친 경우에도 그런 변화가 일어나는 것이 배드민턴의 특징입니다."

그렇군요, 하며 무네타가 고개를 끄덕였다.

"하지만 그런 점에서는 야구도 마찬가지입니다. 야구공은 완전한 구체가 아니고 실밥이 붙어 있죠. 그러니 완전한 스트레이트는 존재하지 않습니다. 기본적으로 중력도 작용하고요."

"바로 그겁니다. 그래서 야구에도 응용할 수 있을 거라고 말씀드린 거예요."

유가와가 책상 밑에서 뭔가를 또 꺼냈다. 이번에는 야구공이었다. 아니, 정확하게 말하면 야구공처럼 생긴 플라스틱 구체였다.

"구사나기에게 얘기를 듣고 두 분께 설명해 드리려고 만들었습니다. 안에 센서가 들어 있는 공이에요. 서두르는 바람에 조잡하게 만들어져서 죄송합니다. 그래도 제 의도는 이해할 수 있을 겁니다."

그리고 유가와는 그 공을 야나기사와에게 내밀었다.

"이걸 어떻게 하란 말씀입니까?"

"캐치볼 준비는 해 오셨죠?"

네, 하며 무네타가 스포츠 백을 툭툭 두드렸다.

"그럼 잠깐 복도로 나가실까요."

두 사람은 유가와를 따라 방을 나섰다.

"여기에서 캐치볼을 몇 번 해 보세요."

노트북을 조작하면서 물리학자가 말했다.

"여기서요?"

야나기사와는 어두컴컴한 복도를 바라보았다.

"그래도 괜찮습니까?"

"학생들이 장난하는 거라면 야단을 치겠지만 이건 물리 실험입니다. 더구나 두 분은 아마추어가 아니잖습니까. 아무 문제 없습니다."

"그럼 한번 해 보죠."

무네타가 재킷을 벗었다.

"직구와 변화구를 번갈아 던지세요."

유가와가 말했다.

"구종을 적당히 섞으셔도 괜찮습니다."

일이 이상하게 돌아간다고 생각하면서 야나기사와는 어깨를 가볍게 풀었다. 센서가 들어 있다는 공은 감촉은 야구공과 전혀 달랐지만 크기와 무게는 거의 같았다. 서둘러 만들었다고 하지만 나름으로 궁리한 결과일 것이다. 다시 말해서 장난삼아 만든 것은 아닐 터였다. 이상한 과학자다 싶으면서도 불쾌하지는 않았다.

가볍게 위밍업을 한 뒤 본격적으로 공을 던지기로 했다. 쪼그려 앉은 무네타의 미트를 향해 우선은 직구를 던졌다. 바람을 가르는 소리가 복도에 울렸다.

구경꾼이 하나둘 모여들었다. 뭐라는 사람이 없는 이유는 옆에 유가와가 있어서일 것이다.

직구 다음으로 변화구를 몇 개 던졌다. 야나기사와가 던질 수 있는 구종은 일곱 가지 정도지만 실전에서 사용할 수 있는 것은 기껏해야 네 종류뿐이다.

"됐습니다."

야나기사와가 열 번째 공을 던지고 났을 때 유가와가 말했다.

연구실로 돌아온 후 그는 "자, 여길 보세요."라며 두 사람에게 노트북 화면을 보여 주었다. 거기에는 야구공 하나가 그려져 있었다. 그 야구공이 천천히 회전했다. 회전축은 수평보다 약간 기울어져 있는 듯했다.

"야나기사와 씨의 첫 번째 공입니다."

유가와가 설명을 시작했다.

"회전수는 1초에 32.3회, 회전축은 수평보다 오른쪽으로 8.7도 기울어 있습니다. 두 번째 공은 회전축이 수직에 가깝고 9.2도 기울어 있고요. 회전수는 1초에 13.5회. 이건 변화구군요."

"슬라이더입니다. 놀랍군요. 공을 던진 것으로 거기까지 알수 있다니 말입니다."

야나기사와가 말했다.

"이 정도 수치는 고속 카메라로도 측정할 수 있습니다. 그런데 센서를 사용하면 던지는 순간의 가속도와 공에 가해지는 힘의 방향까지 알 수 있죠. 거기에 야나기사와 씨의 투구폼을 화상으로 해석한 데이터를 더하면 투구 폼과 공의 움직임 간의 상관관계를 밝혀낼 수 있습니다."

"그렇다면,"

무네타가 앞으로 다가앉으며 말했다.

"호조를 보이던 시절의 투구 폼과 비교해서 뭘 어떻게 교정해야 하는지 알아내는 일도 가능할까요?"

"가능할 겁니다."

"그렇게,"

야나기사와가 어처구니가 없다는 듯이 웃었다.

"그렇게 간단한 일이 아니라고 봅니다. 호조를 보이던 시절의 비디오는 지겹도록 봤어요. 어디가 어떻게 다른지도 잘압니다. 그걸 교정해도 나아지지 않으니 답답한 겁니다."

그러자 유가와가 빙긋이 웃으며 고개를 끄덕였다.

"저는 이론과 방법을 소개했을 뿐입니다. 시도하느냐 마느냐는 본인의 자유예요. 프로의 감각을 보통 사람은 이해할 수 없을 테니까요. 다만 그 소중한 감각 자체에 이상이 생겼다면 과학이라는 객관적인 수단에 기대를 걸어 보는 것도 방법의 하나일 수 있죠."

야나기사와는 할 말을 잃고 말았다. 감각 자체에 이상이 생겼다, 더없이 정확한 지적이었기 때문이다.

6

연습장에서 속이 뻥 뚫리는 듯한 소리가 들려왔다. 이어서 남자 목소리가 들린다. 무네타일 것이다.

구사나기는 문을 열고 안으로 들어갔다. 야나기사와가 투구 연습을 하고 있다. 무네타가 공을 받고 있다는 점은 지난번과 마찬가지지만 오늘은 협력자가 하나 늘어났다. 옆에 놓인 책상에서 유가와가 컴퓨터를 조작하고 있었다. 자세히 보니 카메라 몇 대로 촬영도 하고 있는 것 같다.

구사나기를 알아본 유가와가 고개를 까딱했다. 구사나기는 눈짓으로 답했다.

잠시 후 투구 연습이 끝나자 야나기사와는 구사나기에게 인사한 후 "옷을 갈아입고 올게."라고 무네타에게 말하고 연습장을 나갔다.

"유가와 교수를 두 분께 소개한 입장에서, 상황이 어떤지 신경이 쓰여서 말이죠."

그러면서 구사나기가 무네타에게 종이봉투를 내밀었다.

"드셔 보세요. 간식거리를 좀 가져왔습니다."

봉투 속에 든 것은 카스텔라 사이에 단팥을 넣은 빵이었다.

"고맙습니다. 솔직히 말씀드려서, 유가와 교수님의 도움을 받은 이래 하루하루가 놀라움의 연속입니다. 야나기사와의 투구 폼이 그 정도로 망가졌을 줄은 몰랐거든요. 약간만 교정을 했을 뿐인데도 상당히 좋아진 것 같습니다. 큰 공부가 되었어요. '관절의 각속도' 같은 용어도 처음 알았고요."

무네타의 말이 공치사로 들리지는 않았다.

"그래요? 그렇다면 소개한 보람이 있군요. 대단한걸?"

나중 말은 유가와를 향한 것이었다.

그러나 유가와는 떨떠름한 표정을 지으며 고개를 비스듬히 기울였다.

"나는 야구에는 문외한이야. 야나기사와 투수의 전성기 시절 데이터와 비교해서 그 차이를 수치화하고 있을 뿐이지. 단순히 로봇의 동작을 확인하는 것이나 마찬가지 일이야. 하지만 인간은 로봇이 아니니 수치대로 되지 않는 경우도 많아."

"뭐야, 왜 그렇게 시큰둥하지?"

"아, 그게 말이죠,"

무네타가 말을 거들었다.

"폼 자체는 상당히 좋아졌어요. 그런데 그게 좀처럼 구질에 반영되지 않는군요. 전성기의 날카로움이 되살아나질 않아요. 특히 결정구인 슬라이더가 제대로 안 나옵니다. 그 원인이 실로 미묘한 동작의 차이에 있다는 건 유가와 교수님 덕분에 알아냈지만 어떻게 해야 교정할 수 있을지 몰라 고민하던 참입니다."

"쉽지 않은 일이군요."

"저는 정신적인 영향도 크다고 봅니다. 부인이 그렇게 되었으니……."

아아, 하고 구사나기는 납득이 간다는 듯이 고개를 끄덕였다.

"사건의 충격이 여전한 모양이군요."

"그런 점도 있겠지만, 다소 께름칙한 마음이 있지 않나 싶습니다. 부인이 야나기사와가 현역 생활을 계속하는 데 반대했었나 봅니다."

"아, 그래요?"

"마냥 과거에 연연하지 말고 미래 지향적으로 살았으면 좋겠다고 생각했나 봐요. 저는 현역에 구애되는 것이 퇴행적이라고 여기지 않았는데 부인은 생각이 달랐던 거죠. 그래서 야나기사와도 은퇴를 약속했나 본데……."

"부인이 돌아가시는 바람에 상황이 바뀌었다는 말씀이군요."

"맞습니다. 반대하는 사람이 없으니 현역을 계속하기로 방침을 전환한 거죠. 그로서는 야구에 몰두함으로써 사건을 잊고 싶은 마음도 있을 테고요. 하지만 내심 갈팡질팡하고 있어요. 정말 야구를 계속해도 좋은가, 천국에 있는 아내를 배신하는 일은 아닐까 하고 말이죠."

거기까지 말했을 때 연습장으로 되돌아오는 야나기사와의 모습이 눈에 들어왔다. 무네타는 입술에 집게손가락을 대며 "방금 드린 말씀은 저 친구에게 비밀로 해 주세요."라고 속삭였다.

유가와가 뒷정리를 마치자 구사나기는 그와 함께 연습장을 나왔다. 두 사람은 그길로 선술집에 들러 저녁을 먹기로 했다.

"프로 스포츠 선수도 녹록지 않은 직업이야. 이제 겨우 마흔을 눈앞에 두고 있는데 벌써 진퇴를 고민해야 하다니 말이지."

생맥주 잔을 기울이며 구사나기가 고개를 살래살래 저었다.

"그 살인 사건은 모두 마무리됐어?"

"사건 자체는 그렇지. 검찰에 송치했으니 이제 우리가 할 일은 없어."

그리고 구사나기는 삶은 풋콩을 입에 던져 넣었다.

"사건 자체는, 이라니, 아직 마무리되지 않은 일도 있다는 뜻인가?”

“그래, 대단한 일은 아니지만. 범인이 밝혀지기 전에는 중요한 증거일지 몰라 신경이 쓰였는데 결국 그렇지 않았거든.”

그렇게 전제한 뒤 구사나기는 야나기사와 다에코가 살해되었을 당시 자동차에 놓여 있던 쇼핑백 얘기를 꺼냈다.

“아닌 게 아니라 묘한 구석이 있군. 그 시계를 누군가에게 선물할 작정이었다면 당연히 그 상대와 만나기로 약속이 되어 있었을 텐데, 그런 사람을 찾지 못했다는 거야?”

“여러 방면으로 알아봤지만 결국 찾지 못했어. 휴대 전화 통화 이력에 남아 있는 사람들에게도 빠짐없이 물어봤지만 헛수고였지.”

“마음에 걸리는 점이 그 수수께끼의 선물뿐이야?”

“아니, 실은 하나 더 있어.”

구사나기가 목소리를 낮췄다.

“피해자의 자택 인근에서 탐문 수사를 벌이던 수사관이 좀 야릇한 정보를 캐 왔어.”

“그게 뭔데?”

“피해자가 지난달부터 수시로 차를 몰고 외출했다는 거야. 한껏 꾸미고 나서는 폼이 가까운 곳에 쇼핑하러 가는 눈치는 아니었나 봐. 대개 두 시간쯤 후에 돌아왔다는군.”

유가와가 맥주잔을 손에 든 채 얼굴을 찡그렸다.

"이웃들 눈을 우습게 보면 안 되지. 어디서 누가 보고 있을지 모른다고. 그래서, 야나기사와 투수에게 그런 사실을 확인해 봤어?"

"낮 시간에 부인은 어떻게 지냈느냐고 살짝 떠봤지. 예상대로 그는 아무것도 몰랐어. 줄곧 집에서 지낸 줄 알더라니까."

"그래서, 부인이 수시로 외출했다는 사실을 알려 줬어?"

"그럴 리가."

구사나기가 입꼬리를 비죽이 내려뜨렸다.

"그걸 뭐 하러 가르쳐 주겠어. 알아 봐야 이래저래 의심만 생길 텐데."

흠, 하며 유가와가 잠시 생각에 잠기는 표정을 지었다.

"바람을 피운 거 아닐까 하고?"

"주부가 대낮에 한껏 꾸미고 외출을 했다, 게다가 그런 사실을 남편에게는 알리지 않았다, 누가 들어도 수상하다고 여길걸. 그런 쓸데없는 일을 알려 줄 필요가 있겠어?"

"그래, 그건 나도 같은 생각이야."

"여러 가지 수수께끼가 남아 있기는 하지만, 사건과 무관한 일은 그대로 덮어 두는 것이 내 방식이야. 이제는 야나기사와 선수가 하루빨리 재기하기를 바랄 뿐이지. 그러니 유가와, 잘 부탁해."

하지만 물리학자는 손가락 끝으로 안경을 밀어 올리며 "내가 할 수 있는 일은 야나기사와 선수의 투구를 과학적으로 분석하는 것뿐이야. 정신적인 면까지 어떻게 할 수는 없어."라고 냉철하게 말했다.

7

운동장을 빠져나온 후 서둘러 주차장으로 향했다. 하지만 도중에 안면이 있는 기자에게 붙잡히고 말았다. 야나기사와가 전력 외 통보를 받았을 때 은퇴하기에는 이르다는 요지의 기사를 써 준 기자다. 무시하고 지나칠 수 없어서 걸음을 늦췄다.

트라이아웃에 참가한 느낌이 어땠냐고 기자가 물었다.

"그렇지, 뭐. 지금 내 실력이 실력인 만큼."

고개를 약간 숙이고 걸으며 야나기사와가 대답했다.

"기분 좋게 던지는 것처럼 보이던걸요. 스트레이트도 시즌 때보다 감이 좋다고들 하고요."

"그래 봤자 안타를 맞았는걸."

"그거야 타자가 잘 때린 거고요. 그쪽도 필사적이니까요. 그래도 삼진을 빼앗은 공은 날카로웠어요."

"그건 거꾸로 타자가 서툴렀던 거지."

"너무 겸손하시네요. 좀 희망적인 말씀을 해 주시면 좋을 텐데……"

"폐차 직전의 고물 차가 어떻게 희망적인 말을 하겠어."

그러고서 야나기사와는 왼손을 들어 올렸다. 더는 따라오지 말라는 뜻이다.

주차장에 도착한 그는 차 트렁크를 열고 가방을 던져 넣었다. 탕, 하고 트렁크 문을 닫는 순간 차체의 일부분이 녹슨 걸 발견했다. 뭐지, 이게? 하고 의아한 생각이 들었다. 차를 산 지 8년이 되었지만 소중히 다루며 탔다고 생각한다. 세차를 할 때는 왁스칠도 열심히 했다.

자세히 들여다보니 비슷하게 녹슨 곳이 몇 군데 있었다. 눈여겨보지 않으면 알아채기 힘들 정도지만 영 못마땅했다.

혀를 차면서 차에 올라탔다. 차 주인만 폐차 직전인 게 아닌 듯하다. 그래도 시동을 거니 엔진은 제대로 작동한다.

오늘 첫 번째 트라이아웃이 있었다. 전력 외를 선고받은 각 구단 선수들이 모여 각자의 실력을 어필했다. 어느 구단의 눈에라도 들면 재고용의 길이 열리겠지만 가능성은 지극히 낮다.

야나기사와는 세 명의 타자와 경기를 펼쳤다. 실전처럼 주자가 1루에 나가 있는 설정으로, 간간이 견제구를 던져 가며 세트 포지션으로 던졌다.

첫 번째 타자는 제대로 던져 삼진으로 처리했다. 두 번째 타자도 공을 때리지 못했다. 그런데 세 번째 타자에게는 초구를 얻어맞았다. 처음부터 적극적으로 나서지는 않겠지 싶어 단순한 구질의 스트라이크를 던진 것이 패착이었다.

그렇게 만만한 공은 아니었을 텐데, 하는 생각도 있었다. 기자는 타자가 잘 때린 거라고 했지만, 그게 아니라는 걸 야나기사와는 안다. 지금 자신의 공에는 위압감이 없다. 그러니 타자들이 조금도 겁을 먹지 않는 것이다.

'다에코 말이 옳은지도 모르지……'

차 앞 유리창 너머로 하늘을 올려다본다. 야속하리만치 날씨가 좋다.

주차장을 빠져나와 운동장 옆길을 천천히 달렸다. 트라이아웃은 아직도 계속되고 있다. 과연 몇 명이나 살아 돌아올까. 어느 구단에선가 자신에게 전화가 걸려 오는 상상을 해보았지만 꿈같은 얘기라고 여겨졌다.

운동장 옆 보도를 남자 하나가 걸어가고 있었다. 그 뒷모습이 낯익었다. 속도를 늦추고 옆얼굴을 쳐다보았다. 틀림없다. 다급히 브레이크를 밟았다.

서둘러 차창을 내리고 말을 건넸다.

"유가와 교수님!"

그러나 깊은 생각에 잠겨 있는지 유가와는 고개를 숙인 채 걸음을 멈추지 않았다. 유가와 교수님! 하고 다시 한 번 불렀다.

그제야 알아차렸는지 물리학자가 걸음을 멈췄다. 그리고 잠시 두리번거리다가 야나기사와를 발견했다.

"야아, 이게 누구야."

그가 하얀 이를 드러내며 알은체를 했다.

유가와를 조수석에 태운 채 두리번거리며 찻집을 찾았다. 패밀리 레스토랑이 눈에 띄어 그곳에 들어가기로 했다.

"일부러 보러 오시다니, 놀랐습니다. 뭐라고 감사를 드려야 할지."

야나기사와가 커피잔에 손을 대기 전에 먼저 고개를 숙였다.

"우연히 이 근처에 볼일이 있어서요."

유가와는 뻔한 거짓말을 했다.

"트라이아웃을 구경한 건 처음인데, 상당히 볼만하더군요. 보통의 야구와는 다른 스포츠 같았어요."

"실제로도 다릅니다. 세 명의 타자와 겨루는 점은 마찬가지지만, 경기라는 흐름 속에서 던지는 것과 미리 정해진 상황에서 던지는 것은 감각이 전혀 다르거든요. 그렇다고 투덜거릴 처지는 아닙니다. 테스트를 당하는 입장이니까요. 물리학 시험도 그렇잖아요. 출제된 문제가 형편없다고 불만을 표시해 봤자 무슨 소용이 있겠습니까."

"그야 그렇죠."

유가와가 미소를 지었다.

"그래서, 제대로 던지셨습니까?"

"제 능력은 다 발휘했다고 생각합니다."

"그거 다행이군요."

"있는 힘을 다했어요. 그래서……."

야나기사와가 커피잔을 내려놓더니 유가와를 똑바로 바라보았다.

"여기까지만 할까 싶습니다."

유가와는 그의 눈길을 피하지 않은 채 등을 곧추세웠다.

"은퇴하기로 결심하신 건가요?"

야나기사와가 고개를 끄덕였다.

"공을 던지면서 생각했습니다. 내가 대체 뭘 하고 있는 건가, 여기 매달려서 어쩌겠다는 건가, 하고 말이죠. 이 세계에 발을 들여놓은 순간 이미 은퇴까지의 카운트다운이 시작된 거나 다름없습니다. 그리고 이제 그 수가 얼마 남지 않은 거죠. 그런 사실을 인정하지 못해서 헛된 저항을 하는 거 아닌가 하는 생각이 들었어요."

"야나기사와 씨는 저항이라고 말했지만, 제게는 훌륭한 노력으로 보이는데요. 헛된 노력은 없다고 생각합니다. 설사 야구에서 좋은 결과를 얻지 못한다 해도 언젠가는 반드시 그 보답을 받을 거예요."

"말씀은 감사합니다만, 일단 야구에서 물러나기로 한 이상 더는 교수님께 폐를 끼칠 수 없습니다."

야나기사와가 양손을 무릎에 얹고 다시 한 번 깊이 고개를 숙였다.

"여러모로 감사합니다. 재기해서 은혜를 갚고 싶었는데, 그러기는 힘들 것 같으니 다른 형태로라도 보답하겠습니다."

"보답은 필요 없습니다만……, 정말 그만두실 작정인가요? 오늘 있었던 트라이아웃을 보고 어느 구단에선가 손을 내밀 가능성도 있지 않을까요?"

그러자 야나기사와가 쓴웃음을 지으며 손을 휘휘 저었다.

"저 자신은 제가 가장 잘 압니다. 그 정도로밖에 공을 던지지 못하는 투수를 탐낼 프로 구단은 없지요. 안타깝지만 그게 현실입니다."

"그런가요? 이미 결심하셨다면 더는 말씀드리지 않겠습니다."

"모처럼 애를 써 주셨는데 좋은 결과를 내놓지 못해서 죄송합니다."

"아닙니다. 새로운 세계에서 다시 활약하시기를 빌겠습니다."

그러고서 유가와는 야나기사와가 계산서를 집어 들기 전에 재빨리 손을 뻗었다.

"커피 값은 제가 계산하겠습니다. 대신 저를 역까지 태워다 주실 수 있겠습니까?"

"댁까지 모셔다드리겠습니다."

"아닙니다. 역까지만 데려다주시면 됩니다."

두 사람은 패밀리 레스토랑을 나와 야나기사와의 자동차로 걸어갔다. 그런데 문손잡이를 잡으려던 유가와가 의아하다는 듯이 미간을 찌푸렸다.

"왜 그러시죠?"

"아, 그게, 칠이 좀 이상한 형태로 벗겨져 있어서요."

그 말에 야나기사와가 조수석 쪽으로 다가갔다. 유가와의 말대로 창틀 조금 아래쪽의 칠이 벗겨진 채 녹이 번져 있었다.

"여기도 그렇군요. 그리고 여기도요."

유가와가 보닛의 표면을 손가락으로 문질렀다.

"이런 식으로 녹이 슨 건 처음 봅니다. 이렇게 말하면 실례일지 모르지만, 마치 피부병 같아요. 왜 이렇게 되었습니까?"

"저도 얼마 전에 보고서 의아해하던 참이었습니다. 지난번에 주유소에서 세차할 때는 이렇지 않았던 것 같거든요."

"그사이에 이 차를 타신 적이 있습니까?"

"아니요. 사실은 운전이 오랜만입니다. 아마 그날 세차한 이후 처음일 거예요. 그 직후에 사건이 일어났으니까요."

"사건이 있던 날 부인이 차를 몰고 나가셨죠?"

"네. 스포츠 센터 주차장에서 습격당했습니다."

돌이키고 싶지 않은 과거다.

유가와의 눈매가 어쩐지 날카로워진 듯했다. 그가 차체의 표면을 뚫어져라 바라보았다.

"무슨 문제라도……. 녹이 좀 묘하게 슬기는 했지만, 달리는 데는 지장이 없을 겁니다. 안 그래도 이쯤 해서 새 차로 바꿀까 하던 참이었으니 걱정 마세요."

그러자 물리학자의 표정이 원래대로 돌아왔다.

"그렇군요. 어쩐지 신경이 쓰여서요. 금속이 이런 식으로 녹슨 걸 본 적이 없거든요."

"역시 과학자는 관찰력이 대단합니다."

그렇게 말하고 나서 야나기사와는 운전석에 올라탔다.

8

"있어요, 구사나기 선배. 이거 아닌가요?"

우쓰미 가오루가 컴퓨터 모니터를 바라보며 말했다.

구사나기도 옆에서 화면을 들여다보았다.

"호텔 주차장이란 말이지……."

"그날은 이 사고 말고는 비슷한 일이 없었던 것 같은데요."

구사나기가 흠, 하고 애매하게 고개를 끄덕이며 팔짱을 꼈다.

유가와에게 이상한 질문을 받은 것은 어제저녁이었다. 야나기사와 다에코가 살해된 날 혹시 도쿄 어딘가에서 약제가 누출되는 사고가 발생하지 않았느냐는 것이었다.

"아마 강알칼리성 약제일 거야. 소화기 분말로 추정되는데."

유가와의 말투로 미루어 급한 일인 듯했다.

왜 그러느냐고 묻자 유가와는 야나기사와의 자동차 얘기를 꺼냈다. 차에 난 흠집이 부자연스럽다는 것이었다.

"단순히 낡아서 벗겨진 게 아니었어. 뭔가 특수한 환경에 놓였던 게 분명해. 야나기사와 선수는 그럴 만한 일이 없었다고 하니까 아마 부인이 탔을 때 무슨 일이 일어났을 거야."

그리고 그것이 야나기사와 다에코의 수수께끼와 관련이 있을 듯하다고 말했다.

야나기사와 다에코 살해 사건은 이미 수사가 마무리된 시점이었다. 하지만 구사나기는 그녀와 관련하여 풀리지 않은 수수께끼에 대해 의구심이 남아 있었다. 그래서 우쓰미 가오루에게 조사를 지시했었다.

호텔에서 발생한 사고란 자동차 사고였다. 지하 주차장 출입구를 대형 트럭이 들이받은 것이다. 높이 제한을 무시해서 생긴 단순한 실수였다. 사고 트럭은 원래 다른 사람이 운전했는데, 그날 임시로 그 차를 몰았던 사람이 평소 자신이 타던 트럭과 높이가 다르다는 사실을 깜빡해서 빚어진 일이었다.

건물에 큰 손상은 없었지만 자동 소화 장치가 작동하고 말았다. 주차장 출입구 쪽으로 대량의 소화기 분말이 분사된 것이다. 사태를 알아차린 경비원이 스위치를 껐을 때는 이미 3분가량 분말이 분사된 후였다.

구사나기는 유가와에게 전화를 걸어 사고에 관해 말해 주었다.

그거야, 하고 유가와는 대답했다.

"틀림없을 거야. 가능하다면 호텔에 가서 소화기 분말의 성분을 확인하고 싶은데, 과연 외부인에게 허락할지……."

구사나기가 한숨을 내쉬었다.

"알았어. 같이 갈게. 내가 야나기사와 씨에게 자네를 소개했으니까."

두 사람은 30분 후 호텔 로비에서 만나기로 약속하고 전화를 끊었다.

"만일 그때 소화기 분말에 의해 차체가 손상된 거라면 야나기사와 다에코 씨가 그날 그 호텔에 갔었다는 얘기네요."

우쓰미 가오루가 말했다. 옆에서 통화 내용을 듣고 있었던 모양이다.

"스포츠 센터에 가기 전에 일어난 일이에요. 그런데 그 사실을 남편에게는 말하지 않았나 봐요."

"대낮부터 주부가 호텔에 드나들다니, 불륜의 냄새가 스멀스멀 올라오는군."

구사나기가 콧잔등을 찡그리며 말하고 나서 자리에서 일어섰다.

호텔에 도착해 보니 유가와가 이미 와 있었다. 두 사람은 곧장 지하 주차장으로 향했다. 경비실은 자동 주차 정산기 옆에 있었다.

예순이 넘어 보이는 백발의 남자가 두 사람을 맞았다. 그는 자신이 사고 당일에도 근무했다고 말했다.

"어찌나 놀랐는지……. 그런 일은 처음이었어요. 순식간에 사방이 거품으로 뒤덮였어요."

남자가 눈을 동그랗게 뜨고 말했다.

"다른 차에는 영향이 없었습니까?"

구사나기가 물었다.

"소화제가 출입구 부근에서만 분사된 덕에 주차돼 있던 차에는 영향이 없었어요. 다만 분사되는 시점에 몇 대가 출입구를 통과했으니 그 차들이 어떻게 되었는지는 잘 모르겠습니다. 방범 카메라에 찍히기는 했는데, 거품 때문에 번호판을 읽기 힘들어서 연락을 취할 도리가 없었어요."

"그 영상을 볼 수 있을까요?"

"그럼요."

남자가 익숙한 손놀림으로 비디오테이프리코더를 조작했다. 화면에 주차장 출입구가 비쳤다. 대형 트럭이 후진하고 있었다. 충돌한 사실을 알았던 듯하다. 이미 출입구 위쪽에서 하얀 거품이 분출되고 있었다.

자동차 몇 대가 그 거품 속을 통과했다. 별일 아닐 거라고 생각했는지도 모른다.

그때 유가와가 "잠깐만!" 하고 외쳤다.

"방금 지나간 차 아니야?"

영상을 되돌려 확인했다. 은회색 자동차가 출입구를 통과하고 있었다. 번호판은 보이지 않지만 생김새가 야나기사와의 차와 흡사하다.

"그래 보이는군."

구사나기가 대답했다.

"소화기 분말의 성분을 알 수 있을까요?"

유가와가 경비원에게 물었다.

"자세한 건 잘 모르겠는데……."

그러고서 경비원이 팸플릿을 찾아왔다.

"역시 수성막포 소화 약제로군."

팸플릿을 읽고 난 유가와가 중얼거렸다.

"칠이 완전하면 문제가 없겠지만, 아주 조그만 흠집이라도 있으면 그곳에서부터 부식이 진행될 가능성이 높아. 곧바로 세차를 했다면 모르겠지만 말이야."

"그날은 비가 내렸어. 차체에 거품이 묻었더라도, 비에 씻기겠지 하고 신경을 쓰지 않았던 것 아닐까?"

유가와가 고개를 가로저었다.

"비 정도로는 안 되지."

"사고를 낸 대형 트럭은 운송 회사 소속 차량이에요."

경비원이 말했다.

"그 회사 측에서는 소화기 분말을 뒤집어쓴 차량의 상태를 확인한 후 배상하겠다고 합니다. 피해 차주분께 저희 쪽으로 연락을 달라고 전해 주세요."

"알겠습니다. 그렇게 하죠."

경비원에게 인사한 후 구사나기는 유가와와 함께 경비실을 나왔다.

"야나기사와 투수의 부인이 사건 당일에 이 호텔을 방문했던 건 확실해 보여."

걸으면서 유가와가 말했다.

"문제는 호텔 어디에 있었느냐 하는 건데."

"일단 프런트에 가서 확인해 볼까?"

"아마 소용없을 거야. 밀회가 목적이었다면 유부녀가 프런트에 얼굴을 내밀지 않았겠지. 남자가 먼저 체크인을 해 놓으면 그 방으로 직접 갔을 거야."

"하긴 그렇겠군."

"하지만 호텔을 방문했다고 해서 반드시 방으로 갔으리라는 보장은 없잖아. 부인은 선물로 보이는 꾸러미를 들고 있었어. 그러니까 그걸 전해 줄 목적으로 호텔 내 어딘가에서 누구를 만나기로 했다고 생각하는 게 더 타당하지 않을까? 하지만 결국 상대가 나타나지 않아서 선물을 그대로 들고 돌아왔다, 그렇게 말이야."

"그렇군. 있을 법한 일이야."

엘리베이터 앞에 선 채 두 사람은 호텔 내부 시설들을 확인했다. 1층에 티 라운지가 있었다. 두 사람은 그곳으로 가서 커피를 주문하면서 종업원에게 야나기사와 다에코의 사진을 보여 주었다.

"아, 이분 말이군요."

"기억나십니까?"

"몇 번 오신 적이 있어요. 주로 허브티를 주문하셨던 것 같습니다."

유가와는 속으로 쾌재를 불렀다.

"혼자였습니까?"

"아니요, 늘 남자분과 함께였어요."

구사나기는 유가와와 눈을 마주친 후 다시 종업원에게 시선을 옮겼다.

"어떤 남자였습니까?"

"풍채가 좋고 나이가 지긋한 분이셨어요."

"가장 최근에 들르신 게 언제였죠?"

글쎄요, 하며 종업원이 고개를 갸웃거렸다.

"요즘은 통 안 보이시던걸요. 아마 3주쯤 전에 오신 게 마지막일 거예요."

그녀의 기억은 정확했다. 사건은 20일 전에 발생했다.

"그때도 남자분과 함께였습니까?"

"그랬을 거예요. 아, 맞다!"

종업원이 뭔가 떠오른 듯한 표정을 지었다.

"케이크를 주문하셨어요. 쇼트케이크요. 그러면서 초가 있느냐고 물었어요."

"초요?"

"네. 그러니까 같이 있던 남자분이 웃으면서 괜찮다고 말씀하셨어요."

"남자가……."

"그래서 생일인가 보다 생각했죠. 저……, 이제 그만 가 봐도 될까요?"

"아, 그래요. 고맙습니다."

종업원이 물러가자 구사나기는 "어떻게 생각해?"라고 유가와에게 물었다.

"저 종업원의 추측이 맞을 거야. 그날이 상대 남자의 생일이어서 케이크를 주문해 초를 켜고 축하하려고 한 거지. 남자가 초는 사양한 것 같지만 말이야."

"그렇다면 그 선물 상자는 어떻게 된 거지. 왜 건네지 않았을까? 그 남자의 생일과는 무관한 건가?"

"어쩌면 선물할 생각이었는데, 건네지 못할 사정이 생겼는지도 모르지."

그리고 다음 순간 유가와가 눈을 화들짝 떴다.

"내용물이 시계라고 했지? 그렇군! 그럴 가능성도 있겠어."

"뭐야, 무슨 말이야?"

그러자 유가와가 구사나기를 뚫어져라 바라보았다.

"이봐, 이번에는 내가 부탁을 좀 해야겠어. 그 남자를 찾아 줘."

9

약속 장소는 번화가에서 조금 떨어진 곳에 있었다. 좁은 도로변에 있는 아담한 중국 음식점이다. 야나기사와가 출입문을 열자 바로 눈앞에 구사나기의 모습이 보였다. 그 옆에는 유가와도 있었다. 테이블에 앉아 있던 두 사람이 일어나서 그를 맞았다.

"급작스레 나오시라고 해서 죄송합니다."

구사나기가 사과했다.

"그건 괜찮습니다만, 중요한 말씀이라는 게 대체 뭡니까?"

"우선 앉으세요. 식사하면서 천천히 얘기하죠. 이 음식점은 해선 요리가 추천 메뉴랍니다."

야나기사와가 앉자 두 사람도 자리에 앉았다. 그리고 종업원이 다가오자 맥주와 음식을 주문했다.

"차체의 녹슨 부분은 그 후 어떻게 되었습니까?"

유가와가 물었다.

"그대로 두었습니다. 차를 자주 타지는 않았지만, 볼 때마다 상태가 안 좋아지는 것 같더군요. 그나저나 대체 무슨 일입니까?"

"녹슨 원인을 알아냈습니다."

"아니, 그래요?"

"역시 특수한 상황에 차가 노출되었더군요."

유가와가 설명을 시작했다. 그 내용이 야나기사와로서는 상상도 못한 것이었다. 그가 사는 아파트에도 지하 주차장이 있는데, 그 입구에 트럭이 충돌하면 같은 사태가 벌어질까 하고 생각해 봤다.

"바다와 가까운 지역에서 운행되는 자동차의 수명이 다른 지역보다 짧다는 것은 잘 알려진 사실입니다. 바닷물의 염분에 의해 금속이 부식되기 때문이죠. 바닷물과는 비교하기 어려울 만큼 알칼리성이 강한 소화기 분말이 묻은 채 두었다면 날이 갈수록 칠이 벗겨지는 것은 당연합니다."

"호텔에서 연락을 달라고 하더군요."

구사나기가 전화번호가 적힌 메모지를 테이블에 꺼내 놓았다.

"사고 차량이 소속된 회사에서 배상하겠답니다."

"그렇군요. 그런데 다에코 그 사람이 그런 곳에는 왜 간 건지……."

그때 주문한 음식이 나왔다. 소문대로 맛은 있었지만 야나기사와는 다에코의 의문스러운 행적이 마음에 걸려 느긋하게 음미하기 어려웠다.

멍하니 생각에 잠겨 있는데 유가와가 "예의 물건은 가지고 오셨습니까?"라고 물었다.

"아, 네. 가져왔습니다."

야나기사와는 옆에 놓아두었던 쇼핑백에서 포장지에 싸인 상자를 꺼냈다. 사건 당일 다에코의 차에서 발견된 물건이다.

"내용물은 확인해 보셨습니까?"

"아니요, 뜯지도 않았습니다."

"그럼 제가 잠시 보겠습니다."

유가와는 상자를 받아 들더니 학자다운 진지한 눈빛으로

이리저리 살펴보았다.

"저……."

야나기사와가 입을 열었다.

"역시 그랬어."

유가와가 고개를 크게 끄덕이며 손가락으로 상자를 가리켰다.

"테이프를 떼었다 붙인 흔적이 있어. 일단 풀었다가 다시 포장했어."

"이걸로 모든 수수께끼가 풀렸군."

야나기사와가 두 사람의 얼굴을 번갈아 바라보았다.

"대체 무슨 일입니까? 저는 뭐가 뭔지 전혀 모르겠는데요."

"부인이 어떤 남자와 호텔 라운지에서 종종 만나곤 했더군요. 사건이 발생한 날에도 그랬고요."

"남자와요?"

불쾌한 상상이 머릿속에 떠올랐다.

"야나기사와 씨,"

구사나기가 등을 곧게 편 뒤 입을 열었다.

"올여름쯤부터 부인에게 전력 외가 될지 모른다는 말을 하셨다면서요?"

"어떻게 그걸……."

"그 남자가 부인에게 들었답니다. 부인이 야나기사와 씨

일로 그 사람과 여러 차례 의논을 한 모양이에요."

구사나기가 에둘러 말을 하는 통에 야나기사와는 참을 수 없이 답답했다.

"누굽니까, 그 상대 남자가? 어서 말씀해 주세요."

그러자 구사나기가 야나기사와의 뒤쪽을 바라보며 고개를 끄덕했다.

야나기사와도 뒤를 돌아보았다. 그곳에는 흰 요리사 복장을 한, 체격이 다부진 남자가 서 있었다. 나이는 쉰 전후로 보였다.

"부인과 만난 사람이 바로 접니다. 양, 이라고 합니다. 대만에서 왔어요. 이 음식점 주인입니다."

"대만······."

야나기사와는 숨을 삼켰다. 다에코가 대만 사람을 만나 내일을 의논하다니······.

"제 아내가 일본인인데, 영어 회화 교실에서 부인을 만났답니다. 아내가 제 얘기를 했더니, 부인께서 꼭 만나서 듣고 싶은 이야기가 있다고 했대요. 그래서 그 호텔 라운지에서 몇 번 만났습니다."

이분은, 하고 구사나기가 입을 열었다.

"동생분이 현재 대만 프로 야구팀 소속입니다. 그래서 대만에서 야구를 하려면 어떤 준비를 해야 하는지 등등에 관한 정보가 많다고 하는군요."

"대만에서 야구를……. 다에코가 그런 일을 의논했단 말입니까?"

"남편이 전력 외가 되었는데, 받아 주는 구단이 없어도 그 사람은 분명 야구를 계속하고 싶을 거라고 하시더군요, 부인께서요."

양이 차분한 어조로 설명했다.

"야구를 계속할 수만 있다면 국외로 진출하는 경우도 각오하고 있을 텐데, 그렇게 될 경우 당황하지 않도록 지금부터 준비를 하고 싶다고 했습니다."

"설마 그 사람이……. 제게는 은퇴를 권해 왔거든요."

"그게 부인 나름의 독려 방식이었습니다. 어디라도 두말없이 따라가겠다는 태도를 보이면 남편은 분명 마음이 해이해질 것이다, 아내의 반대를 무릅쓰고 도전한다는 각오를 다지게 하고 싶다, 그러시더군요."

양의 말에 야나기사와의 마음이 소용돌이쳤다. 다에코가 그런 생각을 했을 줄은 꿈에도 몰랐다.

"부인은 무척 친절한 분이셨어요. 그날도 저 같은 사람의 생일을 축하해 주려고 선물까지 준비하셨지요."

야나기사와가 네모난 상자로 눈길을 돌렸다.

"선생님께 드릴 선물이었나요?"

"그렇습니다. 하지만 제가 받지 않았습니다."

"왜죠?"

"대만에서는,"

유가와가 말했다.

"자명종을 남에게 선물하는 것이 금기시되어 있답니다."

그 말에 양이 고개를 끄덕였다.

"자명종을 중국어로는 '종'이라고 부릅니다. 시계를 선물하는 행위는 '송종'이라고 하죠. 그런데 이 송종이라는 말이 임종을 뜻하는 말과 발음이 똑같아서 그런 관습이 생겼습니다."

"그래요? 처음 듣는 얘기로군요."

"호텔 티 라운지에서 선물 상자를 열었을 때 내용물이 자명종인 것을 알고 자못 놀랐습니다. 어떻게 할까 망설이다가, 대만의 관습을 알아 두시는 편이 좋을 것 같아서 말씀드렸습니다. 부인께서 매우 당황하며 사과하시더군요. 그리고 대신 케이크를 선물하겠다고 하셨습니다."

야나기사와가 고개를 숙였다. 금방이라도 눈물이 쏟아질 것 같았다. 자신이 모르는 사이에 다에코가 거기까지 준비하고 있었다니, 놀라울 따름이었다.

대만 야구에 도전하는 것을 마지막 선택지로 염두에 두었던 건 사실이다. 다만 다에코에게 어떻게 말을 꺼내야 할지 고민했었다. 그런데 그녀는 그 모든 일을 꿰뚫어 보고 있었던 것이다.

"부인이 돌아가셨다는 걸 알았을 때는 참으로 마음이 아팠습니다."

양이 말했다.

"제가 그 시계를 받지 않은 탓에 불길한 운이 부인께 옮겨간 것은 아닐까 싶어서요."

야나기사와가 고개를 저었다.

"선생님께 얘기를 듣게 되어서 다행입니다. 덕분에 아내의 진심을 알았어요."

"부인은,"

양이 눈물을 글썽이며 말을 이었다.

"남편의 날카로운 슬라이더를 꼭 다시 보고 싶다고 하셨어요."

10

스탠드로 올라가 보니 유가와가 3루 측 맨 끝자리에 앉아 있었다. 구사나기는 손을 흔들면서 그에게 다가갔다.

"왜 이렇게 가장자리에 앉았어? 빈자리가 얼마든지 있는데."

내야석을 바라보며 구사나기가 말했다. 텅 비었다고 할 정도는 아니지만 빈자리가 많았다. 시즌 오프 이후 두 번째 트라이아웃이다. 관중은 스포츠 매체 사람들과 야구 마니아들뿐.

"야나기사와 투수의 투구 폼을 체크하려면 이 각도에서 보는 게 제일 좋아. 마음에 들지 않으면 다른 자리로 가든지."

"누가 마음에 안 든대? 그건 그렇고, 야나기사와 선수는 순번이 어떻게 되지?"

"이다음일 거야."

"그래? 하마터면 늦을 뻔했군."

그러면서 구사나기도 유가와의 옆 자리에 앉았다.

양을 만난 다음 날부터 야나기사와는 연습을 재개했고 유가와에게도 다시금 협력을 요청했다. 무네타까지 셋이서 오늘의 트라이아웃을 목표로 갖은 노력을 다 했다고 한다.

"그런데 말이야, 자네가 대만의 관습까지 그렇게 꿰고 있을 줄은 미처 몰랐어."

구사나기가 말했다.

"대만에는 우수한 물리학자가 많아. 그들에게는 멋진 구석이 있는데, 설사 비과학적이더라도 문화와 인습을 경시하지 않는다는 점이야. 시계에 관해서도 그들을 통해 알게 되었어."

"그렇군."

유가와에 따르면 그는 야나기사와 다에코가 선물을 그대로 가지고 있었던 데는 어떤 사정이 있지 않았을까 하는 생각이 들었고, 그러면서 내용물이 시계라는 점에 주목하게 되었

다고 한다. 만일 선물하려던 상대가 대만 사람일 경우 시계를
받지 않을 가능성이 있었다.

그의 부탁을 받은 구사나기가 다시 한 번 야나기사와 다에
코의 주변을 샅샅이 훑었고, 마침내 아주 가까운 곳에서 해답
을 발견했다. 그것은 바로 휴대 전화였다.

사건을 수사하면서, 야나기사와 다에코의 휴대 전화 발신
이력에 나타난 개인에게는 모두 연락을 취했지만 개인이 아
닌 곳은 나중으로 미뤄 뒀었다. 예컨대 음식점 같은 곳 말이
다. 사건 발생 이틀 전 어느 중국 음식점에 전화를 건 기록이
있었다.

양은 휴대 전화가 있지만 거의 가지고 다니지 않았다. 따라
서 그에게 연락하려면 가게로 전화하는 것이 빠른 길이었다.
야나기사와 다에코도 그러한 사정을 알기에 만나자고 약속
할 때는 가게로 전화를 걸었던 듯하다.

그라운드에 야나기사와가 나타났다. 관중석에서 박수가
일었다. 오랜 세월 프로 선수로 활약해 온 만큼 여전히 인기
가 있는 듯하다.

연습구를 몇 개 던진 후 본경기에 들어갔다. 타자와의 진검
승부다.

"이봐, 유가와. 어떨 것 같아?"

구사나기가 물었다.

"야나기사와 투수가 프로로 부활할 수 있을까?"

"나 같은 문외한이 그걸 어떻게 알겠어."

그러고서 유가와는 덧붙였다.

"다만 이거 하나는 단언할 수 있지."

"뭔데?"

"어떻게 던지면 공이 어떤 식으로 변화하는지는 과학으로 해명할 수 있지. 하지만 어떻게 던지느냐는 투수에 달렸어. 거기에는 물리학이 끼어들 여지가 없어. 신체의 움직임이 정신의 영향을 크게 받는다는 사실은 여러 실험으로 증명됐어."

"그러니까 모든 건 본인에게 달렸다, 이 말이야?"

"투수란 그런 존재야. 그리고 양 씨를 만난 이후로 야나기사와 투수는 확실히 변했어. 내게 새삼 협조를 요청했을 뿐 아니라 연습에 임하는 자세도 크게 달라졌지. 그 결과, 과학적인 데이터만 봐서는 전성기와 견주어도 투구에 손색이 없어."

"아니, 그럼 부활할 수 있다는……."

그때 쉿, 하고 유가와가 집게손가락을 입술에 댔다. 마운드에서 야나기사와가 투구 동작을 취하고 있었다.

그가 유연한 폼으로 휜 공을 던졌다. 그 공이 타자 바로 앞에서 날카롭게 휘는 모습이 구사나기의 눈에도 선명히 보였다.

타자의 방망이가 허공을 갈랐다.

5장

보내다

1

문을 두드리는 소리가 났을 때 미쿠리야 도코는 책상 앞에 앉아 책을 읽고 있었다. 좋아하는 미스터리 작가의 신작을 출간 전에 미리 인터넷으로 예약해 두었는데 그 책이 오늘 낮에 배달되었다. 자기 전에 책을 읽는 습관이 있는데, 무거운 하드커버의 경우에는 침대에서 읽지 않는다. 팔이 아프기 때문이다.

네, 하고 대답하면서 탁상시계로 눈을 돌렸다. 11시가 조금 지나 있었다.

책갈피를 끼워 책을 덮고 자리에서 일어났다. 방문을 여니 파자마 위에 가운을 걸친 하루나가 서 있다. 화장수의 향기가 아련히 풍겼다. 안색은 별로 좋지 않다.

"늦은 시간에 미안해."

그녀가 사과했다.

"부탁할 일이 있어서……."

"뭔데?"

하루나는 주저하면서 입을 열었다.

"와카나 언니에게 전화를 걸어 줬으면 좋겠어."

"왜, 급한 일이라도 생겼니?"

"급한 일이라고 해야 할지……. 가슴이 두근거려서 말이야."

"가슴이 두근거려?"

미안해, 하고 하루나가 조그만 소리로 또 사과했다.

"불안해서 도저히 가만히 있을 수가 없어. 부탁인데, 전화 좀 걸어 줘."

도코는 조금 혼란스러웠다. 하루나가 이런 말을 하는 게 몇 년 만일까. 어렸을 때는 그런 일이 자주 있었다. 하루나가 아니라 와카나 쪽에서 말을 꺼내는 경우가 더 많았는지도 모른다.

"기분 탓 아니야? 요즘 들어 일을 너무 많이 하는 것 같더라."

하루나는 동화 작가다. 지은 책이 서른 권도 넘는다.

"아니야."

그녀가 고개를 저었다.

"느껴져. 그것도 아주 강하게. 언니에게 무슨 일이 생긴 거야."

목소리에 비장함이 깃들어 있다. 설마, 하고 웃어넘길 수 없었다. 지금까지의 경험으로 미루어 그녀들 사이에 흐르는 신비한 무언가가 있다는 걸 부정하기 어렵다.

그러면, 하고 도코가 말했다.

"네가 직접 걸면 되잖아."

그러자 하루나가 애처롭게 고개를 숙였다.

"못 걸겠어. 무서워서……."

도코는 숨을 길게 내쉬며 고개를 끄덕였다.

"알았어. 그럼 내가 걸어 줄게."

"고마워. 그리고 미안해."

도코는 책상으로 돌아와 읽다 만 책 옆에 놓여 있는 휴대 전화를 집어 들었다. 다소 늦은 시간이지만 와카나는 아직 자지 않을 터였다. 연락처 목록에서 전화번호를 선택해 발신 버튼을 눌렀다.

2

이소가이 도모히로의 휴대 전화에서 착신음이 울린 것은 하이볼을 한 잔 더 주문하려고 한쪽 손을 들었을 때였다. 발신자는 미쿠리야 도코였다. 불길한 예감이 들었다. 시각이 밤 11시 15분이다.

네, 하고 전화를 받았다.

"미쿠리야예요. 늦은 시간에 미안해요."

중년 여성다운 저음으로 미쿠리야 도코가 말했다.

"괜찮습니다. 잠깐만 기다리세요. 조용한 곳으로 가서 받겠습니다."

이소가이는 전화기를 들고 자리에서 일어났다. 그는 지금 단골 바에 있다. 문밖으로 나가 엘리베이터 앞에 서서 다시 전화기를 귀에 댔다.

"기다리시게 해서 죄송합니다. 그런데 무슨 일이시죠?"

"실은, 저, 설명하기가 좀 어려운데……."

"무슨 일인데 그러세요?"

"하루나가 지금 당장 와카나에게 연락해 달라고 해서 말이에요."

"처제가요? 왜요?"

"그게……, 가슴이 두근거린다네요."

"가슴이 두근거려요?"

이소가이는 저도 모르게 눈썹을 찡그렸다.

"와카나에게 무슨 일이 생긴 것 같대요. 기분 탓이 아니냐고 말해 봤지만, 일단 연락을 해 달라는 거예요. 그래서 와카나에게 전화를 걸어 봤는데 연결이 되지 않는군요. 신호음은 울리는데 받질 않아요."

이소가이는 심장 고동이 빨라지고 체온이 오르는 것을 느꼈다.

"그래서 폐가 될 줄 알면서도 이렇게 전화를 걸었어요."

"폐라니, 당치 않은 말씀을요. 그런데 이상하긴 하군요. 뭘 하느라고 전화를 안 받을까요. 욕조에라도 들어가 있나……."

"지금 밖에 있는 거죠?"

도코가 물었다.

"네, 직원들과 한잔하는 중입니다. 하지만 이럴 때가 아니네요. 알겠습니다. 지금 당장 집에 가 보죠. 무슨 일이 있으면 즉시 연락드리겠습니다."

"그래요, 미안하지만 좀 부탁할게요. 아무 일 없었으면 좋겠네요."

그렇게 마무리하고 도코는 전화를 끊었다.

이소가이는 잠시 휴대 전화를 물끄러미 바라보다가 아내 와카나에게 전화를 걸었다. 그러나 발신음만 울릴 뿐 그녀는 역시 전화를 받지 않았다.

바 안으로 되돌아온 그는 와인을 마시고 있던 직원 셋 중 야마시타를 불렀다. 야마시타는 아직 이십 대 중반이지만 직원 중에서 제일 고참이다.

"지금 집에 가 봐야 할 것 같아."

이소가이의 말에 야마시타가 눈을 동그랗게 떴다.

"왜요, 무슨 일이 있습니까?"

"친척이 우리 집사람과 연락이 안 된다고 걱정된다면서 전화를 했어. 나도 전화를 걸어 봤는데 안 받는군."

"아, 네……. 걱정되시겠어요."

"나 먼저 들어갈 테니까 뒷일을 부탁해."

"아니요, 저도 같이 가겠습니다. 왠지 불안해서요. 아무 일 없으면 돌아와서 다시 마시죠, 뭐."

아닌 게 아니라 누군가 같이 가 주면 좋겠다는 생각이 들었다.

"미안하지만 그렇게 할까? 그럼 가지."

다른 직원들에게는 적당히 얼버무린 뒤 두 사람은 술집을 나왔다.

"네? 그럼 사모님 동생께서 감으로 아셨단 말입니까? 그러고 보니 사모님이 쌍둥이라고 하셨죠. 그게 소위 텔레파시라는 거 아닌가요?"

택시 안에서 야마시타가 흥분한 어조로 물었다. 이소가이가 미쿠리야 도코에게 들은 내용을 자세히 얘기해 주었을 때였다.

"나도 잘 모르겠어. 우연인지도 모르지."

"하지만 저도 쌍둥이에게는 그런 일이 드물지 않다는 얘기를 들은 적이 있어요. 제 중학교 동창 중에도 그런 아이가 있었어요. 한쪽이 병이 나면 다른 한쪽도 반드시 아프더라고요. 시험 볼 때 똑같은 문제를 틀리기도 하고요."

"그래, 그런 경우가 종종 있다더군. 내 처도 마찬가지고."

"그러니까 텔레파시라는 게 있기는 있나 봐요. 쌍둥이란 불가사의한 존재니까요."

거기까지 말하고 나서 야마시타는 아차 싶었던지 "아니,

저, 오늘 밤은 그러니까, 그 동생분이 괜히 그렇게 느끼시는 거겠지만요."라고 변명하듯이 덧붙였다.

이소가이의 집은 시부야구 마쓰토에 있었다. 야마테 거리에서 한 블록 안으로 들어간 곳이다. 세련된 집들이 줄지어 있어 차창 밖을 내다보던 야마시타가 와, 탄성을 질렀다.

두 사람은 집 앞에서 택시를 내렸다. 흰색 타일이 붙어 있는 집이다. 주차장에 와카나의 빨간 BMW가 세워져 있었다. 그 말은 곧 그녀가 집에 있다는 뜻이다. 그러나 밖에서 봤을 때 집 안의 불은 모두 꺼져 있었다.

이소가이는 대문을 열고 들어가 현관으로 난 계단을 올라갔다. 야마시타가 그를 뒤따랐다.

열쇠를 꺼내 들었지만, 현관문 틈새가 벌어져 있는 것을 보고 그대로 문손잡이를 돌렸다. 문이 잠겨 있지 않았던 것이다.

실내는 캄캄했다. 이소가이는 손으로 벽을 더듬어 스위치를 찾았다. 그러면서 어떤 냄새를 느꼈다. 익숙한 냄새. 와카나가 사용하는 향수다.

스위치를 켜자 현관이 환하게 밝아졌다.

그 순간, 이소가이 뒤에서 야마시타가 으악, 소리를 질렀다. 그 소리가 하도 커서 이소가이는 하마터면 펄쩍 뛰어오를 뻔했다.

하지만 실은 이소가이 자신도 비명을 지르고 있었다.

현관 바로 앞 복도에 와카나가 인형처럼 쓰러져 있었다. 복도가 그녀의 머리에서 흘러나온 피로 흥건했다.

3

도쿄역 야에스 중앙 출구 바로 위에 있는 시계가 오후 5시가 조금 지난 시각을 가리키고 있었다. 회사원을 비롯해 수많은 사람이 끊임없이 자동 개표구를 통과하고 있다. 도무지 끊길 것 같지 않은 흐름이었다.

"저 사람들 아닐까요?"

우쓰미 가오루의 말에, 구사나기가 개표구 너머로 시선을 돌렸다. 여자 둘이 나란히 걸어오고 있었다. 한쪽은 쉰 전후, 다른 한쪽은 이십 대 중반으로 보인다. 젊은 쪽은 회색 모자를 쓰고 있다. 전화로 미리 약속해 둔 일종의 사인이다. 그녀의 얼굴을 본 구사나기는 틀림없다고 확신했다.

쌍둥이는 역시 쌍둥이군. 똑 닮았어.

그녀들이 개표구를 빠져나올 즈음에 그쪽으로 다가갔다.

"미쿠리야 하루나 씨이시죠?"

구사나기가 묻자 젊은 여자가 눈을 몇 번 깜박거리더니 네, 하고 대답했다. 작고 가녀린 목소리다.

"경시청에서 나온 구사나기입니다. 먼 곳까지 오시느라고 고생하셨습니다."

그러자 두 여자가 살짝 고개를 숙였다.

"언니는 지금 어디에 있죠?"

하루나가 물었다.

"병원 집중 치료실에 계십니다."

"만날 수 있어요?"

구사나기는 고개를 저었다.

"면회 사절일 겁니다. 위험한 상태가 계속되고 있어서요."

"의식이 아직 돌아오지 않았나 보군요."

"그렇습니다."

하루나가 시선을 떨구었다. 화장기 없는 속눈썹이 길다.

그래도, 하고 그녀가 다시 입을 열었다.

"병원에 가고 싶어요. 어떤 상황인지 얘기도 듣고 싶고요."

"알겠습니다. 차를 가져왔으니 안내해 드리겠습니다."

"감사합니다."

우쓰미 가오루가 역 앞으로 차를 가져올 동안 나이 든 여자 쪽이 자신을 소개했다. 하루나와 와카나의 고모로, 이름은 미쿠리야 도코. 현재 나가노현에 있는 집에서 하루나와 둘이 살고 있다고 한다.

"지금 사는 집은 저희 아버지가 지으셨고 저도 거기서 태어나 자랐습니다. 오빠의 결혼을 계기로 저는 집을 떠나왔는데, 20년쯤 전에 오빠 부부가 비행기 사고로 돌아가시는 바람에 다시 그곳으로 돌아가서 두 아이를 돌보게 되었어요."

"비행기 사고로……, 참으로 안타까운 일이군요."

그리고 하루나에게 시선을 돌리니 그녀의 긴 속눈썹이 파들거리고 있다.

"그러니까 미쿠리야 도코 씨가 부모 대신인 셈이군요."

"그 정도는 아니에요. 다행히 아버지와 오빠가 재산을 많이 남겼고 친척들도 도와주셔서 힘든 일은 거의 없었습니다."

미쿠리야 도코는 말투가 담담했다.

"그렇군요. 실례지만, 결혼은……?"

"안 했어요. 인연이 닿질 않더군요."

그녀가 어슴푸레 미소를 지으며 대답했다.

우쓰미 가오루가 차를 몰고 오자 두 사람을 뒷자리에 태우고 병원으로 향했다. 차 안에서 구사나기는 사건의 개요를 간단히 설명했다.

사건이 발생한 것은 어젯밤 11시경. 시부야구 마쓰토의 단독 주택에 사는 여성이 머리에서 피를 흘린 채 쓰러져 있다는 신고가 통신 사령실로 들어왔다. 신고한 사람은 여성의 남편이었다. 그 즉시 인근 파출소에서 경찰이 출동해 상황을 확인했다. 강도의 소행일 가능성이 큰 데다 범행이 이루어진 지 얼마 안 된 것으로 추정되어 긴급 수배령이 떨어졌다. 구사나기를 비롯한 경시청 수사관들에게 출동 명령이 내려온 것은 오늘 아침이다. 관할 경찰서에는 강도 살인 미수 사건 수사본부가 설치되었다.

피해자는 이소가이 와카나라는 스물아홉 살의 여성이다. 저항한 흔적은 없고, 옷매무새에도 흐트러짐이 없었다. 그녀는 아오야마에서 앤티크 숍을 운영하고 있는데, 가게에서 돌아와 현관 안으로 들어서는 참에 습격당한 것으로 보였다. 머리에 두 군데, 그러니까 후두부와 이마 옆에 심한 상처를 입었다.

"그럼 아직 범인이 밝혀지지 않았군요?"

하루나가 물었다.

"그렇습니다. 현재 전력을 기울여 수사하고 있습니다."

"도모히로 씨……, 그러니까 형부는 뭐라고 하던가요?"

"오늘 병원에서 만났는데, 짐작 가는 바가 전혀 없다고 하시더군요."

구사나기는 우쓰미 가오루와 함께 병원 대기실에서 이소가이 도모히로를 만났다. 간밤에 한숨도 못 잤는지 몹시 초췌해 보이던 그는 아내가 누군가에게 원한을 샀을 것 같지도 않고 최근 신변에 이상한 일이 있었다는 얘기도 듣지 못했다고 했다.

"경찰에서는 강도의 소행으로 보고 있나요?"

미쿠리야 도코의 질문에 구사나기는 "단정할 수는 없지만, 그럴 가능성이 크다고 봅니다."라고 신중하게 대답했다.

실내는 흐트러져 있지 않았지만 와카나의 핸드백에서 지갑이 사라지고 없었다. 이소가이에 따르면 현금이 10만 엔 이상 들어 있었을 것이라고 한다.

범인의 침입 경로도 밝혀졌다. 길에서 보이지 않는 쪽 유리창이 깨져 있었다. 그 사실을 안 이소가이는 "이럴 줄 알았다면 좀 더 빨리 경비 업체에 연락해서 보안 시스템을 설치하는 건데 그랬습니다."라며 후회스럽다는 듯이 입술을 깨물었다.

상황만 보면 단순히 금품을 노린 범행이 아닐까 싶었다. 다만 범인이 빈집에 침입해 있을 때 우연히 이소가이 와카나가 귀가했는지, 아니면 귀가하는 사람을 덮칠 작정으로 범인이 집 안에 숨어 있었는지는 분명치 않았다.

병원이 가까워 왔다. 두 여자는 말이 없었다. 구사나기는 그녀들, 특히 미쿠리야 하루나의 심경이 어떨지 신경이 쓰였다. 혈육의 갑작스런 불행에 놀랐을 것은 당연하지만 일반적인 경우와는 다른 점이 있었다. 적어도 그녀에게는 이번 사건이 '아닌 밤중에 홍두깨'는 아니었던 것이다.

이소가이 도모히로에게 단서가 될 만한 얘기는 거의 듣지 못했지만, 구사나기에게는 마음에 걸리는 점이 한 가지 있었다. 그것은 이소가이가 쓰러져 있는 아내를 발견하기에 이른 경위다.

그 계기가 쌍둥이 동생의 텔레파시였다고 그는 말했다.

병원에 도착했지만 역시 면회는 불가능했다. 대신 담당 의사가 상황을 설명해 주겠다고 해서 미쿠리야 하루나와 도코는 간호사를 따라 별실로 갔다. 그사이 구사나기와 우쓰미 가오루는 대기실에서 기다리기로 했다.

"어떻게 생각해?"

구사나기가 후배 여형사에게 물었다.

"얘기를 자세히 들어 보지 않고서는 뭐라고 말하기 힘들 것 같아요."

우쓰미 가오루는 딱 잘라 그렇게 대답했다.

"하지만 분위기는 그럴싸하던데. 어딘가 모르게 신비스럽고 말이야."

"선배가 신비스럽다고 말씀하시는 건 한마디로 미인이라는 뜻 아닌가요?"

"그야 뭐, 부정할 수 없지."

우쓰미 가오루가 들으라는 듯이 한숨을 푹 내쉬었다. 쓸데없는 얘기는 그만하자는 뜻으로 들렸다.

이소가이 도모히로에 따르면 어젯밤 미쿠리야 도코의 전

화를 받고 서둘러 집으로 돌아갔다고 한다. 전화의 내용은 하루나가 언니 신변에 위험이 닥친 것을 감지했고, 그래서 와카나에게 연락하려 했지만 전화를 받지 않아 걱정스러우니 집에 가서 상황을 확인해 달라는 것이었다.

괜한 걱정이 아닐까 싶은 생각이 들기도 했지만 이소가이는 직원 중 하나인 야마시타와 함께 집으로 향했다. 도코의 말을 웃어넘길 수만은 없었기 때문이다. 아내와 처제 사이의 불가사의한 유대에 관해서 그는 지금까지 몇 번인가 보고 들은 적이 있었다.

그리고 결과는 그가 예상한 대로, 아니 하루나가 예감한 대로였다.

"참으로 신기한 일이에요. 역시 쌍둥이 사이에는 텔레파시 같은 게 작용하는 걸까요?"

이소가이 도모히로가 심각한 눈빛으로 말했다.

하지만 구사나기는 뭔가 석연치 않은 느낌이 들었다. 여태까지 맡은 사건들을 통해 불가사의한 사례를 여러 번 경험했다. 개중에는 심령 현상이나 초현실적 존재, 초능력 등을 인정할 수밖에 없는 경우도 많았다. 그러나 결과적으로 그런 현상들은 모두 합리적인 설명이 가능했다. 이번 일 역시 그런 것들과 비슷한 사례가 아닐까.

만일 그렇다면 어떤 식으로 설명할 수 있을까.

우쓰미 가오루와도 얘기를 나눠 봤지만 역시 같은 결론에 도달했다. 그래서 당사자, 즉 쌍둥이 자매 중 동생을 만나 보기로 했다. 미쿠리야 하루나에게 연락하자 안 그래도 도쿄로 올라가려던 참이라고 해서 도쿄역에서 만나기로 약속했던 것이다.

잠시 후 하루나와 도코가 대기실로 들어왔다. 그렇게 봐서 그런지 둘 다 표정이 굳어 있는 것 같았다. 별로 좋은 얘기를 못 들은 모양이라고 구사나기는 짐작했다.

오래 기다리셨죠, 하며 미쿠리야 도코가 고개를 숙였다.

"의사가 뭐라고 하던가요?"

구사나기의 물음에 도코는 어두운 얼굴로 고개를 저었다.

"어떤 말도 해 줄 수 없답니다. 회복될 수도 있고 이대로 의식이 돌아오지 않을 수도 있다고……."

의사로서는 그렇게 대답할 수밖에 없을 것이다.

"그렇군요. 저희도 하루빨리 쾌차하시기를 빌겠습니다."

도코가 감사합니다, 라고 인사하자 하루나도 옆에서 고개를 숙였다.

"여쭤보고 싶은 일이 몇 가지 있는데, 시간이 어떠신지요? 오래 걸리지는 않을 겁니다."

하루나와 도코가 서로 얼굴을 마주 보며 고개를 끄덕였다. 도코가 "알겠습니다."라고 대답했다.

병원 안에 있는 찻집으로 자리를 옮긴 뒤 질문이 시작되었다. 그녀들에 따르면 지난 1년 동안은 와카나를 만난 적이 없다고 한다. 와카나가 운영하는 앤티크 숍이 번성해서 몹시 바빴다는 것이다. 그래도 전화나 문자 메시지는 한 달에 몇 번씩 주고받았다고 한다.

"마지막으로 연락한 게 언제입니까?"

하루나가 고개를 갸웃하더니 "이주일쯤 전에 메시지를 받았어요."라고 대답했다.

"들여온 상품 중에 제가 마음에 들어 할 만한 소품이 있다면서 사진을 찍어 보냈더군요. 그래서 제가 먼저 전화를 걸어서 꼭 갖고 싶으니까 택배로 보내 달라고 부탁했어요."

"그때 와카나 씨에게서 뭔가 이상한 점을 느끼지는 않으셨습니까?"

"딱히 그런 건 없었어요. 명랑하고 활기차고, 평소의 언니 그대로였어요."

이소가이 와카나가 명랑하고 활기차다니. 구사나기는 다소 의외라고 느꼈다. 동생인 미쿠리야 하루나를 봐서는 그럴 것 같지 않았기 때문이다. 물론 쌍둥이라고 해도 성격까지 똑같으란 법은 없을 테고, 언니가 생사의 갈림길에서 헤매는 와중이니 침울한 게 당연하지만 말이다.

"이번에 와카나 씨의 신변에 위험이 닥쳤다는 걸 하루나 씨가 알아채셨다면서요?"

구사나기는 본론으로 접어들었다.

"그런 일이 전에도 자주 있었습니까?"

미쿠리야 하루나는 표정의 변화 없이 "네, 있었어요." 하고
대답했다.

"대학 때 언니가 스키 여행을 떠났는데, 어느 날 밤 불길한
예감이 들어서 전화를 걸어 봤더니 다쳐서 병원에 실려 가 있
었어요. 반대로 제가 아파 누워 있을 때 하와이 여행 중이던
언니가 전화를 한 적도 있었고요. 문득 좋지 않은 예감이 들더
라면서 말이죠. 그 외에도 비슷한 일이 셀 수 없이 많았어요."

구사나기는 미쿠리야 도코에게 시선을 옮겨 "그런 사실을
알고 계셨나요?"라고 물었다.

"네, 알고 있었어요."

도코가 대답했다.

"제게는 익숙한 일이라서 당연한 것처럼 여겼습니다."

"그래서 이번에 하루나 씨가 얘기를 했을 때도 지체 없이
와카나 씨에게 연락을 하신 건가요?"

"그렇습니다."

"최근에는 어땠습니까, 이번처럼 와카나 씨의 위기를 감지
한 일이 있었나요?"

구사나기가 하루나와 도코의 얼굴을 번갈아 보며 물었다.

"요즘은 좀 뜸했던 것 같아요. 그렇지?"

하루나가 고모에게 동의를 구했다.

"네, 제가 아는 한은 없었어요."

"한동안 잠잠했어요, 어젯밤까지는요. 그런데 어젯밤 갑자기 가슴이 몹시 두근거리더니……."

미쿠리야 하루나는 오른손을 자신의 가슴에 대더니 구사나기의 눈을 똑바로 바라보았다.

"불현듯 머릿속에 남자의 얼굴이 떠올랐어요. 굉장히 무서운 얼굴이요. 그 남자가 언니를 공격했을 거라고 생각해요."

4

"미안하지만 거절하겠어. 딴 데 가서 알아봐."

유가와 마나부는 단박에 거절했다. 물론 예상했던 반응이다.

"그러지 말고 얘기라도 들어 보라니까. 이렇게 희한한 일을 의논할 만한 상대가 자네 말고 또 누가 있다고 그래."

구사나기는 옆에 있던 의자에 양발을 얹으며 휴대 전화를 들지 않은 쪽 손으로 머리를 벅벅 긁었다.

"글쎄, 그 생각이 틀렸다니까. 나밖에 없는 게 아니라 나도 아니야. 부탁인데, 나한테 그런 얘기 좀 그만해."

"그런 식으로 말하지 마. 그리고, 사실 아주 흥미로운 얘기 아니야? 텔레파시라니까, 텔레파시. 인터넷으로 검색해 보니까 과학자들 사이에서도 텔레파시가 존재하느냐 존재하지 않느냐를 놓고 아직 결론을 내리지 못했다던데. 그걸 밝혀내면 세기의 대발견이잖아."

흥, 콧방귀를 뀌는 소리가 들렸다.

"내가 좋은 거 하나 가르쳐 줄까? 과학자들 사이에서는 유령이 존재하는지 어떤지도 아직 결론이 나지 않았어. 네스호의 공룡도 그렇고. 그런 의미에서는 산타클로스도 마찬가지야."

"그럼 말이지, 만약 유령을 찍은 사진이 있다면 어떨까. 보고 싶지 않겠어? 진짜 산타클로스를 만났다는 사람이 있다면? 얘기를 들어 보고 싶지 않겠느냔 말이야. 만약 그런 생각이 들지 않는다면 그 이유는 유령이나 산타클로스가 존재하지 않는다고 단정했기 때문일 거야. 그게 과학자로서 바람직한 자세일까? 무슨 일이든 중립적인 입장에서 접근하는 게 진정한 과학자다, 자네가 늘 하던 말이잖아."

구사나기의 다그침에 잠시 침묵하던 유가와가 "놀라운걸." 하고 말했다.

"그런 식으로 되받아칠 줄은 몰랐어. 자네답지 않게 지극히 논리적이군. 어디서 그렇게 토론 기술을 연마한 거야?"

"그야 물론 취조실이지. 요즘은 피의자들이 어찌나 달변인지 말이야."

후, 하는 유가와의 한숨 소리가 수화기를 타고 들려왔다.

"증인이 있어? 본인 말만 듣고 그러는 게 아니고?"

"여러 명이야. 그래서 피해자를 일찍 발견할 수 있었던 거고. 조금만 늦었어도 목숨을 건지지 못했을 거야."

유가와가 다시 침묵했다. 관심이 생겨난 거라고 구사나기는 생각했다.

"당사자가 지금 여기 와 있어. 자네만 괜찮다면 당장이라도 그쪽으로 갈 수 있는데."

"허, 참."

유가와가 체념한 듯이 내뱉었다.

"내 성격이 싫어지는군. 도무지 호기심이나 탐구심을 억누르지 못하니 말이야. 어쩌다 자네 같은 사람을 친구로 두었는지……."

"운명이야, 운명."

"분명히 말해 두겠는데, 난 운명 따위는 믿지 않아. 산타클로스 이상으로 말이지."

"그건 내가 알 바 아니고, 그럼 가도 되는 거지? 오늘은 어때?"

"괜찮아."

"오케이. 자세한 내용은 나중에 우쓰미에게 연락하라고 할게."

그렇게 말하고 전화를 끊은 구사나기는 바로 옆에 서 있던 우쓰미 가오루를 올려다보았다.

"얘기가 잘됐어."

"역시 유령이니 산타클로스니 하는 얘기가 나온 모양이군요?"

"자네에게 과외를 받은 덕분이야. 그 친구에게 말씨름으로 이기기는 처음인걸. 그런데 그 친구가 꺼낼 법한 말을 용케도 알아맞혔어."

"알고 지낸 세월이 얼만데요."

"나는 20년도 넘게 알고 지냈지만 여전히 모르겠던데. 뭐, 그건 됐고, 일단 도코 씨와 하루나 씨를 데리고 데이토 대학에 다녀와. 두 사람, 지금 어디 있지?"

"호텔에서 대기해 달라고 부탁했어요."

"그럼 당장 가 봐, 유가와가 마음을 바꾸기 전에."

"알겠습니다."

멀어지는 우쓰미 가오루의 모습을 바라보다가 구사나기도 자리에서 일어섰다. 넓은 회의실 맨 앞줄에서 마미야가 떨떠름한 표정으로 서류를 노려보고 있었다.

"여자분들을 유가와에게 보냈습니다."

그 말에 마미야가 고개를 들더니 아랫입술을 비죽 내밀었다.

"그래? 갈릴레오 선생이 이치에 맞는 설명을 찾아 주면 좋겠군. 사건 개요를 윗선에 보고해야 하는데, 말을 꺼내기조차 난감하단 말이야. 텔레파시가 이러니저러니 할 수는 없잖나. 게다가 성가시게도 벌써 냄새를 맡은 신문 기자가 있는 모양이야. 관할 서 형사가 흘린 것 같아. 어디 가나 입이 싼 놈들이 있다니까. 조만간 방송국에서 무슨 얘기가 있을 거야."

"몽타주는 어떻게 하실 생각입니까?"

"아, 그거……."

마미야가 손으로 이마를 짚었다.

"몽타주 팀과 논의해 봤어. 필요하면 언제든지 협조하겠다고 말하긴 하더군. 하지만……."

미쿠리야 하루나의 머릿속에 떠올랐다는 남자의 얼굴을 몽타주로 그려 보면 어떻겠냐고 구사나기가 제안했던 것이다.

"역시 문제가 있습니까?"

음, 하고 마미야가 신음 소리를 냈다.

"그런 몽타주를 그렸다는 사실이 매스컴에 새어 나갔다가는 그야말로 대소동이 벌어질 거야."

부정할 수 없는 일이었다. '경시청 수사 1과에서 텔레파시를 범죄 수사에 이용?', 그런 기사 제목이 눈앞에 떠올랐다.

"정말이지 골치 아픈 사건이야. 피해자가 의식을 되찾는다면 일이 쉽게 풀릴 텐데……."

마미야가 한숨 섞인 소리로 말했다.

저녁 무렵 우쓰미 가오루가 수사본부로 돌아왔다.

"어땠어?"

구사나기의 물음에 그녀는 "처음에는 유가와 교수님이 별로 내키지 않아 하는 느낌이었어요. 하루나 씨에게 질문을 몇 가지 하셨는데, 우연의 일치를 의심하는 기색이 역력하더군요."

"그럼 나중에는 유가와의 태도가 달라졌다는 건가?"

"네."

우쓰미 가오루가 고개를 끄덕거렸다.

"하루나 씨의 말 한마디를 계기로 교수님 태도가 달라졌어요."

"무슨 말인데?"

"이어져 있다, 라는 말이었어요."

우쓰미 가오루가 수첩을 펼쳤다.

"하루나 씨 말이, 자신과 언니의 마음은 지금도 이어져 있다, 겉으로 보기에는 의식 불명이지만 언니의 뇌는 여전히 활동하고 있고 다양한 메시지를 보내고 있다, 그 의미를 알 수 없어서 안타깝지만, 지금도 언니가 고통스러워한다는 점만은 느낄 수 있다……."

"정말 그랬단 말이야?"

"그 얘기를 듣자 유가와 교수님이 흥미를 보이시더군요. 별실에서 미쿠리야 씨에게 간단한 실험을 하고 싶다며 데려가셨어요."

"실험이라니, 무슨 실험?"

"저는 다른 방에서 기다리고 있어서 직접 보지 못했지만, 유가와 교수님 말로는 뇌에서 나오는 전자파를 측정하는 기계를 사용하는 거래요. 물론 그 기계의 본래 용도는 텔레파시와 관계가 없다고 하셨어요."

"그래서, 검사 결과는?"

"보통 사람들과는 다른 결과가 나왔나 봅니다. 마지막에는 제13연구실의 연구 대상으로 삼고 싶다고 하셨어요."

뭐야, 하고 구사나기가 눈을 번쩍 떴다.

"유가와가 텔레파시를 연구하겠다고 말했단 말이야?"

"그렇습니다. 두 여자분의 스케줄을 물으시더군요. 가능하면 내일 당장 연구에 들어가고 싶으니 부디 협조해 달라고요."

"이거, 의외의 전개인걸."

"저도 놀랐어요."

"그렇다면 이번 현상에 관해서는 천하의 유가와도 합리적으로 설명하기 힘들다는 건데……, 텔레파시의 존재를 인정하지 않을 수 없다는 얘긴가?"

"그럴지도 모르죠. 제게도 협조를 구하시더군요."

"무슨 협조?"

"사건 관계자 전원의 얼굴 사진이 필요하답니다. 미쿠리야 씨에게 보여 주고 뇌의 반응을 확인할 거래요."

"이봐, 그거 농담 아니야?"

구사나기가 머리를 벅벅 긁었다.

"그런 일이 매스컴으로 흘러나갔다가는 이만저만 시끄러워지지 않을 텐데. 우쓰미, 이 일을 아무에게도 말해서는 안 돼. 가족한테도 말이야."

"알겠습니다. 그런데 사진은 어떻게 할까요?"

"그건 생각을 좀 해 볼게."

그리고 구사나기는 곧장 마미야에게로 가서 방금 들은 내용을 보고했다.

"얘기가 다르잖아."

둥그런 얼굴의 상사가 벌컥 성을 냈다.

"그럼 보고서에도 텔레파시라고 적으란 말이야?"

"그건 조금만 더 기다려 보시죠. 일단 그 친구 얘기를 들어 보겠습니다."

"그래, 그렇게 해. 실은 아는 신문 기자한테서 조금 전에 전화가 왔어. 이번 사건이 초능력과 관련이 있다고 들었는데 사실이냐는 거야."

"그래서 뭐라고 대답하셨습니까?"

"물론 딱 잡아뗐지. 그래도 의심하는 눈치긴 했지만."

"최근 들어 대형 사건이 터지지 않았으니 사회부 기자들도 기삿거리가 궁할 겁니다."

"이거 귀찮아서, 원. 정작 수사는 한 치도 진전이 없는데……."

마미야가 입술을 여덟팔자로 일그러뜨렸다.

5

문에 붙은 행선지 표시판을 보니 유가와는 현재 다른 건물에 있었다. 이 친구 대체 뭘 하고 있는 거야, 라고 투덜거리며 구사나기는 휴대 전화를 꺼냈다. 오늘 방문에 관해서는 그에게 미리 연락해 두었다.

유가와는 신호가 가자마자 전화를 받았다. 네, 하는 무뚝뚝한 목소리가 들려왔다.

"구사나기야. 뭘 하고 있어?"

"아아, 깜박했군. 미쿠리야 씨에 관한 연구는 다른 곳에서 하고 있어. 미안하지만 이쪽으로 와 줘."

"거기가 어딘데?"

"의학부 생리학 연구실이야."

"생리학?"

위치를 물으려고 했지만 전화는 이미 끊겨 있었다.

구사나기는 일단 건물 밖으로 나온 후 캠퍼스 안내판에 의지해 가며 걸음을 옮겼다. 데이토 대학 병원이라면 몇 번 가

본 적이 있지만 의학부 연구동에 발을 들여놓기는 처음이다. 지은 지 오래지 않은 아름다운 건물이었다. 몇 년인가 전에 새로 지었다는 얘기를 들은 기억이 떠올랐다.

연구실 입구에서 이름을 말하자 학생이 안으로 안내했다. 잠수함의 입구를 연상케 하는 육중한 문이 열린 상태로 있었다. 그 문을 통해 안으로 들어간 순간 구사나기는 흠칫하고 말았다. 생리학이라는 단어에서는 도저히 연상할 수 없는 거대한 장치가 천장에 매달려 있었기 때문이다. 로켓처럼 생긴 그 장치는 뾰족한 앞부분이 비스듬히 아래쪽을 향해 있었다. 그리고 그 아래에 미쿠리야 하루나의 머리가 있었다. 침대에 누워 있는 그녀는 초록색 가운 차림이다.

그 옆에 유가와와 와이셔츠를 입은 남자가 있었다. 구사나기를 본 유가와가 남자에게 그를 소개했다. 남자는 의학부 교수로, 이 연구실의 책임자라고 했다.

"이 친구한테는 제가 설명할 테니 교수님은 잠시 쉬시죠."

유가와의 말에 점잖게 생긴 교수가 "그럼 그럴까요." 하고 연구실을 나갔다.

구사나기는 다시 장치를 올려다보았다.

"이건 대체 뭐야? 어마어마하게 크네."

"뇌자계라고 부르지. 뇌 속 뉴런에 전류가 흐르게 되면 아주 미약한 자장이 발생하는데, 그걸 검출하는 장치야."

"자장이라고? 인간의 뇌에서 그런 게 나온단 말이야?"

"뇌뿐 아니라 생체 여러 부분에서 자기가 발생해. 심장이나 근육에서도 마찬가지고. 그런데 심장이나 근육에 비해 뇌에서 발생하는 자기는 아주 미약하지. 지구 자기의 1억분의 1 수준이야. 그걸 검출하려면 초전도재를 사용한 코일이 필요하고, 액체 헬륨으로 냉각을 계속해야 해. 그래서 장치 전체는 이렇게 거대할 수밖에 없는 거야."

"흠, 이걸로 텔레파시를 조사한단 말이지."

"연구의 일환이야. 여러 가지로 시도해 봐야 자세한 걸 알 수 있을 것 같아. ……자, 수고하셨습니다. 이제 일어나셔도 됩니다."

유가와의 말에 미쿠리야 하루나가 천천히 상반신을 일으켰다. 구사나기를 발견한 그녀가 알은체를 했다.

"자네가 텔레파시의 존재를 인정했다는 말을 듣고 솔직히, 놀랐어."

구사나기의 말에 유가와가 미간을 찌푸렸다.

"인정한 건 아니야. 연구해 볼 가치가 있다고 생각했을 뿐이지."

"그게 그거 아니야?"

"전혀 달라."

"하지만 이번 사건은 달리 합리적인 설명을 할 수 없는 게 사실이잖아."

"무엇을 합리적이라고 생각하느냐는 사람에 따라 다르지. 나는 일단 미쿠리야 씨의 두뇌에서 나오는 신호에 신경이 쓰였고, 그 정체를 파헤치고 싶었을 뿐이야."

"신호라니?"

구사나기가 미쿠리야 하루나에게 눈길을 돌렸다. 그녀는 쑥스러운 듯이 고개를 숙였다.

"방금도 말했다시피 뇌에서는 자장이 발생해. 그녀의 경우 그 자장에 규칙성이 있는 것 같아서 조사하는 중이야."

구사나기는 그 대목에서 입을 다물었다. 미쿠리야 하루나의 머리에서 무엇이 나온다 한들 그걸 마미야에게 어떻게 설명한단 말인가.

"사진은 가져왔어? 사건 관계자 전원의 얼굴 사진을 가져다 달라고 부탁했는데……."

"아니, 오늘은 가져오지 않았어. 일단 자네 설명을 들어 보려고 말이야."

그러자 유가와가 불만스러운 듯이 미간에 주름을 잡았다.

"사건을 빨리 해결하고 싶지 않아? 일을 왜 그렇게 비효율적으로 하지?"

"수사 자료를 함부로 가지고 나올 수는 없어. 개인의 사생활에 관련된 것은 더더구나."

"하지만 그녀는 어떤 의미에서 목격자일 수도 있잖아. 목격자에게 사건 관련 인물의 사진을 보여 주는 일은 자네들이 늘 하고 있지 않나?"

"목격자……란 말이지……."

"그 말이 적절치 않다면 다르게 표현해도 좋아. 아무튼 그녀 기억이 옅어지기 전에 손을 써야 할 거야."

구사나기가 손가락으로 눈썹 옆쪽을 긁적거리다가 미쿠리야 하루나 쪽으로 고개를 돌렸다.

"그래서 말인데요, 제안할 것이 있습니다. 몽타주 작성에 협조해 주실 수 있을까요?"

하루나가 눈을 깜박거리며 "몽타주……요?"라고 되물었다.

"그러니까……, 텔레파시라고 해야 할지……, 와카나 씨가 습격당했을 때 하루나 씨 머릿속에 떠올랐다는 남자의 얼굴을 일단 몽타주로 작성하면 어떨까 싶어서 말이죠. 상부의 허락은 얻었습니다."

그러자 옆에서 듣고 있던 유가와가 어처구니없다는 듯이 콧방귀를 뀌었다.

"그걸 그려서 대체 어쩔 셈인데? 텔레파시에 근거한 몽타주라면서 공개할 셈이야? 온 세계가 떠들썩해질 텐데."

"공개는 하지 않아. 탐문 수사를 하는 수사관들에게 참고 자료로 배포하겠다는 거지. 현장 주변에서 목격된 수상한 남자의 얼굴이라면서 말이야."

"맙소사, 동료들까지 속일 작정인가?"

"달리 방법이 없잖아, 하루나 씨의 텔레파시 건에 관해서
아는 사람이 별로 없는데. ……좀 부탁드려도 될까요?"

그러자 미쿠리야 하루나가 곤혹스러운 표정으로 고개를
살짝 기울였다.

"그건…… 무리일 것 같아요."

"무리라고요, 왜죠?"

"기억을 꺼낼 수가 없으니까요."

"꺼낼 수가 없다니, 그게 무슨 뜻이죠?"

"내가 설명하지."

유가와가 끼어들었다.

"기억에는 다양한 종류가 있어. 예컨대 나이가 드니 사람
이름이 얼른 떠오르지 않는다든가 하는 얘기를 흔히 듣잖아.
하지만 그런 사람들도 의자나 책상 같은 사물의 이름을 잊는
일은 좀처럼 없지. 그 이유는 기억한 내용이 각기 다른 장소
에 보관되기 때문이야. 하루나 씨의 경우도 마찬가지야. 사건
이 발생했을 때 남자의 얼굴이 머릿속에 떠오른 것은 사실이
지만 그 기억을 자유자재로 꺼낼 수는 없어."

"그럼 잊은 거나 마찬가지잖아?"

"그렇지는 않지. 어떤 인물의 얼굴을 떠올릴 수는 없어도 사

진을 보면 그 사람인지 아닌지 판단할 수 있는 경우도 있잖아."

"그야 그렇지……."

"그래서 관련 인물들의 사진을 부탁한 거야."

구사나기가 한숨을 푹 내쉬었다.

"하지만 관련 인물의 범위를 어디까지라고 해야 할지……."

"범위는 상관없어. 가능한 한 사진을 많이 수집해서 하루나 씨에게 보여 줘. 그것밖에 해결책이 없어."

그 말에 구사나기가 유가와의 얼굴을 멀뚱멀뚱 바라보았다.

"자네, 정말 텔레파시의 존재를 믿는 거야?"

"나는 믿고 안 믿고 하는 선입견을 가지지 않아. 그녀의 머릿속에 떠오른 영상의 정체를 파헤치고 싶을 뿐이지. 영상 속의 인물이 진범일 경우에는 연구가 다음 단계로 넘어가겠지만 말이야."

구사나기가 콧잔등을 찡그렸다.

"이번 사건은 뜨내기의 범행으로 보는 견해가 대세야. 관련 인물들의 사진을 보여 줘 봤자 의미가 없을 텐데."

"의미가 없다니, 이 세상에 의미 없는 실험이란 존재하지 않아. 하지만 뭐, 자네가 그런 식으로 말할 줄 알고 다른 정보원을 준비해 뒀지."

"다른 정보원이라니?"

그렇게 묻는데 등 뒤에서 무슨 소리가 났다. 돌아보니 아까 구사나기를 그곳으로 안내했던 학생이 서 있었다.

"손님이 한 분 더 오셨는데요."

"제때 오셨군. 들어오시라고 해."

그리고 유가와는 구사나기를 보며 말했다.

"마침 다른 정보원이 도착한 모양이야."

구사나기는 어리둥절한 표정으로 출입구 쪽을 바라보았다. 학생의 안내로 들어온 사람은 뜻밖에도 이소가이 도모히로였다.

"아니, 형사님……."

이소가이 역시 놀란 눈치였다.

"여긴 어쩐 일이시죠?"

구사나기가 물었다.

"물론 내가 부탁했지."

유가와가 대답했다.

"말씀드린 물건은 가져오셨습니까?"

"네, 되는 대로 모아 봤습니다."

이소가이가 들고 있던 가방에서 USB 메모리를 꺼냈다.

"저희 부부 주변의 주변 인물이라면 이 정도가 거의 전부일 겁니다."

"이봐, 유가와. 그거 혹시……."

구사나기가 물리학자와 메모리를 번갈아 보았다.

"이소가이 씨에게 부부와 조금이라도 관계가 있는 인물이라면 누구든지 사진을 가져다 달라고 부탁했어. 자네들은 뜨내기의 범행이라고 결론지은 모양이지만, 면식범의 소행일 가능성도 전혀 없지는 않잖아?"

"그 사진을 하루나 씨에게 보이겠다는 건가?"

"그렇지. ……아, 교수님, 마침 잘 오셨습니다."

다시 돌아온 교수에게 유가와는 이소가이가 가져온 사진에 관해 간단히 설명했다.

"그럼 곧바로 시작할까요? 물론 하루나 씨가 괜찮으시다면 말입니다."

교수의 말에 유가와가 "어떠세요?"라고 하루나에게 물었다.

"저는 괜찮아요. 시작하셔도 좋습니다."

"알겠습니다."

그리고 유가와는 구사나기를 향해 돌아섰다.

"자, 이제 테스트를 시작할 거야. 미안하지만 자네는 밖으로 나가 줘. 이소가이 씨도 나가셨으면 합니다."

의외의 전개에 구사나기는 당혹스러워하면서도 방을 나왔다. 도대체 뭐가 뭔지 영문을 알 수 없었다.

긴 의자가 보이기에 그곳에 이소가이와 나란히 앉았다. 이소가이는 자못 흥미롭다는 표정으로 실내를 둘러보았다.

"이런 연구가 진행되고 있다는 사실을 언제 아셨습니까?"

구사나기가 물었다.

"이틀 전입니다. 처제와 도코 고모님께 얘기를 들었어요. 그후 함께 이곳으로 와서 유가와 교수님을 만났습니다."

"놀라셨겠군요."

"네, 상당히 놀랐습니다."

이소가이가 고개를 끄덕거렸다.

"아내와 처제가 보통 사람들과는 달리 서로 마음이 연결되어 있다는 사실은 알고 있었지만, 설마 이 정도일 줄은 몰랐거든요. 어쨌든 그 덕분에 범인을 찾을 수만 있다면 저야 당연히 적극 협조할밖에요."

그렇게 말하고 나서 이소가이는 뭔가를 살피는 듯한 눈초리로 구사나기를 봤다.

"경찰 쪽은 어떤가요, 뭔가 진전이 있었습니까?"

구사나기는 대답하기가 민망했다.

"목격 정보 등을 정리하는 중입니다."

그는 일단 그렇게 대답했다.

"별로 진전이 없는 모양이군요."

이소가이의 표정이 어두워졌다.

"그래서 저는 이 연구실에 기대를 걸었습니다."

구사나기가 대답할 말을 찾고 있는데 유가와가 방에서 나왔다. 그는 육중한 문을 닫고서 단단히 잠갔다.

"다 끝났어?"

구사나기가 물었다.

"어림없는 소리. 테스트는 이제부터야."

두 사람은 벽에 붙은 책상을 향해 앉았다. 책상에는 액정 모니터와 다양한 조작 장치가 놓여 있었다.

"지금부터 하루나 씨에게 이소가이 씨가 수집해 온 사진을 한 장씩 보여 줄 거야. 그녀의 기억을 건드리는 사진이 있으면 뇌자기에 변화가 나타나겠지. 교수님, 시작하시죠."

교수가 고개를 끄덕이고 키보드를 두드렸다. 액정 모니터에 젊은 남자의 얼굴이 비쳤다.

"저희 직원인 야마시타입니다."

이소가이가 설명했다.

다른 모니터에는 복잡한 모양의 파형이 표시되어 있었다. 그것이 뇌자기라는 것인 듯했다.

구사나기는 문 앞에 선 채 원형 창문을 통해 내부 상황을 살폈다. 예의 거대한 장치 앞부분이 침대에 누운 미쿠리야 하루나의 머리에 바짝 닿아 있었다. 그녀의 눈앞에도 모니터가 있는데 거기에는 야마시타의 얼굴 사진이 비치고 있을 터였다.

만약 이 방법으로 범인을 찾아낸다면 수사 보고서에는 대체 뭐라고 써야 할까, 구사나기는 그런 생각을 했다.

사진이 백 장도 넘어 테스트에 약 한 시간이 걸렸다. 두 사람은 담담하게 작업을 계속했지만 그들의 표정은 끝까지 환해지지 않았다. 미쿠리야 하루나의 기억이 환기되지 않았다는 것은 구사나기도 알 만했다.

"아무래도 제가 가져온 사진 중에는 범인이 없는 모양이군요."

이소가이가 말했다.

"그 인물이 범인인지 아닌지는 모르겠지만, 하루나 씨 머릿속에 떠오른 인물은 없었던 것 같습니다. 애써 사진을 모아 오셨는데 아쉽군요."

유가와가 대답했다.

아닙니다, 하고 이소가이는 힘없이 고개를 저었다.

유가와가 구사나기에게 눈길을 돌렸다.

"오늘 테스트 결과는 자네가 본 대로야. 뭔가 일이 있으면 다시 연락하지."

알겠어, 하고 구사나기가 대답했다.

대학 정문을 나서면서 구사나기는 이소가이와 헤어졌다. 역을 향해 걸어가는데 휴대 전화가 울렸다. 유가와였다.

"무슨 일이야? 내가 두고 온 거라도 있나?"

"그게 아니라, 지금 당장 돌아와. 자네에게 줄 게 있어."

이소가이 도모히로가 가게에 나가 보니 스트리트 스포츠용 자전거인 BMX 코너에서 야마시타가 부자간으로 보이는 손님을 상대하고 있었다. 아빠는 마흔이 조금 안 되어 보이고 아들은 초등학생인 듯했다.

나머지 두 직원 중 한 명은 카운터에서 고개를 숙인 채 손을 움직이고 있었다. 보나마나 스마트폰을 만지작거리고 있을 터였다. 다른 한 직원은 스케이트보드 코너에 우두커니 서 있다가 이소가이를 보자 자세를 가다듬었다.

"나오셨어요?"

인사하는 목소리만은 기운차다.

"오늘은 분위기가 어때?"

"글쎄요, 뭐, 보시다시피……."

귀에 피어스를 꽂은 직원이 머리를 긁적거리며 가게 안을 둘러봤다. 아빠와 아들 외에는 손님이 없다. 특별 세일을 한다고 광고까지 했는데도 이 모양이다.

"인터넷에 광고를 했는데도 효과가 없단 말이야? 돈만 버렸군."

"그런 것 같아요."

피어스 직원이 하하하, 웃다가 이소가이가 힐끗 노려보자 얼른 손으로 입을 막았다.

이소가이가 스트리트 스포츠용품 전문점 '쿨 X'를 연 것은 2년 전이다. 스케이트보드, 인라인스케이트, 롤러스케이트, BMX와 이것들을 즐기는 데 필요한 비품, 신발, 의류 등을 취급한다. 개점 당시에는 상당히 호황을 누렸다. 스트리트 스포츠 애호가들은 물론이고 힙합 계열의 댄스 음악을 좋아하는 젊은이들까지 찾아 주었다.

그런데 언제부터인가 손님의 발길이 서서히 뜸해졌다. 확실한 원인을 알 수 없었다. 인테리어를 바꾸고 상품 진열 방식을 바꾸는 등 변화를 주었지만 효과가 없었다.

인구가 줄어든 탓이라고 이소가이는 결론을 내렸다. 어린이와 청년 인구 자체가 줄었다. 특히 스포츠를 즐기는 인구는 눈에 띄게 줄었다. 게임과 스마트폰 탓이라고 그는 생각했다. 어른이건 아이건 하나같이 가상현실 속에서 논다. 애초에 실외에서 몸을 쓰며 논다는 발상 자체가 없는 것이다.

하지만 와카나의 의견은 달랐다. 운영 방식이 잘못되었다는 것이었다.

"다른 가게들은 나름대로 번창하잖아. 얘기를 듣자 하니 그런 가게들은 역시 노력을 많이 기울이더라고. 직원들도 열심히 연구하고, 프로 수준의 기량을 갖춘 직원도 드물지 않은 모양이야. 그런데 '쿨 X' 직원들은 그저 취미를 약간 웃도는 정도잖아. 그래서는 마니아들이 찾지 않을 거라고 봐."

그 말을 들었을 때 이소가이는 분개했다. 자신의 앤티크 숍이 조금 잘된다고 해서 나를 무시하는 거냐고 받아쳤다. 그러자 와카나는 입을 다물고 더는 아무 말도 하지 않았다.

야마시타가 다가왔다. 표정이 떨떠름하다.

"아까 그 손님, 그냥 간 거야? 아빠가 아들한테 자전거를 사주려고 온 것 같던데."

야마시타는 손을 내저었다.

"아니에요. BMX가 이미 있대요. 공원에 타러 다니기도 하고 대회에서도 좋은 성적을 거뒀다나요. 그걸 자랑하려고 가게에 들른 모양이에요. 헛물만 켠 거죠. 적당히 상대하다가 돌려보냈어요."

이소가이가 혀를 찼다.

"모처럼 세일을 하는데 겨우 그런 손님만 온단 말이야?"

"어쩌겠어요, 불경기인걸요."

야마시타가 건성으로 대답했다.

그때 이소가이의 휴대 전화가 울렸다. 모르는 번호다. 망설이다가 전화를 받아 보니 경시청의 구사나기였다.

"바쁘실 텐데 죄송합니다. 두세 가지 여쭤보고 싶은 일이 있어서요. 어디서 잠깐 뵐 수 있을까요?"

"네, 뵙는 건 괜찮은데, 무슨 일이죠?"

"그건 만나서 말씀드리겠습니다. 어디서 뵐까요? 이소가이 씨가 편한 곳으로 하세요."

구사나기의 말투가 유달리 공손했다. 그 점이 이소가이에게는 오히려 불길하게 느껴졌다.

두 사람이 만나기로 한 장소는 셀프서비스 커피숍이었다. 도착해 보니 구사나기는 이미 안쪽에 자리를 잡고 앉아 있었다. 그가 고개를 까딱하며 인사했다. 이소가이는 라지 사이즈 커피를 사서 구사나기가 앉아 있는 테이블로 갔다.

"갑자기 나오시라고 해서 죄송합니다."

구사나기가 엉덩이를 들며 고개를 숙였다.

이소가이는 "아닙니다."라고 짧게 대답한 후 그의 맞은편에 앉았다.

"지난번에는 수고가 많으셨습니다. 아까 데이토 대학에서 연락이 왔는데 오늘 테스트를 한 번 더 하기로 했다는군요. 이소가이 씨가 수집해 온 사진들로 말이죠."

"아, 그렇습니까?"

이소가이는 데이토 대학에서의 실험 장면을 떠올렸다. 일류 대학 교수가 진지하게 텔레파시 연구에 나선다는 건 상상 밖의 일이었다. 아내와 처제의 텔레파시가 그 정도로 강하다는 얘기일까.

"그런데 말이죠, 용케도 그 많은 사진을 수집하셨더군요.

어떻게 모으셨습니까?"

"그야 여러 가지로……. 지금까지 찍은 사진 중에서 고르기도 하고, 새로 찍기도 하고요."

"새로 찍으셨다고요? 어떤 경우에 그렇게 하셨습니까?"

"딱히 기준은 없었어요. 평소에 저와 아내가 드나드는 장소에서 닥치는 대로 찍었습니다."

"하지만 좀처럼 만나기 힘든 사람도 있었을 텐데요?"

"그런 경우에는 미리 전화를 걸고 찾아갔습니다."

"촬영에 흔쾌히들 응하던가요?"

"광고를 제작하는 데 얼굴 사진이 많이 필요하다고 했습니다. 내키지 않아 하는 사람도 있었지만, 간곡히 부탁해서 찍었죠."

"그렇군요. 힘드셨겠습니다."

"아내를 위한 일인데 그 정도야 아무것도 아니죠. 그보다, 묻고 싶으시다는 게 뭡니까?"

그러자 구사나기는 웃옷 안주머니에 손을 찔러 넣더니 "롯폰기에 있는 '발롯'이라는 가게를 아시죠?"라고 물었다.

"당구대가 있는 바 말입니다. 종종 가신다고 들었는데요."

이소가이의 몸속에서 뭔가 툭 터지는 느낌이 들었다. 그것이 표정에 드러나지 않도록 이소가이는 안간힘을 다했다.

"그 술집은 왜요?"

"그 술집 관계자들도 찍으셨겠죠?"

구사나기가 여전히 웃옷 안주머니에 손을 넣은 채 물었다.

"네, 찍었습니다. 지난번 그 USB 메모리에 종업원들 사진이 들어 있을 텐데요."

"물론 종업원들 사진은 있었습니다. 단골손님들 사진도 몇 장 있었고요. 하지만 전부는 아닌 것 같더군요."

이소가이는 침을 삼키려 했지만 입안이 바싹 말라 있었다.

"무슨 말씀인지……."

"고토 쓰요시라는 남자를 아시죠? '발롯'의 단골입니다만. 이소가이 씨와도 친분이 있는 사람이라고 하던데요."

구사나기가 안주머니에서 사진을 꺼냈다. 삭발한 남자가 정면을 향해 있는 사진이었다.

"이 사람입니다."

"아, 아니요. 알긴 하지만 친분이 있다고 할 정도는……."

"그래요? 이상하군요. 종업원들 말로는 같이 내기 당구를 자주 치셨다던데요."

이소가이가 손으로 자신의 입을 막았다. 욕지기가 급격히 치밀어 올랐기 때문이다. 온몸에서 식은땀이 솟았다.

"이소가이 씨,"

구사나기가 담담하게 그를 불렀다.

"왜죠? 그렇게 잘 아는 사이인데 왜 이 사람은 사진을 찍지 않았습니까? USB 메모리에 이 사람 사진은 없었어요."

"그건……, 만날 기회가 좀처럼 없어서……."

"하지만 전화번호를 아시잖아요. 만나기 힘든 경우에는 직접 찾아갔다고 말씀하시지 않았습니까?"

이소가이는 고개를 숙이며 입을 다물었다. 할 말이 떠오르지 않았다.

"흥미로운 점이 하나 있더군요. 이 사람, 삭발을 했잖아요. 수염도 말끔하게 밀었고요. 그런데 얼마 전까지만 해도 금발이었다고 하더군요. 게다가 온 얼굴이 수염투성이였고요. 그런데 최근에 머리도 수염도 싹 밀었다는 겁니다. 왜 그랬을까요?"

이소가이는 시야가 좁아지는 듯한 감각을 느꼈다. 이런 걸 절망이라고 하는 걸까 하고 지극히 객관적으로 생각해 본다.

그놈 탓이야. 그는 수염이 텁수룩한 고토의 얼굴을 떠올렸다. 와카나의 숨통을 확실하게 끊어 놓지 않아서 이런 일이 생긴 것이다.

"이 남자가 며칠 전 경범죄 처벌법 위반으로 체포되었습니다. 그런데 가택 수색 결과 뭐가 나왔는지 아십니까? 피 묻은 가죽점퍼였습니다. 그 피를 분석한 결과, 이소가이 와카나 씨, 즉 부인의 피로 밝혀졌어요. 현재 살인 미수 혐의로 취조 중입니다. 본인은 다른 사람의 부탁을 받아서 한 일이라고 주장하고 있다는군요."

이소가이의 양쪽에서 동시에 사람이 움직이는 기척이 났다. 고개를 들어 보니 남자 둘이 양쪽에 서 있었다. 둘 다 형사인 듯했다.

"나머지 얘기는 경찰서에서 하시는 게 좋을 듯하군요."

구사나기가 사뭇 쾌활하다고 할 수 있는 표정으로 말했다.

7

"정말 죄송합니다."

형사부 한 귀퉁이에 놓인 응접세트에서 미쿠리야 하루나가 깊이 고개를 숙였다.

"처음부터 하나하나 얘기해 주시겠습니까. 아니, 그게……."

구사나기가 얼굴을 찡그리며 손에 쥐고 있던 볼펜을 흔들었다.

"처음이 언제인지도 저희는 모릅니다만."

네, 하고 하루나가 고개를 끄덕였다.

"지금으로부터 약 두 달 전이었어요. 일 관계로 도쿄에 올라갈 기회가 있어서 그때 언니를 만나러 갔죠."

"잠깐만요. 지난번에 물었을 때는 지난 1년간 만난 적이 없다고 하셨는데요."

"죄송합니다. 거짓말이었어요."

그녀가 재차 머리를 숙였다. 구사나기는 한숨을 내쉬었다.

"그때 뭔가 일이 있었습니까?"

"네, 있었어요."

하루나가 차분히 대답했다.

"습격을 당했습니다."

"누가요?"

구사나기가 눈을 동그랗게 뜨며 물었다.

"제가요."

그녀가 들려준 얘기는 다음과 같았다.

그날 이소가이 와카나는 집에 있었다. 운영하는 가게가 인테리어 공사로 휴업 중이었기 때문이다. 하루나가 연락하자 선뜻 오라고 했다. 그래서 케이크를 사 들고 마쓰토에 있는 언니 집으로 향했다.

와카나는 오랜만에 보는 동생을 반갑게 맞이했다. 형부 도모히로는 출장 중으로, 그날은 돌아오지 않을 거라고 했다. 자고 가라는 권유에 하루나는 그러마고 했다.

사건은 오후 6시경에 발생했다. 와카나의 부탁으로 하루나는 마당에서 꽃나무에 물을 주고 있었다. 그곳은 집 뒤쪽에 있어 도로 쪽에서는 보이지 않았다. 마당 뒤로도 집이 있지만 담이 높아서 들여다보일 염려는 없었다.

물뿌리개로 화분에 하나하나 물을 주고 있을 때였다. 갑자기 머리에 무언가가 씌워지면서 눈앞이 캄캄해졌다.

무서웠다기보다는 놀랐다고 표현하는 쪽이 옳을 것이다. 집에 자신과 언니만 있었기 때문에 당연히 와카나가 장난을 치는 줄 알았다.

"하지 마, 언니."

반쯤 웃으며 말했다.

그런데 다음 순간 몸이 확 밀쳐지면서 엉덩방아를 찧고 말았다. 무슨 일이 일어난 건지 영문을 알 수 없었다.

머리에 씌워진 것을 벗어 보니 검은 비닐봉지였다. 하루나는 주위를 둘러보았다. 그러나 아무도 보이지 않았다. 다만 검은 그림자가 담 너머로 사라지는 모습을 얼핏 본 듯한 느낌이 들었다.

하루나는 팔 윗부분을 더듬어 보았다. 그때야 비로소 누군가 그 부분을 꽉 잡았었다는 것을 깨달았다.

뭐였지, 방금 그건?

집 안으로 들어가 부엌을 들여다보니 와카나는 요리를 하고 있었다. 동생을 본 그녀가 "왜 그래?" 하고 물었다.

하루나는 아무 일도 아니라고 대답했다. 상황을 제대로 설명하기가 힘들었다. 언니에게 걱정을 끼치고 싶지 않다는 마음도 있었다. 무엇보다 그녀 스스로 무슨 일이 일어난 건지 알 수 없었다.

둘이서 저녁을 먹고 옛날 일을 떠올리며 이야기꽃을 피우다 보니 찜찜했던 기분이 차츰 사라졌다. 바람에 날려 온 비닐봉지가 우연히 머리에 씌워졌는지도 모른다, 그래서 당황한 나머지 나동그라진 것을 누군가 밀쳤다고 착각한 것이다, 그렇게 생각하기로 했다. 사실상 아무런 피해가 없었다.

그러나 욕실에서 옷을 벗었을 때 거울에 비친 자신의 몸을 본 그녀는 숨을 헉, 삼켰다. 양쪽 팔뚝에 선명하게 멍 자국이 남아 있었던 것이다. 나동그라진 걸로는 이렇게 되지 않는다. 누군가에게 팔을 잡힌 듯한 느낌은 착각이 아니었던 것이다.

역시 누군가에게 습격당한 것일까. 그렇다면 범인은 왜 홀연히 사라졌을까.

거기까지 생각했을 때 퍼뜩 깨달아지는 것이 있었다.

어쩌면 범인은 와카나를 습격할 작정이었는지도 모른다. 그런데 하루나가 "하지 마, 언니."라고 외치자 사람을 착각했다는 사실을 깨닫고 허둥지둥 달아난 것이다. 그렇게 생각하니 앞뒤가 맞아떨어졌다.

만약 그 짐작이 맞는다면 범인의 목적은 폭행도 금품을 노린 것도 아니라는 얘기다.

와카나의 머리에 검은 비닐봉지를 씌운 다음에는 어떻게 할 작정이었을까. 납치? 아니다. 마당에 침입하기는 어렵지 않아도 사람 하나를 짊어지고 밖으로 나가기는 쉽지 않다. 그 시간대에는 인적도 드물지 않다.

그렇다면 와카나의 목숨을 빼앗는 것이 범인의 목적이었다고밖에 생각되지 않았다. 그러나 대체 누가 그런 일을 꾸민단 말인가.

생각을 거듭한 끝에 몇 가지 깨닫게 된 사실이 있었다. 원래 이날은 와카나가 가게 일로 집을 비우는 날이다. 범인은 그녀의 가게가 임시 휴업 중이라는 사실을 아는 사람이다. 게다가 마당에 있을 때를 노렸다는 것은 그녀가 쉬는 날 저녁이면 마당에서 꽃나무에 물을 준다는 사실까지 알고 있다는 얘기다. 그런 조건들을 충족할 만한 인물은 단 한 사람밖에 떠오르지 않았다.

이소가이 도모히로다.

사실 이소가이에게는 애초에 좋은 인상을 받지 못했다. 구체적인 이유가 있는 것은 아니다. 그저 직감이라고 할까. 처음 와카나가 소개했을 때 '아, 또 이런 타입의 남자네.' 하고 내심 탄식했던 기억이 있다.

쌍둥이에게는 흔한 일이지만, 하루나와 와카나도 여러모로 취향이 비슷했다. 음식, 옷, 액세서리 등, 상대가 뭘 고를지 얼굴을 보지 않아도 짐작할 수 있었다. 자신과 마찬가지기 때문이다.

그런데 남자 취향만은 전혀 달랐다. 둘 다 자상한 사람을 좋아하는 점은 마찬가지지만 어떤 사람을 자상하다고 느끼느냐는 서로 달랐다. 또한 하루나는 과묵하고 소탈한 스타일을 좋아하는 반면 와카나는 언변이 좋고 화려한 스타일을 선호했다. 취향이 서로 다른 것까지는 상관없지만, 하루나의 눈에는 와카나의 상대가 늘 경박한 사람으로 비쳤다. 실제로도 지금까지 와카나의 상대는 금전적인 면을 비롯해 여러 부분에서 와카나에게 의존적인 사람뿐이었다. 그 점을 하루나가 지적하면 와카나는 "나도 아는데, 그런 남자를 보면 왠지 그냥 모른 척하기가 힘들어."라고 대답하는 것이었다.

이소가이 도모히로도 그런 부류의 사람이라고 하루나는 생각했다. 그래서 와카나가 결혼하겠다고 했을 때 별로 예감이 좋지 않았다. 와카나가 과연 행복할지 어떨지 확신이 서지 않았다. 하루나 자매에게는 부모에게서 물려받은 거액의 재산이 있었다. 그 재산이 이소가이의 목적인 것처럼 여겨졌다.

그들이 결혼한 지 3년이 지났다. 어떻게 사는지 하루나도 정확히 알 수 없었다. 와카나가 자세히 얘기하지 않기 때문이다. 와카나는 자기 동생이 이소가이를 썩 좋아하지 않는다는 사실을 알고 있었다. 그날 밤에도 이소가이는 거의 화제에 오르지 않았다.

혹시 부부 사이에 어떤 균열이 있는 것은 아닐까. 그리고 그 균열이 이번 사건과 관련이 있지 않을까.

하지만 하루나는 자신의 추리를 다른 사람에게는, 특히 와카나에게는 도저히 말할 수 없었다. 형부가 언니를 죽이려고 하는 것 같아……, 어떤 표정을 지으며 그런 말을 꺼낸단 말인가. 게다가 이소가이에게는 알리바이가 있다. 그날 그는 오키나와로 출장을 갔다.

결국 그날 하루나는 와카나에게 아무 말도 하지 못한 채 집으로 돌아왔다. 동생의 분위기가 평상시와 다르다는 걸 눈치챈 와카나가 걱정스러운 듯이 이유를 물었지만 하루나는 그저 피곤하다고 대답했을 뿐이다.

그리고 고뇌의 나날이 시작되었다. 와카나의 신변에 무슨 일이 벌어지는 거 아닐까. 불안은 나날이 더해 갔다.

걱정스러워 도저히 견딜 수 없을 때는 전화나 문자 메시지로 무사함을 확인했지만, 와카나가 수상히 여기면 곤란하니 그것도 자주 할 수는 없었다.

그런 그녀의 고민을 눈치챈 사람이 있었다. 바로 같이 사는 고모였다.

"하루나가 예사롭지 않다는 건 느꼈지만 도쿄에서 그런 일이 있었을 줄은 꿈에도 몰랐습니다."

하루나와 교대해 구사나기 앞에 앉은 미쿠리야 도코가 고개를 살래살래 저으며 말했다.

"하루나 씨 말로는 도코 씨가 대신 전화를 걸어 주셨다고 하던데요?"

구사나기의 물음에 도코는 고개를 끄덕였다.

"처음 전화했던 건 이번 달 5일 밤이었어요."

"5일요? 어떻게 그렇게 정확히 기억하시죠?"

"그날은 제가 기다리던 책이 출간되어 배달된 날이었어요. 자기 전에 그 책을 읽고 있는데 하루나가 제 방으로 와서는 예감이 불길하니 언니에게 전화를 걸어 달라고 하더군요. 직접 걸지 그러느냐고 했더니 왠지 무서워서 못하겠다고 하더라고요."

"그래서 전화를 거셨군요."

"네. 그런데 와카나는 목소리가 활기찬 게, 별문제 없어 보였어요."

"그 후로도 전화를 걸어 달라는 부탁을 받으셨습니까?"

"네, 거의 매일요. 그러다 보니 저는 와카나보다 하루나 쪽이 오히려 걱정됐어요. 가벼운 노이로제가 아닐까 의심하기도 했고요. 그래서 실제로는 전화를 걸지 않고 걸었다고 말한 적도 있습니다."

"그런데 그날 밤은 달랐던 모양이군요. 사건이 일어난 날 밤 말입니다."

도코가 천천히 고개를 끄덕였다.

"그날 밤에도 하루나가 지금 당장 언니에게 전화를 걸어 달라고 부탁했어요. 거실에 같이 있을 때라서 속일 도리가 없었습니다. 하는 수 없이 와카나에게 전화를 걸었는데, 벨만 울릴 뿐 받지 않았어요. 그래서 저도 걱정스러운 마음이 들어서 이소가이 씨에게 전화를 했죠. 그다음은 지난번에 얘기했던 대로입니다."

"그럼 제게 거짓말을 하신 거로군요. 와카나 씨에게 전화를 걸어 달라고 부탁받은 일이 그날 밤이 처음이었다고 하시지 않았습니까."

죄송합니다, 하고 미쿠리야 도코가 머리를 숙였다.

"사건을 알게 된 제가 하루나에게 캐물었죠. 언니에게 위험이 닥쳤다는 걸 어떻게 알았으며 그걸 왜 숨겼느냐고요. 그제야 마지못해 하루나가 사실대로 말하더군요. 얘길 듣고 얼마나 놀랐는지 몰라요."

"이소가이 도모히로, 그러니까 와카나 씨의 남편이 의심스럽다는 얘기였군요."

"설마 싶었어요. 그런데 하루나의 설명을 들어 보니 고개가 끄덕여지긴 하더군요. 하지만 이소가이 씨에게는 이번에도 알리바이가 있었습니다. 와카나가 습격당한 시간에 다른 곳에 있었잖아요."

"맞습니다."

"저희는 경찰에 이소가이 씨가 의심스럽다고 밝힐 것인가 말 것인가를 두고 많이 망설였습니다. 만약 와카나가 살아날 가망이 없었다면 주저 없이 털어놨겠죠. 하지만 의식이 돌아왔을 때를 생각하니 결심이 서지 않았어요. 만에 하나 이소가이 씨가 범인이 아니라면 그 사람을 의심한 우리를 와카나가 평생 용서하지 않을 것 같았거든요. 고민 끝에 일단 경찰에는 알리지 않고 상황을 지켜보기로 했습니다."

구사나기가 얼굴을 찡그렸다.

"경찰에 알리셨어야 합니다."

"죄송해요. 하지만 사건만 해결되면 그만이 아니라서요. 자매에게는 앞으로의 인생이 있습니다. 둘의 사이가 어그러질 일은 피하고 싶었습니다."

"그럼 텔레파시가 느껴진다고 거짓 증언을 하신 목적은 뭡니까?"

"그건 하루나의 아이디어였어요. 만일 이소가이 씨가 계획한 범죄라 하더라도 그 사람에게는 알리바이가 있으니 실제 범행은 공범자가 저질렀을 것이다, 그러니까 그 공범자의 얼굴을 텔레파시를 통해 봤다고 하면 분명 이소가이 씨가 뭔가 움직임을 보일 거라고 하더군요. 어쩌면 이번에는 자신을 노릴지도 모른다고 하루나는 말했어요."

"도코 씨는 그 아이디어에 찬성했고요?"

"위험하다는 생각은 들었죠. 하지만 목숨을 걸고라도 진상을 파헤치겠다는 하루나의 결의에 제가 꺾이고 말았습니다."

"저희는 그 장단에 놀아났고요."

"정말이지 뭐라고 용서를 빌어야 할지……. 드릴 말씀이 없습니다. 하지만 그분을 소개해 주신 일은 진심으로 감사드립니다."

"그분이라니……."

"유가와 교수님 말이에요."

말하는 도코의 입가에 미소가 번졌다.

"데이토 대학 물리학 연구실에 따라갔을 때는 긴장이 되더군요. 하루나에게 그쯤에서 그만두는 게 어떻겠냐고 물었지만 하루나는 텔레파시의 존재를 주장한 이상 피할 수 없는 일이라고 했어요. 가령 어떤 테스트가 이루어진다 해도 언니의 생각이 전해진다고 주장하면 그만이라면서 말이죠. 아무리 우수한 과학자라도 텔레파시의 존재를 부정할 수는 없다는 거예요."

구사나기가 목덜미를 문질렀다.

"배짱 한번 두둑하군요."

"그런데 그분, 그러니까 유가와 교수님은 저희보다 한 수 위였어요. 저희의 거짓말을 금세 꿰뚫어 보셨죠."

"금세, 라고요?"

구사나기가 반문했다.

"처음 만났을 때 말입니까?"

"네. 그뿐 아니라 저희에게 더 좋은 지혜를 빌려주셨어요."

8

구사나기가 제13연구실을 찾아갔을 때 유가와는 연구실 한가운데에 있는 작업대에 앉아 커다란 가위로 대나무 바구니를 자르는 중이었다. 구사나기가 들어오는 것을 알았을 텐데도 그는 돌아보지 않았다.

"뭘 하는 거야?"

구사나기가 말을 걸었다.

아니나 다를까, 유가와는 놀라는 기색 없이 "학생들에게 설명하려고 모형을 만들고 있어."라고 무덤덤한 말투로 대답했다.

"그 바구니 같은 물건이 모형이란 말이야?"

"바구니 같은 물건이 아니라 실제로 대나무 바구니야. 새로 개발한 자성체의 결정 구조가 이것과 똑 닮아서 모형으로 사용하기로 했어."

구사나기는 팔짱을 끼며 옆에 있는 의자에 앉았다.

"본연의 물리학 연구로 돌아간 모양이군."

"이상한 얘기도 다 듣겠네. 나는 딴 데로 샌 기억이 없어."

"그건 딴 데로 샌 게 아니란 말이야? 텔레파시의 존재를 확인하는 실험 말이야. 아니지, 연극이라고 해야 하나."

유가와가 자리에서 일어서더니 한쪽 뺨으로 비죽이 웃으며 싱크대로 갔다. 주전자에 물을 받아 레인지에 올려놓는 걸 보니 늘 그랬듯이 인스턴트커피를 끓여 줄 모양이다. 커피는 별로 당기지 않았지만 구사나기는 잠자코 있기로 했다.

"약간 오해가 있는 것 같아서 말해 두겠는데,"

유가와가 말했다.

"생체가 발산하는 자기나 전자파에 관해서는 궁금한 점이 많아서 예전부터 한번 조사해 볼 생각이었어. 운 좋게도 그럴 기회가 생겼으니 의학부 교수의 협조를 받아서 데이터를 추출해 본 거지. 잘 모르나 본데, 나는 텔레파시라는 말을 사용한 적이 단 한 번도 없어."

구사나기가 의자를 뱅그르르 돌려 유가와를 노려보듯이 올려다보았다.

"그런 억지가 변명이 된다고 생각해? 경찰을 감쪽같이 속여 놓고 말이야."

"속인 게 아니야. 자네들이 멋대로 오해한 거지. 물론,"

유가와가 머그컵 두 개를 나란히 놓고 나서 어깨를 으쓱했다.

"굳이 말하지 않은 부분이 있었던 건 사실이야. 그 점은 인정하지. 그러나 법을 위반한 건 아닐 텐데."

"바로 그거야. 그 부분을 듣고 싶단 말이지. 나한테 숨긴 이유가 뭐야?"

"도코 씨와 하루나 씨가 얘기하지 않던가?"

"얼추 듣기는 했어. 그래도 자네에게 더 자세한 얘기를 들어야 할 것 같아. 그녀들의 얘기에 모순이 없는지 확인하려면 말이야."

주전자의 물이 끓었다. 유가와가 인스턴트커피 가루를 스푼으로 떠서 머그컵에 넣고 뜨거운 물을 부었다. 커피향이 구사나기에게까지 풍겨 왔다.

"처음 하루나 씨를 만난 날 그녀가 내게 말했어. 자신과 언니의 마음은 지금도 이어져 있다고. 겉으로 보기에는 의식 불명이지만 언니의 뇌는 여전히 활동하고 있고 다양한 메시지를 보내고 있다는 거야. 그 의미를 알 수 없어서 안타깝지만, 지금도 언니가 고통스러워한다는 점만은 느낄 수 있다고 하더군."

유가와가 머그컵 두 개를 들고 와서 하나를 구사나기 앞에 놓으며 말했다.

"그래, 나도 우쓰미에게 들었어. 놀랍더군."

"나는 그 얘기를 들으면서 하루나 씨가 거짓말을 하고 있다고 생각했어."

"왜지? 과학적으로 있을 수 없는 일이라서?"

"과학이 아니라 심리의 문제야. 지금도 언니가 고통스러워한다는 점만은 느낄 수 있다고? 생각해 봐, 그런 와중에 태평하게 물리학자의 호기심이나 충족시켜 주고 있을지. 당장 병원으로 달려가서 24시간 환자 곁에 있고 싶은 게 정상 아니야? 텔레파시의 존재야 증명되든지 말든지 그녀로서는 상관이 없을 텐데."

구사나기가 머그컵을 손에 든 채 입을 딱 벌렸다.

"듣고 보니 그렇군."

"그러자 이런 의문이 드는 거야. 그런 거짓말을 하는 이유가 뭘까, 그녀가 세운 가설이 언니와 텔레파시가 통하는 것처럼 여겨져야 할 무슨 사정이 있지 않을까 하고 말이야."

"그래서 그걸 본인들에게 직접 물어본 거야?"

"그래. 단순한 장난처럼 느껴지지는 않아서 말이지."

"간단한 실험을 한다며 두 사람을 별실로 데리고 갔을 때였지? 우쓰미 말로는 뇌에서 나오는 전자파를 측정한다고 했다던데."

유가와가 커피를 홀짝 마시고 나서 쿡쿡 웃었다.

"그런 장치는 없어. 애초에 텔레파시에 대해 회의적이라서 준비도 되어 있지 않았어. 그리고 그 방은 실험실이 아니라 자료실이야."

"하루나 씨에게 들었어, 검사를 한다더니 아무 장비도 없어서 놀랐다고 말이야. 우쓰미를 따돌리려고 거짓말을 한 건가?"

"경찰이 옆에 있으면 본심을 털어놓기 힘들 거 아니야. 별실로 옮긴 뒤 두 사람에게 말했지, 숨기는 일이 있으면 솔직하게 말해 달라고. 경찰은 물론이고 그 누구에게도 절대 발설하지 않을 테니 협조해 달라고 말이야. 만일 텔레파시가 존재하는 것처럼 보여야 할 이유가 있다면 사정에 따라서는 도울 수도 있다고 말했어."

"그런 말까지 했단 말이야?"

"사실은 나도 하루나 씨가 어떻게 언니의 위험을 감지했는지 알고 싶었어. 모종의 트릭이 있을 거라고 생각했지."

"그랬더니 그녀들이……."

응, 하고 유가와가 턱을 아래로 끌어당겼다.

"하루나 씨와 도코 씨가 얼굴을 마주 보더니 어느 쪽이 먼저랄 것 없이 털어놓기 시작했어. 그 내용은 이미 두 사람한테 들었지?"

"그야, 뭐."

그러자 유가와가 빙긋이 웃었다.

"트릭은 단순했어. 하루나 씨는 밤마다 언니의 신변을 걱정했어. 그러니 텔레파시니 뭐니 할 것도 없지. 하지만 그걸 이용한 그다음 한 수는 감탄스럽더군. 습격한 상대의 얼굴을 텔레파시로 감지했다니 말이야. 만일 실제로 피해자의 남편이 범인이라면 그가 어떤 반응을 보일지 궁금해졌어."

"그래서 내게는 비밀로 하고 그녀들에게 협조하기로 했단 말이야?"

구사나기가 친구의 얼굴을 노려보았다.

"입 밖에 내지 않기로 약속한 이상 자네라고 해서 발설할 수는 없지. 다만 그녀들의 얘기를 듣고 있자니 이대로는 사태에 진전이 없겠다 싶더군. 그래서 제안했지. 이왕 이렇게 된 거 제대로 해 보자고. 나도 돕겠다고 말이지."

"그래서 생리학 연구실에서 그런 쇼를 벌인 거야? 대체 왜 그렇게까지 했지?"

"그러지 않으면 이소가이 도모히로가 하루나 씨의 얘기를 심각하게 받아들이지 않았을 거야. 그녀가 텔레파시를 통해 언니에게서 받았다는 기억을 두려워하지도 않았을 테고."

구사나기가 입술을 비죽거렸다.

"그건……, 그럴 수도 있었겠네."

"핵심은 범인들에게 텔레파시의 존재를 믿도록 하는 것이었어. 그게 전제된 후에야 비로소 덫을 놓을 수 있으니까. 그

것 또한 자네에게 그 일을 비밀로 한 이유 중 하나야. 덫을 놓았다는 걸 경찰이 알면서 묵인했다면 문제가 되지 않겠어?"

"하기야 그 일을 내게 알렸다면 나로서는 상당히 곤란했겠지."

그날 실험 후 구사나기는 유가와의 전화를 받고 실험실로 되돌아갔다. 유가와는 그에게 이소가이가 가져온 USB 메모리를 건네면서 "일반인인 이소가이가 주변 인물들의 사진을 빠짐없이 모아 왔을지 의심스러워. 그래서 말인데, 혹시 빠뜨린 사람이 있는지 자네가 확인해 줬으면 해."라고 말했다.

왜 그렇게까지 해야 하느냐고 묻자 유가와는 이렇게 대답했다.

"만일 빠진 사람이 있다면 왜 빠졌는지, 단순한 실수인지 아니면 의도적으로 빠뜨린 건지 알았으면 해서 그래."

그때 그는 '의도적'이라는 단어를 강조했다.

구사나기는 마미야와 의논한 후 다음 날부터 수사관 몇 명에게 이소가이 도모히로의 주변 인물을 샅샅이 훑도록 했다. 그다지 어려운 일은 아니었다. 일일이 만날 필요도 없이 USB 메모리에 담긴 사진과 대조하여 빠진 인물을 찾아내기만 하면 되는 일이다.

그리하여 찾아낸 사람이 고토 쓰요시다. 그는 일정하게 하는 일 없이 최근까지 호스티스의 기둥서방 노릇을 하며 지냈다. 그 호스티스와 헤어진 후로 돈에 쪼들리고 있다는 소문이 있었다.

결정적 단서는 최근에 그가 머리카락과 수염을 깨끗이 밀었다는 것이었다. 이소가이에게 얘기를 듣고 자신의 얼굴이 하루나의 기억, 즉 와카나의 기억에 남아 있을지 모른다고 생각했기 때문 아닐까.

혈흔이 묻은 가죽점퍼가 발견되자 결국 고토는 범행 일체를 자백했다. 흉기인 망치는 강에 버렸다고 한다. 그리고 예상대로 이소가이 도모히로가 사주한 일이었다.

"와카나 씨가 사망하면 이소가이에게 3억 엔이 넘는 유산이 상속된다는군. 그중 천만 엔을 주기로 하고 살인을 청부했다는 거야. 사람 목숨을 가볍게 여겨도 분수가 있지……."

구사나기가 머그컵을 손에 쥔 채 내뱉듯이 말했다.

"남편의 목적이 돈이었어?"

"말하자면 그런 셈이지. 이소가이가 와카나 씨의 지원으로 간신히 가게를 유지하고 있었나 본데, 남편의 무능함에 넌더리가 난 그녀가 최근 들어 이혼 소리를 입에 담은 모양이야. 바람을 피운 전력도 있는 이소가이로서는 재판을 하면 승산이 없었지."

"그래서 이혼 소송이 들어오기 전에 죽일 심산이었다고? 안 이하기 짝이 없는 발상이군. 하긴 그런 인간이니 우리가 놓은

덫에 걸려들기도 했겠지만. 그건 그렇고, 와카나 씨는 상태가
좀 어때?"

"아, 좋은 소식이 있어. 서서히 회복 중이어서 조만간 의식
이 돌아올 것 같대."

"그거 다행이군. 병원에 들렀다 온 거야?"

"그게 아니라 여기 오는 도중에 하루나 씨에게서 전화가 왔
어. 그녀에게 들었지."

하루나의 들뜬 목소리가 아직도 구사나기의 귓가를 맴돈다.

"오늘 아침에 눈을 뜨니까 머릿속이 씻은 듯이 개운했어요.
어제까지는 안개가 자욱한 느낌이었는데 마치 바람에 전부
날아간 것처럼 싹 사라졌지 뭐예요. 언니의 뇌 상태도 틀림없
이 이럴 거예요. 반드시 의식이 돌아올 거라고 믿어요."

그 얘기를 들은 유가와가 안경을 벗고 씁쓸한 미소를 지었다.

"희망적 관측에 기초한 자기 암시라고나 할까. 뇌자계로 측
정한 결과 하루나 씨의 뇌는 일반인과 전혀 다를 바가 없었어.
그녀에게도 그 얘기를 해 줬는데."

"텔레파시가 없었다는 거야?"

"텔레파시라고 부를 만한 것이 전혀 관측되지 않았어."

그때였다. 구사나기의 휴대 전화에서 메시지 수신음이 울
렸다. 하루나에게서 온 것이었다. 그 내용을 읽은 구사나기의
눈이 휘둥그레졌다.

'방금 언니의 의식이 돌아왔어요. 기억도 살아 있는 것 같아요. 다행이에요.'

아연한 표정의 구사나기를 보고 유가와가 "왜 그래?" 하고 물었다.

"사건이야?"

이 새치름한 물리학자가 이 소식을 과연 어떻게 받아들일까.

구사나기는 설레는 마음으로 휴대 전화 화면을 유가와 쪽으로 돌려놓았다.

6장

위장하다

1

"자동차 내비게이션은 획기적인 발명품이지만 융통성이 없다는 게 맹점이야."

조수석에서 유가와가 불만스럽다는 듯이 말했다.

"아까부터 산속의 외길만 줄기차게 보여 주잖아. 앞으로도 마찬가지겠지. 차라리 다음 분기점이 나올 때까지 꺼 두는 게 낫겠어."

"아무것도 안 비치면 허전하니까 그러겠지."

구사나기가 핸들을 틀며 말했다. 아닌 게 아니라 아까부터 내내 외길을 달리고 있다.

"쓸데없이 투덜거리지만 말고 이 길이 어디까지 계속되는지 좀 찾아봐."

유가와가 팔을 뻗어 액정 화면을 손가락으로 터치했다. 지도가 바뀌는 모습이 구사나기의 시야에 언뜻 비쳤다.

"좋은 소식이야. 이제 2킬로미터 정도만 더 가면 목적지 주변이야."

"2킬로미터나? 맙소사."

오후 1시 반이 갓 지났으니 거의 예정대로 온 셈이다. 도쿄를 출발한 지 세 시간이 넘었다. 그동안 고속도로 휴게소에서 한 번 쉰 게 전부다. 내내 구사나기가 핸들을 쥐고 있었다. 유가와 본인은 인정하지 않지만 장롱 면허일 게 뻔하니 교대하자고 할 수는 없었다.

"그런데 하늘이 어쩐지 심상치 않네."

구사나기가 위쪽을 힐끔 보며 말했다.

"산속 날씨는 변덕이 심하다던데……."

그러자 유가와가 휴대 전화를 꺼내 날씨를 검색했다.

"강수 확률이 90퍼센트로군. 예보로 봐서는 곧 비가 올 모양인데. 그것도 꽤 많이 올 것 같아."

"정말이야? 이거 낭패인걸. 우산도 없는데."

"차를 호텔 현관 앞에 세우면 괜찮을 거야."

"주차장이 멀리 있으면 어쩔 건데? 나만 쫄딱 맞으라는 말이야?"

"둘 다 젖는 것보다야 낫지. 재킷이랑 짐은 내가 들고 내릴게. 피해를 상당히 줄일 수 있을 거야."

구사나기가 한숨을 내쉬었다. 이 친구 말에 일일이 화를 내자면 한도 끝도 없다.

이윽고 앞 유리창에 빗방울이 툭툭 떨어지기 시작했다.

핸들을 이리저리 돌리던 구사나기는 '거참, 이상하네.' 하고 생각했다. 차체가 좌우로 흔들리는 것 같았기 때문이다. 차를 도로변에 붙이고 천천히 세웠다.

"왜 그래?"

유가와가 물었다.

"핸들이 말을 안 듣는 느낌이야. 잠깐 살펴봐야겠어."

구사나기는 운전석에서 내려 차를 한 바퀴 둘러보았다. 아니나 다를까, 왼쪽 뒷바퀴가 주저앉아 있었다. 고속도로 휴게소에서는 별 이상이 없었으니 그 후에 어딘가에서 금속 파편 위라도 지나온 모양이다.

유가와에게 말하자 그는 "어쩔 수 없군. 거들어 줄 수밖에." 하고는 조수석에서 내렸다.

트렁크에서 잭과 공구, 목장갑, 스페어타이어를 꺼냈다. 그리고 차 밑 부분에 잭을 대고 차체를 천천히 올렸다. 공교롭게도 비가 본격적으로 쏟아지기 시작한다.

유가와는 도로 중앙선 가까이에 나서 있었다. 뒤에서 차가 오지 않는지 지켜보는 듯했다.

그때 빨간 자동차가 한 대 다가왔다. 아우디 A1이다. 유가와가 공사 현장의 유도 요원 같은 몸짓으로 수신호를 보냈다.

그런데 빨간 자동차는 그들을 지나치지 않고 유가와가 서 있는 곳 못미처에서 멈춰 섰다. 운전자가 말을 건넸는지 유가와가 자동차로 다가가 뭔가 얘기를 나눈다. 잠시 후 빨간 자동차가 다시 움직이기 시작했고 구사나기의 차 옆을 통과해 갔다.

구사나기 곁으로 돌아온 유가와는 어느 틈엔가 비닐우산을 쓰고 있었다.

"그 우산은 어디서 났어?"

"방금 그 여자가 줬어."

"여자? 운전하는 사람이 여자였어?"

"응, 젊은 여자였어. 게다가 상당한 미인이던걸. 타이어를 교체하고 있는 사람이 홀딱 젖은 모습이 안돼 보이더라는 거야. 그렇게 친절한 사람이 있다니, 아직은 세상이 살 만해."

그러면서 유가와는 구사나기 옆에 서서 우산을 받쳐 주었다.

구사나기는 "그거 잘됐군." 하고서 작업을 계속했다.

타이어를 다 갈아 끼운 후 두 사람은 다시 차를 출발했다. 비가 점점 거세지고 있었다. 터널을 몇 개 지나자 오른쪽 전방에 흰 건물이 보였다. 정면 현관 앞에 넓은 주차장이 있는데 70퍼센트 정도가 차 있었다. 이곳에서 젊은 읍장의 결혼식이 있으니 어쩌면 당연한지도 모른다. 산속에 자리 잡은 리조트 호텔로서는 고마운 일일 것이다.

"어, 아까 그 차야."

유가와가 주차장 한쪽을 가리켰다. 아까 본 빨간 자동차가 세워져 있었다.

"그 여자도 결혼식에 초대받았나?"

"혹시 마주치면 내게 알려 줘. 고맙다고 인사라도 해야지."

"미인이라니까 호기심이 발동하는 모양이지?"

"그야 뭐, 부정할 수 없지."

호텔 로비로 들어서자 그리운 얼굴들이 기다리고 있었다. 유가와와 마찬가지로 대학 시절 배드민턴부에서 같이 활동했던 친구 둘이다.

"이봐, 자네들, 드디어 때가 왔어."

고가라는 친구가 구사나기와 유가와를 가리키며 말했다.

"이제 독신은 자네들 둘뿐이라고. 잊지는 않았겠지? 마지막 남은 한 명이 모두에게 고기를 마음껏 먹게 해 주자는 약속 말이야."

친구들 중 한 명이 처음으로 테이프를 끊었을 때 다 같이 한 약속이다. 10년도 더 전의 일이었다.

"물론 잊지는 않았지. 하지만,"

유가와가 수박마냥 불룩 튀어나온 고가의 배를 손가락으로 가리켰다.

"그 약속을 지키는 건 고가에게 몹쓸 짓이 아닌가 싶은데."

고가는 얼굴을 찡그리며 손으로 배를 가렸다.

"기억하면 됐어. 그날까지 무슨 수를 써서라도 다이어트를 할 테니까."

"어차피 그런 날은 오지 않을 거라고 안심해서 하는 말 아냐?"

다른 한 친구의 말에 와하하, 폭소가 터졌다.

배드민턴부 동기는 구사나기를 포함해 딱 열 명이다. 전원에게 청첩장을 보냈을 것이므로 오늘 오지 못한 친구들에게는 각자 피치 못할 사정이 있을 터였다. 구사나기만 해도 휴가를 얻은 것이 기적에 가까웠다.

체크인 후 구사나기와 유가와는 트윈 룸으로 향했다. 그곳에서 정장으로 갈아입은 두 사람은 다시 방을 나섰다.

대기실에서 다시 배드민턴부 동기들과 웃음꽃을 피우고 있는데 다니우치 유스케가 "야, 이거 다들 모였군." 하며 그곳에 나타났다. 그는 학창 시절보다 두 배나 커진 얼굴에 어깨도 떡 벌어져 있었다. 읍장으로서 능력이 어떤지는 몰라도 겉보기에는 그럴싸해 보였다.

"멀리까지 오라고 해서 미안해. 그래도 이 호텔이 음식이 맛있는 데다 온천도 있고 각종 시설을 자유롭게 이용할 수 있어서 꽤 괜찮아. 모처럼 왔는데 다들 느긋하게 쉬다 가."

다니우치가 명랑한 목소리로 말했다.

그는 대학을 졸업하자마자 고향으로 돌아와 현청에 들어갔다. 거기서 지역 발전을 위해 일하다가 2년 전에 그만두고 이곳 읍장 선거에 입후보했다. 다니우치의 아버지도 읍장 출신이다. 결과는 단독 후보로 당선.

고향의 리조트 호텔에서 결혼식을 올린다는 소식을 들었을 때 구사나기는 그의 의도를 읽을 수 있었다. 이런 기회에 고향의 좋은 점을 조금이라도 알리자는 마음일 것이다.

　다니우치는 그 자리에 있던 사람 하나하나와 인사를 나눈 다음 대기실을 나갔다. 곧 식이 시작될 텐데 애쓴다는 생각을 하며 구사나기는 다른 하객들의 면면을 살폈다. 다니우치보다 훨씬 나이가 들어 보이는 남자가 많았다. 조그만 읍이지만 수장이다 보니 교제 범위가 넓을 것이다. 쉽지 않은 일일 거라고 생각했다.

　"빨간 아우디 여자는 신부 측 대기실에 있으려나?"

　구사나기가 소곤거리며 유가와에게 물었다.

　"그럴지 모르지. 그보다……."

　유가와가 창밖을 내다봤다.

　"일기 예보가 적중했어."

　구사나기도 창밖으로 시선을 돌렸다. 쏴아, 쏴아, 세차게 내리는 빗줄기가 유리창을 때리고 있었다.

2

　가쓰라기 다에가 방을 나선 것은 오후 6시가 조금 지나서였다. 엘리베이터를 타고 2층에서 내려 복도를 지나자 안쪽에 이탈리아 국기를 입구에 내건 레스토랑이 있었다. 별로 맛있는 곳은 아니지만 그나마 이 호텔 안에 있는 레스토랑 중에서는 나은 편이었다.

안으로 들어서자 웨이트리스가 다가왔다. 혼자라고 말하자 웨이트리스는 그녀를 창가 자리로 안내했다. 저녁 시간인데 레스토랑 안이 한산하다. 주차장에 차가 가득한 이유는 오늘 여기서 읍장 결혼식이 있기 때문이라고 체크인 때 들었다. 지금쯤이면 연회장이 북적거릴 터였다.

식욕은 전혀 없지만 뭐라도 먹어 둬야 했다. 샐러드와 파스타를 주문했다. 와인이라도 한잔 마시고 싶었지만 참기로 했다.

유리잔에 담긴 물을 한 모금 머금으며 창밖을 내다봤다. 빗줄기가 점점 거세지는 듯하다. 별장이 어떻게 되었을지 조금 신경이 쓰였다. 질척이는 땅을 걸을 생각을 하니 기분이 우울했다.

휴대 전화를 꺼내서 재발신 버튼을 눌러 봤지만 신호음만 울릴 뿐 엄마 아키코는 여전히 전화를 받지 않았다. 별장으로도 전화를 걸어 봤지만 마찬가지였다.

다케히사의 휴대 전화로 연락을 해 볼까 망설이는 참에 주문한 음식이 나왔다. 썩 당기지는 않지만 일단 포크를 손에 들었다.

파스타를 조금씩 입으로 가져가며 머릿속으로는 전혀 다른 생각을 했다.

도리카이 슈지는 어떻게 되었을까. 다케히사의 부름에 응해 이곳까지 왔을까. 보통 사람이라면 아마 거부했을 것이다. 그러나 도리카이에게는 보통 사람에게 없는 뻔뻔함이 있다. 당당하게 응했을 것 같기도 했다.

그러나 도리카이가 별장으로 갔다면 지금쯤 다에에게 어떤 식으로든 연락을 했을 것이다. 이 시간까지 연락이 없는 걸 보면 가지 않았을지도 모른다.

맛을 느끼지 못한 채 식사를 끝냈다. 웨이트리스가 다가와 디저트를 드시겠느냐고 묻는다. 고개를 저으며 거절하고 계산을 치른 후 레스토랑을 나왔다.

7시가 되어 가고 있었다. 서둘러 정면 현관으로 나가는데 "손님." 하고 부르는 소리가 들려 걸음을 멈췄다. 검은 옷차림의 중년 남자가 뛰어왔다.

"외출하시는 건가요?"

"그런데요."

"읍내 쪽으로 가십니까?"

"아니에요. 별장지로 가요."

아아, 하며 남자가 고개를 끄덕였다.

"아, 그럼 괜찮겠네요. 조심해서 다녀오십시오."

그가 공손히 머리를 숙였다.

뭐지, 하고 생각하면서 다에는 다시 걸음을 옮겼다. 현관을 나선 그녀는 진저리를 쳤다. 비가 여전히 쏟아지고 있었다.

조그만 접이식 우산을 펴 들고 아우디까지 걸었다. 구두 속까지 푹 젖고 말았지만 그런 데 신경 쏠 때가 아니었다. 차에 올라타자마자 시동을 걸고 와이퍼를 작동했다.

어두운 길을 달렸다. 스쳐 지나가는 차가 한 대도 없다. 어지간히 급한 일이 아니고서는 이런 날씨에 외출할 마음이 생기지 않을 것이다.

이윽고 앞쪽에 낯익은 건물이 보였다. 도로에 면한 주차 공간에 볼보 왜건이 세워져 있었다. 다케히사의 차다. 그 옆 자리는 비어 있었다. 다에는 주위를 둘러보았다. 다른 차는 보이지 않는다. 역시 도리카이 슈지는 오지 않은 모양이다.

다에는 후진으로 아우디를 볼보 옆에 세우고 우산을 펼친 다음 차에서 내렸다. 아니나 다를까, 땅이 질척거린다. 자동차 타이어도 흙투성이였다. 왜 주차장 바닥을 포장하지 않는지. 별장 주인인 다케히사에게 화가 났다.

대문을 지나 현관으로 향했다. 문손잡이를 당기자 아무런 저항 없이 문이 열렸다.

현관 바닥에 남자용 가죽 구두와 여자 구두가 놓여 있었다. 그 외에는 다케히사가 이 별장에서 사용하는 슬리퍼가 있을 뿐이었다.

다에는 구두를 벗고 신발장에서 슬리퍼를 꺼내 신은 후 복도를 걸어 거실 문 앞에 섰다. 안에서 아무 소리도 들리지 않는다.

거실 문을 열었다. 실내가 캄캄했다. 손으로 벽을 더듬어 전기 스위치를 올렸다. 거실이 환하게 밝아졌다.

창가에 있는 흔들의자에 사람이 앉아 있었다. 다케히사다.

다에는 헉, 숨을 삼켰다. 다케히사의 가슴 아랫부분이 피로 물들어 있었다.

이건 꿈이 아니라 현실이야. 머리 한구석으로 그렇게 생각하며 그녀는 그 자리에 주저앉았다. 왼손으로 입을 막은 채 시선을 이리저리 움직였다.

정원에 면한 유리문 바로 앞에 아키코가 쓰러져 있었다. 치마가 말려 올라가 있고 얼굴은 잿빛이다.

떨리는 손으로 핸드백에서 휴대 전화를 꺼냈다. 1, 1, 0……. 버튼을 누르는 엄지손가락도 바들바들 떨렸다.

3

구사나기 일행이 피로연장을 나온 것은 7시가 넘어서였다.

"피로연이 이럴 줄 알았으면 우리는 곧장 2차 자리로 갈 걸 그랬어."

고가가 진절머리 난다는 듯이 투덜거렸다.

"주빈은 부지사에, 건배 선창은 현의회 의원, 게다가 경찰서장까지 축사를 하고. 이거야 지역 명사들 사교 모임이지, 원⋯⋯."

"이봐, 그런 식으로 말하지 마. 명색이 읍장이니 입장이라는 게 있을 거 아니야. 그래서 다니우치도 구태여 2차 자리까지 마련한 거 아니겠어?"

"뭐야, 구사나기. 너 왜 이렇게 사람이 둥글둥글해졌어? 어떻게 된 일인지 유가와 자네가 좀 말해 봐."

질문을 받은 유가와가 어깨를 으쓱했다.

"어쩔 수 없잖아. 구사나기도 공무원인걸."

"아하, 그렇군. 위에서 하는 일에는 가타부타하지 않는다, 이건가?"

"무슨 소리야. 자네가 공무원의 애로를 알아?"

구사나기가 주먹을 불쑥 내밀었다.

2차 자리는 호텔 맨 꼭대기 층에 있는 바에서 있을 예정이었다. 그때까지 일행은 1층 라운지에서 시간을 보내기로 했다.

1층에 내려가 보니 정면 현관 근처에서 사람들이 웅성거리고 있었다. 보아하니 다니우치의 피로연에 참석했던 면면인 듯하다. 경찰서장의 모습도 보였다. 그들은 2차 자리에는 참석하지 않을 생각인 듯했다. 그런데 어쩐지 분위기가 좀 어수선하다. 게다가 다들 당혹스러운 표정이었다.

놀랍게도 거기에 다니우치가 엘리베이터를 타고 내려왔다. 여전히 턱시도 차림이지만, 피로연 때와 달리 표정이 심각했다. 그가 사람들이 모여 있는 쪽으로 급히 달려가더니 경찰서장과 뭔가 얘기를 나누었다.

"무슨 일이 있나 본데."

옆에 있던 유가와가 말했다.

"그러게 말이야. 내가 가서 물어보고 올게."

그러고서 구사나기는 다니우치에게 다가갔다. 그리고 마침 그가 대화를 마친 참인 듯해서 "무슨 일이야?"라고 조그만 소리로 물었다.

다니우치가 한쪽 입술을 일그러뜨리며 어깨를 으쓱했다.

"폭우로 산사태가 났나 봐. 산 밑으로 내려가는 도로 일부의 통행이 금지되었대."

"그 외길이 막혔단 말이야?"

구사나기는 자신이 지나온 길을 떠올렸다.

"그런가 봐. 다행히 사고는 일어나지 않았지만 이 많은 사람들이 전부 발이 묶이게 생겼어."

그때 체구가 작은 남자 하나가 "읍장님!" 하고 외치며 달려왔다.

"현장 상황으로 봐서는 내일 오전 중에나 길이 뚫릴 것 같답니다."

"그렇게 오래 걸린단 말이야?"

"비가 그치지 않으면 손을 쓸 수 없는 데다, 토사를 제거해도 안전을 확인하는 데 시간이 걸린다고……."

다니우치가 아랫입술을 깨물며 머리를 긁적거렸다.

"이거 큰일이네."

이번에는 얼굴이 둥그런 경찰서장이 다니우치에게 다가왔다.

"읍장님, 상황이 어떤지 들으셨습니까?"

"네, 들었습니다. 이거, 죄송하게 됐습니다. 수고스러우시겠지만 잘 부탁드립니다."

경찰서장이 고개를 끄덕였다.

"교통 통제는 이미 시작했습니다. 시간이 늦어서 큰 혼란은 없을 겁니다."

다니우치는 다시 한 번 경찰서장에게 죄송하다고 말하고 나서 갑자기 생각났다는 듯이 구사나기를 돌아보았다.

"아, 맞다. 일전에 제가 경시청에 대학 동창이 근무한다는 말씀을 드린 적이 있죠? 바로 이 친구입니다."

갑작스럽게 소개를 받은 구사나기가 허둥지둥 명함을 꺼냈다.

"구사나기라고 합니다."

"아, 그렇군요."

서장도 명함을 꺼냈다.

"읍장님께 말씀 많이 들었습니다. 복잡한 사건을 여러 차례 해결하셨다면서요."

"아닙니다, 곧이듣지 마세요. 어쩌다 보니 그렇게 된 겁니다."

명함에 쓰인 서장의 이름은 구마쿠라였다. 인상이 온후한 사람이다.

그때 구마쿠라의 제복 안에서 휴대 전화 벨소리가 들렸다. 실례하겠습니다, 하며 구마쿠라가 전화를 받았다.

"나야. 그래, 무슨 일이야? 도로가 또 말썽인가?"

거기까지 말했을 때 구마쿠라의 조그만 눈이 휘둥그레졌다. 그리고 표정이 순식간에 굳어졌다. 그의 다음 말에 주위의 공기가 얼어붙고 말았다.

"뭐, 살인 사건?"

2차가 예정보다 조금 늦게 시작되었지만 오늘의 주인공 중 한쪽은 여전히 보이지 않았다. 그래도 젊은이들이 신부를 둘러싸고 즐거운 듯이 사진을 찍고 있다. 의원이나 공무원처럼 거북스러운 사람들이 활개를 쳤던 피로연과는 분위기가 사뭇 다르다. 젊은 친구들이 새신부를 축복하기에는 오히려 신랑이 없는 편이 좋을지도 몰랐다. 신부는 다니우치보다 열세

살이나 어리다고 한다. 용서할 수 없는 일이라며 고가를 비롯한 친구들은 진심으로 화를 냈다.

남자 하나가 구사나기 일행이 있는 곳으로 다가왔다. 아까 다니우치에게 산사태 상황을 전해 준 사람이다. 그가 안 그래도 조그만 몸집을 더 움츠리며 구사나기 귓가에 대고 "죄송하지만, 잠깐 와 주실 수 있을까요?"라고 속삭였다.

"저 말입니까?"

"네, 읍장님이 드릴 말씀이 있답니다. 서장님도 함께 기다리고 계십니다."

"서장님까지……."

예감이 좋지 않았지만 거절할 수 없었다. 옆에 있는 유가와는 그들이 방금 주고받은 대화가 들렸을 텐데도 먼 산만 바라보며 칵테일을 마시고 있다.

구사나기는 남자에게 고개를 끄덕인 후 자리에서 일어났다.

걸음을 옮기면서 남자가 자신을 소개했다. 이름은 오타카. 읍사무소에서 총무과장으로 일한다고 한다.

"용건이 뭡니까?"

구사나기가 물었다.

"제가 말씀드리기는 좀……. 읍장님이 직접 말씀하시겠다고 하셨습니다."

오타카의 말투가 어딘지 석연치 않았다.

안내된 곳은 호텔 2층에 있는 방이었다. 회의에 사용하는 곳인지 커다란 책상을 둘러싸고 소파가 죽 놓여 있었다. 그곳에서 다니우치와 구마쿠라가 기다리고 있었다. 다니우치는 양복으로 갈아입었지만 서장은 예복 차림 그대로다.

"쉬고 있었을 텐데 미안해."

다니우치가 건너편에 있는 소파를 권하며 말했다.

"그건 괜찮은데, 대체 무슨 일이야? 신부를 저렇게 혼자 놔둬도 되나?"

구사나기가 소파에 앉으며 물었다.

"지금 그걸 걱정할 때가 아니야."

그리고 다니우치는 구마쿠라를 봤다.

실은, 하고 구마쿠라가 입을 열었다.

"아까 통화하는 걸 듣고 짐작하셨겠지만 살인 사건이 발생했습니다. 경찰서로 신고가 들어왔어요. 부모님이 살해당했다는 내용이었습니다."

"장소는요?"

"이 근처입니다."

구마쿠라가 심각한 표정으로 대답했다.

"이 호텔 앞으로 난 길을 따라 조금 올라가면 별장지가 나옵니다. 그곳에 있는 별장에서 일이 일어난 모양입니다. 신고한 사람은 별장 주인의 딸로, 저녁나절에 가 보니 먼저 도착한 부모님이 살해당해 있었다는 겁니다."

"저런. 그런데……,"

구사나기가 구마쿠라와 다니우치의 얼굴을 번갈아 보았다.

"왜 그 얘기를 저한테 하시는 거죠?"

구마쿠라가 얼굴을 찡그렸다.

"물론 경시청에 계신 분과는 관계가 없는 일이겠죠. 현경 관할이니까요. 다만, 아시다시피 현재 산 밑으로 내려가는 도로의 통행이 금지된 상태라서 현경 본부는 물론이고 우리 서에서도 사건 현장에 사람을 보내기 어렵습니다. 날씨가 이래서 헬리콥터를 띄우는 것도 무리고요."

"그럼 지금도 신고인 혼자서 현장에 있습니까?"

"아닙니다. 별장지 인근에 파출소가 있어서 그곳 경찰이 현장에 투입되었습니다."

"그렇군요……."

사정이 이해되었다.

"도로는 빨라야 내일 아침에나 복구될 것 같습니다. 하지만 그때까지 손 놓고 있을 수는 없지 않겠습니까. 이런 사건은 초동 수사가 생명이니까요."

"그건 그렇지만, 도로가 불통인데 어쩔 도리가 없지 않습니까?"

"물론 서에서는 현장으로 갈 수 없습니다. 하지만 여기서라면 가능하죠."

"네?"

"서장님이 직접 현장으로 가시겠다는 거야."

다니우치가 말했다.

"서장님이요?"

그러자 구마쿠라가 가슴을 젖히며 말했다.

"서장이라도 경찰은 경찰이니까요."

"하긴 그렇죠."

구사나기는 고개를 끄덕였다. 딱히 이상한 일은 아니었다. 살인 등의 중대한 사건이 발생했을 경우 관할 서장이 현장으로 달려가는 건 오히려 당연한 수순이라고 할 수 있었다.

"다만, 하면서 구마쿠라가 겸연쩍은 듯이 눈썹을 찡그렸다.

"부끄러운 말씀입니다만, 저는 주로 교통계에 근무했던 터라 형사 사건에는 현장 경험이 거의 없습니다. 물론 최소한의 지식은 있지만, 만에 하나 자칫 실수라도 해서 돌이킬 수 없는 사태가 벌어지면 어쩌나 하는 걱정이 앞서는군요."

"그래서 말인데,"

다니우치가 구사나기 쪽으로 몸을 바짝 기울였다.

"서장님이 내게 물으시더군. 자네 힘을 빌릴 수 없겠느냐고 말이야."

"내 힘을?"

구사나기는 살짝 뒤로 물러앉으며 구마쿠라를 바라보았다.

"현장에 동행해 달라는 말씀입니까?"

"말하자면, 그렇습니다."

구마쿠라가 양손을 무릎에 놓았다.

"경찰서장이 지척에 있으면서 아무 대처도 못한다는 건 아무래도 좀……."

곤란하겠지, 하고 구사나기는 생각했다. 그러나 여기까지 와서 살인 현장에 발을 들이고 싶지는 않았다.

어떻게든 거절하려고 구실을 찾고 있는데 "나도 부탁하네. 읍장 체면 좀 살려 줘." 하며 마치 구사나기의 속내를 읽기라도 한 듯이 다니우치가 꾸벅 고개를 숙였다.

4

비가 조금 잦아들었다. 하지만 와이퍼의 속도를 늦출 정도는 아니었다. 핸들을 잡은 오타카의 손놀림이 신중했다.

호텔을 나선 지 10분쯤 후에 별장지 입구에 도착했다. 거기서 조금 더 가자 일정한 간격으로 서양식 건물이 늘어서 있었다. 경찰차가 보이자 오타카가 "저기인가 봅니다." 하고 말했다.

경찰차 뒤에 차를 세웠다. 구사나기는 우산을 펼쳐 들고 차에서 내렸다. 구마쿠라도 뒤따라 내리고 차에는 오타카만 남았다.

구사나기와 구마쿠라는 작업복 차림이었다. 호텔에서 빌린 것이다. 그리고 현장에 머리카락을 떨어뜨리지 않으려고 모자를 썼다. 물론 장갑도 준비했다.

별장은 목조 건물이었다. 날이 어두운 데다 울창한 숲에 둘러싸여 있어 전체 모습을 파악하기는 힘들지만 대지 넓이만도 줄잡아 백 평은 될 듯했다. 가쓰라기가의 별장이라는 것은 오는 동안 들어서 알고 있었다.

건물 옆 주차 공간에 볼보와 빨간 아우디가 나란히 서 있었다. 아우디를 물끄러미 바라보는 구사나기에게 구마쿠라가 "왜 그러시죠?" 하고 물었다.

"아, 아무것도 아닙니다."

구사나기는 고개를 저었다.

대문 옆에는 비옷을 입은 경찰이 서 있었다. 그가 구마쿠라를 보더니 긴장한 표정으로 경례했다. 서른 살 정도의 순박해 보이는 남자다.

"신고자는?"

구마쿠라가 물었다.

"안에 있습니다."

"상태가 어때?"

"네, 그게, 상당히 충격을 받은 것 같습니다."

"얘기는 들어 봤어?"

"아, 아니요. 자세히는……."

"현장은 봤나?"

"네. 아, 하지만 언뜻 봤을 뿐입니다."

구마쿠라가 구사나기에게 눈길을 돌렸다. 그 눈빛이 이제부터 뭘 해야 하는지 묻는 듯했다.

"서장님도 현장을 한번 보시는 게 좋겠습니다."

구사나기가 말했다.

"단, 현장에 있는 물건은 절대 건드리시면 안 됩니다."

구마쿠라가 온순한 표정으로 고개를 끄덕인다. 나이로 보나 계급으로 보나 구사나기가 아래인데 구마쿠라는 거들먹거리는 기색이 전혀 없었다. 인망으로 서장 자리에까지 올랐을 것이다.

대문에서 현관으로 연결된 길에는 징검돌이 깔려 있었다. 구사나기는 흙 위에 발자국이 남지 않도록 주의하면서 그 위를 걸었다. 범인의 발자국이 남아 있을지도 모르기 때문이다. 실은 제아무리 서장이라도 감식반이 작업을 마치기 전까지는 되도록이면 현장에 접근하지 않는 것이 원칙이다.

현관 앞에 도착하자 장갑을 낀 손으로 문을 두드렸다.

들어오세요, 하는 여자의 가냘픈 목소리가 들려왔다. 문을 연 순간 구사나기는 소스라치게 놀라고 말았다.

코앞에 여자 하나가 무릎을 껴안은 채 앉아 있었기 때문이다. 여자는 청바지와 빨간 셔츠 차림에 회색 카디건을 걸치고 있었다.

그녀가 고개를 들더니 천천히 일어섰다. 나이는 이십 대 후반쯤일까. 날씬한 체형에 키가 크고 머리가 길다. 눈꼬리가 적당히 치켜 올라간 것이, 유가와의 말대로 상당한 미인이었다.

여자가 가쓰라기 다에라고 자신을 소개했다.

구마쿠라도 자기소개를 했다.

"꼴은 이래도 경찰서장입니다."

구사나기는 그 말이 우스꽝스럽다고 생각했지만 웃을 만한 상황이 아니었다.

구마쿠라가 다에에게 구사나기에 관해 간단히 설명했다. 다에는 잠자코 고개를 끄덕였다. 경찰의 사정 따위야 아무래도 상관없을 것이다.

"그런데 현장은 어디인가요?"

구마쿠라가 물었다.

"안쪽입니다."

가쓰라기 다에가 등 뒤 복도 쪽을 가리켰다.

"안쪽에 있는 거실이에요."

구사나기와 구마쿠라는 구두를 벗고 준비해 온 비닐봉지를 발에 씌운 후 흘러내리지 않도록 발목 부분에 고무 밴드를 감았다. 되도록 자신들의 흔적을 남기지 않으려는 것이다.

가쓰라기 다에를 남겨 둔 채 두 사람은 복도로 들어섰다. 거실 문은 꼭 닫혀 있었다.

구사나기가 천천히 문을 열었다. 역한 냄새가 훅 끼쳐 왔다. 오물과 피가 섞인 듯한 냄새다.

조심스럽게 발을 들여놓은 순간 구사나기는 자신도 모르게 숨을 멈췄다. 뒤따라 들어온 구마쿠라의 입에서도 으악, 소리가 새어 나왔다.

맨 먼저 눈에 들어온 것은 창가에 놓인 흔들의자다. 거기에 몸집이 자그마한 남자가 앉아 있었다. 긴 바지에 폴로셔츠와 조끼를 입은 남자는 가슴에 커다란 구멍이 뚫려 있고 그 아랫부분은 시커먼 피로 물들어 있었다.

시선을 오른쪽으로 옮기자 정원에 면한 유리문이 있었다. 유리문은 한쪽이 열려 있고 그 바로 앞에 여자 하나가 위를 향한 채 쓰러져 있었다. 언뜻 보기에 여자에게는 외상이 없어 보인다.

구사나기는 주머니에서 디지털 카메라를 꺼냈다. 다니우치의 결혼식 사진을 찍으려고 챙겨 온 것인데 설마 이런 일에 쓰일 줄은 꿈에도 몰랐다.

그 자리에 서서 실내 광경을 몇 장 찍은 후 주위에 있는 물건들을 건드리지 않도록 주의하면서 흔들의자로 다가갔다. 하지만 1미터 정도를 남기고 그는 걸음을 멈췄다. 바닥에 있는 자잘한 혈흔이 눈에 들어왔기 때문이다. 누군가가 그 위를 이동한 흔적도 있었다.

구사나기는 그 위치에서 남자의 가슴에 난 상처를 관찰했다. 마치 도려내기라도 한 듯이 구멍이 뚫려 있었다. 피부도 그 안의 장기도 엉망으로 뭉그러진 듯했다. 그 상흔의 정체가 무엇인지 구사나기는 짐작이 갔다. 전에도 이와 비슷한 사체를 본 적이 있었다.

남자는 예순에서 여든 사이. 주름투성이 잿빛 얼굴이 거북이를 연상시켰다.

사진을 몇 장 찍은 다음 여자 시신으로 다가갔다.

여자의 사인 역시 금세 파악되었다. 목이 졸린 흔적이 있었다. 끈은 아니다. 손가락 자국이 선명하게 남아 있다. 그리고 그 자국에 희미하게 피가 묻어 있었다.

"구사나기 씨, 저것 좀⋯⋯."

구마쿠라가 손전등으로 정원을 비췄다.

비에 젖은 지면 위에서 검은 총신이 번들거렸다.

"역시 산탄총이로군."

구사나기가 중얼거렸다.

"다케와키 가쓰라 선생의 존함은 저도 들어서 압니다. 그렇군요, 그 남자분이 다케와키 선생이었군요. 정말 안타깝습니다."

구마쿠라가 매우 엄숙하게 말했다.

가쓰라기 다에가 힘없이 고개를 저었다.

"그 이름으로 부르지 마세요. 그건 아버지가 집 밖에서 사용하시던 이름이라서 제게는 남의 이름처럼 들리거든요."

"아…… 그렇군요. 죄송합니다. 그럼 앞으로는 본명인 가쓰라기 다케히사 씨로 부르겠습니다. 그리고, 어머니의 존함은 아키코 씨라고……."

맞아요, 하고 가쓰라기 다에가 고개를 끄덕였다.

호텔 회의실에서 참고인 조사가 이루어지고 있었다. 구사나기는 내키지 않았지만 이번에도 다니우치의 부탁을 거절하지 못하고 동석했다.

흔들의자에 앉은 채 죽어 있던 사람은 필명이 다케와키 가쓰라라는 작사가였다. 이름만으로는 누군지 딱 떠오르지 않았지만, 대표곡 제목을 몇 개 들었을 때는 내심 놀랐다. 주로 전통 가요로, 하나같이 크게 히트한 노래들이었다. 홍백가합전에서 불린 적도 있었다. 별장 한두 채쯤 갖고 있다 한들 이상할 것이 없었다.

"아버지와 엄마는 오늘 아침 일찍 그 별장에 도착하셨을 거예요. 해마다 이 시기에는 한 달 정도 별장에서 지내시곤 하셨어요."

"함께 오신 건 아니고요?"

구마쿠라가 물었다.

"저는 부모님과 따로 떨어져 살아요. 오늘은 걱정되는 일이 있어서 온 거고요."

"걱정되는 일이라면……?"

가쓰라기 다에는 잠시 주저하는 듯한 표정을 짓다가 혀로 입술을 축였다.

"어젯밤, 엄마한테서 연락이 왔어요. 아버지가 도리카이 슈지라는 사람을 별장으로 부르겠다고 하셨다는 거예요. 아버지의 제자로 지금은 음악 프로듀서로 활동하는 분이에요."

"그 사람을 왜 부르려고 하신 겁니까?"

구마쿠라가 다시 물었다.

"항의하시겠다고요."

"항의요?"

가쓰라기 다에가 후, 한숨을 내쉬었다.

"최근에 도리카이 씨가 신인 가수를 몇 명 데뷔시켰는데, 다들 도리카이 씨가 직접 작사한 노래를 불렀어요. 그런데 그 가사 중 하나가 예전에 아버지가 써 놓으신 곡과 매우 흡사했어요. 아버지는 그 가사를 언젠가 누군가에게 주겠다며 소중히 간직하고 계셨거든요."

"아하, 그러니까 표절이라는 말이군요."

가쓰라기 다에가 고개를 끄덕였다.

"그런데 도리카이 씨는 정반대의 주장을 했어요. 그 가사
는 원래 자신이 습작하던 시절에 써서 아버지에게 보여 드린
작품이라는 거예요. 몇 군데 수정하도록 지도를 받은 건 사실
이지만 대부분은 자신의 창작이라면서요."

"흠……, 누구의 주장이 옳을까요?"

구마쿠라의 물음에 가쓰라기 다에가 고개를 저었다.

"모르겠어요. 아버지는 워낙 경력이 오래다 보니 쓰신 작품
도 방대해요. 개중에는 발표하지 않은 것도 많을 거예요. 하지
만 그런 만큼 어느 작품이 당신 것인지 알 수 없게 되어 제자의
작품과 혼동했을 가능성도 없지 않습니다."

"그러니까 도리카이 씨의 주장이 옳을 수도 있다는 말입니
까?"

"네. 그런데 아버지가 그 주장을 듣고 격노해서 도리카이
씨를 별장으로 부르겠다고 하신 거예요. 그 얘기를 엄마에게
들은 저는 몹시 걱정스러웠어요. 도리카이 씨와 사이가 틀어
져서 좋을 일이 하나도 없거든요. 도리카이 씨가 음악 프로듀
서로 활약하는 덕분에 지금도 아버지에게 작사 일이 주어지
는 거니까요. 얘기가 잘 안되면 작사가로서의 아버지 지위가

흔들릴지도 모른다는 생각이 들었어요. 어떻게든 얘기를 원만하게 마무리하도록 해야겠다 싶어서 여기까지 온 겁니다."

"그게 다에 씨에게 가능한 일입니까?"

"그야 모르죠. 하지만 중재할 사람이 저밖에 없다고 생각했어요. 아버지는 제 말이라면 뭐든 다 들어주셨으니까요."

"그렇군요. 사정은 대충 알았습니다. 그럼 시신을 발견했을 때의 상황을 최대한 자세히 말씀해 주세요."

가쓰라기 다에는 고개를 끄덕하고 나서 잔에 담긴 물을 머금고 숨을 몇 번 크게 쉬더니 입을 열었다.

이 호텔에 도착한 시각은 오후 2시경. 체크인을 하고 방에 들어가서 부모님 휴대 전화와 별장 전화로 여러 번 전화를 걸어 보았지만 받지 않았다. 부모님이 휴대 전화를 지니지 않은 채 외출한 모양이라고 생각하고 잠시 방에서 쉬기로 했다. 하지만 6시가 가까운데도 전화를 안 받자 걱정되기 시작했다. 호텔 2층에 있는 이탈리안 레스토랑에서 식사한 후 7시 조금 전에 호텔을 나왔다. 별장에 도착한 시각이 7시 20분경. 대문이 잠겨 있지 않았다. 현관에서 구두를 슬리퍼로 갈아 신은 후 복도 안쪽에 있는 거실로 향했다. 거실에 불이 꺼져 있어 벽에 붙은 스위치를 올리고서야 이변을 알아차렸다. 두 사람에게 다가가 보니 이미 사망한 상태여서 구급차를 부르지 않고 곧장 경찰에 전화를 걸었다. 그리고 거실에 있기가 무서워서 현관에 나와 경찰이 오기를 기다렸다.

이상이 가쓰라기 다에의 진술이다.

구마쿠라는 도리카이와의 불화 외에 최근 뭔가 이상한 일은 없었는지, 그리고 가쓰라기 부부의 목숨을 노릴 만한 사람이 달리 있지는 않은지를 가쓰라기 다에에게 물었다. 그러나 그녀는 고개를 저을 뿐이었다.

"부모님은 누구에게 원한을 살 만한 분들이 아니에요. 다만 예전에 별장을 털린 적이 한 번 있습니다. 그림과 골동품 등을 도난당했죠. 별로 비싼 물건은 아니었지만요. 3년쯤 전의 일이에요. 아마 경찰서에 도난 신고를 했을 거예요."

"범인은 잡았나요?"

가쓰라기 다에가 다시 고개를 저었다.

"아니요, 잡히지 않았어요."

약 한 시간 후, 가쓰라기 다에는 참고인 조사를 마치고 자신의 방으로 돌아갔다.

5

"정말이지, 자네와 함께 있어서 좋은 일이 없다니까. 설마 이런 일에 내 노트북을 쓰게 될 줄이야……."

유가와가 떨떠름한 얼굴로 노트북 전원을 켜고 카드 리더를 꽂았다. 카드 리더에는 구사나기의 디지털 카메라에 사용했던 SD 카드가 삽입되어 있었다.

"난들 좋아서 이번 사건에 끼어들었겠어? 다니우치의 체면을 세워 주려는 거지. 그 친구 입장에서 생각해 봐. 평생의 기념이 되어야 할 결혼식 날에 산사태로 도로가 막히지 않나, 근처에서 살인 사건이 발생하지 않나. 신부랑 알콩달콩 지내기는커녕 여태껏 관계자들과 협의 중이래."

"하기야 다니우치가 딱하게 된 건 사실이지."

유가와가 자리에서 일어섰다.

"자, 준비 완료."

노트북 화면에 조그만 사진들이 나열되어 있었다. 구사나기가 촬영한 사건 현장 사진이다.

구사나기는 이 SD 카드를 현경 감식과에 제공할 작정이지만, 그러기 전에 내용을 확인해 두고 싶었다.

"그런데 그 아우디를 운전하던 여자가 피해자의 딸이라니……. 우산을 빌려줘서 고맙다는 말은 했어?"

유가와가 물었다.

"그럴 분위기가 아니었어. 게다가 그쪽은 나를 알아보지 못하는 눈치더라고."

"친절을 베푼 여자에게 그런 비극이 닥쳤다니 마음이 아프군. 한시 빨리 사건이 해결되었으면 좋겠어."

"그러게 말이야. 나는 그 도리카이인가 하는 남자가 의심스러워. 별장을 둘러본 바로는 범행 목적이 뭔가를 훔치려는 것 같지는 않았어. 말다툼을 벌이던 중 발끈한 다케히사 씨가 산탄총을 꺼내서 위협하려다가 오히려 상대에게 총을 빼앗겨 당한 게 아닐까 싶어."

"총이 피해자 것인가?"

"그렇다더군. 그 여자 얘기로는 다케히사 씨가 몇 년 전까지 취미로 클레이 사격을 했대. 최근에는 하지 않게 된 모양이지만 말이야. 거실 벽에 총을 보관하는 장이 붙어 있는데 그 문이 열려 있었어."

"총알도 거기에 있었고?"

"아니, 없었어. 지하 창고에 금고가 있는데 보통은 거기에 보관한다더군. 우리가 갔을 때는 금고 문이 잠겨 있어서 열어볼 수 없었어. 다케히사 씨가 미리 총알을 한 발 꺼내 놓았겠지."

유가와가 손가락 끝으로 안경을 살짝 밀어 올렸다.

"타당성이 있는 추리이기는 한데, 위협만 하려던 거라면 총알을 넣을 필요가 없지 않았을까?"

"그렇진 않지. 장식해 놓은 총에는 대개 탄환이 안 들어 있으니 상대를 위협하려면 그가 보는 앞에서 총알을 넣을 필요가 있었겠지."

유가와가 잠시 생각에 잠긴 표정을 짓다가 고개를 끄덕였다.

"그래, 일리가 있어."

"어찌 됐건 알리바이를 확인하는 게 우선이야. 도리카이가 니시아자부에 산다니, 우리가 시신을 확인한 시점이 사후 일고여덟 시간 정도 됐을 때니까 만일 그가 범인이라면 낮 동안의 알리바이가 없을 거야."

"그렇겠군."

유가와가 고개를 끄덕이면서 잡지를 손에 들었다.

"사진은 안 볼 거야?"

구사나기가 노트북 앞으로 다가서며 물었다.

"지금까지 수사에 여러 번 협조했지만 사건 현장을 본 적은 없잖아. 앞으로 도움이 될지 모르니 한번 보면 어떻겠어?"

유가와는 고개를 삐딱하게 기울이며 입술을 여덟팔자로 늘어뜨렸다.

"사양하겠어. 인생에 도움이 될 지식은 아니라고 봐."

"그래? 뭐, 억지로 권하지는 않겠어."

구사나기는 키보드를 두드려 가며 사진을 순서대로 확인했다. 거실 입구에서 찍은 사진이 몇 장 이어졌다. 가구나 장식품들의 위치 관계를 기록하려는 목적인 듯했다.

그리고 마침내 시신의 사진이 등장했다. 흔들의자에 눈이 감긴 채 있는 가쓰라기 다케히사는 가슴 아랫부분이 다량의 피로 검붉게 물들어 있었다. 그 모습을 다양한 각도에서 찍은 사진이 몇 장 계속되었다.

다음으로 그의 아내 가쓰라기 아키코의 시신 사진이 나왔다. 그녀는 정원 쪽으로 머리를 둔 채 위를 보고 누워 있었다. 긴 스커트 자락이 흐트러져 있지만 속옷이 보일 정도는 아니었다.

그 사진을 들여다보는데 뒤에서 "잠깐만!" 하는 소리가 들렸다. 돌아보니 유가와가 잡지에서 얼굴을 들고 노트북 화면을 응시하고 있었다.

"뭐야, 안 보겠다더니."

"우연히 그쪽으로 눈길이 갔는데 신경 쓰이는 사진이 있어서 말이야."

"어떤 사진인데?"

"지나간 화면을 다시 한 번 볼 수 있을까? 총에 맞은 남자 사진 말이야. 여러 장인 것 같던데."

"보고 싶으면 와서 직접 봐. 이거 자네 노트북이잖아."

알았어, 하며 유가와가 자리에서 일어나 구사나기 곁으로 왔다. 그리고 터치 패드에 손가락을 얹고는 익숙한 손놀림으로 사진을 몇 장 화면에 불러왔다. 모두 흔들의자에 앉은 채 죽어 있는 가쓰라기 다케히사를 촬영한 것이었다.

"피를 엄청나게 흘렸군. 즉사한 건가……."

유가와가 중얼거렸다.

아마 그럴 거야, 하고 구사나기가 말했다.

"가까운 거리에서 심장을 관통시켰으니 비명을 지를 새도 없었을 거야."

유가와는 흠, 하며 생각에 잠기는 듯한 표정을 지었다.

"왜, 뭐가 마음에 걸려서 그래?"

"아니, 아직은 섣불리 말하기 힘들어."

그리고 책상 서랍을 열어 호텔 메모 용지와 볼펜을 꺼낸 그는 화면을 보며 뭔가를 적은 후 소파로 되돌아갔다.

"뭐야? 거드름 피우지 말고 속 시원히 말해 봐."

그러나 유가와는 대꾸 없이 메모지에 볼펜으로 뭔가를 적었다. 그런 그의 손끝을 목을 쭉 빼고 바라보던 구사나기의 눈이 동그래졌다. 그가 적고 있는 것이 수식이었기 때문이다.

더 물어보기도 뭐해서 구사나기는 노트북을 향해 돌아앉았다. 괴팍한 물리학자야 뭘 하든 자신은 자신의 작업을 계속하기로 했다.

가쓰라기 아키코의 시신 사진을 모두 확인했을 즈음 유가와가 "산탄총이······," 하고 불쑥 말을 꺼냈다.

"정원에 버려져 있었다고 했나?"

"응. 이게 그 사진이야."

구사나기가 화면에 사진을 띄웠다. 잔디가 깔린 정원에 산탄총이 떨어져 있었다. 유리문에서 2미터 정도 떨어진 곳이다. 사진을 찍고 난 구사나기는 구마쿠라와 의논한 끝에 총을 실내에 들여놓기로 했다. 계속 비를 맞으면 중요한 흔적이 사라질지 몰라서였다. 총신에는 혈흔도 있었다.

"부인은 목이 졸려서 죽었다고 했지. 끈 같은 걸 사용했어?"

"아니야, 손으로 졸랐어. 다케히사 씨를 사살하는 장면을 부인이 목격하는 바람에 범인이 어쩔 수 없이 그런 선택을 하게 된 것 아닐까 싶어. 부인의 목에 묻은 피는 아마도 다케히사 씨의 피일 거야. 총에도 피가 튀어 있었거든."

그러나 유가와는 석연치 않다는 듯한 표정을 지었다.

"왜, 내 대답이 마음에 안 들어?"

"딱히 그런 건 아니지만, 방금 자네가 얘기한 대로라면 산탄총이 거실에 떨어져 있어야 정상이야. 총을 든 채 부인의 목을 조를 수는 없잖아."

"부인을 죽이기 전이나 후에 정원에 내던졌겠지."

"그래야 할 이유가 있을까?"

"그야 범인에게 물어보지 않고서는 알 수 없지."

그러고서 구사나기는 사진 확인 작업을 계속했다. 별장 내부뿐만 아니라 별장 주변과 주차 공간을 찍은 사진도 있었다. 주차 공간에는 볼보와 아우디가 나란히 세워져 있었다. 진흙이 묻은 볼보 번호판은 차량 번호를 식별하기가 어려웠다. 구사나기는 혀를 찼다. 조금 더 가까이서 찍었어야 했는데.

"아, 그 아우디군."

뒤에서 유가와가 말했다. 또 모니터를 들여다보고 있었던 듯하다.

"그 차는 지금 어디 있어?"

"거기 그대로 있을 거야. 함부로 움직일 수 없을 테니까. 그런데 그건 왜?"

"아니, 아무것도 아니야."

그때 방에 놓인 전화기의 벨이 울렸다. 구사나기가 수화기를 들었다.

"여보세요."

"구사나기? 나야, 다니우치."

"그래, 무슨 일이 있어?"

"아니, 그 후로는 이렇다 할 변화가 없어. 그보다, 오늘 일은 정말 미안해. 무리한 부탁을 들어줘서 얼마나 고마운지. 구마쿠라 서장도 고맙다고 전해 달래."

"별말씀을. 서장은 어쩌고 있어?"

"아직 아까 그 회의실에 있을 거야. 여기저기 전화를 걸고 있나 봐. 산사태에 살인 사건까지 겹쳤으니 정신이 없겠지. 아마 오늘 밤에는 잠자기도 힘들걸."

성실한 사람인 듯하니 가만히 있지 못할 것이다. 딱하게 되었군, 하고 구사나기는 생각했다.

"그건 그렇고, 우리는 지금 1층 라운지에서 한잔하는 중이야. 뒤풀이도 제대로 못하고 해서 말이지. 자네들도 오지 그래?"

"그래, 알았어. 유가와에게 말해 볼게."

전화를 끊고 나서 구사나기는 통화 내용을 유가와에게 전했다.

"나쁘지 않지. 기념사진도 한 장 못 찍었잖아."

유가와가 노트북에서 SD 카드를 뽑아 구사나기에게 건네면서 대답했다.

"하지만 그 전에 잠깐 조사할 게 있으니 자네 먼저 가 있어."

"뭘 조사하려고?"

"별거 아니야. 결과가 나오면 자네에게도 알려 줄게."

"참, 젠체하는 데는 어찌 그리 일관성이 있는지. 뭐, 그렇게 해. 나는 서장한테 들렀다 갈게."

그렇게 말하고서 구사나기는 SD 카드를 받아 들었다.

방을 나온 그는 엘리베이터를 타고 2층에서 내려 회의실로 향했다. 열린 문틈으로 들여다보니 다니우치 말대로 구마쿠라는 누군가와 통화를 하고 있었다.

"그럼 아침 일찍 특수 차량을 출동시키는 걸로…… 네, 그렇게 해 주세요. 이쪽도 준비를 해 두겠습니다. 그럼 잘 부탁드립니다."

전화를 끊고서 구마쿠라가 후, 한숨을 내쉬었다.

구사나기는 열려 있는 문을 두드렸다. 구마쿠라가 그를 보더니 피곤에 전 미소를 지었다.

"어서 오세요."

"이걸 전해 드리려고요."

구사나기가 회의실 안으로 들어가 SD 카드를 내밀었다.

"일단 내용은 확인했습니다. 그런대로 촬영이 되어 있더군요."

"감사합니다. 구사나기 씨가 계셔서 한결 든든하군요."

구마쿠라가 귀중품이라도 다루는 양 신중하게 SD 카드를 받아 들었다.

"그 후로 뭔가 진전이 있었습니까?"

"진전이라고 할 정도는 아니지만, 현경 본부에서 생각보다 빨리 지원 인력이 올 것 같습니다. 진창길에서도 달릴 수 있는 특수 차량을 출동시키겠다는군요."

"그래요? 그거 잘됐습니다."

"아, 그리고 도리카이라는 인물의 동태에 관해서는 경시청에 협조를 의뢰하기로 했습니다. 정황으로 볼 때 그 인물이 가장 의심스럽거든요. 알리바이 등은 금방 밝혀질 겁니다. 정말이지 구사나기 씨께 신세를 크게 져서 면목이 없습니다."

구사나기가 손을 내저었다.

"개의치 마십시오. 그보다, 무리해서 건강을 해치지 않도록 조심하세요. 오늘 밤에는 좀 쉬시는 게 좋을 것 같습니다."

"고맙습니다. 그렇게 하겠습니다."

겸손하게 인사하는 경찰서장과 헤어지고 나서 구사나기는 엘리베이터를 탔다. 그런데 엘리베이터 안에 유가와가 타고 있었다.

"조사는 끝났어? 수확이 좀 있나?"

구사나기의 질문에 "그런대로 있다고 할까."라는 의미심장한 대답이 돌아왔다.

1층 라운지에 들어서니 안쪽에 자리를 잡은 다니우치 일행의 모습이 보였다. 새신부도 함께 있었다. 다니우치가 구사나기를 알아보고 손을 흔들었다.

그들 외에는 손님이 드문드문 있는 정도였다. 그런데 다니우치 일행의 테이블에서 조금 떨어진 자리에 앉아 있는 여자 손님을 발견한 구사나기가 걸음을 멈췄다. 가쓰라기 다에였다. 눈이 마주치자 그녀가 고개를 까딱했다. 구사나기도 살짝 고개를 숙였다.

"그렇게 처참한 광경을 목격했으니 방에 혼자 있기가 불안하겠지."

구사나기가 유가와의 귀에 대고 속삭였다.

다니우치 일행의 테이블로 다가가자 모두가 두 사람에게

자리를 내주기 위해 조금씩 옮겨 앉았다.

"얘기 들었어. 여기까지 와서 민완 형사의 진면목을 발휘했다며?"

고가가 놀리듯이 말했다.

"쓸데없는 소리. 별로 한 일도 없어."

"아니야, 역시 경시청 형사는 대단하다고 서장이 감탄하던걸. 그저 인사치레가 아니었어. 나까지 어깨가 으쓱하더라니까."

다니우치가 새신부를 향해 자랑스러운 듯이 말했다. 열세 살 연하의 신부는 "대단하네요."라며 눈을 반짝거렸다.

남편분께서 더 대단하시죠, 라며 구사나기도 듣기 좋은 말을 했다.

일행은 샴페인과 와인을 마시며 옛이야기를 나눴다. 그러던 중 유가와가 구사나기의 옆구리를 쿡쿡 찔렀다.

"미스 아우디가 아까부터 이쪽을 자꾸 힐끔거리는데? 자네에게 뭔가 할 말이 있는 눈치야."

"미스 아우디?"

구사나기는 유가와가 턱으로 가리키는 쪽을 바라보았다. 가쓰라기 다에가 그를 바라보고 있었다.

잠깐 실례할게, 라고 좌중에게 양해를 구한 후 구사나기는 자리에서 일어섰다. 그리고 가쓰라기 다에에게 다가가 "제게 무슨 볼일이라도……?" 하고 물었다.

그녀가 살짝 고개를 끄덕였다.

"잠시 시간을 내주실 수 있을까요?"

"네, 물론입니다."

구사나기가 그녀의 맞은편에 앉았다.

"사건 때문이시죠?"

"네, 여쭤보고 싶은 일이 있어서요."

"뭡니까?"

"실은, 부끄럽게도, 제가 너무 당황해서 현장을 제대로 보지 못했어요. 솔직히 말하자면 전혀 상황을 파악하지 못했습니다. 그래서 대체 무슨 일이 일어난 건지 알고 싶어요."

가쓰라기 다에가 고개를 약간 숙인 채 조심스럽게 말했다.

"아아, 그럴 만도 합니다. 보통 사람은 똑바로 바라볼 수조차 없는 상태였으니까요. 현장도 현장이지만 무엇보다 시신의 상태가 그랬습니다."

"범인이 부모님을 어떤 식으로 살해했나요? 아버지가 엽총에 맞았다는 얘기는 들었지만……."

"아마도 의자에 앉아 계시던 다케히사 씨를 아주 가까운 거리에서 쏜 것 같습니다. 그런 다음 맨손으로 부인의 목을 졸랐을 겁니다. 자세한 내용은 감식반의 조사가 끝나 봐야 알겠지만요."

한기를 느끼는지 가쓰라기 다에가 양쪽 팔을 손으로 문질렀다.

"누가 그렇게 끔찍한 짓을……, 강도의 소행일까요?"

구사나기는 고개를 갸우뚱 기울었다.

"그럴 가능성도 배제할 수는 없습니다만, 확률은 아주 낮습니다. 강도라면 스스로 흉기를 준비해 왔을 거예요. 그곳에 우연히 엽총이 있어서 그걸 사용했다, 그렇게 보기는 힘듭니다. 아마 면식범의 소행으로 봐도 별로 틀리지 않을 거예요."

"면식범이라면…… 도리카이 씨?"

구사나기가 씁쓸하게 웃으며 고개를 저었다.

"거기서부터는 현경 소관입니다. 저는 경시청 소속이에요. 외부인이 무책임한 발언을 할 수는 없습니다."

"아……, 네."

그녀가 유리잔으로 손을 뻗는 참에 유가와가 그들에게 다가왔다.

"낮에는 정말 감사했습니다. 덕분에 무사했어요."

유가와가 그대로 선 채 가쓰라기 다에게 인사했다.

아닙니다, 하고 그녀가 조그만 소리로 대답했다.

"그때 그 사람들이 두 분이셨군요."

유가와가 명함을 꺼냈다. 물리학과 부교수라는 직함에 놀랐는지 그녀가 눈을 깜박거렸다.

"사건에 관해서는 이 친구에게 들었습니다. 정말 안타까운 일을 당하셨더군요. 사건이 어서 해결되기를 진심으로 빌겠습니다."

"감사합니다."

두 사람의 대화를 들으면서 구사나기는 뭔지 모를 긴장감을 느꼈다. 자신이 아는 유가와는 별로 친하지도 않은 상대에게 굳이 다가와 애도의 말을 늘어놓을 사람이 아니다.

"잠시 실례해도 되겠습니까?"

유가와가 묻자 가쓰라기 다에는 "네, 앉으세요."라고 대답했다.

"실은 제가 아버님의 팬입니다. 아니, 아버님이 작사한 노래의 팬이라고 해야 할까요."

구사나기 옆 자리에 앉으며 유가와가 말했다.

"그러시군요……."

그녀가 당황스러운 얼굴을 했다. 그러나 그녀 이상으로 당황한 사람은 구사나기였다. 유가와가 전통 가요의 팬이라는 얘기는 한 번도 들어 본 적이 없었다. 물론 자신의 감정을 얼굴에 드러낼 수는 없었다. 유가와에게 필시 뭔가 속셈이 있을 터였다.

"아버님 작품에는 가족애를 주제로 한 곡이 많지요. 자식이 태어난 기쁨이나 딸을 시집보내는 아버지의 심경을 표현했다든가 연로한 부모에 대한 감사의 마음을 담았다든가 말입니다. 들으면 마음이 아주 따뜻해져요."

"그렇게 말씀해 주시니 아버지도 저세상에서 기뻐하시겠네요."

"실제로 아버님께서는 가족 관계를 무척 중시했다고 하더군요. 동료들과도 정기적으로 홈 파티 같은 것을 열어 가족처럼 지내셨고요."

"자세히 아시네요."

"파티에 초대받았던 사람이 쓴 블로그를 인터넷에서 봤습니다. 다케와키 가쓰라 선생님의 가정은 마치 한 폭의 그림처럼 원만해 보여서 부러울 정도였다고 썼더군요."

조사할 게 있다더니 바로 이런 내용이었군, 하고 구사나기는 유가와의 얘기를 들으며 생각했다.

"이번 사건으로 아버님의 작품 가치에 변화가 있을까요? 어쩌면 음악계가 그 훌륭한 재능을 재평가할지도 모르겠군요."

그러자 그녀가 힘없이 고개를 저었다.

"그런 일은 없을 거예요."

"그래요?"

"병이나 사고로 돌아가셨다면 몰라도, 살해당했다고 하면 이미지에 타격이 클 거예요. 어쩌면 가수들도 앞으로는 아버지 노래를 부르고 싶지 않을 거예요."

"그럴까요? 그럼 다에 씨도 여러모로 힘들어지겠군요. 실례지만 부모님께서 생명 보험은 들어 놓으셨나요?"

유가와의 무례한 질문에 구사나기는 흠칫 놀랐다. 그러나 정작 유가와는 태평하기 이를 데 없었다.

"글쎄요……, 아마 들지 않으셨을 거예요. 두 분 다 그런 걸 싫어하셨거든요. 하지만 상관없어요. 저는 스스로 어떻게든 살아갈 거니까요."

"그렇군요. 하지만 아무쪼록 너무 애쓰지는 않으셨으면 합니다. 다에 씨를 도와줄 사람이 어딘가에 반드시 있을 겁니다."

그 말에 가쓰라기 다에의 표정이 다소 누그러졌다.

"그랬으면 좋겠네요."

"그런데 다에 씨는 무슨 일을 하십니까? 혹시 아버님처럼 작사를……?"

"아니에요. 저는 디자인 일을 하고 있습니다."

"아, 그래도 역시 창의적인 일을 하시는군요. 아버님의 좋은 재능이 유전된 모양입니다."

그러자 가쓰라기 다에가 복잡 미묘한 표정을 지으며 입을 다물었다. 구사나기로서는 유가와의 저의를 도무지 알 수 없었다.

"그런데 오늘 밤 이 호텔에서 묵기로 되어 있다면서요? 낮에 체크인하셨다고 들었습니다."

"그렇습니다만, 무슨 문제라도……."

"아닙니다. 부모님 별장이 있는데 왜 거기서 묵지 않으시는지 의아했을 뿐입니다."

구사나기가 유가와의 옆얼굴을 바라보았다. 듣고 보니 맞는 말이었다.

가쓰라기 다에가 숨을 훅 들이쉬는 것이 느껴졌다.

"결과가 어떻게 될지 예측할 수 없었거든요."

"무슨 결과요?"

"아버지와 도리카이 씨의 논의 결과 말이에요. 어쩌면 분위기가 아주 불편해질지도 모른다고 생각했어요. 아버지가 몹시 언짢아하신다거나……. 그래서 이 호텔에 묵기로 한 겁니다."

유가와가 천천히 고개를 끄덕였다.

"그랬군요. 하지만 체크인을 아주 일찌감치 하셨던데, 별장에 갈 때까지 뭘 하셨나요?"

가쓰라기 다에의 길게 찢어진 눈이 활짝 열렸다. 동시에 뺨도 굳어졌다.

"별장으로 가기 전에 부모님께 전화를 드렸는데 받지 않으셨어요. 그래서 방에서 쉬었습니다. 그게 왜요? 그러면 안 되나요?"

"아닙니다. 절대 그런 뜻은……."

가쓰라기 다에가 옆에 놓아두었던 핸드백을 들고 일어섰다.

"죄송합니다. 좀 피곤해서 먼저 실례할게요. 구사나기 씨, 귀중한 얘기, 고맙습니다."

"아니, 별말씀을요. 그럼 편히 쉬십시오."

안녕히 주무세요, 하고 그녀는 출구로 향했다. 그 뒷모습을 한동안 바라보던 구사나기가 "대체 왜 그래?" 하고 유가와에게 따져 물었다.

"그런 식으로 물으면 얼마나 기분이 나쁘겠어? 게다가 그녀는 피해자의 유족이잖아. 대체 무슨 생각을 하는 거야? 설마 그녀가 범인이라는 말을 하고 싶은 건 아니겠지?"

그러자 유가와가 입을 다문 채 구사나기를 지그시 바라보았다. 그 눈에는 과학자 특유의 냉철함이 깃들어 있었다.

"이봐, 설마 진짜로……."

"한 가지 제안이 있어."

유가와가 입을 열었다.

"우산을 빌려준 사례에 관한 제안이야."

6

침대에 누운 다에는 일단 눈을 감았다. 그러나 그 상태로 견딜 수 있는 시간은 불과 몇십 초뿐이었다. 눈꺼풀 속에 피투성이가 된 다케히사와 목 졸려 죽은 아키코의 모습이 자꾸만 되살아나서 견디기 힘들었다.

사이드 테이블 위에 놓인 스탠드를 켠 뒤 몸을 일으켰다. 목은 별로 마르지 않았지만 뭐라도 마셔야겠다고 생각했다.

그때 전화벨이 울렸다. 다에는 소스라치게 놀라며 사이드 테이블에 비치된 디지털 시계를 봤다. 새벽 1시가 조금 지나 있었다.

마른침을 삼킨 후 수화기를 들었다. 뭔가 긴급한 사태라도 벌어진 것일까.

"여보세요."

"죄송합니다, 주무시고 계셨을 텐데."

나직하지만 울림이 있는 목소리였다.

"유가와입니다."

"아…… 아니요, 아직 안 자고 있었어요."

"그래요? 그럼 잠시 얘기를 나눌 수 있을까요?"

"얘기를요?"

"네. 가능하면 전화로 말고 직접 만났으면 합니다. 실례지만 지금 1층 로비로 와 주실 수 있을지요."

다에는 선뜻 대답하기가 망설여졌다. 유가와의 말투는 차분했지만 심상치 않은 기운이 느껴졌기 때문이다. 애초에 이런 시간에 전화를 거는 것 자체가 상식 밖이었다. 그런데도 오늘은 밤이 늦었으니 내일 얘기하자고 대답하기가 주저되었다. 대체 무슨 얘기를 할 셈인가. 라운지에서 나눈 대화가 떠올랐다. 이 남자가 틀림없이 뭔가를 눈치챘다.

괜찮으시겠습니까, 하고 유가와가 거듭 물었다. 다에는 심호흡을 한 번 했다.

"알겠습니다. 로비로 가면 되는 거죠? 그런데, 잠시 기다리셔야 할 거예요."

"괜찮습니다, 천천히 오세요. 기다리고 있겠습니다."

전화가 끊기는 소리를 듣고 다에도 수화기를 내려놓았다.

옷을 갈아입으며 생각했다. 그가 뭘 알아냈을까. 하지만 사건에 관계된 일이라면 유가와가 아니라 구사나기가 전화를 걸었을 텐데.

다시 화장할 마음은 들지 않아서 눈썹만 그리고 안경을 쓴 다음 방을 나섰다.

엘리베이터를 타고 1층으로 내려갔다. 심야의 호텔은 깊은 정적에 잠겨 있었다. 그녀는 천천히 로비로 향했다. 프런트에도 사람은 보이지 않았다.

호텔 안뜰에 면한 창가에 키가 큰 남자가 서 있었다. 유가와다. 그가 다에를 보고 정중하게 고개를 숙였다.

"기다리시게 해서 죄송합니다."

그녀가 유가와에게 다가가며 말했다.

"아닙니다. 제가 무리한 부탁을 드렸는걸요."

유가와가 하얀 이를 드러내며 웃어 보인다.

"마실 거라도 가져올까요? 자판기 코너가 저쪽에 있더군요."

"아니요, 괜찮습니다."

"그래요? 그럼 일단 앉죠."

유가와가 가까이 있는 소파에 앉자 다에도 테이블 맞은편에 앉았다. 그의 옆에 노트북 컴퓨터가 놓여 있었다.

"비는 그친 모양입니다."

창밖을 내다보며 유가와가 말했다.

"비가 그치면 작업도 수월해지죠. 오전 중으로 도로가 복구될 거라더군요. 그러면 본격적으로 수사가 시작될 겁니다."

다에가 고개를 끄덕였다.

"다행이네요."

그러자 유가와가 그녀의 얼굴을 빤히 바라보았다.

"진심입니까?"

"네?"

"진심으로 수사가 빨리 시작되기를 바라십니까?"

다에가 자신도 모르게 미간을 찌푸렸다.

"무슨 뜻으로 하시는 말씀이죠?"

유가와는 등을 곧추세웠다.

"일본의 과학 수사는 상당한 수준이라 사건 현장을 아무리 그럴싸하게 위장해 봐야 금방 모든 게 드러나고 말죠. 그러니 위장한 사람으로서는 수사가 늦게 시작될수록 좋을 겁니다. 시신의 상태가 시시각각 변할 테니까요."

다에가 턱을 끌어당기며 물리학자를 노려보았다.

"하고 싶으신 말씀이 뭔가요? 하실 말씀이 있으면 분명하게 하세요. 제가 뭘 어쨌다는 거죠?"

유가와는 그녀의 시선을 피하지 않은 채 대답했다.

"제가 몇 번이나 말씀드렸는데요. 위장, 이라고 말입니다."

그리고 유가와는 노트북을 끌어당겼다.

7

캔 맥주를 따자 하얀 거품이 왼손에 튀었다. 그 거품을 혀로 핥고 나서 구사나기는 맥주를 꿀꺽꿀꺽 마셨다. 창밖이 깜깜해서 유리창에 자신의 모습이 비쳤다.

유가와가 방에서 나간 지 10분이 지났다. 지금쯤 가쓰라기 다에와 얘기를 나누고 있을 것이다.

특별히 이번만이야. 조금 전 유가와와 나눈 대화를 떠올리며 구사나기는 입속으로 중얼거렸다.

"처음 의심이 든 건 흔들의자에 앉아 있는 피해자의 사진을 봤을 때였어."

노트북을 켜고 사건 현장 사진이 담긴 파일을 화면에 띄운 후 유가와가 말했다. SD 카드의 자료를 제멋대로 복사한 듯했다. 항의하고 싶었지만 일단 얘기부터 듣자고 생각했다.

"그래, 기억나. 그때부터 자네 태도가 이상했으니까. 뭐가 마음에 걸리는지는 가르쳐 주지 않았지만 말이야."

"형사에게 확실치도 않은 얘기를 할 수는 없었어. 경솔한 발언으로 엉뚱한 사람을 잡을 수는 없잖아."

"알았으니까 마음에 걸린 일이 뭔지나 빨리 얘기해 봐."

그러자 유가와가 키보드를 두드렸다. 문제의 사진이 화면에 나타났다. 흔들의자에 앉아 있는 피해자를 옆에서 비스듬히 찍은 것이다.

"내가 총에 관해 잘 몰라서 그러는데, 산탄총을 아주 가까이서 쐈을 때 피해자가 받는 충격이 어느 정도지?"

의외의 질문이었다. 구사나기는 팔짱을 끼었다.

"그야, 상당하겠지. 정확한 건 모르겠지만, 소형 권총을 가까운 거리에서 쏴도 쿵, 나자빠질 정도로 충격이 크다니까."

흠, 하고 유가와가 고개를 끄덕인 후 손가락으로 노트북을 가리켰다.

"피해자는 흔들의자에 앉아 있었어. 흔들의자는 앞뒤로 흔들리는 구조잖아. 그럼 흔들의자에 앉은 채 산탄총을 맞으면 어떻게 될까? 그건 자네도 알 거야."

구사나기가 사진을 들여다봤다.

"의자가 뒤로 기울겠지."

"맞아, 그것도 상당히 크게 기울 거야."

알았다, 하며 구사나기가 손가락을 딱, 튕겼다.

"크게 기울어져서 쓰러진다, 즉 자네 얘기는 의자가 쓰러지지 않은 게 이상하다는 말이군."

그러나 유가와는 고개를 저었다.

"아니야, 제대로 만들어진 고급 흔들의자는 아무리 기울어도 쓰러지는 법이 없어."

"아아, 그래? 그럼 뭐가 문제라는 거지?"

유가와가 어렴풋이 미소를 지었다.

"뒤로 크게 기울고 난 의자는 어떻게 될까?"

"어떻게 되다니, 그야 물론 앞으로……, 아!"

"이제야 내가 무슨 말이 하고 싶은지 깨달은 모양이군."

유가와가 다시 사진을 가리켰다.

"뒤로 크게 기울어진 의자는 그 반동으로 이번에는 세차게 앞으로 돌아오려고 할 거야. 그게 흔들의자의 이점이기도 하지. 노인이 의자에 깊숙이 앉더라도 반동을 이용하면 일어나기 쉬우니까. 하지만 산 사람이 아니라 즉사한 사체가 앉아 있었다면 어떻게 될까?"

"의자가 되돌아오려는 힘 때문에 몸이 앞으로 나동그라지 겠지……."

"바로 그거야."

유가와가 웃옷 주머니에서 메모지를 꺼내 테이블에 올려 놓았다. 거기에는 수식이 휘갈겨 쓰여 있었다.

"사진을 토대로 의자의 형태와 중량, 피해자의 키와 체중 을 유추해서 대략 계산해 본 결과, 시신이 흔들의자에 그대로 앉아 있는 건 아무래도 이상하다는 결론에 이르렀어. 방금 자 네가 말했듯이 앞으로 나동그라졌어야 해."

"그럼 왜 그렇게 되지 않았지? 범인의 소행인가?"

"그럴 가능성도 있겠지만 확률은 낮아. 범인의 입장에서 한 번 상상해 봐. 총을 쐈더니 피해자의 몸이 의자와 함께 뒤로 크게 기울었어. 그런 다음 이번에는 자신을 향해 세차게 되돌 아오는 거야. 그러면 자신도 모르게 피하는 게 일반적인 반응 이 아닐까?"

광경을 머릿속에서 그려 본 구사나기는 고개를 끄덕였다.

"그렇겠지. 그럼 뭐가 어떻게 됐다는 거야?"

"상황으로 볼 때 피해자가 다른 장소에서 사살된 후 흔들 의자에 앉혀졌을 가능성은 극히 낮아."

"그 점은 내가 보증하지. 출혈이 이만저만 심한 게 아니었거든. 시신을 움직였다면 금방 알아챘을 거야."

"피해자는 앉아 있는 상태에서 피격되었어. 그런데도 시신이 그대로 의자에 앉아 있었단 말이지. 이 모순을 해결할 만한 답은 하나뿐이야. 총에 맞았지만 의자는 거의 움직이지 않았던 거지."

"의자 뒤에 뭐가 있었나?"

유가와가 노트북의 터치 패드 위에서 손가락을 놀렸다. 사진이 연달아 몇 장 올라왔다.

"자네가 찍은 사진으로 볼 때 의자의 움직임을 방해할 만한 물건은 없는 것 같아."

"그래, 내가 봤을 때도 그런 건 없었어."

"피해자는 틀림없이 의자에 앉은 상태에서 피격당했어. 총탄이 몸을 관통할 정도로 충격을 받았는데도 의자가 흔들리지 않았다면 왜일까? 총탄을 맞는 것과 동시에 또 다른 힘이 반대쪽으로 작용했기 때문이야. 구체적으로 말하자면 몸을 앞으로 당기는 힘이지."

"앞으로 당겼다고? 범인이 그랬단 말이야?"

"범인이 그런 짓을 할 이유가 있을까? 게다가 범인은 양손으로 총을 들고 있었을 텐데……."

"그럼 왜 그런 거야? 그만 젠체하고 말을 해 봐."

유가와가 잠시 생각하는 표정을 짓더니 입을 열었다.

"자네는 사격 솜씨가 어때? 총을 쏴 본 적이 있을 거 아냐."

"내 사격 솜씨? 별로야. 정기적으로 훈련을 받기는 하지만 말이야."

"그럼 총을 쐈을 때의 반동이 상당히 크다는 건 알겠군."

"물론이지. 하마터면 어깨를 다칠 뻔한 적도 있는걸."

그렇게 말하고 나서 구사나기는 미간을 찡그렸다.

"그게 이 일과 무슨 상관인데?"

"총탄을 발사한 순간 그 반작용으로 인해 뒤쪽으로 향하는 세찬 힘이 총에 가해지지. 그런데 만일 총에 맞은 사람이 그 총을 쥐고 있었다면 어떻게 될까?"

"뭐라고?"

구사나기가 눈을 크게 떴다.

"총에 맞은 피해자의 몸은 뒤로 밀릴 거야. 반면 총은 그와 반대 방향으로 튀어 나갈 거고. 만일 피해자가 총을 쥐고 있다면 쌍방의 힘이 상쇄돼서 결과적으로 피해자의 몸은 그 자리에 그대로 있을 거야."

"총을 쥐고 있었다는 건 다시 말해서……."

"돌려 말하는 건 그만하겠네."

그리고 유가와는 진지한 표정으로 말을 계속했다.

"총을 쏜 사람은 피해자 자신이야. 아마 발가락을 사용해서 방아쇠를 당겼을 거야. 한마디로, 자살이라는 얘기지."

구사나기가 숨을 훅 들이쉬었다. 그 상태로 숨을 잠시 멈췄다가 후, 하고 길게 뱉어 냈다.

"설마······. 그건 아닐 거야."

"왜지? 그것 말고 시신이 흔들의자에 그대로 앉아 있었던 이유를 설명할 방법이 있어? 있다면 말해 봐."

구사나기는 콧잔등을 찡그렸다.

"내가 무슨 수로 그걸 설명하겠어. 좋아, 자살이라고 쳐. 그럼 그 부인은? 설마 그쪽도 자살이라고 주장하지는 않겠지?"

"물론이야. 스스로 목을 졸라 죽음에 이르기는 지극히 어렵지. 아니, 불가능하다고 할 수 있어. 하지만 다케히사 씨의 죽음이 자살인 이상 부인의 죽음에 대해서도 의문을 품어야 마땅해. 어쩌면 이렇게 말할 수도 있겠군. 그 부부의 죽음은 어느 한쪽의 의지에 따른 일이라고 보는 게 합리적이라고."

유가와의 말이 무슨 뜻인지 구사나기도 이해할 수 있었다.

"다케히사 씨가 부인을 죽였다, 이 말이지?"

"그게 제일 합리적인 추리겠지. 다케히사 씨는 아내를 목 졸라 살해한 후 총으로 자살한 거야. 요컨대 이번 사건은 동반 자살인 셈이지. 부인이 저항한 흔적이 있으니 강제적인 동반 자살의 혐의가 짙지만 말이야."

"아니, 잠깐만. 그럼 총이 정원에 던져져 있었던 일은 어떻게 설명하지?"

구사나기의 질문에 유가와는 그렇게 물을 줄 알았다는 듯이 고개를 끄덕였다.

"그 점에 관해서는 내가 처음부터 부자연스럽다고 말했잖아. 수사를 교란하기 위한 위장 공작이었으니 당연히 부자연스럽지."

"누군가 총을 옮겨 놓았다는 뜻이야?"

"그렇게 볼 수밖에. 문제는 누가 그런 짓을 했느냐는 건데······."

그럴 만한 인물은 단 한 사람밖에 떠오르지 않았다.

"가쓰라기 다에 씨가? 무엇 때문에?"

"바로 그 점이야. 왜 그랬다고 생각해?"

"동반 자살을 강도 살인 사건으로 위장해서 얻는 이득이라면······."

잠시 생각에 잠겼던 구사나기의 머릿속에 한 가지 가능성이 떠올랐다.

"그건가? 그래서 재평가 운운했어?"

"맞아. 그런 큰 사건의 피해자라면 작사한 곡이 재평가를 받지 않을까 싶었지."

"하지만 가쓰라기 다에 씨가 그럴 일은 없을 거라고 했잖아. 오히려 이미지에 타격이 클 거라던데."

"듣고 보니 그도 그렇겠다 싶더군. 그래서 그다음으로 떠올린 가능성이……."

"생명 보험?"

"그래. 생명 보험을 들어 놓았어도 동반 자살에 대해서는 보험금이 지급되지 않는다고 들은 적이 있거든."

"자살은 보험금 지급 면책 사유에 해당하지. 합의에 의한 동반 자살이든 강제적인 동반 자살이든 보험금을 지급하지 않도록 되어 있어. 하지만 가쓰라기 다에 씨 말로는 다케히사 씨나 아키코 씨나 생명 보험에 가입하지 않았다고 했잖아."

"아마 거짓말은 아닐 거야. 조사해 보면 금방 드러날 일이니까. 자, 그것도 아니라면 과연 동반 자살을 살인으로 위장한 목적이 뭘까?"

"살인 사건일 경우 경찰에서 이것저것 캐물을 테고 번거로운 일도 많아질 텐데……. 애초에 범인이 없으니 당연히 수사도 길어질 테고 말이야. 그런 불쾌함을 감수하면서까지 사건을 위장할 이유가 있을까?"

구사나기가 머리를 벅벅 긁었다.

"난 도무지 떠오르지 않아, 그 반대라면 몰라도. 살인 사건의 범인이 현장을 자살 사건으로 위장하는 경우 말이야. 이번 사건에 빗대어 말하면 다케히사 씨를 사살한 후 아키코 부인의 목을 졸라 죽인 범인이 마치 동반 자살인 것처럼 위장하는 거지."

그러자 유가와가 "바로 그거야!" 하고 외쳤다.

"자네는 방금, 다케히사 씨를 사살한 후 아키코 부인의 목을 졸라 죽였다고 말했어. 왜 순서가 꼭 그래야 하지?"

"그야 부인의 목에 피가 묻어 있었으니까. 아마 다케히사 씨의 피일 거야. 그러니까 다케히사 씨가 먼저 죽었다고 해야 순서가 맞지."

구사나기의 말에 유가와가 만족스러운 듯이 미소를 지었다.

"바로 그거야, 중요한 점은."

"무슨 말이야, 대체?"

그 물음에 유가와가 집게손가락을 세우고 말했다.

"중요한 건 순서야."

8

"동반 자살 사건을 강도 살인 사건으로 위장해서 생기는 이득이 무엇일까, 그걸 도무지 모르겠더군요. 그런데 실은 그게 저의 큰 착각이었어요. 다에 씨는 딱히 살인 사건으로 위장하려던 게 아니었죠. 동반 자살로 목적을 이룰 수 있다면 그게 가장 이상적이었을 겁니다. 그렇죠?"

부드럽게 말하는 유가와의 음성이 고요한 로비를 울렸다.

실제로는 그리 큰 목소리가 아니었다. 오히려 조심스럽기까지 했다. 울리는 것처럼 들리는 건 그의 말 한마디 한마디가 다에의 마음을 뒤흔들었기 때문일 것이다.

그러나 신기하게도 낭패감은 들지 않았다. 가슴속을 체념이 지배하고 있었다. 시신이 흔들의자에 앉아 있기는 불가능하다……, 생각도 못한 일이었다. 그런 사실까지 알아챌 만한 사람이 이 남자 말고 또 누가 있을까.

"맞아요. 계속하세요."

그녀가 말했다.

유가와는 고개를 살짝 끄덕하고 나서 이야기를 계속했다.

"다에 씨가 위장하고 싶었던 건 두 분이 죽은 순서였어요. 다케히사 씨가 아키코 부인을 살해한 후 총으로 자살했다, 그건 당신에게 아주 불리한 얘기였죠. 어떻게든 순서를 바꿔야 했습니다. 그래서 하는 수 없이 가공의 살인범을 등장시켜 그가 다케히사 씨를 사살한 후 아키코 부인의 목을 졸라 죽인 것처럼 위장한 거예요. 부인의 목에 다케히사 씨의 피를 묻힌 것도 순서가 중요해서였고요. 아닙니까?"

그가 온화하게 웃는 얼굴로 묻자 다에는 어깨에서 힘이 쭉 빠지는 것 같았다.

"왜 순서가 중요했죠? 부모 중 어느 쪽이 먼저 죽든 자식으로서는 관계가 없을 텐데 말입니다."

아마도 이 학자는 이미 모든 걸 꿰뚫어 보았을 거라고 생각하면서도 다에는 조금 저항해 보기로 했다.

"물론,"

유가와가 먼저 입을 열었다.

"친자식이라면 말입니다. 그러면 순서가 상관없을 겁니다. 하지만 그게 아닐 경우 얘기가 달라지죠."

다에는 다시 심호흡을 했다. 역시 거기까지 꿰뚫고 있다. 각오한 일이니 이번에도 낭패감은 없었다.

"제가 두 분의 친자식이 아니라는 말씀인가요?"

"제 추리로는 그렇습니다. 거꾸로 묻죠. 다에 씨는 다케히사 씨의 친자입니까? 거짓말을 해 봐야 소용없습니다. 금세 확인할 수 있는 일이니까요."

후, 하고 다에가 숨을 토해 냈다. 뭔가 발뺌할 말이 없을까 궁리하다가 그만두기로 했다. 유가와가 말한 대로 금세 밝혀질 일이다.

"말씀하신 대롭니다. 저는 엄마가 데리고 들어온 자식이에요. 엄마는 제가 여섯 살 때 재혼하셨습니다."

"역시……. 아까 제가 아버님의 재능이 유전된 모양이라고 하자 다에 씨는 거북한 표정을 지었습니다. 그때 다에 씨가 다케히사 씨의 혈육이 아니라고 확신했죠. 문제는 양자로 되어 있느냐 하는 것인데……."

"아닙니다."

다에가 말했다.

"가쓰라기라는 성은 가정 법원에 변경 신청을 해서 사용하게 되었지만, 저를 호적에 올리지는 않았습니다. 그래서 저와 그 사람 사이에 법적인 친자 관계는 성립하지 않습니다."

다에는 '아버지'라고 하지 않고 굳이 '그 사람'이라는 표현을 썼다.

유가와가 천천히 고개를 끄덕거렸다.

"친자 관계가 아니라면 상속권도 없겠죠. 다에 씨가 다케히사 씨의 재산을 상속하는 방법은 딱 하나, 다케히사 씨가 아키코 부인보다 먼저 죽는 것입니다. 그럴 경우 다케히사 씨의 재산이 일단 부인에게 상속되죠. 부인과 다에 씨는 당연히 친자 관계이니 부인이 죽으면 재산이 모두 다에 씨 손에 들어갑니다."

그 말에 다에가 쓴웃음을 지었다.

"엄마와 결혼한 그 사람은 지독히도 아이를 갖고 싶어 했어요. 자신의 재산을 친자식에게 전부 물려주고 싶었던 거죠. 그래서 저를 호적에 올리지 않았던 거고요."

유가와가 어깨를 으쓱하며 고개를 갸우뚱거렸다.

"이해할 수 없군요. 끝내 자식이 생기지 않았으니 그래 봐야 헛수고였을 텐데 말입니다."

"그 사람은 그런 사람이었어요. 하지만 유가와 씨,"

다에가 물리학자의 반듯한 얼굴을 바라보았다.

"사건 현장을 위장할 만한 동기가 제게 있었다 해도, 그걸 실행했다는 증거는 어디에도 없지 않나요? 시신이 흔들의자에 그대로 앉아 있었던 것이 물리적으로는 불가사의할지 몰라도 위장의 증거가 되지는 않을 텐데요."

"맞는 말씀입니다."

유가와가 입가에 미소를 머금었다.

"하지만 다에 씨는 큰 실수를 하나 저질렀어요."

다에가 눈을 치켜뜨며 학자를 보았다.

"뭐죠?"

그러자 유가와는 키보드를 두드려 노트북 모니터 화면에 사진을 한 장 띄웠다. 볼보와 아우디가 나란히 세워져 있는 사진이었다.

"바로 이겁니다."

"그게 왜요?"

"자세히 보세요. 볼보의 번호판에 진흙이 묻어 있어요. 이게 언제 묻었다고 생각하십니까?"

"그걸 제가 어떻게 알겠어요."

"과연 그럴까요? 옆의 차가 후진 주차하는 것만으로 진흙이 뒤로 튀지는 않았을 겁니다. 이 진흙은 볼보 바로 앞에서 다른 차량이 급발진했다는 증거입니다. 그러려면 그 차량은 일단 볼보 옆 자리로 들어가 있어야 했죠. 그 시간은 특정할 수 있습니다. 진흙은 비가 내리기 시작한 오후 2시 직전부터 다에 씨가 마지막으로 아우디를 세운 저녁 7시 무렵, 그 사이에 묻었을 겁니다. 그럼 대체 누가 거기에 차를 세웠을까요? 범인은 아닐 겁니다. 구사나기의 견해로는 사망 추정 시각이 그보다 전이라니까요."

다에는 가슴이 철렁했다. 그럼 그때였을까. 그러고 보니 허둥거리긴 했다. 급발진했을 가능성도 있다. 아우디의 타이어가 진흙을 튀겼을지 모른다.

"다에 씨는 조금 더 일찍, 아마도 체크인한 직후에 한 번 별장에 갔을 겁니다. 그리고 두 분의 시신을 발견했죠. 하지만 그 당시에는 신고하지 않았어요. 몇 가지를 위장한 후 다시 차를 타고 별장을 나왔습니다. 그때 진흙이 튀었을 거예요. 호텔로 돌아온 다음 저녁을 먹고 다시 별장으로 갔어요. 그렇죠?"

다에가 등을 곧게 폈다. 적어도 허둥대는 모습을 보이고 싶지는 않았다.

"제가 별장에 두 번 갔다는 증거가 있나요?"

"아마 찾아낼 겁니다. 주차장에 타이어 자국이 많이 남아 있을 테니까요. 비가 내리기 시작했을 때와 본격적으로 내릴 때는 타이어가 남기는 흔적도 상당히 다릅니다. 맨 처음 별장에 갔을 때 타이어 자국을 지웠나요? 지우지 않았다면 아우디가 시간을 두고 두 번 주차되었다는 사실을 증명할 수 있을 겁니다."

유가와의 대답에 다에는 할 말을 잃었다. 자신의 어리석음이 한심하게 느껴졌다.

게다가, 하고 물리학자가 말을 이었다.

"일본 경찰은 매우 우수합니다. 과학 수사 기술 또한 놀라우리만치 발전했고요. 가령 어머니의 목에 묻은 혈흔 말인데요, 분명히 다케히사 씨의 것이겠지만 어떤 상태에서 묻었느냐가 문제로 떠오를 겁니다."

다에가 그 말의 의미를 알 수 없어 잠자코 있자 유가와는 "시간 말입니다."라고 덧붙였다.

"만일 누군가가 다케히사 씨를 사살한 후 부인의 목을 졸라 사망케 했다면 목에 묻은 피는 출혈한 지 얼마 안 되었을 겁니다. 두 분이 똑같은 음식을 드셨을 테니 소화 상태로 미루어 사망 시각을 비교적 정확하게 추정할 수 있습니다. 두 분이 사망한 시각은 같은데 부인 목에 묻은 다케히사 씨의 피가 응고하기 시작한 지 오래된 것으로 판명되면 경찰은 사건 현장이 위장되지 않았는지 의심할 겁니다."

그의 담담한 말투에서 다에를 궁지에 몰려는 의도는 느껴지지 않았다. 하나하나 이치를 따져 묻다 보면 언젠가는 상대가 항복할 것이라고 확신하는 듯한 여유가 있었다.

다에가 후, 숨을 토했다.

"그것 말고 증거가 또 있나요?"

"아마 경찰이 찾아낼 겁니다."

유가와가 대답했다.

"맨손으로 목을 졸라 죽이는 것을 액살이라고 부릅니다. 치밀하게 조사하면 액살 때의 손가락 위치를 알 수 있죠. 그에 따라 손의 크기나 형태도 유추할 수 있고요. 또 피지가 묻어 있다면 범인의 DNA까지 감정할 수 있습니다. 이제 아마추어의 위장 따위는 쉽게 드러나고 맙니다."

다에가 미소를 머금었다. 자신의 어리석음을 조롱하는 동시에 어딘가 모르게 안도하는 듯한 미소였다.

"어쩌면,"

그녀가 중얼거렸다.

"성공할지도 모른다고 생각했어요."

"다에 씨가 라운지에서 구사나기에게 범행 내용에 관해 물었다고 들었습니다. 경찰이 사건을 어떻게 보고 있는지 확인하고 싶었던 거죠? 구사나기가 대답한 내용이 다에 씨가 의도한 대로여서 안심하지 않았습니까?"

"네, 맞아요."

"아쉽게도 경찰은 그리 만만한 상대가 아닙니다."

유가와가 어린아이를 타이르는 듯한 표정으로 말했다.

"설령 제가 구사나기에게 조언하지 않았더라도 다에 씨와 다케히사 씨가 친자 관계가 아니라는 사실쯤은 금방 밝혀졌을 겁니다. 그렇게 되면 경찰은 두 분이 사망한 순서를 철저히 밝히려 할 거고요. 애당초 성공할 가능성이 지극히 낮은 범행이라고 봅니다."

다에가 고개를 살래살래 흔들었다.

"바보짓이었군요……."

"아버님이 동반 자살을 시도한 동기는 알고 계십니까?"

"아마…… 엄마의 남자관계 때문일 거예요."

유가와의 한쪽 눈썹이 꿈틀, 움직였다.

"외도를 하셨단 말입니까?"

"외도라고 부르기에는 관계가 너무도 깊었어요. 상대는 도리카이 씨입니다."

"도리카이 씨라면……."

"그 사람의 제자였어요. 엄마와 관계가 10년 이상 계속됐을 거예요."

"다케히사 씨는 언제 두 사람의 관계를 눈치챘습니까?"

다에가 희미하게 미소를 지었다.

"아마 처음부터 알았을 거예요."

"처음부터요? 설마……."

"거짓말이라고 생각하시겠지만 사실입니다. 그 사람, 그러니까 가쓰라기 다케히사는 아내의 부정을 알고도 모른 척했어요."

"그럴 만한 이유라도 있었습니까?"

"네. 하지만 거기까지는 얘기하고 싶지 않습니다."

"아, 죄송합니다. 제가 그만 주제넘은 질문을 했군요."

아닙니다, 하며 다에가 핸드백을 끌어당겼다. 그녀는 금방이라도 눈물이 쏟아질 것 같아 핸드백 속에서 손수건을 꺼내려고 했다. 하지만 눈가를 훔치는 모습을 유가와에게 보이고 싶지 않다는 생각이 들었다.

"제가…… 마실 거라도 사 오겠습니다." 하며 유가와가 자리에서 일어섰다.

"시원한 게 좋을까요, 아니면 따뜻한 걸로……?"

다에가 헛기침을 살짝 하더니 고개를 들었다.

"그럼 따뜻한 걸로 부탁드려요."

알겠습니다, 하고 유가와가 돌아서서 걸어 나갔다. 일부러 자리를 피해 준 것이다.

다에는 핸드백에서 손수건을 꺼내 눈가를 눌렀다. 그러다 문득 누구를 위한 눈물일까 하는 생각이 들었다. 다케히사와 아키코의 죽음을 슬퍼하는 마음은 털끝만큼도 없었다. 아키코가 죽은 것도 자업자득이라는 생각이 강했다.

언제부터 다케히사를 '아버지'라고 부르게 되었는지 다에에게는 명확한 기억이 없었다. 초등학생 시절에는 그렇게 불러도 아무런 저항을 느끼지 않았다. 다만 이 사람은 엄마의 남편일 뿐 자신의 진짜 아버지는 아니라는 생각이 늘 머리 한 구석에 있었다. 왜 그런 생각이 머리를 떠나지 않는지 그때는 몰랐다.

아키코와 도리카이의 관계를 눈치챈 것은 다에가 열세 살 때였다. 다케히사가 집 밖에 작업실을 마련한 지 1년 남짓 지났을 즈음이었다. 그날 몸이 좋지 않아 학교를 조퇴하고 집에 온 다에는 침실에서 도리카이가 속옷 바람으로 나오는 장면을 목격했다. 침실 문틈으로 아키코가 침대에서 윗몸을 일으키는 모습도 보였다. 그녀는 알몸이었다.

도리카이는 낭패스러워하거나 민망해하지도 않고 쓴웃음을 지으며 침실로 되돌아가 아키코와 뭐라고 소곤소곤 얘기를 나누었다. 다에는 자신의 방으로 뛰어 들어갔다. 머리가 혼란스러워 어찌할 줄을 몰랐다.

잠시 후 아키코가 방으로 찾아와 변명을 늘어놓았다. 두 사람의 관계를 다케히사도 허락했다는 내용이었다.

"그 사람이 몇 년 전에 병을 앓았잖아. 그 후로 남자 구실을 못 하지 뭐니. 하긴 나이도 있으니……. 그래서 엄마가 누구랑 뭘 하든 아무 소리 못해. 남편 역할을 못하니 당연한 일이지. 게다가 그 사람이 여태 작사가로 활동하는 것도 다 도리카이 씨 덕분이거든. 도리카이 씨가 모른 체하면 일거리도 들어오지 않을 거야. 본인도 그런 사실을 아니까 알고도 모르는 척하는 거지. 그러니까 너는 신경 쓸 필요 없어. 오늘 일도 그냥 못 본 걸로 여기면 되고. 알았어? 알았지?"

도무지 수긍할 수 없는 얘기여서 다에는 고개를 숙인 채 대답하지 않았다. 그걸 어떻게 받아들였는지는 몰라도 아키코는 그대로 휑하니 방을 나가 버렸다. 잠시 후 "괜찮아. 알아듣게 설명했어." 하고 도리카이에게 얘기하는 소리가 들렸다.

그날 이래 집에서 도리카이의 모습을 본 적은 없다. 그러나 둘의 관계가 끝나지 않았다는 걸 아키코의 행동으로 미루어 알 수 있었다. 다케히사가 집을 비울 때면 공들여 화장한 엄마가 서둘러 나가는 모습을 다에는 여러 번 목격했다.

한편 아키코는 남들 앞에서는 헌신적인 아내 역할을 그럴듯하게 연기했다. 그녀는 다케히사와 헤어질 생각이 전혀 없는 듯했다. 다케히사가 최근에는 별로 잘나가지 못하지만, 젊은 시절에 크게 히트시킨 노래가 몇 곡 있어 재산이 웬만큼 있었다. 또한 다케히사 쪽에서도 이혼하자는 얘기를 꺼내지 않았다. 그의 작품 중에는 가족애를 소재로 한 것이 많았고, 그래서 가족애를 주제로 한 토크쇼에 출연해 달라는 의뢰가 들어오기도 했다. 즉 그가 자신의 일을 유지하려면 원만하고 이상적인 부부라는 이미지가 반드시 필요했다.

그러나 표면상 미화되는 것과는 대조적으로 집 안에서의 생활은 차갑게 식어 갔다. 그리고 다에가 열다섯 살이던 해 여름, 결정적인 일이 벌어졌다. 밤에 다에가 자고 있는 방에 다케히사가 들어온 것이다. 그뿐만 아니라 그는 말없이 침대로 파고들었다. 술 냄새가 나는 숨이 다에의 얼굴에 훅, 끼쳤다.

그날 아키코는 친구와 여행을 떠나고 없었다. 물론 실제 상대는 도리카이였을 것이다.

다케히사는 다에의 입술에 억지로 키스했다. 입안에 혀까지 밀어 넣었다. 그리고 그녀의 팬티 속으로 손을 들이밀었다.

경악과 함께 말할 수 없는 공포가 그녀를 덮쳤다. 몸을 움직일 수도, 소리를 낼 수도 없었다.

하지만 머릿속이 새하얘져 가는 것과 동시에 깨달아지는 것이 있었다.

아아, 그렇구나.

이 사람은 내게 타인이구나. 나도 이 사람에게 타인이었어. 그래서 나를 보는 눈이 친자식을 대하는 눈이 아니었던 거야. 오래전부터 그런 사실을 알고 있었기에 나는 이 사람을 진심으로 아버지로 여기지 못했던 거야.

그리고 이제 나는 앙갚음을 당하고 있어. 이건 분명 아내의 배신에 대한 다케히사의 보복일 거야. 그러니까 저항하면 안 돼.

다케히사는 다에의 얼굴을 핥으며 온몸을 구석구석 쓰다듬었다. 그러는 동안 다에는 꼼짝하지 않고 견뎠다. 악몽의 시간이 지나가기만을 기다렸다.

마침내 다케히사가 침대를 빠져나갔다. 그는 시종일관 말이 없었다. 물론 성행위에는 이르지 못했다. 아키코가 말했다시피 몸이 말을 듣지 않았던 것이다.

방문이 닫히는 소리를 듣고 나서도 다에는 한동안 손가락 하나 까딱할 수 없었다. 혼이 달아나 버렸던 것이다.

아키코에게는 그 일을 말하지 않았다. 학교에서 돌아오면 곧바로 자기 방에 틀어박혀 최대한 다케히사와 얼굴을 마주치지 않으려고 했다. 다케히사 쪽에서도 그녀를 피하는 기색이 역력했다. 대부분 작업실에서 시간을 보냈고, 집에 안 들어오는 날도 많았다.

아이러니하게도 정작 아키코는 그런 두 사람의 변화를 전혀 눈치채지 못했다. 그녀는 여전히 불륜을 계속하면서 밖에서는 현모양처를 연기했다.

다에는 대학에 진학하면서 집을 떠났다. 다케히사와 아키코를 평생 만나지 않아도 좋다고 생각했지만, 어쩌다 집에서 열리는 파티에만은 마지못해 얼굴을 내밀었다. 아키코가 끈질기게 졸랐기 때문이다. 그 자리에서는 다에도 원만한 가족의 일원을 연기했다.

표절 문제에 관해서는 다에도 무엇이 진실인지 모른다. 다만 다케히사의 주장이 옳지 않을까 짐작할 뿐이다. 도리카이와 아키코는 다케히사가 어차피 항의 따위 하지 못할 것이라고 얕잡아 봤음에 틀림없다.

그런 만큼 다케히사가 도리카이를 별장으로 불렀다고 들었을 때 다에는 의외라고 생각했다. 제대로 대화를 나눌 수 있을지 고개가 갸웃거려졌다.

아키코가 전화로 그 자리에 와 달라고 부탁했던 건 사실이다. 그러나 다에는 한마디로 거절했다. 자신과는 관계없는 일이라고 말했던 것이다. 그러자 아키코는 이렇게 말했다.

"부탁할게, 와 줘. 아무것도 안 해도 돼. 그저 오기만 해. 그 사람이 좀 수상해서 그래. 전에 없이 나를 친절하게 대하는 것이 어쩌면 이상한 생각을 하는지도 몰라."

"이상한 생각이라니?"

아키코는 잠깐 틈을 두었다가 "나랑 도리카이 씨를 죽일 생각인 것 같다."라고 대답했다.

"설마……."

"왠지 그런 느낌이 들어. 아무튼 잠깐 와 줬으면 좋겠다. 네가 있으면 그 사람도 딴생각을 못 할 거야."

"싫어. 안 가."

전화를 끊은 뒤 휴대 전화의 전원을 꺼 버렸다.

말도 안 된다. 내가 그 자리에 끼다니.

그런데 시간이 흐를수록 마음이 불안해졌다. 아키코가 애초에 허풍스러운 건 사실이지만 그날은 말투에서 평소보다 훨씬 절박감이 묻어났다. 게다가 지금까지의 경위를 돌이켜 보면 전혀 있을 수 없는 일도 아니었다.

망설인 끝에 다에는 아우디를 몰고 별장으로 향했다. 하지만 그곳에서 묵을 생각은 아니었다. 다케히사와 한지붕 아래에서 자고 싶지 않았다. 그래서 평소처럼 호텔을 이용하기로 했다.

그리고 별장에 도착해서 그 참상을 목격했다. 그 순간 다에는 다케히사의 진의를 깨달았다. 그는 아키코를 죽이고 자신도 죽는 것으로 모든 일을 마무리하려는 계획이었던 것이다.

즉시 경찰에 신고하려고 했다. 실제로 휴대 전화를 꺼내 들기도 했다. 하지만 막상 번호를 누르려고 하자 머리가 혼란스러웠다.

경찰에 뭐라고 설명한단 말인가. 부모가 동반 자살을 했다? 아니, 틀렸다. 그럼 엄마와 엄마 남편이 동반 자살을 했다? 그것도 아니다. 엄마는 살해당했다. 그러니 강요된 동반 자살이다. 엄마가 먼저 남편에게 살해당하고 그 남편이 엽총으로 자살을……

거기까지 생각했을 때 다에는 문득 냉정을 되찾았다. 휴대 전화를 내려놓고 새삼 두 구의 시신을 들여다볼 여유마저 생겼다.

이대로 신고한다면 어떻게 될 것인가.

유산 상속에 관해 아키코에게 들은 얘기가 있었다. 아키코는 극비리에 음모를 꾸미기라도 하듯이 그녀의 귀에 대고 속삭였다.

"너는 그 사람 호적에 올라 있지 않으니 이대로는 유산을 상속받을 수 없어. 그러니까 무슨 일이 있어도 나는 오래 살아야 해. 적어도 그 사람보다 먼저 죽지는 않을 거다."

그때의 말이 떠올랐다. 사실대로 신고하면 유산을 받을 수 없다.

그깟 유산이야 어찌 되든 상관없었다. 유산을 탐내 본 적은 한 번도 없다. 하지만 흔들의자에 앉은 채 죽어 있는 초라한 남자를 바라보는 동안 생각이 달라졌다.

이대로 끝내도 좋을 것인가.

그날 밤으로부터 10년 이상 시간이 흘렀다. 이 남자가 얼마나 고통스러웠는지는 모르지만, 자신의 고통에 비할 바가 아닐 터였다. 그 무수한 불면의 밤들. 잠을었다가도 악몽으로 눈을 뜬 적이 셀 수 없다. 남자가 다가오면 가슴이 방망이질 치고 온몸에서 식은땀이 흘렀다. 제대로 입을 열기까지 남모르는 훈련을 얼마나 했던가.

이대로 끝낼 수는 없다. 나는 아무런 보상을 받지 못했다.

그래서 현장을 위장하기로 했다. 두 사람이 죽은 순서를 바꾸기로 한 것이다.

유산이 탐나서가 아니다. 이것은 내가 당연히 받아야 할 위자료를 받기 위한 절차라고 생각했다.

작업을 마친 후에는 일단 호텔로 돌아가기로 했다. 시신을 발견하는 역할을 되도록 도리카이에게 맡기고 싶었다. 그가 경찰의 의심을 산다면 금상첨화다. 그럼 현장을 위장한 사실이 드러날 가능성도 더 줄어들 것이다.

그러나 도리카이는 오지 않았다. 그 시점에 계획은 파국을 맞았는지도 모른다.

발소리에 퍼뜩 정신을 차렸다. 유가와가 양손에 캔을 든 채 돌아오고 있었다.

"코코아와 밀크티와 수프가 있는데, 어느 걸로 하시겠습니까?"

"그럼, 밀크티로……."

유가와가 네, 하고 캔을 건넸다. 캔은 따뜻하다 못해 뜨거울 정도였다.

"생각을 좀 해 봤는데요,"

유가와가 말했다.

"다에 씨는 다케히사 씨 손에 어머니를 잃었습니다. 그로 인한 유형무형의 손실은 이루 헤아릴 수 없지요. 그러니까 다케히사 씨에게 손해 배상을 청구할 권리가 있지 않을까요?"

의외의 말에 다에는 유가와의 얼굴을 빤히 바라보았다. 그의 입에서 이런 말이 나올 줄은 꿈에도 몰랐다.

어떻게 생각하십니까, 라고 그가 물었다. 아무래도 농담은 아닌 듯했다.

"옳은 생각일지도 모르죠. 하지만 그러기 전에 제가 먼저 법의 심판을 받아야 하지 않을까요? 제가 저지른 일은 무슨 죄에 해당하나요? 사기죄?"

유가와가 코코아 캔을 따서 한 모금 마신 후 입을 열었다.

"내일 아침에 구마쿠라 서장에게 얘기하면 되지 않을까요? 정신이 나가서 그만 착각했다, 총은 폭발할까 무서워서 정원에 내던졌다, 그러다가 그 손이 그만 엄마 목을 스쳤다, 그렇게 말입니다. 정식으로 진술서를 쓴 것도 아니니 얼마든지 내용을 수정할 수 있습니다."

다에는 눈을 깜박이며 밀크티 캔을 두 손으로 꽉 쥐었다.

"하지만 친구분이 경찰이신데⋯⋯."

그래서, 하고 유가와가 말했다.

"그가 여기에 오지 않은 겁니다. 동석했다가는 여러 가지로 골치 아픈 일이 생길 테니까요."

다시 말해서 구사나기라는 경시청 형사도 이 결론에 동의했다는 뜻인가. 다에는 가슴속이 뜨거워지는 것을 느꼈다.

"왜 저를 도와주시는 거죠?"

유가와가 미소를 머금으며 고개를 끄덕였다.

"우산에 대한 보답입니다. 다에 씨의 도움이 없었다면 저희는 친구의 결혼식 내내 재채기를 했을 거예요."

그러고서 코코아를 한 모금 마신 유가와가 얼굴을 찡그렸다.

"이거 너무 달군요. 설탕을 절반만 넣어도 충분할 것 같아요."

다에는 밀크티 캔을 옆에 내려놓고 핸드백에서 손수건을 꺼냈다. 눈물이 솟구쳤기 때문이다. 누구를 위한 눈물인지 마침내 깨달았다. 어둠에서 탈출한 자신을 향한 치하의 눈물이다.

내일부터는 아무것도 연기하지 않아도 된다. 위장할 필요도 없다. 그렇게 생각하자 마음에 날개가 돋아나는 듯한 기분이 들었다.

7장

연기하다

1

사람이 죽으면 망막은 어떻게 될까.

사람의 눈도 결국 카메라와 마찬가지라고 들은 적이 있다. 그럼 죽은 사람의 망막을 과학적으로 분석하면 그 사람이 마지막 본 영상이 무엇인지 알 수 있지 않을까. 현대 과학으로는 무리라 해도 언젠가 그런 일이 가능해지지 않을까.

고마이 료스케의 잿빛 얼굴을 내려다보며 아쓰코는 멍하니 그런 생각을 했다. 그의 눈은 천장을 향해 있지만 마지막으로 본 광경은 그게 아닐 터였다. 흉기를 들고 돌진해 오는 여자의 광기 어린 모습이 아니었을까.

평, 평, 하는 둔중한 파열음이 멀리서 들려왔다. 폭죽이 터지는 소리다. 아까부터 내내 들렸을 텐데 이제야 귀에 들어온다.

아쓰코는 자신의 손으로 시선을 옮겼다. 양손에 장갑을 낀 채 칼자루를 움켜쥐고 있다. 칼날은 고마이의 가슴에 깊이 박혀 있었다.

현실감은 전혀 없었다. 불과 몇 시간 전, 고마이는 연습실을 휘저으며 돌아다녔다.

'뭐 하는 거야. 그런 목소리로는 관객의 마음을 단 1밀리도 움직일 수 없어!'

배우 이상으로 탄력 있는 목소리가 연습실에 울려 퍼졌다.

그런데 지금, 고마이의 심장은 멈춰 버렸다. 두 번 다시 움직이지 않을 것이다.

찌른 사람은 나다. 내가 그를 죽였다. 마음속으로 몇 번이나 그렇게 되풀이했다.

다시 한 번 고마이의 얼굴을 본다. 그의 표정에는 변함이 없다. 마치 가면처럼 이완되어 있었다. 모든 것을 체념한 얼굴. 살아 있을 때는 보여 준 적이 없는 표정이다.

칼자루를 손에서 놓았다. 칼은 고마이의 가슴에 그대로 꽂혀 있다. 그것은 동산 위에 세워진 십자가처럼 보였다.

아쓰코는 주위를 둘러보았다. 검은색 휴대 전화가 발치에 떨어져 있었다. 장갑 낀 손을 뻗어 그것을 주워 올렸다. 그리고 착신 이력과 발신 이력을 확인했다. 마지막 착신은 '간바라 아쓰코'였다. 삭제하고 싶지만 참아야 한다. 어차피 경찰은 통신사에서 상세한 이력을 조회할 것이다.

그 바로 전 착신은 '구도 사토미'다. 오늘 오후 7시 10분. 맨 마지막 발신도 '구도 사토미'다. 어젯밤 10시가 지나서였다.

이번에는 연락처 목록을 열어 보았다. 맨 위에 '아오노'라는 이름이 있다. 그 아래는 '아키야마'이고 그다음은 '아베 유미코'. 아쓰코는 화면을 터치해 '아오노'와 '아키야마'라는 이름을 삭제했다. 이제 '아베 유미코'가 맨 위다.

문자 메시지도 체크했다. 읽지 않은 것은 없다. 송신 메시지와 수신 메시지를 죽 훑어봤다. 당연하지만, 구도 사토미와 주고받은 메시지가 압도적으로 많다. 최근 것을 몇 개 읽어 본다. 하나같이 시시껄렁한 대화다. 한숨이 새어 나왔다. 소위 명연출가라는 사람도 사생활은 속물 그 자체다. 한때나마 이런 남자에게 빠졌던 자신이 한심스러웠다.

펑. 또 폭죽 터지는 소리가 들린다.

문득 떠오르는 생각이 있어 휴대 전화를 손에 든 채 천장을 올려다보았다. 2층까지 뚫려 있는 통층 구조지만 일부는 다락으로 되어 있다. 북쪽과 동쪽에는 커다란 창문이 있다.

아쓰코는 벽을 따라 설치된 계단을 올라갔다.

예상대로였다. 북쪽으로 나 있는 커다란 창문으로 색이 선명한 불꽃이 보였다. 밤하늘이 번쩍거리고 나서 한 박자 늦게 소리가 들린다.

아쓰코는 휴대 전화 카메라로 불꽃을 찍었다. 사진에 기록된 날짜와 시각이 수사를 교란하는 데 조금이라도 도움이 된다면 다행이다.

1층으로 내려온 후 비닐봉지에 고마이의 휴대 전화를 담아 자신의 핸드백에 넣었다. 그리고 미리 준비해 온 다른 휴대 전화를 꺼냈다. 고마이의 것과 색은 비슷하지만 모양이 미세하게 다르다. 그러나 언뜻 봐서는 차이를 느끼지 못할 것이다.

천장을 향해 누운 고마이의 왼팔을 들어 올렸다. 팔꿈치를 살짝 구부리고 그 손에 새 휴대 전화를 쥐여 주려고 했다. 그런데 아무리 해도 손가락이 구부러지지 않아 전화기를 그의 겨드랑이 근처에 떨어뜨리고 말았다. 하는 수 없어 그대로 두었다.

모든 일을 마치고 새삼 실내를 둘러보았다. 이제 적은 경찰이다. 어중간한 연기로는 먹히지 않는다. 물증을 모두 없애야 한다.

이만하면 됐다고 판단하고 바깥의 상황을 살핀 뒤 집을 나섰다. 원래는 창고였던 곳이라 오가는 사람이 거의 없다. 그래도 고개를 숙인 채 걸었다. 다행히 큰길로 접어들 때까지 누구와도 스치지 않았다.

시계를 보니 저녁 8시 40분이다. 서둘러야 한다. 때마침 택시가 나타나 손을 들었다.

차에 올라타서 택시 기사에게 행선지를 알린 후 장갑을 벗으려고 했다. 그런데 새삼 손이 떨려 쉽게 벗겨지지 않았다.

차창에 비친 자신의 얼굴을 보고 아쓰코는 움찔했다. 눈초리가 너무 험악하다. 손으로 뺨을 마사지하고 입을 크게 벌렸다 다물었다 하면서 웃는 얼굴을 만들었다. 뭐 하는 거야? 너,

배우잖아. 스스로를 독려했다.

9시 정각에 약속 장소인 찻집에 도착했다. 창가 테이블에서 문고본을 읽고 있는 아베 유미코의 모습이 보였다.

"미안해. 많이 기다렸어?"

그녀의 맞은편 자리에 앉으며 물었다.

유미코가 미소를 지으며 고개를 저었다.

"아니에요. 저도 방금 왔어요."

종업원이 다가오자 두 사람은 마실 것을 주문했다. 아쓰코는 커피, 유미코는 홍차였다.

"미안해. 다 같이 불꽃놀이 구경하고 있었을 텐데 말이야."

"아니에요. 저는 가지 않았어요. 그런데…… 의상을 변경하고 싶어 하신다면서요?"

"아직 결정한 건 아니야. 아까 고마이 씨와 통화해 봤는데, 바꾸는 것도 방법이 아닐까 하는 얘기가 나왔거든. 그래서 유미코에게 한번 의견을 들어 보려고."

"아아, 그랬군요."

"어떨까, 아무래도 지금 바꾸기는 어렵겠지?"

"절대 불가능한 일은 아니지만, 얼마나 바꾸느냐가 문제겠죠. 직접 만든 의상은 어떻게든 해 보겠지만, 업자에게 발주한 의상은 어쩌면 힘들지도 몰라요."

가령, 하고 유미코는 설명을 계속했다.

그녀의 얘기를 들으며 아쓰코는 시간을 가늠해 보았다. 시신의 상태는 시시각각 변화할 것이다. 여기서 시간을 오래 끌고 싶지는 않다.

주문한 음료가 나왔다. 유미코의 얘기가 끊긴 참에 아쓰코는 잠깐 실례할게, 하고 화장실로 갔다. 칸막이 안으로 들어간 그녀는 문을 잠근 다음 핸드백에서 비닐봉지에 든 고마이의 휴대 전화를 꺼냈다. 그리고 발신 이력에서 구도 사토미의 번호를 찾아 발신 버튼을 눌렀다. 신호가 가자 아쓰코는 즉시 종료 버튼을 누르고, 이번에는 착신 이력에서 아쓰코의 번호를 찾아 같은 일을 반복했다. 마지막으로 연락처 목록에서 아베 유미코의 번호를 선택했다. 그 상태에서 휴대 전화를 핸드백에 넣고 자리로 돌아왔다.

"미안해. 아, 그런데, 어디까지 얘기했지?"

"앞으로의 일정요."

아베 유미코가 메모를 보며 얘기를 이어 갔다. 수상하게 여기는 기색은 전혀 없다.

"······그런 상황이에요."

유미코는 설명이 일단락되자 아쓰코의 의견을 구하려는 듯이 눈을 살짝 올려 떴다.

"그렇구나······."

아쓰코는 커피를 한 모금 마신 다음 테이블 밑에서 핸드백에 손을 넣어 더듬더듬 휴대 전화를 찾았다.

"그럼 주연급의 의상은 변경하기 어렵겠네."

발신 버튼을 눌렀다.

"포기하는 게 나을까?"

"굳이 변경하고 싶으시다면 업자에게 부탁해 볼 수 있어요."

유미코가 그렇게 말하는데 옆에 놓인 가방에서 벨이 울렸다. 가방을 끌어당겨 휴대 전화를 꺼낸 그녀가 어, 하고 살짝 놀라는 듯이 반응했다.

"고마이 씨인데요?"

"받아 봐. 아마 의상 때문일 거야."

유미코가 고개를 끄덕이고 나서 전화기를 귀에 댔다.

"네, 저예요."

그런데 다음 순간 그녀가 눈썹을 찌푸리며 고개를 갸웃했다.

"여보세요. 여보세요, 고마이 씨?"

"왜 그래?"

유미코가 전화기를 귀에서 떼더니 "아무 소리도 안 들려요."라고 말했다.

"통신 상태가 좋지 않아서 끊긴 거 아니야?"

"그런 느낌이 아니고 연결은 된 것 같아요. 희미하게 소음이 들리거든요."

그리고 유미코는 다시 전화기를 귀에 갖다 댔다.

희미하게 들리는 소음이란 다름 아니라 지금 두 사람이 주고받는 대화가 아쓰코의 핸드백에 들어 있는 고마이의 휴대 전화를 통해 전달되는 것이다.

"일단 끊고 이쪽에서 다시 걸어 보면 어떨까?"

"그럴게요."

유미코가 버튼을 누른 후 다시 전화기를 귀에 댔다.

고마이의 전화기는 벨이 울리지 않도록 미리 설정해 놓았다.

아쓰코가 커피잔을 손에 쥐며 "안 받아?" 하고 물었다.

"네. 벨은 울리는데……"

"조금 이따가 다시 걸지 않을까?"

"그렇겠죠?"

그러고서 유미코는 전화를 끊었다. 뭔가 의심스러워하는 눈치는 아니다.

그 후 30분쯤 의상에 관해 의논했다. 그래 봐야 대개는 확인하는 정도로, 별로 의미 있는 대화는 아니었다.

"수고했어. 바쁜데 미안해."

찻집을 나온 후 아쓰코가 말했다.

"수고는요. 필요하면 언제든지 부르세요."

"고마이 씨에게도 보고하는 게 좋겠지?"

그리고 자신의 휴대 전화를 꺼낸 아쓰코가 화면을 들여다보고는 놀라는 듯한 표정을 지었다.

"아, 이런."

"왜요?"

"고마이 씨가 나한테도 전화를 했었나 봐, 9시 13분에. 전혀 몰랐네."

"아아, 그럼······."

유미코도 자신의 휴대 전화를 꺼냈다.

"제게 걸기 직전이네요. 간바라 씨가 전화를 받지 않아서 제게 걸었던 것 아닐까요?"

"글쎄, 어떻게 된 일인지······."

아쓰코가 고마이에게 전화를 걸었다. 물론 받을 리 없다.

"안 받는걸."

"이상하네요. 먼저 걸려 온 전화도 좀 그렇고······."

"그러게 말이야."

두 사람은 잠시 얼굴을 마주 보았다. 아쓰코가 입을 열었다.

"그럼 지금 고마이 씨 집에 같이 가 볼까? 가서 확인해 보는 게 좋을 것 같아."

"네, 제 생각도 그래요."

유미코가 걱정스러운 듯한 얼굴로 동의했다.

두 사람은 택시를 잡아타고 고마이의 집으로 향했다. 아쓰코가 조금 전 왔던 길을 거슬러 간 것이다.

집 앞에서 택시를 내린 후 대문 앞에 서서 인터폰을 눌렀지만 반응이 없었다. 당연한 일이다. 아쓰코가 짐짓 의아하다는 듯이 유미코를 바라보았다.

"이런 시간에 대체 어딜 간 걸까?"

글쎄요, 하며 유미코가 고개를 갸웃했다.

아쓰코는 다시 한 번 인터폰을 누른 후 몇 초간 기다리다가 입을 열었다.

"혹시 자는 건 아니겠지?"

"벌써요?"

"하긴."

그러면서 아쓰코가 무심한 척 문손잡이를 잡고 휙 돌리는데 문이 저항 없이 열렸다. 뒤에서 유미코가 헉, 숨을 삼키는 기척이 느껴졌다.

"고마이 씨!"

문틈으로 이름을 부르고 나서 문을 활짝 열고 안으로 들어갔다.

자, 이제 연기력을 발휘할 때다.

아쓰코는 일단 멈칫하고 나서 "아……." 하고 잠깐 틈을 두었다가 소리를 질렀다. 상황을 파악하기까지 시간이 좀 걸렸다는 사실을 연기한 것이다.

하지만 유미코는 달랐다. 실내의 처참한 광경을 보자마자 꺅, 비명을 질렀다. 그리고 손으로 입을 막더니 부들부들 떨기 시작했다. 그 모습을 보며 아쓰코는 저렇게 반응하는 게 나았으려나 하고 생각했다.

"저기, 저기 좀 봐! 고마이 씨 옆에……."

아쓰코가 손가락으로 어딘가를 가리키며 말했다.

"전화기가 떨어져 있어. 전화를 걸던 중이었나 봐."

유미코는 입을 다문 채 고개만 끄덕였다. 목소리가 나오지 않을 것이다.

"일단 경찰에 신고해야겠어. 그건 내가 할 테니까 유미코는 야마모토 씨에게 연락해 줘."

유미코가 파랗게 질린 얼굴로 고개를 끄덕거리며 네, 하고 목이 잠긴 소리로 대답한 후 밖으로 나갔다.

아쓰코는 핸드백을 열고 비닐봉지에 담겨 있던 휴대 전화를 꺼내 재빨리 벨 소리 설정을 되돌려 놓은 다음 전화기에 지문이 묻지 않도록 조심하면서 시신 옆에 놓여 있던 휴대 전화와 바꿔치기했다.

밖으로 나와 보니 유미코는 통화를 하는 중이었다. 그녀가 횡설수설하는 말을 들으면서 아쓰코는 핸드백에서 자신의 휴대 전화를 꺼내 경찰에 신고했다.

2

포스터에는 각양각색으로 분장한 사람들의 사진이 담겨 있었다. 백 년 전의 영국인, 이라는 설정인가. 제목은 '타이타 닉호에 타지 않은 사람들'. 디카프리오도 포커에서 이기지만 않았다면 그 배를 타지 않았을 텐데, 하며 구사나기는 유명한 영화를 떠올렸다. 하기야 그는 가공의 인물이지만.

그건 그렇고 참으로 묘한 집이네, 하며 그는 새삼 실내를 둘러보았다. 백 제곱미터는 됨직한 원룸에 배드민턴 시합도 할 수 있을 만큼 천장이 높다. 벽에 설치된 선반에는 엄청난 양의 책과 DVD가 꽂혀 있다. CD와 레코드, VHS 테이프 같은 것들도 있었다. 그것들을 재생하는 데 사용되는 도구가 반대쪽 벽에 배치되어 있는 거대한 디스플레이와 음향 기기일 것이다. 바닥에 군데군데 놓인 쿠션과 낮은 소파는 음악이나 영상을 감상하는 데 도움이 될 듯하지만, 이 공간에는 생활의 흔적이 거의 없었다. 한쪽 구석에 있는 부엌 공간은 매우 협소한 데다 조리 기구도 거의 없고 식기류는 그저 구색일 뿐이다. 냉장고 역시 혼자 사는 학생이나 사용함 직한 소형이었다.

집주인 고마이 료스케는 널찍한 바닥 위에서 죽은 채 발견되었다. 타살이라고 단언해도 문제가 없을 것이다. 그의 생명을 빼앗은 등산용 잭나이프가 흉부에 깊이 꽂혀 있었다. 시신은 이미 다른 곳으로 옮겨졌다. 일러야 내일 오전쯤 부검 결과가 나올 것이다.

구사나기는 부엌 한쪽 벽에 붙어 있는 포스터를 바라보고 있었다. 거기에는 배우들 외에 연출자인 고마이 료스케의 얼굴 사진도 있었다.

밤 11시가 가까운 시각. 감식반의 작업은 일단락되고 현장에 남아 있는 사람은 구사나기를 비롯한 수사 1과 수사관들뿐이었다.

구사나기 선배, 하고 부르는 소리가 뒤에서 들렸다. 돌아보니 우쓰미 가오루가 달려오고 있었다.

"시신을 맨 처음 발견한 사람들의 얘기를 들을 수 있을 것 같아요. 관할 서에서 기다리고 있답니다."

오케이, 하고 대답하고 나서 구사나기는 천장을 올려다보았다.

"그런데 말이지, 집이 정말 특이해."

"관할 서 얘기로는 원래 창고였대요. 그런 것을 어느 건축 디자이너가 거주용으로 개조했다는군요."

"흠, 나라면 이렇게 횅뎅그렁한 집에서는 살고 싶지 않을 텐데. 게다가 침대가 다락에 놓여 있는데 말이야, 저렇게 커다란 창문들에 둘러싸여서 차분히 잠들 수 있겠어?"

"피해자는 예술가니까 보통 사람들과는 감성이 다르지 않을까요."

"흠, 예술가라……."

구사나기는 다시 포스터로 시선을 돌렸다.

"'파란 여우'라는 극단을 아나?"

"이름은 들어 본 적이 있어요. 피해자는 텔레비전 드라마의 각본 같은 것을 쓰기도 했죠. 제법 잘나가는 사람이었어요."

"그래? 나는 처음 알았어. 하기야 극단이라고 해 봤자 다카라즈카나 요시모토 신희극 정도밖에 모르지만."

우쓰미 가오루가 옅은 립스틱을 바른 입술을 살짝 비죽거렸다.

"요시모토 신희극은 극단과는 달라요."

"그런가. 그런데 말이야……."

구사나기가 턱으로 한곳을 가리켰다.

"저 사다리는 뭘까?"

벽 앞에 나란히 놓인 음향 기기들 바로 앞에 접이식 사다리가 세워져 있었다. 구사나기는 그 사다리가 자꾸 마음에 걸렸다.

"위쪽 선반에 있는 물건들을 꺼내거나 올려놓을 때 사용하는 것 아닐까요?"

"그건 나도 알겠는데 왜 저런 데 놓여 있느냔 말이지. 그쪽에는 선반 같은 것도 없잖아."

"어쩌다 보니 그렇게 됐겠죠, 뭐."

"음향 기기들 바로 앞이야. 걸리적거리지 않겠어?"

"보통 사람들이라면 그렇겠지만 예술가니까……."

"또 그 소리야?"

구사나기가 눈썹을 찌푸렸다.

"뭐, 됐어. 가자고."

두 사람은 택시를 타고 관할 경찰서로 향했다. 그곳 응접실에서 기다리고 있다는 사람은 여자 둘이었다.

관할 서 형사가 그들을 소개했다. 삼십 대 중반쯤으로 보이는 간바라 아쓰코는 훤칠한 키에 얼굴 생김이 화려했다. 한편 아베 유미코는 차분한 인상이다. 둘 다 피해자와 같은 극단 소속으로, 간바라 아쓰코는 배우 겸 각본가이고 아베 유미코는 배우 겸 의상 담당이라고 했다.

"가난한 극단이라 다들 이런저런 역할을 겸하고 있어요."

간바라 아쓰코가 감정을 억누른 듯한 말투로 덧붙였다. 농담이나 겸손이 아니라 실상이 그럴 것이다.

그들의 말에 따르면 오늘은 점심때가 지나서 연습을 시작했고 끝난 시각은 6시쯤이라고 한다. 그 후 간바라 아쓰코는 쇼핑을 하고 집으로 돌아갔는데 의상에 관해 신경 쓰이는 부분이 있어서 고마이에게 전화를 걸었다. 7시 40분경의 일이다. 의상 담당과 의논해 보라는 고마이의 말에 그녀는 곧바로 아베 유미코에게 전화를 걸었다. 아베 유미코는 자택 근처 식당에서 저녁을 먹고 난 참이었고 둘은 9시에 찻집에서 만나기로 했다.

약속대로 찻집에서 만난 지 얼마 안 되어 아베 유미코의 휴대 전화가 울렸다. 발신자는 고마이였다. 그런데 전화를 받았지만 상대는 아무 말이 없었다. 의아해하며 일단 전화를 끊었다가 다시 걸었지만 고마이는 받지 않았다.

약 30분 후 두 사람은 찻집을 나왔다. 그때 간바라 아쓰코에게도 고마이의 전화가 걸려 왔다는 걸 알게 되었다. 무슨 일인가 싶어 전화를 걸어 보았지만 역시 받지 않았다. 그래서 두 사람은 고마이의 집에 찾아가 보기로 했다. 고마이는 극단원들의 모임 장소로 자택을 제공하곤 했기 때문에 두 사람도 그 집을 드나드는 데 익숙했다.

택시를 타고 달려가 보니 현관문이 잠겨 있지 않았다. 걱정스러워하며 문을 열었고, 변을 당한 고마이를 발견했다.

"7시 40분쯤 고마이 씨와 통화했다고 하셨죠? 그때 고마이 씨에게서 뭔가 이상한 점을 느끼지는 않으셨습니까?"

구사나기가 간바라 아쓰코에게 물었다.

그녀는 고개를 저었다.

"특별히 이상한 점은 없었어요."

"누군가와 함께 있는 것 같지는 않던가요?"

"글쎄요…… 잘 모르겠어요. 죄송합니다."

두 사람의 진술에 딱히 부자연스러운 점은 없었다. 구사나기는 계속해서 그들에게 현장으로 달려가는 도중에 수상한 사람을 목격하지 않았는지, 집 안에 들어갔을 때 뭔가 신경 쓰이는 점은 없었는지, 그리고 동기나 범인에 관해 짐작 가는 바가 있는지 등을 물었다.

"마음에 걸리는 일이 하나 있기는 한데……."

그런 말을 꺼낸 사람은 간바라 아쓰코였다.

"그 칼 말이에요, 어쩌면 극단 것인지도 모르겠어요."

"극단 것이라니, 그게 무슨 뜻이죠?"

"소도구요. 이번 연극에 칼을 사용하는 장면이 있거든요."

"연극에 진짜 칼을 사용한다는 말입니까?"

간바라 아쓰코가 거북한 표정으로 고개를 끄덕였다.

"그래야 긴박감이 느껴진다는 게 고마이 씨 의견이었어요. 그래서 직접 인터넷으로 주문했다고 들었습니다."

"그 칼일지도 모른다는 겁니까?"

"네."

"소도구를 평소에는 어디에 보관하죠?"

"연습실 창고에 보관할 거예요."

"간바라 씨는 언제 마지막으로 그 칼을 봤습니까?"

"오늘 낮이요. 연습 중에 봤어요."

그러고서 간바라 아쓰코는 옆으로 고개를 돌려 "그렇지?" 하고 아베 유미코에게 동의를 구했다.

"맞아요, 저도 기억해요."

아베 유미코의 대답을 들은 관할 서 형사가 자리에서 일어나 취조실을 나갔다. 그녀들이 말한 내용을 확인하려는 것일 터였다. 그럼 마지막으로, 하고 구사나기가 다시 입을 열었다.

"고마이 씨와 특별히 친하게 지낸 사람이 있습니까? 가령 교제하는 여성이라든가 말이죠."

이때 아주 잠깐이지만 미묘한 분위기가 흘렀다. 아베 유미코는 겸연쩍은 표정을 보인 반면, 간바라 아쓰코는 경계하는 기색이 스쳤다.

어떻습니까, 하고 구사나기가 거듭 물었다. 글쎄요, 하며 아베 유미코가 고개를 갸웃했다. 그런데 간바라 아쓰코가 "네, 있었어요."라고 딱 잘라 말했다.

"어떤 분이죠?"

"역시 저희 극단 사람이에요."

간바라 아쓰코는 구도 사토미라고 이름을 가르쳐 주었다. 그리고 아베 유미코를 바라보며 "이런 일은 분명하게 말해야 해. 숨겨 봤자 어차피 알려질 거야."라고 훈계하듯이 말했다. 네, 하고 아베 유미코가 고개를 끄덕였다. 구사나기는 아무래도 무슨 사연이 있는 모양이라고 짐작했다.

"그분께는 사건에 관해 알렸나요?"

간바라 아쓰코가 고개를 저었다.

"저희는 알리지 않았어요."

"하지만 야마모토 씨가 알렸을지도 몰라요."

아베 유미코가 말했다. 야마모토는 극단의 사무를 담당하는 사람이라고 한다.

"구도 씨의 연락처를 알 수 있을까요?"

구사나기의 물음에 간바라 아쓰코는 눈썹을 찡그렸다.

"오늘 밤은 그냥 놔두는 게……."

"압니다. 나름대로 배려할 테니 염려하지 않으셔도 됩니다."

그러고서 구사나기는 메모할 준비를 했다.

"제 휴대 전화에는 번호가 입력되어 있지 않아요. 유미코는 알아?"

아베 유미코가 "네. 전화번호랑 이메일 주소라면요." 하며 휴대 전화를 꺼냈다.

응접실을 나온 구사나기는 형사과 사무실로 향했다. 그곳에는 상사 마미야가 와 있었다. 구사나기가 방금 들은 내용을 그에게 전했다.

"그렇군. 구도 사토미라는 여자가 애인이란 말이지. 이제 알겠군."

마미야가 납득했다는 듯이 고개를 끄덕였다.

"뭘 말씀이죠?"

"피해자의 휴대 전화 발신 이력에 따르면 9시 13분에 구도 사토미라는 여성에게 전화를 걸고 나서 다시 간바라 씨와 아베 씨에게 연달아 전화했어. 아마 구도 씨와는 연결되지 않았겠지. 그래서 다음으로 간바라 씨에게 걸었지만 그쪽도 연결되지 않자 하는 수 없이 아베 씨에게 전화했던 거야. 아베 씨를 선택한 이유는 연락처 목록의 맨 위에 있기 때문일 테고. 그만큼 절박한 상태였는지도 모르지."

"도움을 청하려고 전화를 걸었을까요?"

"아마 그럴 거야. 검시관 말로는 칼에 찔린 후 잠시 동안 살아 있었을 가능성이 있다는군. 그사이에 전화를 걸었다고 생각할 수밖에. 하지만 목소리가 나올 만한 상태가 아니었거나 어쩌면 말을 내뱉기 전에 숨이 끊어졌을 거야."

"일리 있는 말씀입니다."

"또 하나, 휴대 전화에 증거가 남아 있었어. 방금 프린트한 걸 받았지."

마미야가 책상 위에 놓여 있던 사진을 집어 들었다. 모두 세 장으로, 불꽃놀이 광경을 담은 것들이었다.

"무척 아름답군요."

"맨 아래쪽에 시각이 표시되어 있지? 첫 번째 사진은 오늘 오후 6시 50분, 두 번째는 7시 27분, 세 번째 사진은 8시 35분.

피해자는 이 마지막 사진을 찍은 때로부터 구도 사토미 씨에게 전화를 건 9시 13분 사이에 살해당했다고 보는 게 타당할 거야."

구사나기는 고개를 끄덕이고 나서 사진을 들여다보며 두 번째 사진과 세 번째 사진 사이에 한 시간 넘는 간격이 있는 이유가 무엇일까 생각했다.

그때 우쓰미 가오루가 다가와 구도 사토미와 연락이 닿았다고 말했다.

"뭐래?"

"사건에 관해 알고 있었어요. 울먹이더군요."

"집이래?"

"네. 극단 동료랑 함께 있는 것 같았어요."

"극단 동료?"

"소식을 들었을 때 극단 단원들과 함께 있었답니다. 그중 한 사람이 그녀가 걱정스러워서 집까지 바래다준 모양이에요."

"그렇군. 얘기를 들을 수 있을까?"

"너무 오래 걸리지만 않는다면 괜찮답니다. 주소는 확인했어요. 여기서 차로 20분 정도 걸릴 겁니다."

"당장 가 봐."

마미야가 말했다.

구도 사토미는 하얀 얼굴에 몸집이 야윈 여성이었다. 표정이 환했다면 그 피부색이 매력적으로 비쳤을 테지만 지금은 형광등 아래에 있는 탓도 있고 해서 그저 혈색이 나빠 보일 뿐이다.

구사나기와 우쓰미 가오루는 함께 그녀의 비좁은 원룸으로 들어섰다. 구석에 재봉틀이 놓여 있는 것을 보고 요즘 보기 드문 물건이라고 생각했다.

유리 테이블을 사이에 두고 구도 사토미와 마주 앉았다. 그녀의 극단 동료라는 여성은 옆에 있는 침대에 걸터앉아 있었다. 그쪽은 약간 통통한 타입이다.

"10시 조금 전에 연락을 받았어요. 사무국의 야마모토 씨가 전화를 했더군요."

구도 사토미는 자신의 휴대 전화를 구사나기 쪽으로 돌려 놓았다. 화면에 '21 : 52 야마모토'라고 표시되어 있었다.

그러나 구사나기는 그 아래 칸으로 눈길이 갔다. '21 : 13 고마이'라는 글자가 있었기 때문이다. 그 점을 지적하자 구도 사토미는 어두운 목소리로 말했다.

"전화가 왔었다는 걸 나중에야 알았어요. 휴대 전화가 핸드백에 들어 있었거든요. 그 사람이 건 마지막 전화였는데……."

그녀가 고개를 숙이며 눈물을 흘렸다.

그녀에 따르면 극단 동료 하나가 자신이 사는 아파트 옥상에서 불꽃이 선명히 보인다고 해서 연극 연습이 끝난 다음 다 함께 구경을 갔다고 한다. 그 후 선술집으로 이동해서 한잔하는 차에 사무국의 야마모토에게서 연락이 왔다는 것이다.

"고마이 씨는 불꽃놀이를 보러 가지 않았었군요."

"네. 해야 할 일이 있다고 했어요."

"그럼 불꽃놀이를 구경했다는 그 아파트에는 언제부터 있었습니까?"

"연습이 끝나고 연극 소품을 사러 갔다가 집에 들러서 갔으니까…… 8시쯤일 거예요."

"네, 확실합니다."

옆에서 동료 여성이 말했다.

"제가 증인을 설 수도 있어요."

구사나기는 고개를 끄덕인 후 잠시 틈을 두었다가 다시 입을 열었다.

"사건에 대해서 뭔가 짚이는 점이 있으십니까? 고마이 씨가 누군가에게 원한을 샀다든가……."

그러자 구도 사토미가 미간을 찡그리며 뺨에 손을 대고 골똘히 생각하는 듯이 시선을 떨어뜨렸다. 그리고 잠시 후 살래살래 고개를 저었다.

"아니요……, 역시 없어요. 잘 모르겠습니다."

구사나기가 그녀를 빤히 바라보았다.

"역시, 라는 말은 무슨 뜻인가요? 아주 사소한 일이라도 좋으니 생각나는 게 있으면 말씀해 주세요."

구도 사토미의 표정에서 뭔가 주저하는 기색이 드러났다. 숨기는 일이 있는 것이다.

"사토미, 나 잠깐 편의점에 다녀올게."

동료 여성이 자리에서 일어서며 말했다.

"어……, 그래."

동료 여성이 구사나기와 우쓰미 가오루에게 살짝 고개를 숙여 보인 후 밖으로 나갔다. 자리를 피해 주려고 그러는 듯했다.

문이 닫히는 것을 확인한 후 구사나기는 구도 사토미에게 시선을 돌렸다.

"구도 씨."

실은, 하고 그녀가 입을 열었다.

"그 사람과 사귄 여자는 저만이 아니었어요."

구사나기는 저도 모르게 숨을 삼키며 우쓰미 가오루와 얼굴을 마주 보았다. 뜻밖의 말이었다.

"구도 씨만이 아니었다고요? 그럼 양다리를 걸쳤단 말입니까?"

"그런 뜻이 아니라, 저보다 먼저 사귀던 사람이 있었어요. 단원 중에요. 그런데 그녀와 헤어지고 저를 선택했어요."

"그 사람이 아직도 극단에 있습니까?"

그녀가 천천히 고개를 끄덕였다.

"네, 있어요."

옆에서 우쓰미 가오루가 메모할 준비를 했다.

"그분, 이름이 뭡니까?"

구사나기가 물었다.

구도 사토미는 숨을 크게 들이마신 후 마음을 굳혔다는 듯이 대답했다.

"간바라 아쓰코 씨입니다."

3

다음 날 오전, 계장 마미야와 구사나기를 비롯한 수사관들이 경찰서 회의실에 모였다.

젊은 형사 기시타니가 칼과 관련해 탐문 조사한 결과를 보고했다. 그에 따르면 칼은 역시 연습실에서 가져온 것인 듯했다. 창고에 있어야 할 칼이 사라진 데다, 소도구 담당 단원에게 사진을 보이자 연습실의 칼이 틀림없다고 대답했다는 것이다.

"어제 연극 연습 후에 누가 칼을 치웠는지는 알아냈나?"

마미야가 물었다.

"소도구 담당자가 분명히 제자리에 가져다 놓았다고 증언 했습니다."

"연습실 문단속을 한 사람은?"

"그건 고마이 씨의 역할이었답니다. 다들 돌아간 후에도 고 마이 씨 혼자 남는 일이 잦았나 봅니다. 어젯밤에도 그랬고요."

"피해자 본인이 칼을 가져갔을 가능성은?"

"거의 없어 보입니다. 감식반의 보고로는 칼자루를 닦아 낸 흔적이 없고, 지문이 몇 개 묻어 있었지만 피해자의 것은 나오지 않았답니다."

"지문들이 누구 것인지는 밝혀졌어?"

"거의 밝혀졌습니다. 연극에서 칼을 사용하는 배우와 소도 구 담당자랍니다. 그리고 칼자루에 장갑의 흔적이 남아 있는 것 으로 미루어 범인은 장갑을 끼고 있었을 것으로 보인다고요."

"장갑이라……. 역시 계획된 범행이란 얘기군. 범인이 연습 실에 침입해서 칼을 훔쳐 냈단 말인가. 연습실 열쇠는 누가 갖고 있었지?"

"피해자와 야마모토라는 사무 담당자입니다. 하지만 범행 에 사용된 열쇠는 그와 별개인 것 같답니다."

"별개라고? 그게 무슨 소리야?"

"연습실 입구 부근에 배관 점검용 문이 있는데, 그 안쪽에 보조 열쇠를 숨겨 놓는다고 합니다. 그걸 사용했을 가능성이 큽니다."

"그래?"

마미야가 입꼬리를 살짝 비틀었다.

"그 사실을 아는 사람이 누구지?"

"자세한 건 좀 더 조사해 봐야겠지만, 단원이면 누구나 알 수도 있습니다."

"단원이 그랬다면……."

마미야가 의자에 앉은 채 부하들을 죽 둘러보았다.

"문제는 왜 그 칼을 사용했느냐 하는 건데……. 극단 내부인의 소행이라는 걸 알리는 꼴이잖아."

"수사를 교란하려는 의도인지도 모르죠."

기시타니가 말했다.

"내부인의 소행으로 보이도록 일부러 한 짓이다?"

마미야는 그 가설이 마음에 들었는지 두세 번 고개를 끄덕였다.

"연습 중인 연극에 실제 칼이 사용된다는 사실을 아는 사람이 얼마나 있는지 조사해 봐."

"알겠습니다."

기시타니가 대답했다.

"그럼 남은 건 피해자의 인간관계인데……."

마미야가 구사나기에게 눈길을 돌렸다.

"애인한테는 얘기를 들어 봤어?"

"네. 그런데 마음에 걸리는 점이 하나 있습니다."

구사나기는 지난밤에 있었던 참고인 조사의 결과를 보고했다.

다 듣고 난 마미야가 턱을 문지르며 말했다.

"맨 처음 발견한 사람이 피해자의 전 애인이란 말이지. 아닌 게 아니라 신경이 쓰이는군. 그 두 사람은 언제 헤어졌지?"

"피해자와 구도 사토미 씨가 교제를 시작한 게 반년쯤 전이라니까 그 무렵 아닐까요?"

"반년이라……."

마미야가 중얼거렸다.

"시간이 너무 많이 흐른 감이 있군. 헤어진 직후라면 모를까, 반년이나 지나서 죽인다는 건 말이지."

"그 점은 저도 동감입니다. 다만 새삼 증오심이 생길 만한 계기가 있었다면 가능한 일일지도 모릅니다."

마미야가 의자 등받이에 기대며 팔짱을 꼈다.

"그렇다면 예의 전화는 어떻게 된 걸까? 아베 씨에게 걸려 왔다는 전화 말이야. 피해자 자신이 걸었다면 간바라 아쓰코가 범행을 저질렀다고 보기는 힘들지 않겠어?"

"바로 그 점인데요, 구도 씨에게 전화를 건 후 간바라 아쓰코 씨와 아베 씨에게 걸었다는 점이 부자연스럽습니다. 죽어가는 상태에서 과연 그랬을까 싶어요. 설령 전화를 받지 않는다 해도 애인에게 계속해서 걸지 않을까요?"

"하지만 실제로 그랬으니 어쩌겠나."

"그래서 트릭이 사용되지 않았을까 생각하는 겁니다."

"트릭이라고?"

"아까 아베 유미코 씨에게 확인해 봤더니 간바라 아쓰코가 찻집에서 화장실에 간 적이 있다고 하더군요. 그때 트릭을 사용하지 않았을까 싶습니다."

"트릭을 어떤 식으로 사용했다는 거지?"

"먼저 아베 유미코 씨와 만나기로 약속을 해 둡니다. 아베 씨를 선택한 이유는 연락처 목록 맨 위에 있는 이름을 선택하는 것이 칼에 찔려 구조를 요청하는 사람의 행동으로 타당하다고 여겼기 때문이죠. 그리고 예정대로 피해자를 살해한 후 피해자의 휴대 전화를 들고 나와서 아베 씨를 만납니다. 중간에 화장실로 가서 구도 사토미에게 전화를 건 다음 벨이 울리면 곧바로 전화를 끊습니다. 상대가 전화를 받으면 곤란하니까요. 이어서 간바라 아쓰코 자신의 휴대 전화로도 전화를 걸죠. 그리고 마지막으로 아베 씨의 번호를 휴대 전화 화면에 띄워 놓은 상태에서 자리로 돌아옵니다. 남은 일은 테이블 밑에서 손으로 더듬어 휴대 전화 발신 버튼을 누르는 겁니다.

아베 씨 말로는 전화를 받았지만 상대가 아무 말도 하지 않았다고 합니다. 그때 피해자의 전화기는 간바라 아쓰코의 핸드백 속에 있었다, 그렇게 보면 어떨까요?"

마미야가 구사나기를 힐끔 올려다보았다.

"지문은 어쩌고? 이런 계절에 장갑 같은 걸 끼었다면 아베 씨가 이상하게 여기지 않았겠어?"

"휴대 전화를 비닐봉지에 넣어 두면 되죠. 그 위에서 조작하면 지문은 남지 않습니다."

"하지만 그렇다면 범행 현장에는 피해자의 휴대 전화가 없어야 하는데, 아베 유미코는 휴대 전화가 있는 걸 확인했다고 했잖아?"

"가짜를 사용하는 거죠. 비슷한 전화기를 시신 옆에 놓아두었다가 아베 씨가 한눈을 팔 때 진짜와 바꿔치기하는 겁니다. 어려운 일은 아닙니다."

"그럼 그 사진은 어떻게 설명할 텐가?"

"불꽃놀이 사진 말씀입니까?"

"그래. 세 번째 사진이 찍힌 시각이 20시 35분이야. 만일 그때 피해자가 아직 살아 있었다면……."

"살아 있지 않았습니다."

구사나기가 단호하게 말했다.

"그 사진은 범인이 찍었을 가능성이 큽니다. 물론 간바라 아쓰코를 범인으로 가정했을 때 얘기지만요."

마미야가 다시 구사나기를 노려보듯이 올려다봤다.

"증거가 있어? 그런 트릭을 사용했다는 증거 말이야."

구사나기는 얼굴을 찡그리며 고개를 저었다.

"아쉽게도 증거는 없습니다. 하지만 그런 방법이 있으니 간바라 아쓰코의 알리바이는 성립하지 않습니다."

"칼이 극단의 소도구일지 모른다는 말을 꺼낸 사람도 그녀야. 용의자의 범위를 좁히는 힌트를 스스로 제공할 리 있겠어? 애당초 그런 칼을 사용할 이유는 또 뭐고?"

"그 칼이 소도구라는 건 조사하면 금방 드러날 일입니다. 그렇다면 모르는 척하는 편이 오히려 부자연스럽지 않을까요? 다만 계장님 말씀처럼, 왜 그 칼을 흉기로 선택했는지는 지금으로서는 설명하기 힘듭니다."

"그런데도 간바라 아쓰코를 의심하는 건가?"

"조사할 필요는 있다고 봅니다."

마미야는 의구심에 찬 눈초리로 구사나기를 한참 쳐다보다가 살이 두 겹으로 접힌 턱을 힘 있게 끌어당겼다.

"좋아, 그럼 한번 조사해 봐. 그 밖에 의견이 있는 사람?"

네, 하고 우쓰미 가오루가 손을 들었다. 그녀는 화이트보드로 다가가 거기 붙어 있는 세 장의 불꽃놀이 사진을 손가락으로 가리켰다.

"처음 봤을 때부터 마음에 걸렸는데요, 첫 번째와 두 번째 사진은 자택 이외의 장소에서 찍은 게 아닐까 싶습니다."

"그렇게 생각하는 이유는?"

마미야가 물었다.

"보시는 것처럼 불꽃놀이의 배경에 달이 찍혀 있어요. 이 때는 달이 동쪽 하늘에 떠 있을 시각이고, 그렇다면 사진을 찍은 장소는 불꽃놀이를 하는 지점보다 서쪽이어야 합니다. 그런데 피해자의 자택은 불꽃놀이를 하는 지점보다 동쪽에 있어서 달이 배경으로 찍힐 수 없어요. 따라서 첫 번째와 두 번째 사진은 연극 연습실에서 찍은 것이 아닐까 하는 것이 제 의견입니다."

마미야가 팔짱을 끼며 사진을 노려보았다.

"흠, 그렇게 보면 두 번째 사진과 세 번째 사진 사이에 한 시간이 넘는 간격이 있는 것도 설명이 되는군."

"두 번째 사진이 찍힌 시각은 저녁 7시 27분입니다. 연습실에서 피해자의 자택까지는 아무리 서둘러도 30분 이상 걸립니다."

"요컨대 범행 시각이 저녁 8시 이후란 말이지?"

그러고서 마미야가 부하들에게 눈길을 향했다.

"극단 관계자들의 알리바이를 철저히 조사해 봐!"

4

수조의 열대어들을 바라보며 생각했다. 보석처럼 아름다운 색으로 태어난 탓에 이렇게 좁은 곳에 갇혀 사니 불쌍하다고. 그러나 한편으로 열대어들은 내가 어떻게 보일까 하는 호기심이 일기도 했다. 자신들이 헤엄치는 모습을 넋을 잃고 바라보는 인간들의 표정에 의외로 기분이 좋을지도 모른다. 배우도 마찬가지다. 무대라는 한정된 공간에서 연기하지만, 한편으로는 늘 관객들을 내려다본다. 구경을 당하는 것이 아니라 스스로 보여 주는 것이다.

아쓰코는 단골 술집의 카운터 자리에 앉아 혼자서 싱가폴 슬링을 마시고 있었다. 바텐더들 뒤로 열대어가 헤엄치는 수조가 있다.

사건이 발생한 지 24시간 이상이 지났다. 경찰의 수사는 어디까지 진행됐을까. 고마이와 아쓰코의 관계도 드러났을 터이니 주변 인물들을 상대로 뒤를 캐고 있을 것이다. 하지만 그런 사실을 아쓰코에게 알려 주는 사람은 아무도 없었다.

"당신을 존경하고, 당신이 소중한 동료인 건 앞으로도 마찬가지야. 하지만 연애 감정은 사라졌어. 그뿐이야."

반년 전에 들었던 고마이 료스케의 말이 귀에 되살아났다. 아쓰코는 칵테일 잔을 기울이고 나서 훗, 헛웃음을 터뜨렸다.

저세상에 있을 그에게 확인하고 싶다. 그뿐이라고? 정말 그 럴까. 당신은 아주 소중한 걸 잃었어. 지금쯤이면 확실히 깨 달았을 테지.

자신의 손을 물끄러미 들여다본다. 칼로 가슴을 찔렀을 때 의 감촉이란.

뒤에서 문이 열리는 소리가 들리더니 누군가 "어서 오십시 오." 하고 인사를 했다. 왔군, 하고 아쓰코는 직감했다. 이런 직감은 틀리는 법이 없다.

옆에서 인기척이 났다.

"안녕하세요."

낮지만 울림이 좋은 목소리다.

아쓰코는 상대를 올려다보며 미소를 지었다.

"어머나, 의외로 일찍 오셨네요."

"그런가요? 오래 기다리시지 않았다면 다행입니다."

유가와 마나부가 손목시계를 내려다보며 아쓰코의 옆 자 리에 앉았다. 광택이 있는 회색 양복 차림이다.

"괜히 일하시는데 훼방을 놓은 거 아닌가요?"

"전화로도 말씀드렸지만, 일이 아니라 회합이라는 이름의 접대였습니다. 공무원들이 세금으로 맛있는 걸 먹고 마시는 데 참석했을 뿐이에요. 시간 낭비죠."

바텐더가 다가오자 유가와는 진 라임을 주문했다.

"그 말씀을 들으니 더 부담스럽네요. 제 용건을 들으시는 것도 시간 낭비가 아닐까 싶어서요."

"그렇지 않다고 생각했으니 이렇게 나온 겁니다. 용건이라는 건 물론 '파란 여우'에 관한 일이겠지요?"

아쓰코가 진지한 표정을 짓더니 "네." 하고 대답했다.

고마이 료스케 살해 사건이 오늘 아침 신문에 실렸다. 뉴스 채널이나 텔레비전 정보 프로그램에서도 사건을 다룬 듯하다. 유가와가 그것을 의식하지 않을 리 없었다. 어찌 됐건 그는 '파란 여우'의 팬클럽 회원 아닌가. 물론 그가 스스로 입회한 것은 아니다. 그는 입회비조차 내지 않았다.

실은 몇 년 전, 물리학자를 주인공으로 한 연극을 제작한 적이 있었다. 당시 각본을 담당했던 아쓰코가 사무국 직원인 야마모토에게 실제 물리학자의 얘기를 들어 보고 싶다고 했더니 그가 데이토 대학 물리학과 부교수인 유가와를 만나게 해 주었다. 두 사람은 한 다리 건너 아는 사이인 듯했다.

솔직히, 완성도가 높은 연극은 아니었다. 그런데도 연극을 보고 난 유가와는 기뻐하며 앞으로도 가끔 보여 달라고 말했다. 그래서 그에게 팬클럽 특별 회원 자격을 주기로 한 것이다. 실제로도 해마다 몇 번은 보러 왔다. 때로는 분장실에 얼굴을 내밀기도 했다.

그녀는 칵테일을 한 모금 마신 뒤 말했다.

"극단은 당분간 활동을 중단하기로 했어요. 오늘 몇 사람이 모여서 그러기로 결론을 내렸어요."

유가와도 진 라임을 한 모금 마셨다. 그리고 한숨을 내쉬었다.

"어쩔 수 없는 일이죠."

"정말 알 수가 없어요. 대체 누가 그런 끔찍한 짓을……."

"경찰에서는 뭐라고 하던가요?"

아쓰코가 고개를 저었다.

"오늘도 연습실과 사무국에 형사가 몇 명이나 들이닥쳤지만 저희에게는 질문만 할 뿐 아무것도 가르쳐 주지 않았어요."

"그들은 늘 그런 식이지요."

유가와가 사정을 뻔히 안다는 듯이 말했다.

"교수님은 경시청에 친한 분이 계시다고 하셨죠? 그것도 수사 1과에요."

"친하다기보다, 질긴 인연이죠. 끊으려야 끊을 수 없는 사이라고나 할까요."

"그분과는 자주 연락하시나요?"

칵테일 잔을 입으로 가져가려던 유가와가 손을 멈칫했다.

"왜 그런 걸 물으시죠?"

그러자 아쓰코가 미간을 살짝 찡그렸다.

"방금 말씀드렸다시피 경찰에서 아무런 정보를 주지 않는 탓에 단원들 사이에 흉흉한 소문이 나돌고 있어요. 그래서 수사 진척 상황을 조금이라도 알 수 있을까 하고요."

"요컨대, 아는 형사에게 이번 사건의 수사에 관한 정보를 알아봐 달라, 그런 말씀인가요?"

"어려운 부탁이라는 건 알지만……."

"맞습니다. 어려운 일이에요."

유가와가 딱 잘라 말했다.

"아무리 친한 사이라고 해도 수사상의 비밀을 발설하지는 않죠. 거꾸로 생각해서, 그토록 입이 가벼운 인간이 경찰이라면 우리로서도 신뢰하기 어렵지 않겠습니까?"

"하지만 교수님은 그 형사분과 단순히 알기만 하는 사이가 아니잖아요. 수사에 협조하신 적도 몇 번 있다던데, 그럴 때는 수사상의 비밀도 털어놓지 않나요?"

"그거야 경찰 측의 사정이 있으니까 그런 거고, 지금은 그들에게 제가 필요치 않아요. 그들에게 저는 외부인일 뿐입니다."

"그런가요……."

"그리고, 아실지 모르겠지만, 경시청 수사 1과에도 부서가 여럿 있습니다. 다른 부서에서 담당하는 사건에 관해서는 거의 모르는 게 실정이에요. 이번 사건을 어느 부서에서 다루는지는 아세요?"

"아니요, 그런 건 전혀……."

"그렇겠죠."

유가와는 냉담한 표정으로 고개를 끄덕였다.

"하지만 저를 조사한 형사들의 이름은 알아요. 메모해 두었거든요. 남자 형사와 젊은 여자 형사였어요."

"여자요?"

유가와가 미간을 찡그렸다.

"여자 형사가 정말 있구나 하고 생각했죠."

아쓰코는 휴대 전화를 꺼내 메모장을 열었다.

"우쓰미라는 여성이었어요. 질문은 구사나기라는 남자 형사가 주로 했지만요."

유가와가 느릿한 동작으로 진 라임을 한 모금 마신 후 고개를 살짝 기울였다.

"아쉽지만 둘 다 모르는 이름이군요. 제가 아는 형사와는 부서가 다른 것 같습니다."

"그렇군요……."

아쓰코는 한숨을 쉬었다. 애초에 큰 기대는 없었다. 이 세상에 생각대로 되는 일은 별로 없다.

"죄송합니다, 힘이 되어 드리지 못해서요."

"아니에요. 제가 무리한 부탁을 드렸어요."

그렇게 말하고 그녀는 칵테일 잔을 마저 비웠다.

유가와가 손가락 끝으로 잔을 쥐고 얼음을 빙빙 돌리다가

"흉흉한 소문, 이라고 하셨죠?"라고 물었다.

"단원들 사이에 흉흉한 소문이 나돌고 있다고 말입니다. 구체적으로 어떤 소문입니까?"

아쓰코가 대답을 주저하자 그는 "죄송합니다."라며 겸연쩍은 듯이 쓴웃음을 지었다.

"주제넘은 질문을 했군요. 취소하겠습니다."

아니에요, 하고 아쓰코가 고개를 저었다. 그러는 동시에 그녀는 재빨리 머리를 굴렸다. 정보를 조금 흘리면 이 물리학자가 도와줄지도 모른다.

"실은 내부인의 범행이 아닌가 하고 의심하는 모양이에요."

"내부인의 범행이라면…… 범인이 극단에 있다는 뜻인가요?"

아쓰코가 고개를 끄덕였다.

"고마이 씨의 가슴을 찌른 칼이 이번 연극의 소도구였거든요. 그걸 가져갈 만한 사람은 단원들뿐이에요."

"그런 사정이 있었군요."

유가와의 미간에 주름이 잡혔다.

"게다가,"

아쓰코는 한 걸음 더 내디뎌 보기로 했다.

"경찰은 누구보다도 저를 의심하는 눈치예요."

안경을 쓴 유가와의 눈이 휘둥그레졌다.

"아쓰코 씨를요?"

"제가 시신을 발견했거든요. 신고한 사람이 바로 범인이었다, 흔히 듣는 얘기잖아요."

"하지만 그것만으로……"

"물론 그것 때문만은 아니에요. 제가 전에 고마이 씨와 교제한 적이 있어요. 그런데 그 사람에게 새로운 애인이 생겨서 헤어졌죠. 그러니까 그를 죽일 만한 동기가 있달까요. 버림받은 원한을 갚겠다는 동기가 말이죠."

유가와가 할 말을 잃었는지 입을 다물고 생각에 잠기는 듯했다.

아쓰코는 쓴웃음을 지었다.

"그래서 극단 내에 흉흉한 소문이 돌고 있어요. 정확하게 말하자면 저를 둘러싸고, 라고 해야겠죠."

"아쓰코 씨가 왜 경찰의 수사 상황을 알고 싶어 하는지 이제야 알겠습니다."

"죄송해요. 그 얘기는 다시 꺼내지 않겠습니다."

아닙니다, 하고 유가와가 손을 내저었다.

"혹시라도 제가 아는 형사와 얘기를 나눌 기회가 생기면 넌지시 떠보겠습니다. 어쩌면 뭔가 알아낼 수 있을지도 몰라요. 그렇다고 너무 기대하지는 마시고요."

"네. 너무 애쓰지는 마세요."

그렇게 말하고 나서 아쓰코는 계산을 하기 위해 바텐더를 불렀다.

5

"그런 걸 물으시면 곤란한데……."

요시무라 리사가 어깨를 움츠리며 고개를 외로 꼬았다. 연약한 모습을 연기해서 남자의 보호 본능을 자극하려는 것처럼 보인다. 아직 햇병아리라고는 해도 배우는 배우다. 이것이 그녀의 민낯이라고 착각해서는 안 된다.

"뭐라도 좋습니다. 아주 사소한 일이라도요. 사건과 관계가 있는지 없는지는 생각하실 필요가 없습니다."

구사나기는 말투가 부드럽게 들리도록 최대한 주의를 기울였다.

"아무리 그러셔도……."

요시무라 리사가 눈썹을 살짝 찡그렸다.

구사나기의 질문은 고마이 료스케와 구도 사토미의 관계를 알고 있었는가, 구도 사토미 외에도 고마이의 여자관계에 관해 더 아는 것이 있는가 하는 것이었다.

두 사람은 긴자의 찻집에 있었다. 요시무라 리사는 때때로 테이블 한구석에 놓인 휴대 전화로 손을 뻗었다. 시간을 확인하는 눈치였다. 그녀는 극단 '파란 여우'에서 연극을 하면서 밤에는 긴자의 클럽에서 아르바이트를 하고 있었다. 낮에 구사나기가 연락을 취하자, 가게에 나가기 전이라면 만날 수 있다고 대답했다.

"곧 일하러 가셔야 할 텐데 뵙자고 해서 죄송합니다. 가게가 이 근처인가요?"

"네, 7가에 있어요."

"그렇군요. 그 근처에 아는 가게가 몇 군데 있습니다. 혹시 명함 한 장 주실 수 있을까요?"

"아, 네."

그녀가 핸드백을 끌어당겨 명함을 꺼냈다.

"아하, 가게에서는 미쿠 씨라고 불리시는군요."

구사나기가 방금 받은 명함을 들여다보며 말했다.

"다음에 꼭 한번 들르겠습니다."

요시무라 리사는 잘 부탁드립니다, 하고 고개를 숙인 뒤 "간바라 씨에 관해서는 알고 계시죠?"라고 구사나기의 눈치를 살피듯이 물었다.

"간바라 아쓰코 씨 말입니까?"

"네. 전에 대표와 사귄 적이 있거든요."

"그래요?"

구사나기는 짐짓 처음 듣는다는 듯한 표정을 지으며 메모할 준비를 했다.

그러나 요시무라 리사가 때때로 목소리까지 죽여 가며 들려준 내용은 구사나기가 지금까지 탐문 수사로 얻은 정보와 크게 다를 바가 없었다. 고마이와 구도 사토미의 관계가 알려졌을 때는 단원 모두가 마음을 졸이며 걱정했지만 고마이도 간바라 아쓰코도 태도에 아무런 변화가 없었고, 적어도 사람들 앞에서는 예전과 다름없이 지냈다는 얘기 역시 이미 몇 사람에게 들은 바 있었다.

"고마이 씨나 간바라 씨나 역시 프로라고들 말했죠."

하지만, 하고 요시무라 리사는 말을 이었다.

"제 생각은 조금 달랐어요."

"어떻게 말입니까?"

그녀가 주위를 슬쩍 둘러보고 나서 구사나기 쪽으로 얼굴을 바짝 들이댔다.

"제가 이런 말을 했다는 건 비밀이에요."

"네, 물론이죠."

구사나기가 고개를 끄덕했다.

"저는요, 간바라 씨가 포기하지 않았을 거라고 봐요. 언젠가는 고마이 씨가 틀림없이 자신에게 돌아올 거라고 믿었을 거예요."

꽤나 흥미로운 의견이었다.

"그렇게 생각하시는 근거는요?"

요시무라 리사가 얼굴을 살짝 찡그렸다.

"글쎄요, 근거를 대라면 여자의 직감이라고 대답할 수밖에 없어요."

"그런 직감이 언제 발동했는지 말씀해 주시면 조금 더 도움이 될 것 같은데요."

그녀가 음, 하고 잠시 생각하는 표정을 지었다.

"여러 번이에요. 예를 들어……, 간바라 씨가 고마이 씨에 관해 이렇게 말한 적이 있어요. 그 사람은 나 없이는 아무것도 할 수 없다고요. 지나친 자신감 아닌가요? 그래서 생각했죠. 간바라 씨가 고마이 씨를 되찾을 생각인가 보다고요."

그러고서 그녀는 커다란 눈동자를 이리저리 굴리며 "이거, 절대 제가 얘기했다고 말씀하시면 안 돼요." 하고 재차 못을 박았다.

약속드리죠, 라고 구사나기는 대답했다.

찻집을 나와 요시무라 리사와 헤어진 구사나기는 우쓰미 가오루에게 전화를 걸었다. 그녀 역시 탐문 수사를 하느라 바쁘게 움직이고 있을 터였다. 구사나기가 상황을 묻자 그녀는 탐문 수사가 일단락된 참이라고 대답했다. 두 사람은 경찰서로 들어가기 전에 만나서 정보를 공유하기로 했다.

"역시, 생각했던 대로였어요."

커피숍에서 카페라테를 한 모금 마신 후 우쓰미 가오루가 말을 꺼냈다.

"데이토 텔레비전의 프로듀서 아오노 씨와 작곡가인 아키야마 씨는 평소에 고마이 씨와 통화를 자주 했다더군요. 자신들 쪽에서만 전화를 건 게 아니라 고마이가 먼저 전화를 건 일도 많았답니다."

"그러니까 적어도 그 두 사람의 번호는 피해자의 휴대 전화 연락처 목록에 있어야 한다는 말이군."

"맞아요."

"좋아, 수고했어."

고마이 료스케의 연락처 목록에 대해 맨 처음 의문을 품은 사람은 우쓰미 가오루였다. 설사 간바라 아쓰코가 트릭을 사용했다고 해도, 연락처 목록 맨 위에 아베 유미코가 있을 거라고 어떻게 확신할 수 있었을까.

그러나 곰곰이 생각해 보니 그런 확신 따위는 필요치 않았다. 만일 다른 사람의 이름이 있다면 삭제하면 그만인 것이다.

그래서 찾아본 것이 고마이의 명함 파일이었다. 그 결과 연락처 목록에서 아베 유미코보다 위에 있을 법한 이름이 몇 개 발견되었다. 아오노와 아키야마도 그중에 있었다.

"이렇게 해서 휴대 전화를 이용한 트릭이라는 건 밝혀졌는데, 문제는 트릭을 썼다는 증거가 없다는 거야."

"하지만 극단 관계자 중 저녁 8시 이후의 알리바이가 성립되지 않는 사람은 간바라 아쓰코뿐이에요."

예의 불꽃놀이 사진을 조사한 결과 첫 번째 사진에 찍혀 있는 창틀은 극단 연습실 것으로 확인되었다. 두 번째 사진에는 창틀이 찍혀 있지 않았지만, 달의 위치로 보아 연습실이나 그 근처에서 찍은 것으로 추정할 수 있었다. 두 번째 사진을 찍은 시각이 7시 27분이므로 이동에 약 30분이 소요되었다고 치면 범행 시각은 8시 이후다. 극단 관계자 전원을 조사한 결과 간바라 아쓰코만 8시 이후의 알리바이가 증명되지 않았다.

"하지만 아베 씨에게 걸려 온 전화가 트릭이라는 걸 증명해 내지 못하면 간바라 아쓰코도 알리바이가 성립하는 셈이야."

구사나기가 아랫입술을 꾹 물었다.

우쓰미 가오루는 한숨을 쉬며 카페라테를 한 모금 마셨다.

"동기에 관해서는 밝혀진 사실이 있나요?"

그녀가 물었다.

"피해자와 간바라 아쓰코의 관계에 관해서 뭐가 좀 드러났대요?"

"아니, 그쪽은 진전이 없어. 아까 만난 여자가 조금 흥미로운 얘기를 한 것 빼고는."

구사나기는 요시무라 리사에게 들은 얘기를 우쓰미 가오루에게 들려주었다.

"되찾을 생각이었단 말인가요, 헤어진 남자를?"

우쓰미 가오루가 고개를 갸웃했다.

"그런데 역시 되찾을 수 없다는 걸 알게 되었다, 그래서 새삼 증오심이 불타올라 찔러 죽였다, 그렇게 생각하면 어떨까?"

"잘 모르겠어요. 뭐, 그럴 수도 있겠죠."

"자네라면 어때, 죽일 것 같아?"

글쎄요, 하는 시큰둥한 대답이 돌아왔다.

"사람은 모두 제각각이니까요. 아 참, 그런데, 유가와 교수님이 연락을 하셨던데요."

"유가와가?"

생각지도 못한 이름이었다.

"그 친구가 무슨 일로?"

"모르겠어요. '파란 여우'의 무대를 언제쯤 볼 수 있느냐고만 물으시던데요."

"'파란 여우'? 그 친구가 왜 그런 데 신경을 쓰지?"

"팬클럽 회원이시래요. 그런데 이번 사건의 담당이 저희라는 걸 교수님이 어떻게 아셨을까요?"

"그러게. 그래서 뭐라고 대답했어?"

"무슨 말씀인지 모르겠다고 시치미 뗐어요."

구사나기의 입에서 자신도 모르게 쿡쿡, 웃음이 터져 나왔다.

"잘했어."

"선배가 한번 연락해 보세요."

"응, 그러지."

구사나기는 남은 아이스커피를 마저 들이켰다.

6

이런 시간에 이 문을 지나간 적이 있었던가 생각해 보았다. 시곗바늘이 밤 11시를 지나고 있었다. 그런데도 데이토 대학 캠퍼스에는 인적이 드물지 않았다. 운동복 차림으로 뛰는 사람이 있는가 하면 카트에 뭔가를 운반하는 젊은 여성도 있다. 뭘 운반하는지 궁금해서 자세히 보니 커다란 앰프였다. 이런 시간에 밴드 연습이라도 하려는 것일까.

어느 시대든 대학이란 곳은 차원이 다른 공간이군, 하며 구사나기는 자신의 젊은 시절을 떠올렸다.

유가와는 물리학과 제13연구실에 있었다. 먼저 연락한 구사나기에게 그는 짬이 날 때 연구실에 한번 들러 달라고 했다.

"귀찮게 하고 싶지는 않았는데, 아무래도 신경 쓰이는 일이 있어서 말이지."

유가와가 인스턴트커피가 담긴 머그잔을 작업대 위에 놓으며 말했다.

"자네가 자진해서 사건에 개입하다니, 별일을 다 보겠군. 우쓰미에게 들었어. 극단 팬클럽 회원이라며? 연극을 좋아한다는 얘기는 금시초문인걸."

"누구나 각자의 사정이 있는 법이야. 아무튼, 자네들 혹시 간바라 아쓰코를 의심하고 있나?"

구사나기는 하마터면 마시던 커피를 뿜을 뻔했다.

"간바라 아쓰코를 알아?"

"이상할 게 뭐가 있어. 그녀는 극단원이고 나는 팬클럽 회원인데. 어젯밤에 내게 묻더군. 경찰의 수사 상황을 알아봐 줄 수 있겠느냐고 말이야. 내가 전에 경시청에 아는 사람이 있다고 얘기한 적이 있거든."

구사나기는 천연덕스럽게 말하는 유가와의 얼굴을 멀뚱히 바라보았다.

"그래서, 알아봐 주겠다고 했어?"

"어려울 거라며 거절했어. 그리고 설사 자네에게 뭔가 얘기를 듣는다고 해도 그녀에게 전할 생각은 없어. 내가 자네를 보자고 한 이유는 그녀의 얘기를 듣고 개인적으로 관심이 생겼기 때문이야."

구사나기가 머그잔을 내려놓고 등을 곧게 폈다.

"그녀에게 무슨 얘기를 들었는데?"

"방금 말한 대로야. 경찰의 수사 상황을 알아봐 달라고 하면서 자신이 의심받고 있는 것 같다더군. 그녀가 전에 고마이 대표와 사귀었다면서?"

"몰랐어? 팬클럽 회원이라면서."

"그런 걸 알 정도로 골수 회원은 아니야. 그런데 실제로 그녀를 의심하는 거야?"

구사나기는 잠시 손가락으로 코 옆쪽을 긁작거리다가 입을 열었다.

"그녀에게는 절대 얘기하지 않을 거지?"

유가와가 눈을 동그랗게 뜨며 "나를 의심하는 거야?"라고 되물었다.

"아니."

구사나기는 피식 웃으며 어깨를 으쓱했다. 이 남자를 의심하다니, 말도 안 된다.

"솔직히 말하지. 우리는 간바라 아쓰코가 범인이라고 심증을 굳혔어. 하지만 결정적인 증거를 찾지 못해서 검거하지 못하는 상황이야."

"그렇게 보는 근거가 뭐지? 동기가 있어서?"

"그것 때문만은 아니야. 몇 가지가 더 있어."

구사나기는 고마이 대표의 휴대 전화 사용에 부자연스러

운 점이 있어 트릭을 사용했을 가능성이 높다는 점과, 불꽃놀이 사진으로 추측한 범행 시각인 8시 이후에 다른 단원은 모두 알리바이가 성립한다는 사실을 말했다.

"그렇군."

유가와가 손가락으로 안경테를 밀어 올렸다.

"부자연스러운 점과 소거법이 근거란 말이지. 그래, 그녀를 범인으로 단정 짓고 싶어 하는 마음은 이해하겠어. 하지만 결정적인 증거가 없는 것도 사실이야."

"그래서 오늘도 증거를 잡으려고 온종일 돌아다녔지만 수확이 없었어. 목격자도 발견하지 못했고, 이동하면서 탔을 택시도 찾지 못했지. 아베 씨에게 전화한 사람이 피해자 본인이 아니라는 걸 증명하지 못하는 한 간바라 아쓰코의 알리바이는 성립하는 셈이야."

"그걸 증명하기는 어려워 보이는데."

"유일한 희망은 사망 추정 시각이야. 부검 결과에 따르면 피해자는 아베 씨에게 전화가 걸려 오기 훨씬 전에 사망했을 가능성이 크다거든. 하지만 그건 어디까지나 추정일 뿐이야."

유가와가 고개를 끄덕이며 팔짱을 끼었다.

"범인이 간바라 씨라고 가정해도, 흉기로 굳이 극단의 소도구를 사용할 이유가 있었을까?"

"그 점이 가장 큰 의문이야. 왜 굳이 내부인의 범행이라고 규정할 만한 행동을 했을까?"

"사람이 이해할 수 없는 행동을 하는 이유는 딱 두 가지야. 하나는 달리 선택지가 없을 경우. 다른 하나는 남들이 모르는 어떤 이익이 있을 경우."

"이익이 있을 리 없어. 달리 선택지가 없었다고 생각되지도 않고. 출처 모를 흉기를 준비하는 건 그리 어려운 일이 아니잖아. 범인은 장갑을 낀 채 범행을 저질렀어. 즉, 계획된 범행이 분명하단 말이지. 그런데도 흉기를 준비할 수 없었다는 건 말이 안 되잖아?"

"장갑을 꼈다고?"

유가와가 팔짱을 풀었다.

"피해자가 가슴을 찔렸다고 했지?"

"응."

"저항한 흔적이 있었나?"

구사나기는 고개를 저었다.

"못 찾았어."

유가와가 석연치 않은 표정을 지으며 자리에서 일어나더니 흰 가운의 가슴께에 달린 주머니에서 볼펜을 꺼냈다.

"왜 그랬을까. 혹시 피해자가 눈가리개라도 하고 있었어?"

"눈가리개라니, 무슨 뚱딴지같은 소리야?"

그러자 유가와는 쥐고 있던 볼펜의 끝부분을 구사나기의

가슴에 겨눴다.

"숨겨 가지고 온 칼을 순식간에 꺼내어 정면에서 습격한다, 그건 불가능한 일이 아니지. 불의의 습격을 받은 피해자가 도망치지 못했다는 것도 있을 수 있는 일이야. 하지만 그렇다면 장갑은 언제 끼었을까? 만일 장갑을 끼었다면 피해자의 눈이 범인의 손을 주목했을 텐데 칼을 꺼낼 틈이 있었을까?"

"피해자가 뒤돌아섰을 때 장갑을 끼고 칼을 꺼냈을지도 모르지."

"그랬다면 왜 등을 찌르지 않았지? 그편이 저항할 우려도 없고 더 확실하게 죽일 수 있었을 텐데 말이야."

"그럴 생각이었지만 실행하기 직전에 피해자가 돌아섰을 수도 있어."

"상대가 언제 돌아설지도 모르는데 범인이 장갑을 끼고 칼을 꺼냈단 말이야? 위험 부담이 상당할 텐데. 나 같으면 장갑은 끼지 않았을 거야."

"하지만 실제로 장갑을 낀 흔적이 있는 걸 어쩌겠어. 범인이 자네와는 생각이 달랐던 모양이지. 칼에 묻은 지문을 완전히 지울 자신이 없었는지도 모르고."

"그래서 말인데, 애당초 칼을 왜 사건 현장에 남겨 뒀을까? 부득이하게 소도구를 사용했다고 해도 그걸 거둬 갔으면 문제가 없었을 텐데. 깜빡했다고 보기는 어려워. 소도구를 범행에 사용하는 데 따른 위험성에 관해 충분히 알고 있었을 거야."

그건, 이라고 말하고 나서 구사나기는 입을 다물었다. 유가와의 말에 일리가 있었다.

유가와가 볼펜을 도로 주머니에 꽂은 후 천천히 연구실 안을 거닐기 시작했다.

"어쩔 수 없는 사정이 있었던 걸까. 칼을 가져가지 않은 이유는 대체 뭘까?"

"전혀 모르겠어. 사살한 경우에는 체내에서 탄환을 꺼내기 힘들지만 칼은 간단히 빼낼 수 있을 텐데 말이야. 꽂혀 있는 걸 빼내면 그만이니 찌른 채로 놔둘 이유가 없어."

"찌른 채로 놔뒀다……."

유가와는 고개를 숙인 채 이리저리 걸음을 옮겼다.

"자네 말대로 범인이 깜박하고 두고 간 것 같지는 않아. 흉기를 현장에 남기면 용의자의 범위가 좁혀진다는 것쯤은 어린아이도 알 거야."

거기까지 말하고 난 유가와가 불현듯 걸음을 멈추더니 천천히 고개를 들었다.

"그 반대라면 어떨까?"

"뭐가 반대라는 거야?"

"칼을 놔두는 편이 오히려 범인에게 유리하다면 말이야. 아까 자네는 이익이 있을 리 없다고 했지만 과연 그럴까? 가령 칼이 남아 있지 않았다면, 수사가 어떤 식으로 흘렀을 것 같아?"

유가와의 물음에 구사나기가 어깨를 으쓱했다.

"그야 말할 필요도 없지. 흉기가 없으면 찾을 수밖에."

"바로 그거야."

유가와가 손가락으로 구사나기를 가리켰다.

"범인은 그걸 피하고 싶었던 거야."

"그게 무슨 뜻이지?"

구사나기가 그렇게 물었지만 유가와는 대답하지 않은 채 다시 연구실 안을 서성거리기 시작했다.

"이봐, 유가와."

유가와가 걸음을 멈췄다.

"불꽃놀이 사진이 있다고 했지? 지금 갖고 있어?"

"응, 여기."

구사나기가 양복 안주머니에서 사진 세 장을 꺼내 작업대 위에 펼쳐 놓았다.

사진을 집어 든 유가와는 그것들을 뚫어져라 들여다보았다. 그 눈은 과학자의 눈, 바로 그것이었다.

"찍은 날짜와 시간이 나와 있군. 조작했을 가능성도 있을까?"

"감식반의 견해로는 그럴 가능성이 거의 없다더군."

그 말을 들은 유가와는 고개를 끄덕이며 다시 사진에 눈길을 주었다. 한동안 생각에 잠긴 듯한 표정을 짓던 그가 마침내 고개를 들었다.

"부탁이 하나 있어. 들어주겠어?"

"무슨 부탁인데?"

"현장을 봤으면 해. 고마이 씨가 살해당한 곳 말이야."

"그건 왜?"

"확인하고 싶은 게 있어. 민간인이 출입할 수 없는 상태라면 내가 시키는 대로 자네가 해 주든지."

구사나기가 한숨을 쉬더니 자리에서 일어섰다.

"이거야 원 답답해서. 당장 가자고."

그러면서 그는 휴대 전화를 꺼내 들었다.

약 한 시간 후, 두 사람은 고마이 료스케의 집으로 들어섰다. 통층 구조인 거실의 천장을 보자마자 유가와가 "예상대로야."라고 중얼거렸다.

"뭐가? 속 시원히 말을 해 봐."

"재촉하지 마. 지금부터 확인할 거니까."

유가와가 다락으로 난 계단을 오르기 시작했다. 그의 손에는 도쿄 지도와 나침반이 들려 있었다.

다락 위에 올라선 그는 먼저 북쪽으로 난 창문을 바라본 후 동쪽 창문으로 다가갔다. 동쪽 창문에 달은 비치지 않았다.

실내를 한 바퀴 둘러보고 나서 계단을 내려오던 유가와의 눈길이 한곳에서 멈췄다.

"저 사다리는 뭐지? 경찰이 놓고 갔나?"

"아니야. 처음부터 저기 있었어. 왜 그런 곳에 있는지 나도 의아하더군."

유가와가 사다리에 다가가 다시 천장을 올려다보았다. 다음 순간 그가 히죽거리기 시작했다.

"뭐야, 그 표정은? 왜 그러는 거야?"

유가와는 웃음을 멈추지 않은 채 구사나기를 바라보았다.

"웃지 않고 배기겠어? 이렇게 단순한 트릭에 천하의 경시청 형사가 속아 넘어가다니 말이야."

"도대체 무슨 얘기야?"

"부탁이 있어. 폭죽을 쏘아 올리는 데 돈이 얼마나 드는지 좀 알아봐 줘."

7

현관 벨이 울렸을 때 구도 사토미는 싱크대에서 손을 씻고 있었다. 손에서 비린내가 나는 것 같아서였다. 그러나 아무리 씻어도 손끝에 코를 대면 썩은 생선 같은 냄새가 났다.

기분 탓이야, 하고 머리로는 이해했다. 그 일이 있은 지 며칠이 지났다. 손도 수십 번 씻었다. 그러니 냄새가 남아 있을 리 없다. 그런데도 문득문득 냄새가 느껴졌다. 그러면 참을 도리가 없었다. 정신을 차려 보면 어느새 손을 씻고 있다. 그 탓에 손이 터서 새빨갛고 물이 닿기만 해도 따끔따끔 아프다. 그런데도 씻지 않을 수 없었다.

상황이 그러다 보니 현관 벨 소리가 지금의 그녀에게는 더없이 반가웠다. 아무도 방해하지 않았다면 언제까지고 손을 씻었을 것이다.

수건으로 손을 닦고 현관으로 나가 문 안쪽에서 네, 하고 대답했다.

"구도 씨, 며칠 전에 찾아뵈었던 우쓰미입니다."

여자 목소리였다.

"우쓰미 씨……라고요?"

어디선가 들은 적이 있는 이름이다. 누구였더라.

도어스코프를 들여다본 그녀는 그만 화들짝 놀라고 말았다. 사건 직후에 찾아왔던 여자 형사다.

체인을 벗기고 문을 열었다. 우쓰미 형사가 공손하게 머리를 숙인다.

"불쑥 찾아와서 죄송합니다. 여쭤보고 싶은 일이 몇 가지 있어서요. 동행해 주실 수 있을까요?"

"저한테…… 뭘 물으시려고요?"

"그건 서에 가서 말씀드리겠습니다."

우쓰미 형사가 사무적인 말투로 대답했다.

사토미는 가슴에 먹구름이 번지는 것을 느꼈다. 동시에 또다시 그 불쾌한 냄새가 느껴졌다. 이 형사도 냄새를 눈치채지 않았을까 하는 생각이 문득 스쳤다. 그럴 리 없지.

"지금 당장 가야 하나요?"

"네, 부탁드립니다. 그리고 따로 확인할 것도 있는데요."

"……뭐죠?"

"재봉 도구예요. 구도 씨도 아베 씨와 함께 의상을 담당했다고 들었어요. 의상을 만들고 수선도 하셨다고요. 사건 발생일에도 재봉 도구가 들어 있는 가방을 가지고 계셨을 텐데, 그걸 좀 가져갔으면 합니다."

우쓰미 형사의 목소리가 도중에 멀어지는 것처럼 들렸다. 정신을 잃고 있다고 사토미는 자각했다.

알겠다고 대답하고 문을 닫으려고 했지만 우쓰미 형사가 손으로 문을 밀고 안으로 들어왔다.

"여기서 기다리겠습니다."

사토미는 고개를 끄덕이고 뒤돌아섰다. 재봉 도구가 들어 있는 가방은 침대 옆에 있다. 그곳으로 다가가 손을 뻗었다. 그러나 다음 순간 그녀는 바로 옆에 있는 창문을 열고 그곳으로 몸을 내밀었다.

"구도 씨!"

날카로운 목소리가 귓전을 때렸다. 동시에 사토미는 우쓰미 형사에게 팔을 잡히고 말았다.

"죽는 건 비겁한 짓이에요."

사토미는 온몸에서 힘이 빠지는 걸 느꼈다. 서 있기조차 힘들어 그대로 바닥에 주저앉았다. 그녀는 자신의 손을 들여다봤다.

신기하게도 그 냄새가 나지 않았다.

아아, 이제는 손을 씻지 않아도 되겠구나, 하는 안도감이 그녀를 감쌌다.

8

구사나기가 전화를 건 지 약 10분 만에 유가와가 정문에서 모습을 드러냈다. 그는 등을 꼿꼿이 편 자세로 다가와 조수석 문을 열고 차에 올랐다.

"오래도 타는군, 이 스카이라인 말이야. 몇 년이나 됐지?"

"정비를 철저히 하고 있으니까 걱정 마."

유가와가 안전띠를 매자 구사나기는 차의 시동을 걸었다.

"실험 준비는?"

"다 해 놨어. 각 방면으로 부탁하는 게 좀 힘들었지만."

"그게 내 탓은 아니잖아."

"그야 물론 그렇지."

구사나기의 차가 출발했다.

"구도 사토미가 자백했어."

"그래? 흉기는?"

"재봉 가위. 자네가 추리한 대로야."

"없애지는 않았어?"

"다른 재봉 도구들이랑 같이 가지고 있었어. 새로 사다 놓으면 수상히 여길까 봐 버리지 못했다더라고. 씻었다고는 하는데 혈액 반응이 나타났어."

옆에서 유가와가 고개를 끄덕였다. 그런데 이 물리학자는 별로 만족스러워 보이지 않는다. 이 정도의 추리는 적중하는 게 당연하다고 여기는 것일까.

범인이 왜 용의자를 특정할 만한 흉기를 사용했으며 게다가 범행 후 가져가지 않았을까, 라는 의문에 대해 유가와는 "그러는 게 범인에게 더 유리했으니까."라고 대답했다.

만일 현장에 흉기가 남아 있지 않았다면 경찰은 기를 쓰고 찾았을 것이다. 소도구 칼에도 주목했을 것이 분명하다. 그 칼이 실제 흉기라면 문제가 없다. 그러나 그렇지 않다면 어떨까. 실제로는 다른 흉기가 사용되었고 그 흉기가 소유자를 특정할 수 있는 것이라면.

이 추리에 이른 유가와의 가설은 실로 대담했다. 간바라 아쓰코가 진범을 비호하고 있지 않을까 하는 것이었다. 그 근거는 그녀의 말이었다고 한다. 유가와에 따르면 간바라 아쓰코가 "고마이 씨 가슴에 꽂아 둔 칼은 이번 연극의 소도구였어요."라고 말했다는 것이다.

가슴에 꽂아 둔……. 아닌 게 아니라 기묘한 표현이다. 꽂혀 있던, 이라고 말하는 것이 보통 아닐까.

그녀가 그런 식으로 말한 이유는 그 칼이 실제 흉기가 아니라 단지 가슴에 꽂아 두었을 뿐이라는 걸 알기 때문이라는 것이 유가와의 설명이었다.

그렇다면 실제 흉기는 무엇이었을까. 소유자를 특정할 수 있고, 칼과 마찬가지로 살상력을 갖춘 물건. 그리고 갖고 다녀도 이상하지 않을 만한 것.

가위가 아닐까 하는 추리는 이렇게 해서 나왔다. 특히 끝이 뾰족한 재봉 가위라면…….

구사나기는 구도 사토미의 방에서 본 재봉틀이 떠올랐다. 조사해 보니 예상대로 그녀도 의상 담당 중 한 명이었다.

"그렇게 하라고 지시한 사람은 역시 간바라 씨였나?"

유가와가 물었다.

"응. 여러 가지로 복잡한 사정이 있었나 봐."

구사나기는 운전대를 잡은 채 그녀들과 나눴던 대화를 떠올렸다.

정신 상태가 몹시 불안정해 보이는 구도 사토미에게 진술을 듣는 건 쉽지 않은 일이었다. 얘기하던 도중에 울음을 터뜨리는가 하면 느닷없이 탈진되기도 했다. 어르고 달래면서 간신히 알아낸 내용은 다음과 같았다.

여러 사람이 증언했듯이 그날은 오후 6시가 조금 지나 연습이 끝났다. 구도 사토미를 비롯한 의상 담당자들은 연극에 사용될 소품을 사러 갔다. 그 후 동료들이 불꽃놀이를 보러 가자고 했지만 자신은 일단 집에 돌아갔다가 나중에 가겠다고 대답하고 일행과 헤어졌다. 사실 그녀는 연습실로 되돌아갈 작정이었다. 고마이 료스케에게 할 얘기가 있었기 때문이다. 그런데 도중에 고마이 료스케에게 전화하니 이미 사무실을 나왔다고 해서 고마이의 집으로 가기로 했다.

고마이의 집에 도착한 시각은 저녁 7시 반경. 고마이는 이미 귀가해 있었다.

그와 마주 앉은 사토미는 살짝 긴장감을 느끼며 말을 꺼내려고 했다. 매우 중요한 보고가 있었기 때문이다.

그런데 고마이가 그녀보다 한발 앞서 "실은 나도 사토미에게 하고 싶은 얘기가 있어."라고 하는 것이었다. 그의 굳은 표정을 보며 구도 사토미는 불길한 예감을 느꼈다.

뭔데요, 하고 물었을 때 고마이 입에서 나온 말은 구도 사토미로서는 최악의 대답이었다.

두 사람의 관계를 끝내고 싶다는 것이다.

"내게 가장 소중한 사람이 누구인지 이번 연극을 준비하면서 확실히 깨달았어. 아쉽지만 그 사람은 사토미가 아니라 아쓰코야. 이제야 그걸 뼈저리게 깨달았지. 그녀와 헤어지고 사토미를 사귄 건 일시적인 충동이었다고 할 수 있어. 그래서 말인데, 정말 면목 없지만, 헤어졌으면 해."

마치 여러 번 연습한 것처럼 거침없는 말투였다고 구도 사토미는 진술했다. 실제로 이 말을 들은 직후 그녀는 어느 연극의 대사가 아닐까 생각했다고 한다. 그 정도로 그녀에게는 현실감이 없는, 아니 현실로 인정하고 싶지 않은 말이었다.

그러나 고마이는 진심이었다. 자신이 얼마나 진지한지 보여 주려는 것처럼 느닷없이 바닥에 무릎을 꿇고 고개를 깊이 숙였던 것이다.

"그럼 그 말은 뭐죠? 언젠가 내가 당신의 아이를 낳아 주었으면 좋겠다던 말 말이에요."

사토미가 물었다. 그것은 교제를 시작할 무렵 고마이가 했던 말이다.

그러자 고마이는 고개를 숙인 채 미안하다고 사과했다.

"잊어 줘."

잊어 달라고?

그 말이 결정타였던 것 같다고 구도 사토미는 진술했다.

고개를 숙이고 있는 고마이에게서 눈길을 돌리는데 발치에 재봉 도구가 흩어져 있었다. 자신도 모르는 사이에 가방을 떨어뜨린 듯했다.

그중에서 재봉 가위가 눈에 들어왔다. 그 뾰족한 날을 보는 순간 자신이 할 수 있는 일은 이것뿐이라는 생각이 들었다. 정신을 차렸을 때 그녀는 가위를 손에 쥐고 고마이를 향해 다가가고 있었다.

고마이가 고개를 든 순간에 찔렀는지 찌른 후에 그가 고개를 들었는지는 분명치 않다. 그러나 그의 눈빛이 순박한 소년 같았다는 것만은 명료하게 기억한다. 자신에게 무슨 일이 일어났는지 이해하지 못했는지도 모른다.

가위에 찔려 뒤로 나동그라진 고마이는 바닥에 드러누운 채 몇 초간 꿈틀거리다가 인형처럼 움직임을 멈췄다. 이게 연기라면 칭찬받을 만한 건 아니네, 고마이라면 고함을 쳤을 텐데, 하고 사토미는 멍하니 생각했다.

한동안 그 자리에 주저앉아 고마이의 사체를 바라보았다. 얼마 동안이나 그러고 있었는지는 잘 모른다. 머릿속에 두 가지 생각밖에 없었다. 하나는 자신도 죽어야 한다는 것, 그리고 다른 하나는 자신이 죽으면 배 속의 아이는 어떻게 될까 하는 것이었다.

구도 사토미는 임신한 상태였다. 2개월이라고 한다. 그녀가 고마이에게 보고하려던 일은 바로 그것이었다.

그녀를 현실로 불러들인 것은 전화 착신음이었다. 테이블 위에서 고마이의 휴대 전화가 울리고 있었다. 그 화면에 표시된 이름을 보고 그녀는 숨을 삼켰다. 간바라 아쓰코였다.

구도 사토미는 휴대 전화를 집어 들고 통화 버튼을 눌렀다. 왜 그랬는지, 그때의 심경은 설명하기 힘들다. 굳이 말하자면, 지금 누군가와 얘기를 나눈다면 상대는 이 사람밖에 없을 것 같았다.

구도 사토미가 전화를 받자 당연하게도 간바라 아쓰코는 당황하는 눈치였다. 그런 그녀에게 사토미는 사과할 일이 있다고 했다. 그리고 고마이를 찔러 죽였다고 고백했다.

"용서할 수 없었어요. 간바라 씨에게는 미안하지만, 도저히 용서할 수 없었어요. 하지만 이대로 살 수는 없으니 대가를 치를 거예요."

정신없이 그런 말을 지껄였다.

간바라 아쓰코가 어떤 반응을 보였는지는 자세히 기억나지 않는다. 기억나는 것이라고는 "네가 죽을 필요는 없어."라는 말뿐이다. 대가를 치르겠다는 말을 자살하겠다는 뜻으로 받아들인 듯하다.

간바라 아쓰코는 그녀에게 가위를 거둔 뒤 서둘러 동료들 있는 곳으로 가라고 지시했다. 그리고 조만간 고마이의 일로 큰 소동이 벌어지겠지만 사토미는 아무것도 모르는 척하라 고 했다.

"그런 남자 때문에 교도소에 갈 필요는 없어. 내가 어떻게 든 해 볼 테니까 사토미는 내가 시키는 대로만 해. 만약 경찰 이 뭔가 물으면 나를 지목하면 돼. 고마이 료스케에게 버림받 은 간바라 아쓰코가 그에게 원한을 품고 저지른 짓인지도 모 른다고 말이야. 의심받지 않도록 자연스럽게 행동하고. 할 수 있지? 너, 배우잖아."

구도 사토미는 몹시 혼란스러웠지만 결국 지시에 따르기 로 했다. 간바라 아쓰코가 뭘 어떻게 할 작정인지는 전혀 알 수 없었다. 거기까지 생각할 여유가 없었다. 제대로 연기해야 해, 머릿속에는 그런 생각밖에 없었다.

9

고마이 료스케의 집 주위에는 외부인의 출입을 막는 테이프가 둘러쳐져 있었다. 살인 사건이 발생한 현장이니만큼 당연한 일이지만, 오늘 밤에는 다른 의미도 있었다.

차에서 내린 구사나기는 유가와와 함께 집 안으로 들어갔다. 안에서는 우쓰미 가오루와 감식반원들이 대기하고 있었다.

"준비는 어떻게 됐어?"

구사나기가 우쓰미 가오루에게 물었다.

"이쪽은 만반의 준비를 갖췄습니다. 이제 저쪽에서 연락이 오기만을 기다리고 있어요."

구사나기가 고개를 끄덕이고는 유가와를 돌아봤다.

"들었지?"

유가와는 고개를 끄덕이고 나서 천장을 올려다보더니 다시 바닥으로 시선을 떨어뜨렸다.

"간바라 씨는 왜 범인을 비호하려고 했을까?"

"바로 그 점이 문제야."

구사나기가 얼굴을 찡그리며 집게손가락을 세웠다.

"비호와는 조금 다른 것 같거든."

"다르다고? 어떻게?"

"그걸 설명하기가 어려워. 그런 부류의 사람들은 도무지 이해가 안 된단 말이지. 마치 다른 세계에 사는 사람들 같아."

그렇게 말해 놓고 구사나기는 간바라 아쓰코를 취조했을 때를 떠올렸다.

취조실에서 마주한 간바라 아쓰코는 구사나기가 처음 만났을 때보다 한결 화사한 분위기를 풍겼다. 화장이나 차림새가 화려할 뿐 아니라 표정도 생생하게 빛났다. 무대에서 주인공을 연기하던 젊은 시절에는 이런 점들이 분명 큰 무기였을 거라고 구사나기는 상상했다.

"고마이 씨의 마음이 다시 제게 기울었다는 건 얼마 전부터 눈치채고 있었어요. 태도에서 느꼈을 뿐만 아니라, 무대인으로서 전보다 깊이 존경하게 되었다는 의미의 말을 직접 듣기도 했거든요. 그 사람은 재능 있는 연출가이자 각본가였지만, 그 재능을 최대한 발휘하려면 적절히 뒷받침해 주는 사람이 필요했죠. 전에는 그게 제 일이었어요. 그런데 그 사람 본인은 그런 사실을 몰랐던 것 같아요. 저와 헤어지고 나서야 깨달았나 봅니다. 젊은 여자와의 연애가 자신에게 아무런 도움이 되지 않는다는 걸요."

자신에 넘치는 말투였다. 마치 승리를 선언하는 것처럼 들렸다.

간바라 씨 쪽은 어땠습니까, 하고 구사나기가 물었다.

"관계를 회복할 생각이 있었나요?"

간바라 아쓰코는 "어림없는 소리죠."라며 목소리를 한 옥타브 높였다.

"그에게는 제가 필요했을지 모르지만 저는 그가 필요치 않았어요. 물론 예전에는 그를 존경하고 동경하기도 했죠. 그에게 많이 배운 것도 사실이에요. 그 점에는 감사하고 있습니다. 하지만 은혜는 충분히 갚았다고 생각해요. 무엇보다 저는 연인을 버리고 젊은 여자에게 훌쩍 가 버린 남자를 용서할 만큼 호락호락한 사람이 아닙니다."

그렇다면 구도 사토미와 헤어진 고마이 료스케는 앞으로 어쩔 작정이었을까.

글쎄요, 하고 간바라 아쓰코는 고개를 갸웃했다.

"제가 알 바 아니죠."

그 무심한 말투는 냉담하다는 표현으로는 부족했다. 고마이 료스케라는 남자에게 아예 무관심한 것처럼 보였다.

그렇다면 그녀는 왜 그런 속임수를 썼을까. 그 점에 관해 문자 실로 복잡한 진술이 시작되었다.

"휴대 전화 트릭은 예전부터 머릿속에 있었어요. 추리극 등을 쓸 때 사용하려고 오랫동안 간직해 왔죠. 그래서 사토미에게 얘기를 듣자마자 그걸 사용하자는 생각이 들었어요. 전에 쓰던 휴대 전화가 고마이 씨의 것과 색이나 모양이 비슷해서 바꿔치기가 가능할 것 같아 가져가기로 했고요. 문제는 누구를 알리바이의 증인으로 삼느냐 하는 점이었어요. 칼에 찔린 사람이 전화로 도움을 청한다면 그 상대는 과연 누구일까. 역시 연인 아니면 부인이겠죠. 하지만 사토미를 등장시킬 수

는 없었어요. 사토미는 사건과는 완전히 분리해야 했으니까
요. 그래서 선택한 사람이 아베 유미코 씨입니다. 불러낼 구실
을 찾기도 쉬운 데다 휴대 전화 연락처 목록의 맨 위에 있어
도 부자연스럽지 않았죠. 워낙 사람이 좋아서 속이기 쉽다는
점도 이유로 꼽을 수 있겠군요. 사토미에게 가기 전에 유미코
씨에게 전화를 걸었습니다. 의상과 관련해서 의논하고 싶은
일이 있다고 했어요. 그녀는 조금도 의심하지 않았죠."

연습실에 있던 칼을 흉기로 둔갑시킨 일에 관해서도 간바
라 아쓰코는 거침없이 설명했다.

"재봉 가위로 찔렀다는 말을 들었을 때는 낭패라고 생각
했습니다. 자칫했다가는 범인이 금세 밝혀질 테니까요. 그래
서 사토미에게 가위를 회수하라고 지시했어요. 하지만 현장
에 흉기가 없으면 경찰은 찾아내려고 애를 쓰겠죠. 단원들의
개인 물품을 검사하는 일도 예상할 수 있고요. 만일 사토미가
재봉 가위를 분실했다거나 새로 샀다고 하면 의심받을 게 뻔
했어요. 그래서 그럴듯한 흉기를 현장에 남겨 둘 필요가 있다
고 생각했습니다. 그런데 가슴을 깊이 찌를 만한 흉기가 쉽사
리 찾아지지 않았어요. 하는 수 없이 예의 소도구용 칼을 사
용하기로 했습니다. 연습실 문단속에 관해서는 잘 알고 있었
어요. 그래서 칼을 훔치는 일은 어렵지 않았습니다. 고마이
씨 집에 도착한 시각이 저녁 8시 20분쯤이었을 거예요. 그는

바닥에 쓰러져 있었습니다. 가슴에 상처가 깊이 나 있었지만 그에 비해 피를 별로 많이 흘리지 않은 걸 보고 사토미의 의지가 얼마나 강했는지 느낄 수 있었어요. 아마 주저하지 않고 단번에 찔렀을 거예요. 나 같으면 이렇게 하지 못했을 거야, 하고 생각했던 기억이 납니다. 그 상처에 맞추어 훔친 칼을 꽂아 넣었죠. 살을 파고드는 칼날의 감촉이 지금도 손에 남아 있어요. 그 후의 일은 누차 설명드린 그대로입니다. 그의 휴대 전화를 비닐봉지에 담고, 대신 제가 준비해 온 전화기를 시신 옆에 놓아둔 다음 유미코 씨와 만나기로 한 장소로 향했어요."

거기까지 들었을 때 구사나기는 가장 큰 의문점을 언급했다. 왜 구도 사토미를 비호하려 했느냐는 것이었다. 연인을 빼앗아 간 그녀를 원망한다 해도 이상할 게 없었기 때문이다.

그러자 간바라 아쓰코는 눈을 크게 뜨며 입가에 미소를 머금었다.

"사토미를 원망한 적은 단 한 번도 없습니다. 고마이 씨가 그녀를 선택한 데에 그녀는 아무런 책임이 없으니까요. 그리고 아까도 말했다시피 이제 저는 남자로서의 고마이 료스케 씨에게 아무런 관심이 없습니다. 사토미 씨를 비호하려 한 게 아니라 어떤 기분을 맛보고 싶었을 뿐이에요."

그게 뭐냐고 구사나기가 묻자 그녀는 마치 그 질문을 해 줘서 기쁘다는 듯이 만면에 미소를 띠었다.

"범인의 기분이죠. 정확하게 말하자면 사람을 죽인 범인의 기분이에요. 거기에 알리바이 조작까지……. 경찰이 저를 의심할 줄은 알고 있었어요. 제게 혐의를 둔 수사가 이루어지고 제가 궁지에 몰리고, 그런 일들이 과연 어떤 기분인지 맛보고 싶었습니다. 가슴에 칼을 꽂은 이유도 마찬가지예요. 흉기로 위장하는 것뿐이라면 칼에 피를 묻혀 두는 것으로 충분하죠. 이미 죽은 사람이기는 하지만 칼로 찌르면 감촉이 어떤지 제 손으로 느끼고 싶었습니다. 꾸며서 하는 것이 아니라 진짜 연기를 하고 싶었어요. 살인범이라는 역할을 극도의 긴장감 속에서 연기해 보고 싶었던 거예요. 이런 기회는 두 번 다시 오지 않을 거라고 생각했습니다."

마치 배우로서 당연한 선택을 했다는 듯이 말했다. 하지만 혐의가 풀리지 않고 살인범으로 체포되는 경우는 생각하지 않았을까. 구사나기가 그 점에 관해 묻자 그녀는 생글거린다고 표현해도 좋을 만한 표정으로 대답했다.

"그런 일이 일어날 리 없다고 확신했어요. 일본 경찰이 얼마나 우수한데요. 휴대 전화 트릭 같은 거야 금방 드러나겠지만 그것만으로 저를 범인으로 단정 짓지 않겠죠. 이모저모 조사하다 보면 분명 진상이 밝혀질 거라고 예상했어요. 그때의 두근거리는 느낌을 맛보고 싶었습니다. 만일 뭔가 착오가 있어서 범인으로 몰릴 위기에 놓이면 그때는 사실대로 말하면 되고요. 사체 훼손죄라든가 증거 인멸죄라든가, 여러 죄목이 붙겠지만, 귀중한 체험에 비하면 그건 아무것도 아니에요. 방금 말씀드린 것처럼 사토미를 비호하려고 벌인 일이 아니니까 그녀를 원망하지는 않지만, 저를 희생해 가면서까지 지켜 주고 싶지도 않습니다."

"사체 검안서를 자세히 읽어 보니 칼로 찌른 후 흉기를 몇 번 비튼 듯한 흔적이 있다고 씌어 있더군. 사실은 비튼 게 아니라 다른 흉기로 또 찌른 거였어. 그렇다고 부검의를 탓할 수는 없지. 범인이 그런 짓을 했으리라고 생각하기는 어려우니까 말이야."

구사나기의 얘기가 끝나 갈 즈음 우쓰미 가오루가 휴대 전화를 꺼냈다. 어디선가 전화가 걸려 온 모양이었다. 두세 마디 주고받은 후 그녀는 전화를 끊고 구사나기에게 말했다.

"저쪽도 준비가 끝났답니다. 5분 후에 시작한다는데요."

"알았어. ……자, 그럼 잘 부탁합니다."

구사나기가 감식반원들에게 말했다. 유가와는 흥미진진한 표정으로 위쪽에 있는 창문을 바라보았다.

"내 참, 어이가 없어서."

유가와 옆에 서 있던 구사나기가 투덜거렸다.

"결국 우리가 연극에 동원된 셈이야."

"하지만 아마추어의 트릭에 휘둘린 것도 사실이잖아. 옛 애인에게만 주목하고 현재 애인을 일찌감치 용의선상에서 제외한 건 자네들의 실수야."

"할 말이 없군. 이 사진이 없었다면 그런 실수도 하지 않았을 텐데 말이야."

구사나기가 안주머니에서 사진 한 장을 꺼냈다.

저녁 7시 27분에 찍힌 사진이었다. 밤하늘을 수놓은 불꽃 뒤로 둥그런 달이 떠 있다.

"그녀들이 이 사진의 존재를 알아?"

"알 턱이 없지. 말하지 않았으니까. 그래서 경찰이 사건의 진상을 파헤치지 못하고 지지부진했던 걸 자신들의 연기 덕분이라고 믿고 있어."

"가르쳐 주지 않을 거야?"

구사나기는 고개를 저었다.

"그럴 필요는 없겠지."

우쓰미 가오루가 시계를 보며 "곧 시작됩니다."라고 말하고 실내의 불을 껐다.

잠시 후, 다락에 올라가 있던 감식반원들 사이에서 아, 하는 소리가 나오는 것과 동시에 펑! 하는 묵직한 파열음이 들렸다.

구사나기는 계단을 뛰어 올라가서 북쪽 창문으로 바깥을

내다보았다. 먼 하늘에 불꽃이 피어오르고 있었다. 업자에게 부탁해 특별히 쏘아 올린 것이다.

밑에서 유가와가 구사나기를 불렀다.

"이리 좀 와 봐."

물리학자는 사다리 위에 서 있었다.

구사나기는 계단을 뛰어 내려가 사다리로 다가갔다.

"어때?"

"일단 이 사다리 위로 올라와서 동쪽 창문을 봐."

그렇게 말하고서 유가와는 사다리를 내려왔다.

이번에는 구사나기가 사다리를 올랐다. 그리고 유가와가 시킨 대로 동쪽 창문을 보았다. 먼저 둥그런 달이 보이고, 이어서 불꽃이 솟아올랐다.

구사나기는 오오, 하고 소리를 질렀다.

"불꽃이 보여!"

"예상대로야."

사다리 밑에서 유가와가 시큰둥한 목소리로 말했다.

구사나기는 할 말을 잃었다. 설명은 미리 들었지만, 이토록 선명하게 보일 줄은 몰랐다. 불꽃이 실제로 쏘아 올려진 곳은 북서쪽 하늘이었다. 그런데 동쪽 창문에서도 보인다. 그 뒤에는 달이 떠 있다.

지극히 간단한 속임수였다. 북쪽 창문에 비친 불꽃이 동쪽 유리창에 반사되고 있을 뿐이다. 하지만 주위가 어두워서 진짜 불꽃처럼 보인다. 달은 물론 진짜 달이다.

"불꽃놀이 행사는 해마다 열리잖아. 고마이 씨는 이 위치에서 불꽃이 이런 식으로 보인다는 걸 알고 있지 않았을까. 그래서 우선 연습실 창문에서 사진을 찍고, 비교할 생각으로 여기서도 사진을 찍은 거야. 굳이 사다리까지 준비해 가면서 말이지."

유가와가 말했다.

"조금 이따가 애인에게 헤어지자고 말할 사람이? 거참, 태평하기 짝이 없군."

"그러니까 고마이 씨에게는 애인과 헤어지는 행위가 대단한 일이 아니었던 거지."

"흠……, 하긴 그럴지도 모르지. 무슨 생각을 하는지 알 수 없는 사람들이니까."

구사나기는 간바라 아쓰코에게 했던 마지막 질문을 떠올렸다. 살인범 역할을 연기해 보니 어떻던가요, 하는 것이었다. 잠시 생각에 잠겼던 간바라 아쓰코는 이렇게 대답했다.

"제게는 큰 도움이 되었어요. 하지만 아쉽게도 연기는 역시 연기더군요. 진짜와는 거리가 한참 멀었어요. 나는 그의 몸에 칼을 꽂았지만, 살아 있는 인간에게서 목숨을 빼앗는 순간의 기분은 상상할 수도 없었어요. 구사나기 씨는 사토미의 얘기도 들으셨죠? 고마이 씨를 찌른 일에 관해 그녀는 뭐라던가요?"

그때의 일은 거의 기억하지 못하는 것 같습니다, 라고 구사나기가 대답하자 간바라 아쓰코는 "저런, 아까워라!" 하고 탄식했다.

유가와에게 그 얘기를 하자 물리학자는 심호흡을 한 번 한 후 동쪽 유리창을 가리키며 말했다.

"허상을 좇는 인생도 있다는 거지."

유리창에 허상의 불꽃이 비쳤다.